그녀를 찾습니다, 여름

그녀를 찾습니다, 여름

ⓒ나혁진 2016

초판 1쇄 발행일 2016년 8월 22일

지 은 이 나혁진

출판책임 박성규
편집진행 유예림
편   집 현미나 · 구소연
디 자 인 김지연 · 이수빈
마 케 팅 나다연 · 이광호
경영지원 김은주 · 박소희
제   작 송세언
관   리 구법모 · 엄철용

펴 낸 곳 도서출판 들녘
펴 낸 이 이정원
등록일자 1987년 12월 12일
등록번호 10-156
주   소 경기도 파주시 회동길 198
전   화 마케팅 031-955-7374 편집 031-955-7381
팩시밀리 031-955-7393
홈페이지 www.ddd21.co.kr

I S B N 979-11-5925-179-5 04810
         978-89-7527-913-3 (세트)

이 도서의 국립중앙도서관 출판예정도서목록(CIP)은 서지정보유통지원시스템 홈페이지(http://seoji.nl.go.kr)와 국가자료공동목록시스템(http://www.nl.go.kr/kolisnet)에서 이용하실 수 있습니다.(CIP제어번호: CIP2016018966)

그녀를 찾습니다, 여름

나혁진 장편소설

들녘

차
례

조이월드서 또 사망사고

엉망진창 안전관리, 책임은 누가?

작년 6월 대관람차 추락으로 두 명의 사망자가 발생한 조이월드에서 어제 또다시 사망사고가 일어났다. 9일 오후 7시 40분경, 조이월드 구내 롤러코스터에 탑승했던 송 모(16) 양은 시속 87킬로미터로 달리던 롤러코스터의 안전 바가 40미터 상공에서 갑자기 풀리면서 지상으로 추락했다. 머리를 땅바닥에 강하게 부딪친 송 양은 그 자리에서 사망했다.

부처님 오신 날 휴일을 맞아 3천 명의 인파가 붐비는 가운데 벌어진 참극에 조이월드는 한순간 아수라장으로 변했다. 인호(仁湖) 시를 대표하는 실외 놀이공원 조이월드는 작년의 사고로 두 달간 영업이 정지된 바 있다. 작년 사건으로 떨어진 인기를 만회하기 위해 무료입장, 경품추첨 등 대대적인 홍보를 벌여 서서히 이용객이 증가하던 시점에 터진 이번 사고에 윤영호 사장을 비롯한 조이월드 임원들은 충격을 감추지 못하고 있으며 정부와 경찰 당국의 대대적인 안전 실태조사에 최대한 협조할 뜻을 밝혔다. 한편 뿔난 네티즌들은 '조이월드 이름을 데스월드, 호러월드로 바꾸라'는 등 냉소적인 반응을 보이며 관련자들을 엄히 문책할 것을 요구했다. ◆ 권지우 기자

벚꽃의 요정

"춘원 이광수의 『무정』은 우리나라 최초의 근대적 장편소설이다. 1917년 ≪매일신보≫에 연재됐고, 봉건적 인습에서 벗어난 젊은 지식인 남녀들이 힘을 합쳐 일제의 횡포에 신음하는 우리 민족을 계몽하기로 결심한다는 주제지. 몇몇 군데, '독자 여러분은 이 사실을 모르겠지만' 운운하면서 작가가 직접적으로 개입하는 부분이 있어 완전한 현대소설의 모습을 갖추고 있지는 않지만……."
별 특징도, 고저장단도 없는 노인의 목소리가 적막한 교실에 울려 퍼진다. 나를 포함해 같은 반 아이들이 교실에 서른다섯 명이나 있건만 무심코 내뱉는 숨소리조차 들리지 않았다. 춘원 이광수와 동문수학했다고 해도 믿을 만큼 폭삭 늙은 문학 교사의 목소리가 너무도 작아 수업 내용의 1할이라도 알아들으려면 귀를 쫑긋 세워야 하기 때문이다. 뭐, 나같이 수업에 동참할 의욕이 전혀 없는 학생에겐 아무런 상관도 없는 얘기지만.

그나저나 조용하니까 자꾸 잠이 솔솔 와서 문제다. 스무 번째로 손목에 찬 시계를 봤다. 이런! 종이 치려면 아직도 20분이나 남았다. 괜히 언제 끝나나 안달복달하지 말고 이참에 밀린 잠이나 보충해볼까 생각하는데, 툭 하고 뭔가가 내 오른쪽 옆머리를 때린 다음 책상 위로 떨어졌다. 주워서 살펴보니 흰 종이를 공처럼 뭉쳐 만든 일종의 원시적인 편지였다. 문학 교사는 목청뿐 아니라 눈도 시원찮은 모양인지 교실에서 사설 우편배달이 활발하게 이뤄지는 것도 전혀 눈치 못 챈 듯하다. 나는 구깃구깃한 편지를 좍 펴서 내용을 확인했다.

연수의 가슴은 상상했던 것보다 훨씬 컸다. 멜론만큼 덩그렇고 우유처럼 눈이 부시게 새하얀 두 가슴을 보니 내 아랫도리는…….

문학 수업보다는 낫지만 그렇다고 잠을 포기할 정도로 가치 있는 내용은 아니었다. 나는 종이를 다시 뭉쳐 책상 서랍 속에 처넣고 두 팔에 얼굴을 묻었다. 하지만 또 한 번 툭, 옆머리 쪽에 편지 배달!

평소에 거의 쓰는 일이 없는 내 머리의 용도 중에 우체통이 있었는지는 오늘 처음 알았다. 이 세상에 쓸모없는 물건은 없다더니.

뒤를 봐, 뒤를!

새로 온 편지의 내용은 이랬다. 뒤에 뭐가 있다고 그러지? 고개를 뒤로 돌려봤지만 보이는 거라고는 떡방아 치듯 머리를 위아래로 끄덕거리며 자는 학생, 위태로울 정도로 목이 심하게 꺾인 채 천장을 보는 자세로 자는 학생, 두 팔을 베개 삼아 옆으로 누워서 침을 뚝뚝 흘리며 자는 학생 등 온통 정신이 나가 있는 녀석들밖에 없었다. 공동묘지를 낮에 가면 이런 느낌일까. 밤의 가열찬 활동을 위해 낮에는 자기 무덤에 틀어박혀 쿨쿨 자는 귀신들.

별 소득 없이 고개를 돌리다가 문득 '뒤'라는 게 제일 처음에 온 편지의 뒷장을 보라는 소리일지도 모른다는 생각이 들었다. 빙고!

기우야. 형이 긴히 할 말이 있으니까 문학 끝나자마자 옥상으로 오거라.

내 자리에서 1시 방향으로 시선을 돌렸다. 편지 발신인이 누구인 지는 처음부터 알고 있었다. 자신의 실제 경험담이라고 주장하는 (지금껏 여자 손 한번 못 잡아봤으면서), 섹스 이야기를 유료로 연재하며 급우들의 용돈을 털어내는 싸구려 도색소설가 홍석찬.

석찬의 얼굴을 보고 뭔데 그러느냐고 입 모양으로 물으려 했지 만, 유리창을 통해 들어오는 오후 2시 반의 강렬한 햇빛에 몹시 눈 이 부셨다. 내가 앉은 자리는 3분단, 석찬의 자리는 오른쪽에 유리 창이 죽 늘어선 4분단이다. 그러니 내 자리에서 석찬을 보려면 어쩔 수 없이 유리창을 마주 봐야 하는데, 해가 중천에 뜬 한낮에는 지금 처럼 아무것도 보이지 않는다. 더 쳐다보면 눈물이 나올 것 같아 물 어보는 일은 포기했다. 어차피 좀 이따 옥상에서 들으면 되니까.

뭐든지 시작이 있으면 끝이 있는 법. 인류의 진화 과정보다 길고 지난하게 느껴졌던 문학 수업이 마침내 끝났다. 마취할 필요도 없 이 곧장 메스로 배를 가르고 수술을 하더라도 통증을 못 느낄 정 도로 완전히 의식을 잃었던 나는 종소리에 잠을 깼다. 고개를 돌려 석찬의 자리를 보니 벌써 교실을 나간 모양이었다. 토막잠은 단 5 분을 자도 꿀맛인데, 하물며 20분을 잤으니 온몸에 호랑이도 때려 잡을 기운이 넘친다. 더구나 석찬은 호랑이 똥만도 못한 녀석이니 걱정할 일이 뭐가 있겠는가. 나는 성큼성큼 교실을 나서 2층 복도

11

를 걸었다. 계단으로 3학년 교실이 모여 있는 3층으로 올라간 후, 그곳에서 옥상으로 통하는 짧은 계단을 한 층 더 올랐다.

靈

옥상에 석찬은 없었다. 자기가 불러놓고 늦는 경우는 뭘까. 어이가 없었지만 모처럼 옥상에 와서 한가로이 바람을 쐬는 기분이 나쁘지 않았다. 돌이켜보면 갓 2학년이 된 지난 한 달, 이미지 관리를 하느라 매 수업시간마다 꼬박꼬박 자리를 지켰다. 이쯤 해서 슬슬 땡땡이를 쳐줘야 담임도 원래 이런 녀석이었구나, 포기하고 귀찮게 안 굴 테지. 오늘 남은 시간은 이곳에서 때우리라.

할 일이 없어 무심히 주변을 둘러보았다. 학교 부지 동쪽 정문 너머에는 끝 간 데 없이 펼쳐진 푸른 호수, 한 폭의 풍경화 같은 호반을 빨간 2인승 자전거로 달리는 커플, 하얀 돛을 펴고 두둥실 물 위를 떠다니는 요트…… 같은 건 절대 없었다. 건물 외벽 전체를 유리로 마감한 초현대식 건물이 시야를 온통 가로막고 있는 것이다.

"이래서 학교에서 그렇게 반대했군."

나도 모르게 혼잣말이 튀어나왔다. 학교와 호수 사이에 떡하니 들어선 이 8층짜리 오피스 빌딩의 시공을 몇 년 전부터 학교와 동문회 측에서는 거세게 반대했다고 한다. 하지만 시 당국은 개발 논리를 앞세워 허가를 내렸고 결국 작년 겨울에 빌딩이 완공되었다. 지금은 입주도 다 끝난 상태라서 유리창을 통해 늘 어딘가 바쁜 개미떼처럼 아침부터 밤까지 분주히 돌아다니는 넥타이 아저씨들이 어렴풋이 보였다. 빌딩이 없었던 작년까지만 해도 우리 고장의 자랑인 호수가 보였는데.

"뭘 그렇게 열심히 보냐?"

"그냥. 학생들의 정서 함양은 아랑곳없이 경제 발전에만 치중하는 나라가 과연 온당한가 해서."

나는 돌아보지도 않고 대답했다.

"하기우, 네 성적으로는 어차피 저런 빌딩에서 일 못 하니까 질투하지 마라."

석찬이 심드렁한 투로 말했다.

"아픈 데를 찌르네."

그제야 석찬을 돌아보며 투덜거렸다. 석찬은 내 반응에 조금도 신경 쓰지 않고, 나를 지나쳐 추락을 방지하기 위해 옥상 둘레에 쳐놓은 강철 펜스로 다가갔다. 그러고는 울타리에 몸을 기대고 위험할 정도로 깊숙이 몸을 숙여 아래를 내려다보았다. 키가 작은 녀석이라 두 발이 허공에 떠서 달랑거렸다.

"삭막한 풍경만 있는 건 아닌데. 밑에 벚꽃 핀 거 봐라. 아주 장관이다."

"장관은 청와대에 있겠지. 그나저나 왜 불렀냐?"

석찬은 몸을 돌려 울타리에 등을 기댄 채 나를 바라보았다. 불안하게시리 얼굴 전체에 늙은 너구리처럼 비열해 보이는 웃음을 띠고 있었다.

"후후, 약속을 잊지는 않았겠지?"

"응?"

"이거 왜 이러셔. 부모님 생일은 잊어도, 이 홍석찬 님께 빌려 간 돈을 상환하는 날짜는 잊지 말라는 소문은 들어봤을 텐데."

"아, 그거! 아이고, 미안하다. 요즘 정신이 없어서 그만……."

"야, 너 지금 그걸 연기라고 한 거냐? 아. 이. 고. 미. 안. 하. 다. 이따위로 무성의하게 연기해놓고 그냥 넘어가길 바라는 거야, 지금!"

석찬을 볼 면목이 없었다. 깜박하고 있다가 방금 생각난 것처럼 보이고 싶었는데, 어색한 나머지 한 음절씩 토막토막 끊어지는 최악의 연기를 선보이고 말았다.

"앞으로 더 노력하마."

"됐어. 넌 뭐에도 재능이 없으니까. 그보다 돈은?"

"너도 알다시피 요즘 점심도 굶고 있는데 무슨 돈이 있겠냐."

"음, 정말 없단 말이지."

석찬의 입매에 한층 짙은 웃음이 번졌다. 곧이어 가뜩이나 옆으로 길게 찢어진 그의 눈이 더욱 가늘어지더니 붉은 핏기가 눈동자에 서서히 쏠리기 시작했다. 아무래도 돈에 혈안이 되었다는 표현이 여기서 나온 모양이다. 석찬은 시뻘게진 눈으로 나를 쏘아보며 교복 상의 주머니에서 커터칼을 꺼냈다.

드르륵. 커터칼의 날을 뽑아 세우는 소리가 내 귀에 천둥마냥 크게 들렸다. 여전히 붉은 기가 가시지 않은 눈으로 칼을 들고 있는 석찬의 악귀 같은 모습은 꿈에 나올까 겁날 정도였다.

"석찬아, 정말 미안하다. 다음 달에 아버지가 용돈 부쳐주시면 바로 갚을게. 야, 우린 유치원 때부터 친구잖아!"

내 절규가 소용이 있었는지 석찬의 눈자위가 서서히 정상적인 흰색으로 돌아왔다. 그러고는 애교 있게 눈웃음을 치는데, 워낙에 작고 옆으로 찢어진 눈이라 이지러진 초승달을 보는 것 같았다.

"녀석, 진짜인 줄 알았구나. 봤지? 연기는 이렇게 하는 거야."

석찬은 바지 주머니에서 사과를 하나 꺼내더니 커터칼로 사각사각 깎기 시작했다. 껍질이 단 한 차례도 끊어지지 않는 게 많이 해본 솜씨다. 이윽고 사과 껍질을 다 벗긴 석찬이 반을 갈라 나에게 주었다.

"전(錢)이 오가는 얘기일수록 과일이라도 먹으면서 좀 부드럽게 해야지. 안 그래?"

"그, 그렇지."

냉장고에 오래 둔 듯, 사과는 표면이 쭈글쭈글하고 씹는 질감도 푸석푸석해 맛이 없었지만 죽음 가운데서 살아 돌아온 나는 이게 어디냐 싶었다.

"사실 너희 아버지 지금 지방에 계시고 너 혼자 사는 거 뻔히 아는데, 죽마고우인 내가 어떻게 너한테 모질게 굴 수 있겠냐. 상환은 한 달간 유예해줄 테니까 걱정하지 마라."

"고맙다, 친구야!"

나는 석찬의 손을 덥석 잡았다.

"그 대신!"

"그 대신?"

"날 위해 한 가지 해줄 게 있다."

"널 위해 한 가지 해줄 게 있다?"

15

"장난은 그쯤 하면 되지 않았나?"

"······미안. 내가 뭘 해주면 되는데?"

석찬은 뻔히 둘밖에 없는데도 누군가 엿들으면 곤란하다는 양 목소리를 낮췄다.

"기우야, 요새 우리 학교가 떠들썩한 유령 얘기 들은 적 있냐?"

"뭔 소리야, 유령이라니? 난 처음 듣는데."

"하긴 너 같은 아웃사이더가 학교 일을 알 턱이 없지."

굳이 하지 않아도 좋을 말로 내 속을 벅벅 긁은 후 이어진 석찬의 이야기는 피가 뚝뚝 떨어지고 모골이 송연한 공포 그 자체이기는커녕 어느 학교에나 있음직한 시시한 괴담에 불과했다.

"그렇군. 운동장 앞의 책 보는 소녀 동상이랑 과학실 해골 모형이 밤마다 몰래 만나서 사랑을 속삭인다는 말이지."

"농담하는 거 아니거든. 확실한 증인이 있어. 어제 경비 아저씨가 학교에 안 나왔단 말이다. 그렇잖아도 경비 아저씨가 그 전날 밤에 유령을 보고 기절했다는 소문으로 어제 전교가 하루 종일 난리였지. 오늘은 출근하셨길래 슬쩍 가서 물어봤더니 글쎄, 전부 사실이라는 것 아니냐."

이 말에는 살짝 흥미가 동했다. 별것 아닌 일에도 세상이 멸망하기라도 할 것처럼 호들갑을 떠는 여자애들 말도 아니고, 어른이 그렇게 말한 데는 그럴싸한 이유가 있을지도 모른다.

"정말이야?"

"그렇다니까. 내 귀로 직접 들었다니까 그러네."

"비주얼(visual)은 어떤데? 백 년 전통의 소복 귀신이냐?"

"이 자식, 내가 말한 거 다 헛들었어. 다시 한 번 말해줄 테니까 잘 들어. 유령은 남녀 두 명이야. 얼핏 남자 유령은 30대 초반, 여자 유령은 20대 후반쯤으로 보인대. 참고로 여자 유령 이름은 마리, 남자 유령 이름은 루이야."

"무슨 이름이 그래? 순정만화 주인공들이냐. 차라리 조세핀하고 앙드레라고 하지 그래."

"제일 처음에 목격한 여자애가 붙인 이름이래. 세계사 교과서에 나오는 마리 앙투아네트 초상화랑 그 여자 유령이랑 꼭 닮아서 그런 별명을 붙였대. 그럼 남자 유령은 당연히 마리 앙투아네트의 남편 루이 16세겠지."

"허."

"최초 목격자는 2학년 6반 반장. 며칠 전에 걔가 반 애들 불우이웃돕기 성금 걷은 봉투를 책상 서랍에 놓고 온 걸 집에 가서 안 거야. 그때가 자정이 넘었지만 불안해서 어떡하냐. 급히 학교로 돌아왔지. 경비 아저씨가 교문을 열어줘서 다행히 봉투는 찾았는데, 그때 보게 된 거라. 와인색 원피스를 입은 마리와 정장 차림의 루이를 말이야. 참, 유령답게 둘 다 다리가 없었다더라."

우리가 다니는 '사립 호수 고등학교'는 남녀공학이지만 남녀 합반은 하지 않는다. 각 학년 전체 10반 중 1~5반은 남자, 6~10반이 여자 반이다.

"그때부터 소문이 살짝 돌다가 어제 자정에 경비 아저씨까지 6반을 순찰하다가 마리와 루이를 본 거야. 덕분에 충격을 받아서 끙끙 앓다가 어제 출근도 못 한 거고."

계속 마리와 루이 운운하는 걸 듣다 보니 부자연스런 유럽풍 이름들도 자연스레 친근하게 느껴진다.

"그럼 6반 말고 다른 곳에서는 목격된 적이 없고?"

"아직까지는 그렇다네."

2학년 6반 교실은 우리들의 5반 교실과 바로 이어져 있다. 다른 곳도 아니고 바로 옆 반에서 신기한 일이 벌어졌다고 하니 이번에야말로 꽤 호기심이 생겼다.

"재미있네. 나도 한번 보고 싶은걸."

무심코 던진 내 말에 기다렸다는 듯 석찬이 열을 올렸다.

"그렇지? 잘됐다! 내가 특별히 오늘 기회를 줄게."

"응?"

"우리 두 영웅이 마리와 루이의 정체를 밝히는 거야. 몰래 6반에 잠입해서 자정이 될 때까지 기다리자. 가능하다면 두 유령이랑 얘기도 해보고. 어때?"

"나 먼저 간다. 갑자기 공부가 몹시 하고 싶어졌어. 이번 시간이 수학이었던가⋯⋯."

재빨리 뒤돌아 가려는데 안타깝게도 석찬에게 팔을 붙잡혔다.

"야, 어딜 가?"

"무슨 말도 안 되는 소리를 하는 거야? 내가 왜 유령을 만나야 하는데?"

"너만 만나라고 안 했어. 기우, 너는 아무런 준비할 필요 없어. 그냥 따라오기만 해. 유령과의 인터뷰는 전부 내가 맡을 테니까."

석찬은 가슴을 활짝 펴며 말했다.

"대체 그놈의 유령은 왜 만나려는 건데?"

한참 말이 없던 석찬이 흐린 얼굴로 털어놓았다.

"실은…… 내 잠자리 경험담도 이제 한계에 부딪쳤어. 소재 고갈이야."

"상상력 고갈이겠지."

그는 내 지적을 가볍게 무시했다.

"그리고 나도 언제까지 빨간책만 쓸 수야 있나. 새로운 걸 추구할 때도 됐지. 또 그런 얘기는 남자애들한테밖에 못 팔잖니. 유령과의 대담, 이런 주제의 논픽션이라면 여자애들한테도 얼마든지 팔 수 있을 거라고."

"석찬아, 너의 뜻은 잘 알았다. 내 생각에 분명히 교내 베스트셀러는 물론이고, 작가로서 기존의 네 한계를 뛰어넘는 좋은 계기가 될 거 같다. 진심으로 잘되길 바란다. 이만 안녕."

또다시 팔을 붙잡혔다.

"바늘 가는 데 실이 안 따라갈 수 있나. 너 그리고, 내가 뭐 무서워서 이러는 줄 아냐. 전 세계에서 최초로 유령이랑 인터뷰를 하는 영광스런 자리에 차마 죽마고우인 널 빠뜨릴 수가 없어서 그런다."

이제 알았다. 이 녀석은 그냥, 단순히, 명백하게 혼자 가는 게 무서운 거였다.

"너의 우정은 눈물 나게 고맙구나. 한데 어쩌나. 오늘은 집에 중요한 일이 있어서 안 돼."

"뭔데?"

"난(蘭)에 물주기. 우리 아버지가 얼마나 아끼는 건지 너도 잘 알잖아. 이거 좀 봐!"

매정하게 석찬의 팔을 뿌리치고 가는 등 뒤로 후후 하는 낮은 웃음소리가 들렸다. 돌아보니 석찬이 예의 붉은 눈을 뜨고 나를 노려보고 있었다.

"자꾸 그렇게 눈 부릅뜨지 마라. 시력 나빠진다."

두 번째 보는 혈안이라 심드렁했다.

"네가 과연 이 얘기를 듣고도 내 제안을 거절할 수 있을까. 끝까지 이 죽마고우의 부탁을 외면하면 나는 기우, 네가 나한테 빌린 11만 원을 어디다 썼는지 전교에 공개할 거다. 이미 전교생 이메일 주소를 입수해놓았어. 마우스 클릭 한 번이면 넌 그대로 생매장이야. 다시는 학교에 못 나올걸."

"너…… 너 이 자식, 어떻게 그런 짓을!"

거울로 비춰보지 않고도 내 얼굴이 하얗게 질렸으리라는 걸 알 수 있었다.

"그 돈으로 무엇을……."

"제, 제발! 갈게! 간다고!"

나는 옥상 바닥에 허물어지듯 주저앉고 말았다.

우리의 잠입 작전은 수업이 끝나고 다섯 시간 지난 밤 10시가 기점이었다. 석찬의 사전조사에 따르면 그맘때쯤 우등생들의 야간 자율학습이 끝나 2학년 모두가 집으로 돌아가고, 교무실에 남아 있던 교사들도 죄다 퇴근을 한단다. 그러면 경비 아저씨가 교실에 남아 있는 사람이 아무도 없는지 확인하고, 학교 본관의 유리로 된 정문을 잠금으로 세팅하는 것이다. 외부에서 억지로 문을 열려 시도하면 그 즉시 학교와 계약한 경비업체에 신호가 가서 몇 분 안에 안전요원들이 우르르 출동한다고 하니 밖에서 침투하는 일은 애당초 무리였다.

"그러니까 내 계획은 미리 6반에 가서 마리가 나오는 시간까지 숨어 있자는 거야. 처음부터 학교 안에 남아 있는 셈이니까 경비업체고 뭐고 신경 쓸 게 없는 거지."

"교실에 남자 둘이 숨을 만한 공간이 있을까? 경비 아저씨가 시간마다 순찰 돌 텐데……."

"있어. 딱 한 군데가."

학교 앞 분식집에서 저녁을 때우면서 석찬은 자신 있게 말했지만 여전히 불안했다. 이 낮도깨비 같은 녀석이 무슨 생각을 하고 있는지 도무지 짐작조차 가지 않았다.

다시 학교로 돌아와 아직 잠그지 않은 6반의 앞문을 슬며시 열고 들어갈 때는 가슴이 콩닥콩닥 뛰었다. 여자반에 한 번도 안 가 본 것은 아니지만, 반 아이들이 귀가하고 아무도 없는 시간에 몰래 들어가는 일은 느낌이 또 달랐다. 발각되면 뭐라 변명해야 하지? 어쩌면 도둑 누명을 쓸지도 모른다는 생각이 들자, 석찬과 만난 지 5만2천318번째로 괜히 이 녀석과 친구가 됐구나 하는 후회가 밀려왔다. 이번 생은 망했지만 다시 태어나면 그때는 꼭 이 녀석을 멀리하리라.

다행히 6반에는 아무도 없었다.

"작전 1단계 성공."

석찬이 나직이 선언했다. 그는 무슨 영화 속의 첩보원이라도 된 것처럼 눈을 반짝반짝 빛내고 있었다. 이 녀석이 뭔가에 이렇게 집중하는 모습은 평생 처음 본 것 같다.

"아, 이게 바로 여인의 향기인가. 이 달콤한 에스트로겐 향. 아아, 좋구나!"

코를 벌름대며 텅 빈 여자반 교실의 냄새를 맡는 석찬, 5만2천 319번째 후회.

"생선 썩는 퀴퀴한 냄새밖에 안 나는데 무슨 헛소리야!"

한껏 목소리를 낮추어 면박을 주었다.

"둔한 녀석. 그러니까 네가 여자한테……."

"닥치고 경비 아저씨가 문 잠그러 오기 전에 빨리 숨자. 서둘러야 돼!"

"경비 아저씨 순찰 루트는 다 알아봤어. 시간은 충분하다고."

"우리가 숨을 곳이 어딘데?"

석찬의 시선을 따라 내 시선도 이동했다. 석찬의 눈길이 멎는 곳에 있는 물체를 보자마자 한숨이 절로 나왔다.

"저길 말한 거야? 숨을 곳이라는 게?"

"응."

석찬은 선선히 고개를 끄덕였다.

"망할 놈."

"어허, 왜 그러시나. 저 정도면 호텔이나 다름없다고."

석찬은 우리가 들어온 문과 이어져 있는 교실의 서쪽 벽면으로 향했다. 앞문과 뒷문 사이의 벽에 나란히 늘어선 네 개의 창문 밑에 위치한 나무 청소도구함 앞에 멈춰 선 석찬을 어이없이 바라보던 나도 포기하고 뒤를 따랐다.

"정말 우리 둘이 다 들어갈 수 있을까?"

"조금 불편하긴 하겠지만 문제는 없어. 자, 시작하자."

석찬은 양쪽으로 열리는 청소도구함의 한쪽 문을 열고, 돌려서 빼는 나사 형태의 동그란 손잡이 한 개를 재빨리 분리해냈다.

"놀면 뭐하냐?"

석찬의 지청구에 나는 한숨을 쉬며 오른편 문을 연 다음 툭 하고 빠질 때까지 손잡이를 돌려댔다. 작업을 다 마치자 손잡이가 빠져나간 청소도구함에 콩알처럼 작은 구멍 두 개가 생겨 우리를 노려보는 것 같았다.

"딱 네놈 눈 사이즈구나."

석찬은 여느 때처럼 내 말을 무시하고 청소도구함 안에 있는 빗자루니 쓰레받기니 하는 물건들을 하나씩 꺼냈다. 잠시 후, 청소도구함 안은 텅텅 비어 석찬과 내가 간신히 들어갈 수 있는 공간이 생겼다.

"거봐라. 이 형님이 누구냐."

"그 좋은 머리로 공부를 좀 해봐라. 근데 이 빗자루들은 어떡할거야. 이대로 두면 경비 아저씨가 볼 거 아냐."

"숨겨놓을 곳이 이렇게 많은데 뭐가 걱정이냐."

석찬은 빗자루를 한 아름 안고 여학생들의 책상으로 이동해 넓은 서랍에 하나씩 집어넣었다. 나는 어이가 없어 그저 석찬을 멍하니 바라보았다. 그러자 석찬은 눈짓으로 나를 재촉했고, 나 또한 여자애들이 집으로 가져가지 않은 교과서, 문제집, 체육복 등이 들어 있어 도저히 자리가 나지 않는 서랍들을 건너뛰며 빗자루를 숨겼다. 5분 안에 무사히 청소 도구를 전부 숨길 수 있었다.

"오케이, 작전 2단계 대성공이다! 기우야, 이제 입실하자."

"입관이겠지."

퉁명스레 대답하고 석찬의 뒤를 따라 청소도구함 안으로 들어갔다. 비좁고 어두컴컴한 청소도구함 안에 들어가는 느낌이랑 관에 갇히는 기분이랑 뭐가 다를까. 정말이지 친구 잘 만나서 별짓을 다 한다.

석찬은 도구함의 왼편, 나는 오른편으로 나뉘어 자리를 잡았는데, 땀에 젖은 석찬의 어깨와 내 어깨가 맞닿은 느낌이 과히 좋지 않았다. 안에서 양쪽의 문을 닫자마자 순식간에 어둠이 밀려들었다. 빛이라고는 우리가 떼어낸 두 개의 작은 손잡이 구멍을 통해 들어오는 가느다란 빛줄기가 유일했다. 석찬은 이 안에서 밖을 볼 수 있는 시야를 확보하기 위해 일부러 손잡이를 빼내 엿보기 구멍을 만든 것이다.

"설마 경비 아저씨가 손잡이가 없는 걸 눈치 채지는 않겠지?"

"설마. 교실이 몇 개인데 일일이 다 확인하겠냐. 그냥 플래시로 슥 비춰보겠지. 그리고 어제 이 교실에서 유령을 봤는데 무슨 깡으로 교실 안을 자세히 보겠어."

그도 그럴듯해 더 말하지 않았다. 하긴 청소도구함은 문 쪽 벽에 딱 붙어 있어 교실 안으로 들어와 일부러 들여다보지 않는 이상 문밖에서는 제대로 볼 수 없다.

"잠깐만 있어봐."

석찬이 주머니를 뒤적였다. 잠시 후, 그가 꺼낸 건 기다란 펜이었다. 이렇게 깜깜한데 펜이 무슨 소용이냐고 물으려는 순간, 그가 딱 하고 펜에 달린 스위치를 올렸다. 순식간에 청소도구함 안이 불붙은 것처럼 환하게 밝아졌다.

"펜라이트(pen light)였구나."

이제 교실 전체가 들여다보였다. 바로 맞은편의 빈 책상과 의자들, 그 너머로 죽 늘어선 창문들.

"이거 들고 나 좀 비춰봐."

이번엔 석찬이 가방에서 꺼낸 건 두 개의 접이식 낚시의자였다.

"바닥에 철퍼덕 앉으면 엿보기 구멍이 우리 눈보다 조금 위에 있잖아. 이 의자에 앉아서 밖을 내다보면 눈높이가 딱 맞는다는 말씀."

"허."

"사람은 모름지기 준비성이 철저해야 하느니라. 자, 편히 앉아서 유령의 시간까지 기다려보자고."

석찬과 나란히 낚시의자에 앉아 두런두런 얘기를 하고 있자니 생각보다 무섭거나 답답하지 않았다. 아니, 흡사 캠핑을 하는 기분이었다. 초등학교에 들어가기 전, 우리 가족이 바닷가로 놀러 갔을 때 석찬도 데려간 적이 있었다. 그때도 지금처럼 이 녀석과 꼭 붙어 앉아 밤새도록 수다를 떨었다. 둘 다 외아들이라서 외로웠던 우리는 형제나 마찬가지였지…….

이러니저러니 해도 가족을 제외하면 인생에서 가장 많은 시간을 함께 보낸 친구다. 마음이 편한 것도 당연할 수밖에.

11시쯤 문을 잠그러 온 경비 아저씨의 플래시 불빛이 교실을 한 바퀴 훑을 때는 둘 다 숨을 헉 하고 삼켰지만 예상대로 들키지는 않았다. 어제의 끔찍한 경험 때문인지 경비 아저씨는 5초 이상 이 교실에 머무르면 죽는 줄 아는 모양이었다. 아무튼 한시름 놓았다. 이제 마리가 나온다는 자정 무렵까지 무작정 기다리면 된다.

우리는 한 시간 남짓 남은 시간을 죽이기 위해 끊임없이 떠들었다. 생각이 바르고 교양이 넘치는 젊은이들이라면 마땅히 해야 할 정치, 경제, 사회, 국제 정세, 문학에 관한 진지한 대화와 토론…… 같은 건 절대 없었다. 그저 어느 반의 누가 예쁘더라, 누구 양은 C컵인 것 같더라 하는 얘기들뿐.

"여고생, 편의상 소연이라고 하자. 그 소연이가 옷가게에서 옷을 몰래 자기 가방에 넣는 거야. 그런데 CCTV(씨씨티비)를 보고 있던 점장에게 딱 발각이 되는 거지. 마흔이 넘었지만 결혼은커녕 애인도 없는 점장은 여고생을 직원실로 데려가서 경찰에 신고하려고 해. 소연이가 훌쩍거리자, 점장은 신고하지 않을 테니까 옷을 벗어보라고……."

이러니저러니 해도 가족을 제외하면 인생에서 가장 많은 시간을 함께 보낸 친구가 신작의 줄거리를 공개하는 중이었다. 대체 이 녀석의 값싼 머리에는 뭐가 들어 있기에 주구장창 이런 이야기만 만들어낼까.

"여기서 내가 딱 등장하는 거야. 평소에 소연을 스토킹했던 나는 그날의 절도미수 사실을 벌써부터 알고 있었고, 옥상으로 소연을 불러서 이렇게 말하지. '으헤헤. 아주 오래전부터 당신을 눈여겨보고 있었습죠. 이번에 아주 나쁜 짓을 저질렀더군요. 이걸 소연 씨 부모님과 선생님, 친구들에게 말하면 대체 어떤 일이 벌어질까요?' 소연이 제발 이야기하지 말아달라고 사정하자, 나는 말하지 않을 테니까 옷을 벗어보라고……."

"대작이구나!"

솔직히 감탄했다. 그동안 석찬이 발표했던 누나 친구 혹은 친구 누나와 눈만 맞으면 정사에 돌입하는 천편일률적인 스토리와는 차원이 다른 깊이가 있었던 것이다. 죄를 저지른 미소녀, 협박, 스토커, 능욕. 이쯤 되면 성인문학의 노벨상 감이잖아!

"그렇게 옥상에서 한판이 끝나면 체육관 비품 창고로 데려가서…… 으악!"

자기가 말해놓고 자기가 흥분했는지 석찬은 눈을 휘둥그레 뜨고 입에 거품까지 물며 소리 없이 난리를 쳤다.

"잠깐 자리 좀 비켜주랴?"

내가 웃으며 말했다. 하지만 석찬의 발광은 멈추지 않았고, 실같이 가는 눈은 바야흐로 노끈 굵기가 되었다. 그제야 뭔가 심상찮은 일이 벌어졌다는 것을 깨달았다.

"야, 왜 그래? 뭐야?"

고개를 앞으로 돌려 내 쪽의 구멍을 통해 석찬의 시야가 닿은 곳을 확인한 순간, 나 또한 눈을 크게 뜨고 숨을 몰아쉴 수밖에 없었다.

내 눈에 비친 흐릿한 그것은 마리와 루이의 상반신이었다. 이 교실에 있을 수 없는, 있어서도 안 되는 한 쌍의 젊은 연인들이 서로를 지긋이 바라보며 마주 서 있었던 것이다.

"끅."

석찬의 목에서 숨넘어가는 소리가 났다. 황급히 고개를 돌려보니 석찬은 막 낚시의자에서 바닥으로 굴러 떨어지는 참이었다. 정신을 잃은 그를 몇 번 흔들어봤지만 요지부동, 좀처럼 의식을 회복하지 못했다. 우리가 본 게 정말 맞나 싶어 다시 엿보기 구멍으로 내다보았다. 마리와 루이는 여전히 그곳에 자리를 지키고 있었다.

바로 지금 이 세상의 어느 누구보다 행복하다는 양 환하게 미소 짓는 마리에게 루이는 작고 검은 상자를 하나 건넨다. 동그래진 눈으로 상자를 받아 드는 마리. 마리가 떨리는 손으로 상자를 열자 반지가 있다. 놀라기도 하고 행복해서 저도 모르게 왼손을 들어 오른편 가슴에 갖다 대는 마리. 두 사람(?)의 행복한 한때에 나는 몹시 슬퍼졌다. 아까 옥상에서 석찬에게 전해 들은 이야기가 떠올랐던 것이다.

"마리와 루이, 두 사람은 같은 고아원에서 자랐고, 어렸을 때부터 서로밖에 모르는 사이였지. 겨우 돈을 마련해 살 집을 구하고 결혼식을 올리려고 가던 찰나에 교통사고를 당한 거야. 즉사였대."

반지를 높이 들어 이리 보고, 저리 보는 마리의 눈에 점차 눈물이 고였다. 반짝이는 그 눈물이 너무 행복해 보여 한숨이 새어 나왔다. 한평생 불행했던 연인이 가장 빛나는 순간에 영영 헤어지고

만 것이다. 정녕 우리가 사는 세상은 허무와 슬픔으로만 가득 차 있는 곳인가. 가난한 연인들에게 잠시잠깐의 행복과 위안조차 허락하지 않는 냉정한 땅이었던가.

내 마음속의 비탄이 감당할 수 없을 만치 커져 아찔한 기분마저 들었다. 발밑이 어두운 구덩이로 하염없이 꺼져가는 듯해 몸의 균형을 잡으려 애썼다. 하지만 그것도 잠깐, 어느 순간 나는 의식을 잃었다.

靈

어디선가 여인의 노랫소리가 들렸다. 가사가 있는 노래는 아니고, 그저 흥얼거림에 가까웠지만 목소리에 맑고 청량한 느낌이 감돌아 잠결에도 괜스레 기분이 좋아졌다.

누가 부르는 거지? 설마…… 마리?

잊고 있던 마리를 떠올리자 눈이 번쩍 뜨였다. 그래, 어젯밤 나는 마리의 모습을 보고 낚시의자에 앉은 채로 기절했었지. 아직 유령의 시간은 끝나지 않았다는 건가. 나는 심호흡으로 떨리는 가슴을 조금 진정시키고 노래를 부르는 마리를 보려 했다.

교실에 마리는 없었다. 대신 내 또래의 소녀 하나가 콧노래를 부르며 봄날의 아침 햇살이 쏟아지는 창가로 다가가는 모습이 보였다.

노래를 부른 건 저 아이인가?

우리 학교 여자 교복인 흰 블라우스에 아이보리색 카디건을 걸

치고, 체크무늬 스커트를 입은 소녀는 발을 땅에 스치듯 부드럽게 미끄러지고 있어 도무지 현실 세계의 사람 같지 않았다. 문득 불안한 예감이 스쳤다. 어쩌면 저 아이도 유령일지 몰라.

소녀는 환기를 위해 창가를 다니며 하나둘씩 잠긴 창문을 열었는데, 콧노래만큼은 잠시도 멈추지 않았다. 교실 한가운데 있는 창문을 열었을 때 홀연 거센 바람이 소녀의 긴 머리카락을 사방으로 흩날렸다. 거기서 끝이 아니었다. 열린 창문으로 하얀 꽃잎이 그 바람을 타고 우수수 실려 들어온 것이다.

갑자기 쏟아지는 바람과 벚꽃잎에 휩싸여 손을 휘저으며 당황하던 소녀는 자기도 그 상황이 우스운지 시원스런 웃음을 터뜨렸다. 한 점 티 없이 순결한 벚꽃의 요정, 그 순간 내 머릿속을 지배한 단 한 가지 생각이었다. 어제만 같았어도 이 세상에 요정이 어디 있어, 하고 비웃었을 테지만 하루 만에 모든 게 달라졌다. 이 세상에 정말로 유령이 있는데, 요정이 있어서는 안 될 이유가 어디 있겠는가.

바람이 멎었다. 눈을 감고 꽃잎의 비를 한껏 만끽하던 소녀는 아쉬운지 눈가를 살짝 찌푸렸고, 청소도구함 속의 나 역시 두 주먹을 불끈 쥐었다.

"어떡해."

우아한 환상에서 빠져나온 소녀는 교실 바닥을 둘러보며 울상을 지었다. 바닥은 온통 흰 꽃잎 천지. 이 상태로 하루를 시작할 수는 없는 노릇이다.

"아침부터 땀 흘려야겠네."

반 아이들 중 제일 먼저 교실에 나와 환기를 시키고 수업 준비를 하는 이 소녀는 아마도 주번이리라. 소녀는 무거운 표정을 지은 채 교실 서쪽 벽, 다시 말해 내가 들어 있는 청소도구함 방향으로 걸음을 옮겼다. 흠, 빗자루로 꽃잎을 쓸려나 보군.

아니, 잠깐만! 이렇게 가벼이 넘어갈 문제가 아니다. 소녀가 청소도구함 문을 열면 틀림없이 들켜버릴 텐데…… 안 돼! 안 된다. 소녀에게 우리 모습을 뭐라고 변명한단 말인가.

절체절명의 상황에서 이러지도 저러지도 못하고 허우적거리는데, 갑자기 내 곁에서 짐승 같은 울부짖음이 터져 나와 교실을 진동시켰다.

"으악, 있다! 정말 있어! 귀신이다!"

심장이 덜컹 내려앉을 만큼 놀랐다. 아무래도 석찬이 소녀의 발소리에 정신을 차린 모양이었다. 그런데 왜 하필 지금이야!

"으아악!"

석찬은 가을에 슬피 우는 으악새와 같은 비명을 내지르며 청소도구함 문을 박차고 뛰어나갔다. 어찌나 빠른지 말릴 틈조차 없었다. 이다음에 벌어진 일은 차마 말로 표현할 수 없을 지경이다.

"아아아아앗!"

"으아아아악!"

소녀와 석찬이 경쟁적으로 목 놓아 비명을 질렀다. 소녀 입장에서는 멀쩡한 청소도구함에서 느닷없이 웬 남자가 튀어나오는데 어찌 놀라지 않을 수 있을까. 한편 석찬은 유령의 공포에서 아직 헤어 나오지 못해 제정신이 아니었다. 필연적으로 두 소년소녀의 비명 오케스트라가 펼쳐질 수밖에……

가만있으면 고막이 찢어질 듯해 귀를 막고 나도 밖으로 나갔다. 문제가 더 심각해지기 전에 두 사람을 진정시켜야 했다.

"왜 그래?"

"무슨 일이야?"

"꺅!"

문제는 이미 심각해졌다. 때마침 등교한 6반 여학생 몇 명이 학교 전체를 울리는 비명에 서둘러 교실로 들어왔던 것이다. 소녀와 석찬을 진정시키려고 애쓰던 나는 뒷문으로 들어온 한 무리의 여자아이들 중 유독 높이 솟아 있는 머리를 보고 최악의 상황임을 직감했다.

"다들 나와. 언니가 해결한다."

'엘리언트'가 우리를 향해 뚜벅뚜벅 걸어오고 있었다. 목 쉰 소리를 질러대던 석찬도 그 위용에 슬쩍 입을 다물었다. 하긴 엘리언트는 유령과 달리 우리 육체에 아주 직접적인 고통을 줄 수 있으니 그럴 만도 했다.

"부반장은 좀 비켜봐."

엘리언트는 가볍게 한 손을 휘둘러 소녀를 옆으로 밀었다. 살짝 손을 쓴 것뿐인데도 소녀는 휘청휘청 몸을 잘 가누지 못했고, 태풍 맞은 허수아비처럼 넘어지려는 걸 뒤에 있던 깡마른 여학생이 간신히 받아냈다.

아아, 왜 잊고 있었지. 6반에 엘리언트가 있다는 것을.

극한의 공포에 내 머릿속은 바닥에 나뒹굴고 있는 꽃잎처럼 새하얘졌다. 엘리언트는 18세 소녀의 별명이다. 다만 그 소녀가 178센

티미터의 키에 100킬로그램이 넘는(그래도 소녀라서 정확한 몸무게는 공개하지 않고 있다) 체중의 소유자라는 게 문제였다. 엘리언트라는 별명도 짓궂은 남학생들이 코끼리(엘리펀트, elephant)와 거인(자이언트, giant)을 합쳐 만든 것이다.

그 가공할 엘리언트가 석찬의 멱살을 한 손으로 잡고 위로 번쩍 치켜들었다. 석찬의 두 발이 허공에 들린 채 달랑달랑 메트로놈처럼 흔들렸고, 입에서는 슉슉 바람 빠지는 소리가 났다. 아마 오줌도 지렸을 거다.

"얘네 뭐야, 이상해!"

네모난 뿔테안경을 쓴 네모꼴 얼굴의 여자애가 엘리언트에게 말했다. 뭔데 그러나 싶어 고개를 돌려보니, 네모는 혐오스러운 물건을 잡을 때처럼 엄지와 검지로만 빗자루 끝을 들고 있었다. 아무래도 자기 책상을 확인해보다가 우리가 서랍 속에 고이 넣어둔 빗자루를 발견한 듯했다. 네모의 말에 다른 아이들도 전부 각자의 서랍을 확인하고 빗자루를 꺼냈다. 우리를 향해 일제히 쏟아진 여자애들의 황당 혹은 멸시의 눈길에 얼굴이 시뻘겋게 달아오르는 기분이었다.

솔직히 입이 열 개라도 변명할 말이 없었다. 밸런타인데이 초콜릿도 아니고, 서랍에 빗자루가 하나씩 들어 있으니 이보다 해괴망측한 일이 또 있을까.

"그런 거 아냐! 다 설명할게!"

석찬은 목이 졸려 붉어진 얼굴로 부질없는 노력을 기울였지만 엘리언트에게 자비란 없었다.

"이놈 자식! 이 변태 새끼!"

욕설 한 마디에 매 한 대. 엘리언트는 빈손으로 무자비하게 석찬의 뺨을 내리쳤고 석찬의 코에서는 이내 코피가 터졌다. 다섯 대가 넘어가자 석찬은 체면을 어디에 팔아먹었는지 눈물콧물을 흘리며 애원하기 시작했다. 절친한 친구의 얼굴이 피떡이 되어가는 걸 보는 내 마음은 물론 통쾌하기 그지없었다. 이 녀석 때문에 밤새도록 시달린 걸 생각하면 아직 멀었다. 그래, 더 세게, 더 모질게, 더 흉포하게 때리란 말이야!

그러다 문득 당연한 일에 생각이 미쳤다. 석찬의 타작이 끝나면 엘리언트는 당연히 공범인 내게 올 것이다. 그러면 곤란한데. 이렇게 많은 여자애들 앞에서 저런 추한 꼴을 보일 수는 없었다. 어떻게든 이 위기를 벗어나야 해. 그러려면 무엇을 해야 하지. 나는 필사적으로 생각하고 또 생각했다.

분명히 뭔가 어색한 게 있었는데…….

석찬은 지난밤에 이어 또다시 정신을 잃었다. 엘리언트는 쓰레기를 버리듯 석찬을 옆으로 휙 던지더니 손을 탁탁 털었다. 그러고는 육중한 몸을 돌려 나를 향해 뚜벅뚜벅 다가왔다. 다른 사람 같으면 그 자리에서 얼어버렸겠지만 나는 오히려 그녀에게 다가섰다. 선수를 치기 위해서였다.

"때릴 땐 때리더라도 일단 내 말을 조금만 들어봐."

엘리언트는 아무 대꾸도 없이 손을 번쩍 치켜들었다. 눈이 질끈 감겼지만 배에 힘을 단단히 주고 말을 쏟아냈다.

"너네 반에서 유령이 나온다는 사실 알고 있지? 우리는 그 유령의 정체를 밝히기 위해 어젯밤 여기에 잠복한 거야."

"그래, 내가 바로 그 유령이다!"

아이고, 어련하시겠습니까. 비록 엘리언트는 진지하게 들을 생각이 없었지만 다른 6반 여자아이들은 달랐다. 여기저기서 웅성대는 소리가 들려왔다. 좀 더 확실하게 아이들의 호기심을 자극해야 할 상황인 것 같다.

"우리는 분명히 봤어. 성인 여자와 남자의 유령, 그러니까 마리와 루이를 말이야."

떠드는 소리가 더욱 높아졌다.

"근데 이 약장수 같은 게 아직도 정신을 못 차리고 애들을 홀려!"

작전 대실패였다. 엘리언트는 같은 반 친구들의 반응은 아랑곳없이 부채 같은 손을 휘두르기 직전이었다. 그때 조금 전 창문을 열고 꽃비를 맞던 소녀가 엘리언트의 번쩍 치켜든 손을 붙잡고 부드럽지만 단호하게 말했다.

"송이야, 일단 뭐라고 하는지 좀 들어보자."

나는 엘리언트의 이름으로는 송이보다 덩이가 더 낫지 않겠나 생각하면서 고개를 마구 끄덕였다. 상황이 이쯤 되자 엘리언트도 다짜고짜 손을 쓰지 못했다. 비로소 꽃잎의 소녀를 비롯해 같은 반 친구들이 내 이야기를 더 듣고 싶어 한다는 사실을 알아챈 모양이었다.

"마리와 루이는 어젯밤 이 교실에 확실히 나타났어. 우리는 그걸 보고 곧바로 기절했고. 원래는 너희들이 등교하기 전에 교실을 빠져나가려고 했는데 말이야. 아무튼 정말 미안해. 놀라게 할 생각은 없었어."

나는 6반 아이들에게 머리를 꾸벅 숙여 사과했다. 사과가 제법 먹혀들었는지 여자애들의 험한 분위기가 조금씩 사그라지는 것이 피부로 느껴졌다.

"처음이니까 이번 한 번만 봐주기로 한다. 저거 챙겨서 어서 꺼져!"

잠시 고민하던 엘리언트가 구사일생의 명령을 내려주었다. 다행히 개망신은 면한 것 같다. 나는 여전히 정신을 못 차리고 있는 '저거'를 부축해 일으켜 세우고 교실 뒷문으로 향했다. 몇 시간 만의 탈출이런가. 그야말로 감개무량이었다.

석찬과 함께 움직이느라 느릿느릿 걷던 나는 뒷문 앞에서 걸음을 딱 멈추었다. 그러고는 뒤로 돌아 엘리언트를 위시한 여학생들을 정면으로 보았다.

"가기 전에 마리와 루이의 정체를 알려줄게. 그것 때문에 학교가 계속 시끄러워지는 것은 원하지 않거든."

여자애들 특유의 하이 톤의 웅성거림.

"사실은 나도 진짜로 유령이 나올 거라고 생각하지는 않았어. 그래서 어젯밤에는 정말 혼이 빠질 정도로 놀랐지. 하지만 밝은 아침에 보니까 유령의 정체를 알겠더라고. 특히 저 창문을 보고 확실히 알았어."

창문 운운할 때는 꽃잎의 소녀를 응시했지만, 그녀는 내 시선을 피해 눈을 내리깔았다.

"유령의 정체는 바로 거울이었어."

여자애들이 내는 소리가 정확히 두 배 높아졌다.

"난 5반이라 너희들 바로 옆에 반이야. 그러니까 직사각형인 이 건물의 동쪽 면에서 보면 두 반이 나란히 있다는 말이지. 이 자리에 혹시 저기 창가 근처에 앉는 아이들이 있니?"

두 갈래로 머리를 묶은 여자애가 손을 들었다.

"그러면 너도 해가 중천일 때 몹시 눈이 부시겠구나?"

두 갈래가 고개를 끄덕였다.

"우리 반도 그래. 다시 말해, 우리 학교 동쪽 면에 있는 모든 교실의 문 맞은편 벽면에는 창문들이 죽 이어져 있다는 거지. 일단 이걸 머릿속에 넣고 다음으로 넘어가자. 나도 그렇게 생각했지만 너희들도 조금 이상하지 않아? 작년까지만 해도 유령 같은 건 나오지 않았잖아? 그런데 왜 올해부터 유령이 나오기 시작했을까?"

"마리하고 루이가 올해 죽었으니까."

6반 여학생 중의 한 명이 대답했다. 피식 웃음이 나왔지만 간신히 참아냈다.

"그것보다, 작년하고 올해 우리 학교에서 뭐가 가장 달라졌지? 아마도 제일 큰 변화는 학교 동쪽에 무지막지하게 큰 오피스 빌딩이 들어선 게 아닐까. 다들 알다시피 오피스 빌딩은 벽면이 전부 유리로 되어 있잖아. 거기 직원들이 밤늦도록 불을 훤히 밝히고 일하는 모습은 너희들도 한 번씩 봤을 거야."

더 이상 떠드는 소리는 들리지 않았다. 한 명, 두 명, 모두가 입을 다물고 내 이야기에 집중하고 있었다.

"그러니까 올해 우리 학교 맞은편에는 작년에 없던 조명탑이 하나 생긴 셈이야. 아직까지는 내 추측에 불과하지만 어젯밤 마리와 루이는 아마도 저 오피스 빌딩의 어느 불 켜진 사무실에 함께 있었던 것 같아. 그 사무실 내부에서 뿜어진 빛이 조명이 돼서 마치 영화처럼 두 사람의 흐릿한 영상을 빌딩 맞은편에 있는 우리 학교 동쪽의 교실 중 한 곳으로 쏘아 보낸 거야. 물론 그 영상이 최종적으로 도달한 곳이 하필 너희들 교실 유리창이었던 거고. 결론적으로 어제 이 교실에서 내가 본 마리와 루이는 허상일 뿐, 진짜 두 사람은 저 빌딩 안에 멀쩡히 있었다는 거지."

"그건 전부 네 가설이잖아?"

두 갈래가 말했다.

"증거는 두 가지야. 조명탑 역할을 해줄 오피스 빌딩이 없던 작년에는 유령 소동이 없었다는 것이 첫째. 두 번째는 내가 직접 봤어. 어젯밤 루이는 청혼이라도 하려는지 잔뜩 분위기를 잡고 마리에게 반지를 건넸어. 마리는 행복에 겨워 자기도 모르게 왼손을 오른편 가슴에 갖다 대더라. 조금 이상하지 않아? 우리가 놀라거나 행복에 도취할 때는 보통 심장이 있는 왼편 가슴에 오른손을 대잖아. 마리는 왜 반대로 그랬을까? 정답은 그 모든 게 유리창에 비친 영상이었기 때문이야. 마리는 어젯밤 분명히 심장에 오른손을 얹었을 테지. 하지만 내 눈에는 거꾸로 보일 수밖에. 다들 너무도 잘 알다시피 유리, 즉 거울은 비치는 모든 걸 반대로 보여주잖아."

긴 설명이 끝났다. 주변은 온통 정적, 자그마한 숨소리조차 들리지 않았다.

"너희들 교실하고 일직선상에 위치하는 저 빌딩의 사무실을 찾아보면 실제 마리를 만날 수 있을 거야."

몇 마디를 덧붙인 나는 축 늘어진 석찬을 데리고 6반 교실을 나왔다.

이하는 나중에 들은 이야기다. 몇몇 호기심 많은 6반 여자애들은 그날 오후 기어코 교실과 오피스 빌딩이 일직선으로 이어지는 사무실을 찾아가 마침내 사내 커플인 마리와 루이를 만났다고 한다. 교실과 마주 보는 그 사무실은 회의실이었고, 어젯밤 야근 중에 남몰래 둘만 들어가서 사랑을 속삭였단다. 나름대로 철저하게 보안을 유지했는데 생각지도 않게 저 교실에서 보일 줄은 몰랐다며 마리는 얼굴을 붉혔다고 한다.

근무시간임에도 아랑곳없이 민폐를 끼친 아이들의 끈덕진 질문 덕분에 몇 가지 의문이 추가로 풀렸다. 교실에서 마리와 루이의 상반신만 보였던 이유는 유리벽 하단에 일렬로 딱 붙여놓은 비품 캐비닛들이 허리 아랫부분을 가렸기 때문이었다. 또한 두 사람의 밀회 찬스가 자주 있었던 건 아니라서 두 유령이 깊은 한밤중에 이따금 출몰할 수밖에 없었다는 사실도 밝혀졌다.

마지막으로 고아원 출신의 두 연인이 교통사고를 당해 죽었다는 소문은 역시나 소녀 감성의 진부한 멜로드라마에 불과했다. 눈코 뜰 새 없이 바쁜 루이가 고작 회의실에서 청혼을 했지 뭐냐며 잠시 화를 내다가도, 곧 결혼식이 있을 거라며 부끄럽게 웃는 예비신부 마리의 얼굴은 세계사 교과서에 나오는 프랑스 왕비 마리 앙투아네트의 초상화하고는 비교도 되지 않을 정도로 환하게 빛났다고 한다. 아, 왼손 약지에 낀 반지도 눈이 부실 만큼 황홀한 빛을 발했다는 후문이다.

☷

스르륵. 교실 문이 걸리는 소리도 없이 열렸다.

"여기도 없네."

이어지는 누군가의 목소리. 문 안쪽의 벽에 등을 딱 붙이고 서 있던 나는 심장이 목구멍을 통해 쏟아져 나올 것만 같았다. 내 쪽으로 활짝 열린 문과 코가 바로 맞닿을 지경이었다.

"분명히 이 교실로 들어오는 뒷모습을 봤는데……."

한 겹 문을 사이에 두고 추적자와 같은 공간에 있는 나는 극심한 두려움에 질린 나머지 그냥 튀어나가 이실직고할까 하는 유혹에 시달렸다.

"뭐 어차피 오늘 못 만나도 내일이 있으니까. 하루 더 햇빛을 볼 수 있게 자비를 베풀어주지."

추적자는 혼잣말을 하더니 문을 닫았다. 다시 복도로 나간 그는 볼 수 없겠지만 교실 안에서는 문 바로 곁의 내 모습이 고스란히 드러난다. 오늘도 살아남았구나, 안도하며 움직이려는 찰나 벼락같이 문이 다시 열렸다. 이번에는 정말 혼이 싹 날아갈 정도로 놀랐다. 너무 놀라 비명을 속으로 삼킨 게 차라리 다행이었다. 추적자는 내가 자기를 따돌렸다고 확신해 주의가 흐트러지는 순간을 노린 것이었다. 주도면밀한 추적자는 이번에도 소득 없이 물러났다.

"석찬, 넌 전생에 일본 순사였을 거다."

나는 고개를 절레절레 흔들고 빈 교실을 나왔다. 마리의 정체가 밝혀진 탓에 유령과의 인터뷰를 담은 신작 집필이 무산된 석찬은 요 며칠간 나로 인해 계획이 어그러졌으니 빌린 돈 11만 원을 당장 내놓으라고 성화를 부렸다. 덕분에 석찬과 나는 고양이와 쥐가 되어 매일같이 반복되는 추적놀이를 하게 되었다. 아직까지는 잡히지 않았지만 오래 계속하지는 못할 듯하다. 무엇보다 심장에 무리가 심하게 간다. 지금도 다리가 덜덜 떨려 걷지도 못할 지경이니.

무작정 도망치느라 우리 교실과 상관도 없는 2층 북쪽으로 와버렸다. 생존의 환희와 내일의 공포라는 이중적인 감정을 느끼며 터덜터덜 발걸음을 놀리고 있는데, 막 가까워오는 음악실에서 피아노 소리가 들렸다. 근처까지 가보니 살짝 열린 앞문을 통해 피아노 소리가 더욱 분명해졌다. 이미 방과 후라서 음악 수업은 없을 텐데 누구인가 싶어서 고개를 빼꼼 들이밀어 안을 훔쳐보았다.

음악실 맨 앞에 놓인 검은색 그랜드피아노에 교복을 입은 소녀 하나가 앉아 매우 빠른 곡을 연주하고 있었다. 열정적으로 건반 여기저기를 두드리는 소녀의 어깨가 좌우로 흔들렸고, 고개는 리듬을 타려는지 위아래로 흥겹게 까닥거렸다.

"아아……."

유려한 손놀림으로 피아노를 치는 소녀는 봄날 아침 꽃비를 맞으며 웃음을 터뜨렸던 바로 그 벚꽃의 요정이었다. 발소리를 내지 않으려 조심하면서 음악실 안으로 들어갔다. 피아노에 몰두한 소녀는 내가 들어온 것을 전혀 깨닫지 못했다.

어린 시절의 꿈속에서나 들었을 법한 감미로운 멜로디가 음악실을 가득 채우고 있었다. 부드러우면서도 변화무쌍한 선율 하나하나가 내 가슴을 톡톡 두드렸다.

나는 눈을 감고 소녀가 치는 피아노곡을 감상했다. 밤하늘을 가득 채울 듯 커다랗게 떠오른 둥근 달 아래 잠든 도시의 뒷골목을 활기차게 뛰어다니는 검은 고양이의 이미지가 눈앞에 잡힐 것처럼 선명하게 그려졌다. 한참이나 유쾌하게 도시를 누비던 고양이는 곡이 느려짐과 동시에 사라졌고 곧 내 두 발이 두둥실 떠올랐다. 그러고는 파란 하늘을 유영하듯 날아 흰 솜털 구름을 지나쳐 아래로, 아래로 내려간다. 다음 순간 내 눈에 비친 것은 커다란 야자수가 우거진 남국의 섬이었다. 찬란한 햇살을 받아 금빛으로 반짝이는 바다와 고운 모래사장, 한 줄기 시원한 바람을 맞으며 나란히 걷는 남녀.

아무 말도 필요하지 않았다. 그저 이 곡이 영원히 끝나지 않았으면 하는 바람뿐…….

곡은 재차 빨라졌다가 서서히 영롱한 선율이 꺼질 것처럼 잦아들더니 잠시 뒤 끝났다.

짝짝. 나도 모르게 박수를 치고 말았다. 소녀의 연주에 감동을 받아 무의식중에 저지른 일이었지만 곧바로 후회했다. 이러면 몰래 엿들었다는 사실이 들통 나버리잖아.

"어머!"

난데없는 박수에 소녀는 크게 움찔하며 놀랐다.

"죄송해요. 문만 잠그려고 했는데……."

소녀는 황급히 뒤로 돌아 고개를 꾸벅 숙였다. 아마도 나를 음악 교사로 착각한 모양이었다.

"아, 아니야. 그냥 지나가다 우연히 들었어. 근데 너무 잘 치고, 듣기 좋아서……."

고개를 들고 남학생 교복을 입은 나를 확인한 소녀의 눈이 커졌다.

"선생님 아니구나."

소녀가 안도하며 말했다.

"처음부터 다 들은 거니?"

"거의 그럴걸."

내 대답에 소녀가 얼굴을 살짝 찡그렸다.

"하필 세 군데나 틀렸을 때……."

아하, 피아노를 잘 치지 못했다고 생각해서 신경이 쓰였나 보다. 천만의 말씀, 문외한인 내가 어디가 어떻게 틀렸는지 알 턱이 있나.

"뭔 소리야, 최고였다고! 이렇게 훌륭한 연주는 처음 들어봤어."

"무슨, 말도 안 돼. 그런 말하지 마."

소녀는 바람개비보다 빠르게 손사래를 쳤다. 얼굴도 발갛게 물들었다.

"정말이야. 너처럼 잘 치는 애는 본 적이 없는데."

나는 고개를 갸웃했다.

"어휴, 아니라니까. 그보다 이제 문 잠가야 해."

소녀는 어서 음악실에서 벗어나 부담스런 상황을 끝내고 싶어 하는 눈치였다. 반면에 나는 이 귀여운 소녀와 더 이야기를 나눌 수 없겠구나 싶어 조금 섭섭했다.

"이 열쇠, 교무실에 갖다놔야 하니까 잠깐만 기다려줘. 집에 같이 가자."

들고 있던 열쇠로 문을 잠그고 나서 소녀가 말했다. 방금과 같은 아름다운 피아노 소리는 없었지만 내 두 발은 또다시 두둥실 떠올랐다.

"그런데, 지연아. 아까 그 곡 제목이 어떻게 되지? 난 클래식은 전혀 몰라서."

우리는 교문을 벗어나서도 한참 동안 말없이 걷기만 했다. 여기에 초조감을 느낀 내가 겨우 생각해낸 질문이었다.

"쇼팽, 〈즉흥환상곡〉. 잠깐!"

선선히 답한 지연이 뭔가 이상하다는 양 갑작스레 걸음을 멈췄다.

"응?"

"내 이름 말한 적 없는 것 같은데?"

지연이 고개를 갸우뚱했다. 나는 몹시 당황해 허둥지둥 말했다.

"으헤헤. 아주 오래전부터 당신을 눈여겨보고 있었습죠."

"뭐?"

"아하하하. 그냥 농담이야."

최악이다. 하필 이 대목에서 언제 들었는지 기억도 안 나는 석찬의 저질 삼류소설 대사가 생각났을 게 뭐람.

"넌 잘 모르겠지만 사실 송지연, 너 모르는 사람 없어. 전교 1등인데 누가 모르겠냐. 그보다 피아노도 이렇게 잘 치는지는 오늘 처음 알았네."

어색한 상황을 벗어나기 위해 칭찬 몇 마디를 주워섬겼다. 실은 유령 소동에서 구사일생으로 벗어났던 그날, 석찬에게 벚꽃의 요정에 대한 정보를 구했다. 물론 소정의 사례금을 요구한 석찬은 그녀의 신상에 관해 들려주었다. 하지만 내가 이름을 미리 알고 있었다는 사실을 그녀도 알 리가 없는데, 방심한 틈에 실수를 해버린 것이다.

"정말이야?"

지연은 여전히 의심이 풀리지 않았는지 눈을 가늘게 뜨고 나를 바라봤다.

"하하. 당연하지. 넌 우리 학교의 유명인사라니까."

"에이, 아냐. 나 같은 게 무슨."

얼굴을 붉힌 지연이 세차게 고개를 저었다. 좌우지간 부끄러움이 참 많은 여자애다. 그러나 잠시 후, 그녀는 돌변해 방긋 웃음을 지었다.

"사실은 나도 네 이름 알아. 너 기우지? 하기우?"

그 순간, 내 머릿속은 아무도 밟지 않은 첫눈처럼 새하얘졌다.

"맞아. 맞는데, 어떻게 내 이름을?"

"기우, 너 그날 되게 멋있었거든. 기우처럼 머리 좋은 사람을 처음 봐서 어떤 앤지 궁금했어. 그래서 친구한테 물어봤지."

"어휴, 말도 안 돼."

이번에는 내가 고개를 격렬하게 저을 차례였다.

"나 반에서 꼴찌라고. 그런데 머리가 좋다니."

제길, 이렇게까지 솔직할 필요는 없었는데 당황한 나머지 또 실수를……

"단순히 외우기만 하면 되는 공부랑 배운 걸 진짜로 생활 속에서 적용할 수 있는 머리는 달라. 그날 내가 본 기우는 정말로 머리가 좋았는걸. 지금까지 기회가 없어서 그렇지 조금만 노력하면 공부도 금세 잘할 수 있을 거야."

뺨에 우물이 살짝 패도록 흐드러지게 웃음이 번진 지연의 얼굴은 마치 천사를 보는 것 같았다. 아니, 이 아이는 원래 요정이었지.

"말은 고마운데 기초가 너무 없어놔서."

뒷머리를 벅벅 긁으며 말했다.

"그런 건 걱정하지 마. 뜻이 있으면 길이 있다잖니. 내가 도와줄게. 모르는 게 있으면 언제든 나한테 가져와도 좋아."

"가, 감사합니다!"

나는 마음속으로 감격의 눈물을 철철 흘리며 숫제 90도로 절을 했다. 그쪽에서 먼저 몇 번이고 만날 수 있는 계기를 주시다니요. 이렇게 고마울 데가 또 있을까요.

"오늘 이렇게 얘기하게 돼서 너무 반가웠고 재미있었어. 안녕."

어느새 도착한 버스정류장 앞에서 지연이 손을 흔들었다.

"아, 여기서 버스?"

"응. 학원 가려면 여기서 타야 해."

못내 아쉬웠다. 나는 엄마 손을 떠나 첫 등교를 하는 아이처럼 차마 발길을 떼지 못하고 미적거렸다. 뭐가 없나 싶어 주변을 둘러보았더니 마침 편의점이 보였다.

"잠깐만 있어봐."

편의점으로 뛰어가 캔 커피를 하나 사서 정류장으로 돌아왔다.

그 사이 버스가 왔을까 봐 얼마나 조마조마했는지 모른다.

"이거 마시면서 가."

숨을 몰아쉬며 커피를 건넸다.

"으으. 나 커피 못 마셔. 너무 써."

지연이 사랑스럽게 얼굴을 찌푸렸다.

"그, 그럼 또 잠깐만. 주스로 바꿔 올게."

다시 뛰려는 내 팔을 지연이 얼른 붙잡았다.

"그러지 말고 같이 가. 저기 테이블도 있는데."

편의점 앞에는 손님들이 음료나 컵라면을 앉아서 먹을 수 있도록 마련한 몇 개의 흰 파라솔과 테이블 세트가 있었다. 지연의 얘기는 아무래도 저기 함께 앉아서 마시자는 뜻?

"학원은?"

"오늘은 쉴래."

지연이 배시시 웃으며 말했다. 그 웃음에 황홀해진 나는 아무것도 못하고 있다가 이윽고 따라 웃었다.

靈

그 후로도 지연은 학원을 자주 쉬었다. 우리는 거의 매일 수업이 끝나고 만나서 같이 귀가했는데, 처음 이야기를 나눴던 편의점 테이블은 우리의 아지트나 다름없었다. 흐릿한 별이 뜰 때까지 시시콜콜한 이야기를 주고받았고 간식거리를 사서 나눠 먹곤 했다.

그런 나날이 계속되면서 나는 지연에게 걷잡을 수 없이 빠져들었다. 그녀의 부드러움, 그녀의 상냥함, 그녀의 순수함, 그녀의 발랄함…… 하여튼 밤새도록이라도 적을 수 있을 만큼 장점이 많은 아이다.

처음에는 무슨 말을 해야 재미있어 하려나 걱정했지만 점차 그럴 필요가 없다는 걸 깨달았다. 우리 둘은 그냥 서로 바라만 보고 있어도 전혀 지루하지 않았고, 백 마디, 천 마디 말보다 더 많은 뜻을 교감했다. 지연과 있으면 굳게 닫혀 있던 내 마음도, 남몰래 간직하고 있던 그 안의 어둠도 스르르 풀어지는 것 같았다. 빈말이 아니다. 나는 어렸을 때부터 보고 자란 석찬 외에 그 누구에게도 말한 적 없는 내 가정사에 대해서도 이야기했던 것이다.

우울증으로 고통받던 어머니의 자살, 초등학교 3학년 때 벌어진 그 일이 내게 얼마나 가공할 어둠을 드리웠는가를 담담히 털어놓자, 지연은 눈물이 가득 담긴 눈으로 나를 꼭 껴안아주었다.

"몰랐어. 늘 밝기만 한 기우에게 그런 아픔이 있었는지……."

"옛날 얘기야. 이젠 괜찮아졌어."

애써 무심함을 가장하며 뇌까린 내 말에 지연은 한동안 대답이 없더니 아주 오랜 시간이 흐른 후에야 조심스레 입을 열었다.

"기우하고는 비교도 되지 않겠지만 나도 부모님하고 문제가 있어. 솔직히 나 엄마아빠를 많이 미워하거든. 난 어렸을 때부터 피아니스트가 되고 싶었어. 그런데 비싼 피아노를 사주고, 하루에 몇 시간씩이나 곁에 앉아서 가르쳐주신 엄마가 반대를 하는 거야. 아빠처럼 교수가 되라고. 넌 하나밖에 없는 딸이니까 엄마아빠의 말을 무조건 들어야 한대."

"그랬구나."

나는 다시금 내 품에 안긴 지연의 등을 토닥여주었다.

"예고 가겠다고 단식투쟁도 해봤지만 소용이 없었어. 그날 이후로 1년 넘게 부모님과 대화가 없어. 아니, 내가 일방적으로 거부하는 거지만. 근데 기우의 얘기를 듣고 사이가 좋지 않은 부모님이라도 곁에 계셔주시는 게 좋은 거라는 생각이 들었어. 적어도 난 매일 볼 수 있으니까. 기우처럼 보고 싶어도 볼 수 없는 건 아니잖아. 나 달라질 거야. 오늘 집에 가면 먼저 말을 걸어볼래. 언젠가 보고 싶어도 못 보는 나중이 오면 이 1년의 공백을 얼마나 후회하겠니."

나는 말없이 고개를 끄덕였다. 몇 번이고, 몇 번이고 고개를 끄덕였다.

사랑은 일방통행길이 아니다. 내가 진심을 털어놓아도 상대방이 별 반응이 없으면 결국 공허한 메아리에 불과하다. 계속 그런 메아리가 반복된다면 일방적으로 털어놓는 쪽은 결국 지치게 될 테고, 상대방과 내 감정의 크기를 줄기차게 비교하면서 불안감에 시달릴 것이다. 그러다가 끝내 차디찬 파국을 맞이하겠지.

우리 사이는 다르다. 내가 숨겨온 상처를 털어놓으니 지연 역시 자신의 상처를 털어놓았다. 그리고 가려진 그녀의 상처를 알게 되자, 내가 품고 있던 오래된 흉터조차 하잘것없이 느껴졌다. 그즈음 내게 그녀의 상처는 흡사 손톱만 한 것이라도 태산만큼 커다랗고 송곳처럼 날카롭게 다가왔던 것이다. 이런 감정의 흐름을 통해 나는 확신했다. 나는 지연을 사랑하고 있다. 물론 지연 또한 그럴 것이라고 굳게 믿었다.

어디서도 의미를 찾을 수 없었던, 하루하루 같은 나날이 반복되기만 하는 고교 생활도 여자친구가 생기니 할 만했다. 비록 학생이라는 신분과 금전의 제약 때문에 할 수 있는 일은 뻔했지만, 떡볶이나 컵라면 같은 값싼 음식을 앞에 놓고도 모이를 기다리는 아기새처럼 두 눈을 반짝이며 재잘재잘 떠드는 지연과 함께라면 그저 행복할 따름이었다.

어느덧 지연과 만난 지도 한 달가량이 지났고, 내게 또 다른 변화가 일어났다. 그녀의 꾸준한 응원과 도움으로 나도 그 공부라는 걸 조금씩이나마 하게 됐던 것이다. 아직까지는 그다지 큰 재미는 느끼지 못했지만 같이 공부한다는 핑계로 주말마다 도서관에 가고, 그녀의 옆자리에 앉아 교과서를 보는 척이라도 하다 보니 자연스레 공부에 최소한의 흥미를 느끼게 되었다. 역시 사랑은, 사랑을 하는 사람으로 하여금 좋은 방향의 변화를 일으킨다는 말이 맞는 것 같다. 지연이 아니었다면 중간고사 기간이라고 이렇듯 도서관에 와서 시험공부를 할 일이 있었을까?

"아아, 시험 없는 세상에서 살고 싶다."

머리를 식히기 위해 도서관 안뜰을 산책하던 도중 지연이 말했다.

"참 나. 전교 1등이 그런 말을 하면 나 같은 놈은 어쩌라고."

"학생이면 시험은 누구나 다 싫어해."

지연이 혀를 날름 내밀었다.

"그래도 내일이면 시험도 다 끝이네."

"그러게."

"수고 많았어. 안 하던 공부를 다 하느라."

그녀는 나를 향해 애교 있는 눈웃음을 던졌다.

"말도 마. 머리가 빵 터져버릴 것 같으니까."

"그간 나 따라서 열심히 공부했으니 상을 좀 줄까?"

"응?"

무슨 상일까, 설마? 나는 내 또래 남학생이라면 이런 대화 흐름에서 누구나 상상할 법한 다소 19금적인 생각을 했다. 좋긴 하지만 너무 갑작스러운데. 아직 마음의 준비가……

"모레 휴일이잖아. 부처님 오신 날. 우리 머리도 식힐 겸 놀러 가자!"

지연이 눈을 반짝이며 말했다.

"어디로?"

"조이월드(Joy World)! 어때?"

그간 지켜봤던 어느 때보다 지연은 신이 난 것 같았다. 평소 얌전하고 정적인 편이라 놀이공원을 좋아할 거라는 생각은 못했는데, 역시 지연도 천생 여자애다.

"조, 좋지! 가자! 아, 오랜만이라 기대되는걸."

말은 그렇게 했지만 기대보다 걱정이 훨씬 컸다. 기뻐하는 지연 앞이라서 차마 말할 수 없었지만 나는 놀이공원을 무척이나 싫어한다. 대대로 내려오는 극심한 고소공포증 유전자를 나 역시 가지고 있었던 것이다. 수업을 땡땡이치러 석찬과 옥상에 올라가면, 그 녀석이 옥상 펜스에 기대어 밑을 내려다보는 것과 달리 그런 시늉조차 낼 수 없었다. 높은 곳에서 아래를 내려다보기만 해도 진땀이 나고 심장이 쿵쿵 울리며 현기증으로 머리가 어지러워진다. 하지만 지연이 이렇게 좋아하는데 어찌 '못 가'라는 말을 할 수 있겠는가.

"내가 도시락 싸 올게. 기우, 2년째 혼자 사니까 제대로 된 밥 먹어본 지 오래잖아. 간만에 내가 실력 발휘 좀 하지."

지연이 어깨를 으쓱했다. 건설회사에 다니는 아버지는 지방에서 공사가 있으면 2~3년 넘게 집을 비우는 일이 예사였다. 가뜩이나 어머니도 없으니 매일이 분식집, 빵, 라면의 반복이었다. 지나가듯 투정 부린 얘기를 기억하고 몸소 도시락을 싸준다니 그야말로 독립만세였다!

"지연이 도시락이 바로 그 상이었구나."

짐작과는 조금 다른 상이었지만 이것만으로도 내겐 충분했다. 아니, 벅찰 만큼 행복했다.

靈

조이월드에 가기로 한 날은 아침부터 화창했지만 내 마음은 우중충했다. 도통 마음에 드는 옷이 없었다. 몇 벌 안 되는 옷을 입었다 벗었다, 심지어 아버지 옷장까지 뒤져 정장을 꺼내보기까지 했지만 당연히 시대에 몇 십 년은 뒤떨어진 느낌이다. 결국 석찬에게 대여료를 지불하고 회색 후드 티셔츠와 청바지를 빌려 왔다. 조금 작은 감은 있었지만 이 정도면 그런대로 합격이었다.

지하철역 앞에서 만나기로 한 지연은 5분쯤 늦었다. 하지만 화가 나기는커녕 웃음만 나왔다. 주말에 함께 도서관을 가느라 몇 번 사복 입은 모습을 봤지만 박스 티셔츠에 편한 바지가 전부, 오늘처럼 로맨틱한 살구색 원피스를 차려입고 앙증맞은 빨간 도시락가방을 든 모습은 처음 보았던 것이다. 이렇게 예쁜 소녀랑 데이트(누가 뭐래도!)를 할 수 있다니 내가 생각해도 꿈만 같았다. 지나가는 사람들이 모두 지연을 바라보는 듯해 괜히 어깨에 힘이 들어갔다.

우리는 지하철역 출구를 얼른 빠져나와 조이월드로 향하는 길을 서둘렀다. 휴일이라 어린애를 동반한 3~4인 가족, 왁자지껄한 친구 사이, 손을 꼭 붙잡은 연인들이 모두 조이월드 방향으로 뛰다시피 하고 있었다. 더 늦으면 놀이기구보다 사람 구경만 하다 올 수도 있다는 걱정에 발이 느린 지연이 한껏 속도를 내는 모양새가 몹시 귀여웠다.

꽤 오래 줄을 서서 표를 사고 입장을 마치자, 초여름으로 달려가는 날씨 탓에 등줄기가 땀으로 척척했다.

"덥니?"

"아니, 하하. 원래 내가 땀이 많잖아."

벌써 서너 시간쯤 시달린 기분이었지만 지연은 한껏 신이 난 표정이라 티를 낼 수 없었다.

"더워 보이는데. 아, 저기 아이스크림 먹을래?"

"그럴까."

듣던 중 반가운 소리였다. 바로 근처에 있는 아이스크림 판매대에서 나는 바닐라, 지연은 딸기 맛을 주문했다. 여자 종업원에게 아이스크림콘 두 개를 받아든 다음 먼저 지연에게 건네고 막 한발짝을 떼는 순간, 하늘도 무심하게시리 그만 콘에 살짝 얹혀 있던 내 바닐라 아이스크림 덩어리가 땅으로 툭 떨어지고 말았다.

"앗!"

동그란 아이스크림 덩어리가 두 개만 올라와 있었어도 하나는 포기하면 그만이었지만 야박하게도 아이스크림 덩어리는 딱 하나였다. 내가 저도 모르게 울상을 짓자 지연은 웃으며 자신의 아이스크림콘을 건넸다.

"으이그, 조심 좀 하지. 괜찮아. 나눠 먹으면 되니까."

의도하지 않았던 실수였건만 뜻밖에 행운으로 바뀔 줄이야. 나는 지연과 간접 키스를 하는 기분을 한껏 만끽하며 숨 가쁜 상상에 젖었다.

"앗, 비 온다!"

허리를 숙여 지연에게 받은 휴지로 떨어진 아이스크림을 치우고 있을 때 후드득, 목덜미에 웬 물기가 떨어졌다.

"비가 와? 이렇게 맑은데?"

"정말이야. 방금 맞았어."

목 주위를 손으로 슥 닦고 보니 물이 아니라 허연 액체였다. 냄새를 맡아보니 매우 역했다.

"그거 새똥 아니야? 맞는 것 같은데."

지연이 얼굴을 찡그렸다. 확인해볼 것도 없이 지연의 말이 맞았다. 빌린 옷인데 이 일을 어쩌나. 이러면 석찬에게 세탁비까지 줘야 하잖아. 나는 울상을 지으며 마침 주변에 있던 화장실로 들어가 티셔츠에 묻은 새똥을 벅벅 닦았다.

"별일이네. 그 많은 사람 중에 하필 기우한테 떨어지고."

화장실에서 나온 나를 보고 지연이 깔깔 웃었다. 겉으로는 웃고 있었지만 속으로는 피눈물이 났다. 좋은 일에 마가 낀다더니, 아이스크림콘도 그렇고 대체 오늘 왜 내게 이런 일만 자꾸 생기는지 모르겠다.

"이제 괜찮을 거야. 액땜했다 생각하고."

지연은 꽃을 수놓은 손수건을 꺼내 목을 씻다가 물방울이 튄 내 얼굴을 닦아주며 위로했다. 뭐 지연의 다정한 손길을 느낄 수 있었으니 꼭 재수 없다고만 할 수는 없을 터.

금세 기분이 좋아져 소나무 가로수가 줄지은 길을 지연과 나란히 걷고 있을 때였다. 몇 십 미터 앞에서 마주 오던 남자 셋, 여자 셋의 일행들 중 선글라스를 쓰고 착 붙는 반바지를 입은 남자가 우리 쪽으로 다짜고짜 달려왔다. 한 5초 후면 우리와 부딪칠 게 뻔해 놀란 지연의 몸이 바싹 굳었다. 나는 앞으로 뛰쳐나가 달려오는 남자의 몸을 막아섰다.

"벌레, 벌레, 벌레!"

남자의 눈은 확 까뒤집혀 흰자위만 보였고, 입으로는 1초에 수 마디를 퍼붓는 래퍼처럼 연신 '벌레'라는 단어를 중얼거렸다. 그 말에 남자의 몸을 자세히 살펴보니 티셔츠의 가슴께에 송충이가 한 마리 붙어 있었다. 뭐야, 이 남자. 나이도 나보다 열 살은 많아 보이는데 설마 송충이 따위를 무서워하는 거야.

나는 몸을 뒤틀며 버둥거리는 남자를 놓치지 않으려고 어쩔 수 없이 멱살을 꽉 붙잡은 다음 송충이를 가볍게 털어냈다. 그제야 정신이 돌아오는지 허옇게 질린 남자의 안색이 차츰 정상으로 돌아왔다.

"됐죠?"

내 질문에 고개를 끄덕이던 남자의 다리가 스르르 풀리더니, 남자가 땅바닥에 철퍼덕 주저앉아 모로 쓰러졌다. 아무래도 정신이 돌아오는 게 아니라 아주 나간 모양이다.

"자기, 괜찮아?"

나도 모르는 새 선글라스 남자와 내 주변에 꽤 많은 사람들이 진을 치고 있었다. 그중 원래부터 그 남자와 딱 붙어서 걷고 있던 20대 여자가 남자 곁에 무릎을 꿇고 팔을 흔들며 물었다. 남자가 여전히 정신을 못 차리자, 남자의 일행들이 그를 부축해 일으켜 세웠다.

"정말 고맙습니다. 남자친구가 벌레공포증이 심해요."

선글라스의 애인 여자는 몇 번이고 뒤돌아서 나를 향해 감사를 전하고, 애인을 부축한 친구들과 함께 의무실 같은 곳을 찾아갔다. 남자의 두 다리가 땅에 질질 끌려가는 모습이 애처로웠다. 그러고 보니 조금 이따 높은 곳에서 돌아가는 놀이기구를 타면 나도 저 꼴이 되는 게 아닌가. 나는 진심을 담아 남자의 뒷모습에 애도를 표했다.

"오, 기우. 친절한데. 다시 봤어."

지연이 내 속마음도 모르고 엄지를 치켜세웠다. 나는 별 거 아니라는 양 손사래를 쳤지만 내심은 으쓱했다. 1점 획득!

"저기 애들 좀 봐. 어쩜 너무 귀엽다, 그치?"

다시 재잘대며 길을 걷고 있을 때 지연이 왼쪽 길가를 손짓하며 호들갑을 떨었다. 그곳에는 멜빵바지를 입은 꼬마 신사가 바닥에 넘어진 꼬마 숙녀를 향해 손을 내밀고 있었다. 꼬마 숙녀는 자기 머리보다 커다래 보이는 빨간 리본을 머리에 매달았다.

"이야, 정말 귀여운 꼬마 연인들일세. 지금 우리들 모습에서 딱 10년을 빼면 저럴 것 같은데."

시치미를 떼고 말했다. 은연중에 우리도 '연인'이라는 걸 강조하고 싶어서였다. 그런데 남자아이가 갑자기 우리 쪽으로 뛰어오기 시작하는 게 아닌가. 평소에는 아이들에게 일말의 관심도 없는 나였지만, 지연에게 아이들을 사랑하는 가정적인 남자의 이미지를 보여주기 위해 앞으로 나서 두 팔을 한껏 벌리며 꼬마를 맞았다.

2점째 획득 직전에 퍽! 머리를 로켓처럼 앞세운 꼬마가 내 배를 그대로 들이받았다. 나는 무지막지한 고통에 땅바닥을 뒹굴었다. 눈 깜짝할 사이에 자리에서 일어난 꼬마는 바닥에 널브러진 나는 아랑곳없이 계속 앞으로 달려나갔다. 그 이유는 분명했다. 리본 여자아이가 지옥의 사냥개같이 눈을 활활 불태우며 손톱을 잔뜩 세운 채 꼬마를 뒤쫓고 있었던 것이다. 아마도 로켓 꼬마가 먼저 리본 여자아이를 넘어뜨렸으리라. 겁에 질린 로켓 꼬마가 필사적으로 도망치는데, 하필 그 앞을 내가 딱 막아서니 보기 좋게 충돌이 일어난 듯했다.

아픈 배를 문지르며 일어났다. 이쯤 되니 데이트고 뭐고 그냥 집에 돌아가고 싶은 마음뿐이었다. 때마침 우리 곁에서 조이월드의 마스코트인 판다 탈을 쓴 사람이 우리를 맞이하며 입이 찢어져라 웃고 있었다. 왠지 나를 보고 비웃는 듯해 짜증이 났다.

"와, 드디어 바이킹이다! 빨리, 빨리!"

홍이 최고조에 달한 지연의 재촉에 떠밀리듯 바이킹에 올랐다. 실은 진정한 문제는 이제부터 시작인데…….

"웩, 웩!"

바이킹에서 내려오자마자 쓰레기통을 붙잡고 토했다. 부르르 떨리는 내 등을 지연이 토닥토닥 두드려주었다. 참아보려 했지만 도저히 어쩔 수 없었다. 내겐 하늘에서 빙빙 돌아가고, 이리저리 앞뒤로 흔들리고, 천지가 뒤바뀌는 놀이기구는 무리였다.

"그랬구나. 진작 말하지 그랬어."

지연이 나를 보며 곱게 눈을 흘겼다. 모처럼 스트레스를 풀러 왔다가 생각지도 못한 복병을 만난 셈이니 기분이 좋을 턱이 없겠지.

"미안, 정말 미안해. 실망할까 봐 차마 말을 못했어."

두 손을 연신 비비며 사과했다. 한동안 이맛살을 찌푸리고 있던 지연이 이내 표정을 풀고 말했다.

"됐어, 됐어. 그럼 땅에서 탈 수 있는 걸로 고르자. 찾아보면 많이 있을 거야."

찾아봤지만 많이 있지는 않았다. 요즘은 유치원생도 지겨워한다는 회전목마는 하품만 나왔고, 범퍼카는 나는 그럭저럭 재미있었지만 지연이 제대로 운전을 하지 못했다. 게다가 공휴일이라 조이월드의 어느 구석에도 사람으로 넘쳐났다. 아까부터 뜨거웠던 햇볕의 기세는 꺾일 줄 몰랐고. 도대체 여러모로 운이 안 따라주는 하루였다.

"그만하고 밥이나 먹어."

"그, 그럴래?"

그토록 고대했던 신나는 하루가 애저녁에 물 건너갔다는 사실을 마침내 받아들인 지연의 쓸쓸한 얼굴에 마음이 쓰렸지만 내가 무엇보다 원한 건 지연의 도시락이었다. 이제야 좀 살 것 같네.

우리는 탁 트인 잔디밭에 자리를 잡았다. 지연이 도시락가방을 열고 두 층짜리 찬합을 꺼냈다. 두근두근, 얼마나 기대했는지 모를 도시락이었다. 하지만 막상 찬합에서 나온 건 말라비틀어진 비참한 형태의 검은 무언가였다. 아아, 세간에서는 이것과 비슷한 걸 아마 김밥이라고 부른다지. 모처럼 실력 발휘한다고 하더니 그 실력이 이랬을 줄이야.

"와, 맛. 있. 겠. 다."

판에 박힌 말을 하고 김밥을 하나 집어 꿀떡 삼켰다. 생긴 건 볼품없어도 맛은 끝내주거나 한다는 일…… 같은 건 절대 없었다. 딱 생긴 그대로의 맛이었다.

"어때?"

기대에 찬 지연의 두 눈망울.

"끝내준다, 끝내줘! 이렇게 맛있는 김밥은 평생 처음이야!"

"정말? 그럴 줄 알고 네 줄 싸 왔지. 에헤헤."

"역시 지연이야. 이런 걸 먹게 될 줄은 정말 꿈에도 몰랐어!"

말마따나 이런 걸 먹게 될 줄은 정말 꿈에도 몰랐다. 피아노도 잘 치고, 공부도 잘하는 지연이 못하는 것도 있구나 하는 신선한 깨달음을 얻은 하루였다. 그 밖에 설사로 화장실을 세 번이나 다녀온 하루이기도 했고.

"깜깜해진다. 이제 슬슬."

내가 말했다. 세 번이나 화장실에서 시달리자 속이 뒤집히다 못해 창자가 끊어질 것 같았다. 지금은 벚꽃의 요정이 곁에 있든 말든, 얼른 집에 가고 싶은 생각 외에 다른 어떤 생각도 들지 않았다.

"그래, 가야지…… 벌써 늦었으니까."

지연은 어딘가 아쉽다는 표정이었다. 그러면서 어느 한곳을 뚫어지게 바라봤다. 나도 따라서 보니 그녀의 시선이 멈춘 곳은 롤러코스터였다.

"타고 싶어?"

"응! 저거 우리나라에서 제일 빠르대."

단 1초의 망설임도 없이 대답하는 지연의 무구한 모습에 피식 웃음이 나왔다.

"그럼 타고 와. 기다려줄게."

"정말? 그래도 돼?"

"당연하지."

"와!"

지연은 뛸 듯이 기뻐했다. 우리는 손을 잡고 롤러코스터로 다가갔다. 해가 뉘엿뉘엿 저물어가는 시간이라 탑승을 기다리는 사람은 그리 많지 않았다. 지연의 손을 잡고 한 줄, 한 줄 대기자들이 줄어들 때마다 앞으로 나아갔다. 드디어 지연이 탈 차례였다. 나는 그녀의 손을 놓고 옆으로 물러났다. 이런 순간에 남자만 슥 빠진다는 게 많이 부끄러웠다.

"잘 갔다 와."

"응. 잠깐만 기다려. 눈 깜짝할 사이에 끝나니까."

지연이 내게 손을 흔들어 보이고 롤러코스터에 탑승하기 위한 계단을 올라갔다. 나는 롤러코스터 운행이 끝나고 밖으로 나오는 출구에 미리 가 있었다. 몇 분만 지나면 이 출구로 지연이 나올 것이다.

장미 화단 울타리에 등을 기대고 하늘을 올려다보았다. 롤러코스터는 벌써 운행을 시작해 느린 속도로 철도를 올라가고 있었다. 저러다 공중철도의 궤도 정상에 오르면 급격하게 하강하고, 다시 상승해서 한 바퀴를 돌고 좌우간 요란하게 창공을 휘젓겠지. 어휴, 보기만 해도 오금이 저릴 지경이다.

맹렬한 속도로 움직이는 롤러코스터에서 찢어질 듯한 비명이 들렸다. 어찌나 소리가 큰지 한참 아래에 있는 내 귀에까지 선명할 정도였다.

"그러게 왜 저런 흉악한 걸 타 가지고서."

쯧쯧, 혀를 찼다. 지연도 저기서 목이 터져라 비명을 지르고 있을까. 너무 무서워하지 않았으면 좋겠는데.

비명소리가 더욱 커졌다. 예상했던 것보다 훨씬 크고 긴 비명의 합창에 기분이 조금 이상했다. 저렇게까지 공포스러운가.

롤러코스터에 탄 사람들이 내는 비명은 멈추지 않았다. 문득 불안해졌다. 다시 하늘을 올려다봤다. 붉은 노을의 색으로 물든 롤러코스터의 모습이 핏빛처럼 불길하게 느껴졌다. 그리고 끝없이 계속되는 비명, 비명들. 말할 수 없이 불안했다. 불안했다.

1장

황무지
_Wasteland

문을 열자, 제일 먼저 눈에 들어온 건 어둠이었다. 나는 보이지 않는 발밑을 조심하며 장님처럼 두 손을 뻗어 사방을 더듬거리면서 걸음을 옮겼다. 불안했다. 대체 이곳은 어디지, 나는 어딜 향해 걷고 있는 걸까?

어디선가 팍 하는 소리가 나더니 몇 십 미터쯤 앞에서 한 줄기 빛이 천장에서 바닥으로 떨어졌다. 여전히 주변은 손가락 한 마디도 볼 수 없을 정도로 어두웠지만, 빛이 떨어진 부근은 눈이 부실 정도로 밝았다.

환영 같은 빛 속에 스르르 떠오른 그것은 먹빛처럼 새까만 그랜드피아노. 그리고 그 피아노 앞 의자에는 작은 새처럼 가녀리고 둥근 어깨를 움츠린 소녀가 앉아 있었다. 길고 검은 머리카락, 왠지 낯익은 뒷모습에 내 심장은 세차게 뛰기 시작했다. 잠시 후, 소녀는 무용수와 같은 우아한 손놀림으로 피아노 건반을 두드렸다.

아아, 알겠다. 분명히 전에 들어본 곡이야.

하지만 곡의 제목은 아무리 기억해내려 해도 쉽사리 떠오르지 않았다. 답답한 나머지 머리카락을 꽉 움켜쥐었지만 소용이 없었다. 오직 혀끝에서만 맴돌 뿐 완벽한 발음이 되어 입 밖으로 튀어 나오지 않는다.

"즉흥환상곡!"

기억의 통로를 꽉 막고 있던 둑이 터지듯 갑자기 답이 생각났다. 나는 날카로운 목소리로 답을 외치고 피아노를 향해 마구 달렸다. 발밑이야 어떻든 아무 상관없었다. 예전에 이 곡을 연주했던 소녀는, 내가 미치도록 보고 싶어 했던 바로 그 소녀는…….

나는 소녀의 등 뒤에 섰다. 거세게 달린 탓에 숨을 헐떡거리면서 소녀의 어깨를 헐레벌떡 두드렸다. 그러자 소녀는 나를 보기 위해 고개를 서서히 돌렸는데, 반쯤 뒤를 돌아본 목이 마치 부러지기라도 한 것처럼 느닷없이 오른쪽으로 휙 꺾였다. 잔뜩 휜 소녀의 목은 오른쪽 어깨에 딱 맞닿을 정도로 비정상적인 각도를 유지하며 부자연스런 움직임을 계속했다.

"으으."

이윽고 완전히 고개를 돌린 소녀의 얼굴을 확인하고 내 입에서는 신음이 새어 나왔다. 피아노를 치는 소녀의 얼굴에는 피부나 살이 없었다. 그녀의 얼굴은 희끄무레한 해골에 새까만 머리카락만이 가득 붙어 있는 그로테스크한 형상이었다. 눈이 있어야 할 곳에 뻥 뚫려 있는 두 구멍만이 나를 빤히 응시하고 있었다. 그 기괴한 모습에 질려 뜨거운 것이 내 이마 위로 쉴 새 없이 흘러내렸다. 달그락달그락, 뼈가 부딪치는 소리를 내며 입을 연 해골이 내게 뭔가를 말하려고 했다.

"아아악!"

그 순간, 눈을 떴다. 반쯤 몸을 일으켜 급히 주변을 둘러보니 어디에도 피아노나 해골소녀는 없었다. 나는 익숙한 원룸 자취방의 침대에 누워 있었다. 겨우 정신을 차리고 세차게 고개를 흔들어 뇌 속에 남아 있는 악몽의 잔재를 털어내려 했다. 뭐 이런 끔찍한 꿈이 다 있지?

잠이 깬 김에 일어날까 하다가 도로 벌렁 누워버렸다. 오늘이 2학년 1학기의 첫날이지만 학교에 꼭 가야 할 이유는 없었다. 보통 개강 첫 주는 수업을 하지 않고 앞으로 있을 강의의 안내를 할 뿐이니까. 수업을 한다 해도 상관없었다. 이미 대학에 계속 다녀야 할 어떤 당위도 찾지 못하고 있다.

못다 잔 잠을 채우기 위해 누웠지만 한 번 깬 상태라서 쉽사리 잠이 오지 않았다. 이리저리 뒤척이며 수면에 최적인 자세를 찾으려다가 문득 창문을 올려다보았다. 날씨가 흐린 모양인지 창밖은 늦은 오후를 연상시키는 쓸쓸하고 어두컴컴한 빛깔로 채워져 있다. 설마 꼬박 하루를 잤나 싶어 벽시계를 확인했다. 12시 20분. 정오를 넘겼음에도 창문을 통해 햇빛 한 조각 들어오지 않은 탓에 늦잠을 잔 것이다.

"잘됐어. 어차피 날씨도 이따위니 하루 종일 잠이나 자야지."

그럴 수는 없었다. 잔뜩 흐린 날, 따뜻한 이불에 둘러싸인 채 아무것도 안 하고 그저 시간을 죽이는 대학생의 호사를 부리는 날은 적어도 오늘은 아니었다. 불현듯 나는 오늘 반드시 만나야 할 사람이 있다는 사실을 떠올렸던 것이다.

한계까지 눌러놓은 용수철이 튀어 오르듯 단숨에 침대에서 일어났다. 이 멍청아, 네가 사람이냐. 스스로를 욕하며 벽시계를 다시 봤지만 마법처럼 시간이 달라질 리 없었다. 벌써 20분이나 늦었잖아. 혀를 차며 머리맡의 휴대폰을 켜보니, 12시 14분에 부재중 전화가 한 통 와 있었다. 이제 알았다. 나는 꿈속에서 평소에 지정해놓은 휴대폰의 벨소리, 〈즉흥환상곡〉을 들었던 것이다.

두 뺨을 철썩 때리고 화장실로 달려갔다. 내가 왜 이 약속을 잊고 있었을까? 어떻게 성사시킨 약속인데. 몇 번을 조르고 졸라 겨우 만나기로 한 사람이었다. 워낙 바쁜 사람이라 오늘 보지 못하면 언제 또 볼 수 있다는 보장도 없다.

문제는 긴장이었다. 그 사람을 만난다는 생각에 몇 시간을 침대에 누워 있어도 긴장으로 잠이 오지 않았다. 뜬눈으로 새벽까지 버둥거리다 깜빡 잠들었는데, 그사이 시간이 이렇게 흘렀을 줄이야.

대충 얼굴에 물을 몇 번 끼얹고 대여섯 번 칫솔을 왕복시킨 후, 어젯밤에 미리 꺼내놓은 검은색 점퍼를 걸쳤다. 지갑만 챙겨 든 채 화살처럼 문밖을 향해 튀어 나갔다. 나는 오늘 무슨 일이 있어도 그 사람을 만나야 했다. 만약 그를 만나지 못한다면 다시는 집으로 돌아오지 않을 각오였다.

2층 계단을 고꾸라지듯 내려와 주로 내가 다니는 대학의 학생들이 기거하는 연립주택의 현관문을 나서자마자 두 발이 땅에 닿을 새도 없이 뛰었다. 채 100미터나 뛰었을까. 몇 년간 운동다운 운동을 해본 적이 없는 폐가 갈기갈기 찢어질 듯 아파왔다. 나도 모르게 자꾸만 벌어지는 입에서 지친 사냥개와 같은 헐떡임이 계속되었다. 입김이 쉼 없이 올라가는 걸 보면 날씨가 제법 쌀쌀한 모양이지만 질주에 여념이 없는 내 몸은 오히려 열기로 타버릴 것 같았다.

잠시도 쉬지 않고 큰길을 달리다가 왼쪽에 보이는 자그마한 골목으로 꺾어 들어갔다. 이 골목은 지하철역으로 통하는 지름길이라서 진작부터 애용하고 있었다. 다만 이 길은 두 사람이 어깨를 나란히 하고 지나갈 수 없을 만큼 좁다는 게 문제였다. 바로 지금처럼.

골목의 중간쯤 있는 집의 철제 대문 앞에 시원하게 머리가 벗겨진 할아버지 한 명이 서서 길을 막고 있었다. 속이 탔지만 계속 달리면 대머리 할아버지와 된통 충돌할 것 같아 멈출 수밖에 없었다. 나는 몸을 옆으로 틀어 할아버지를 지나쳤다. 그때 내 애타는 마음은 아랑곳없이 유유자적 하늘을 바라보던 할아버지가 말했다.

"이따 비 오겠어."

"네?"

"공기에서 비 냄새가 나."

할아버지의 황당한 말에 급한 처지도 잊고 하늘을 올려다보았다. 잔뜩 찌푸린 하늘이었지만 금방 비가 올 것 같진 않았다. 더구나 오늘의 만남에 대비하기 위해 어젯밤 살펴본 일기예보에도 비소식은 없었다. 가엾게도 정신이 온전치 못한 할아버지인 듯했다.

할아버지를 지나쳐 골목을 나오자마자 차가운 물기가 목덜미에 느껴졌다. 손을 뻗어 만져보니 빗방울이 묻어났다. 뭐야, 정말 비가 오잖아. 귀신같은 영감이네.

나는 슈퍼컴퓨터와 공부깨나 한 기상학자들보다 정확한 할아버지의 예측에 혀를 내두르며 점퍼의 후드를 올려 머리에 뒤집어썼다. 이 급한 와중에 다시 집으로 돌아가 우산을 가져오는 일 따위는 상상도 금물이었다. 점퍼 앞지퍼도 끝까지 올려 코끝까지 가린 나는 곧 퍼부을 비에 단단히 대비한 다음 내리막길을 달려 내려갔다. 달동네에 가까운 낙후된 마을의 전형적인 풍경이 바람보다 빠르게 휙휙 스쳐갔다. 뽀글퍼머나 겨우 할 수 있을 것 같은 미장원, 지은 지 수십 년은 되어 보이는 낡아 빠진 철물점, 간판의 문자가 거의 떨어져 나간 문구점, 지저분한 평상을 거리에 보란 듯이 내놓은 구멍가게…….

"와, 기우 학생! 오늘도 활기차네!"

몇 십 미터쯤 떨어진 평상 위에서 조금씩 굵어지는 빗방울에도 아랑곳없이 '훈이네' 아주머니가 야채를 다듬고 있었다. 아주머니는 나를 향해 기운차게 손을 흔들었다. 대학가 원룸촌인 이곳의 수많은 대학생들처럼 나 또한 평소 물이며 담배를 가장 가까운 이 구멍가게에서 구입하고 있어 낯익은 아주머니였다. 아주머니의 매일 같은 인사에 평소에는 무뚝뚝하게나마 대답을 했건만, 오늘은 상황이 상황인지라 대충 고개만 꾸벅하고 지나갔다.

혀가 빠지도록 달린 보람이 있었다. 보통 15분쯤 걸리는 길을 단 5분 만에 주파해 내리막길 끝에 있는 지하철역에 도착한 것이다.

눈앞에 보이는 지하철역 입구로 쏙 들어가 지하철을 타면 다니는 대학까지는 겨우 세 정거장. 지하철을 기다리는 시간까지 포함해 늦어도 20분 안에는 도착할 수 있다.

안 된다. 20분도 너무 늦어…….

문득 택시 생각이 들었다. 가난한 자취생 신분이라 워낙 탈 일이 없다 보니 택시의 존재를 잊고 있었다. 하지만 지금 이 순간만큼은 돈을 따질 계제가 아니지. 전 재산(물론 웬만한 사람은 코웃음을 칠 만한 액수지만)을 날린다 해도 괜찮았다.

지하철역을 그대로 지나쳐 띄엄띄엄 자동차가 오가는 4차선 도로가로 나갔다. 마침 대기하고 있던 택시의 조수석 문을 벌컥 열어 젖히고 '성주(城州) 대학교'를 불렀다.

얼굴 가득 영업용 미소를 띠고 있던 초로의 택시 기사는 목적지가 기본요금 거리라는 걸 알고 실망했는지 낮게 툴툴거리며 차를 출발시켰다. 운전석에 앉고 나서 지금까지 단 한 번도 히터를 끄지 않은 양 택시 안은 더운 김으로 후끈했다. 나는 후드를 벗고 끝까지 올린 지퍼도 쇄골께까지 내린 다음 옷소매로 이마에 송골송골 맺힌 땀을 닦았다. 창문을 조금 열고 한참을 기다려도 펄펄 끓는 주전자처럼 쌕쌕거리는 호흡은 진정될 줄 몰랐고, 평소보다 두세 배는 빨리 뛰는 것처럼 느껴지는 심장 박동도 정상으로 돌아오지 않았다. 운동 부족도 문제지만 역시 담배가 결정타였다. 하루에 한 갑 이상을 피운 지 어느덧 4년째다. 그러니 이 정도 달리기도 소화할 수 없는 몸이 되는 건 당연지사.

여전히 어깨를 들썩이면서 휴대폰에 저장되어 있는 번호를 눌렀다. 상대는 약속을 지키지 못한 내게 화가 많이 난 상태이리라. 어쩔 수 없다. 백 번, 천 번이라도 빌어야지.

하지만 상대가 전화를 받아야 빌 수 있을 게 아닌가. 성주대로 가는 5분 동안 쉬지 않고 전화를 시도해도 반가운 사람의 목소리를 들을 수는 없었고, 연결이 되지 않으니 메시지를 녹음하라는 무기질의 녹음 멘트만 일곱 번 들었다. 한낮의 도로는 막히는 곳도 없어 낡은 택시의 차체가 덜덜 떨릴 정도로 빠르게 달렸지만 내 심정은 날아가도 모자랄 판이었다.

극도의 초조감에 다리를 떨며 여덟 번째로 통화 버튼을 눌렀을 때 택시가 성주대 정문에 도착했다. 기사에게 정문을 통과해 학생회관까지 가줄 것을 주문했다. 우리가 만나기로 한 장소가 학생회관 4층의 스카이라운지였기 때문이다. 기사는 노골적으로 싫은 표정을 지으며 거칠게 핸들을 돌렸다.

개강 첫날이라서 겨우내 썰렁했던 교정은 어느 곳이든 학생 천지였다. 차도까지 점거한 학생들로 택시가 서행할 수밖에 없어 차라리 내려서 가는 게 빠를 듯했다. 나는 그냥 여기서 세워달라고 소리쳤다. 거스름돈을 주고받을 여유도 없어 1만 원짜리 지폐를 내던지다시피 하고 택시에서 내렸다. 택시 문을 닫기 직전, 치질에라도 걸린 양 내내 찌푸렸던 기사의 인상이 확 펴지면서 탄성을 지르는 모습이 언뜻 눈에 들어왔지만 기분은 조금도 좋아지지 않았다.

택시에서 내리자마자 점퍼와 청바지의 주머니를 뒤져 담배를 찾았다. 아마도 집에 놓고 온 모양이었다. 하필 가장 필요할 때.

학생회관으로 이어지는 아스팔트 포장길은 오른쪽으로 크게 돌아야 해서 정면의 잔디밭을 곧장 가로지르는 길을 택했다. '들어가지 마시오'라는 푯말 따위는 눈에 들어오지 않았다.

아직 3월 초라 잔디는 죄다 누렇게 시들어 있었다. 잔디밭 곳곳에 심어놓은 이름 모를 나무들은 잎사귀 한 조각 없이 죄다 발가벗었고, 간혹 잎이 붙어 있는 나무들도 퇴색한 지폐처럼 색이 바래 볼품이 없었다. 보이는 모든 곳이 쓸쓸하고 황폐한 풍경이라 가뜩이나 어두웠던 마음이 한층 우울해졌다.

지나가는 비였는지 벌써 비는 그쳤지만 맹렬하게 달리다가 멈춰 땀이 식은 몸에 오슬오슬 한기가 느껴졌다. 잘 몰랐는데 오늘 바람도 차다. 세찬 칼바람에 몸을 옹송그리며 걷노라니 봄은 아직도 멀었다는 생각이 절로 들었다. 그렇게 나는 잠시 동안 영원히 끝날 것 같지 않은 겨울 속을 걸었다.

잔디밭을 빠져나오자 오래된 학생회관 건물이 모습을 드러냈다. 1층은 서점, 안경점, 대형 문구점, 커피숍 등이 입점해 있고, 2층은 보건실과 대학의 각종 사무실들, 3층은 학생식당, 4층은 스카이라운지로 된 건물이다.

껌 자국으로 군데군데 검은 얼룩이 배긴 계단을 바삐 오르면서 마침 점심때라 학생들로 바글바글한 3층을 둘러보았다. 그들이 내는 소음에 건물 전체가 웅웅 하며 진동하는 듯했다. 레스토랑이나 고급 중식당 등이 들어선 스카이라운지와 달리, 3층은 스테인리스 식판에 밥과 국, 반찬 서너 가지를 직접 퍼서 먹는 값싼 식당이다. 때문에 학생들은 학생회관의 3층에서 4층으로 오르는 이 계단을 '천국으로 향하는 계단'이라 부르는가 하면, 4층을 이용하는 학생들을 부르주아라고 비아냥거리기 일쑤였다.

시골 장터같이 복작거리는 학생식당과 달리 스카이라운지는 거짓말처럼 조용했다. 따로 소음을 흡수하는 장치가 있어서라기보다 오가는 사람 자체가 적어서 그런 듯하다. 하긴 나도 물주 없이 혼자 와본 적은 이번이 처음이다.

올라온 계단의 왼편에 '하모니(Harmony)'가 있었다. 어제 전화로 이름만 들었을 때는 양식당인 줄 알았는데 차이니즈 레스토랑이었다. 나는 놋쇠로 된 길고 고풍스러운 손잡이를 당겨 문을 열었다. 카운터 뒤에 서 있던 30대 후반의 여자 매니저가 어서 오라고 인사했다. 몸에 착 달라붙는 검은 원피스를 입은 그녀는 우연히 거리에서 지나치면 뒤돌아볼 정도로 늘씬하고 육감적인 몸매의 소유자였지만 오늘은 날이 아니었다. 적어도 오늘만큼은 길거리 점포 개업식에 갖다놓는 꺽다리 풍선인형만 한 관심조차 생기지 않았다.

"예약했습니다. 이길준 씨요."

내 다급한 말투에도 아랑곳없이 매니저는 속이 터질 정도로 여유롭게 예약책을 뒤적였다.

"갔나요?"

참다못해 물었다.

"아, 12시에 예약하신 손님이네요. 10분쯤 앉아 계시다가 돌아가셨습니다."

매니저가 사무적인 말투로 알려주었다. 짐작하지 못한 바는 아니었지만 역시나 속이 쓰리다. 나는 그래도 미련을 못 버리고 잔잔한 클래식 음악이 흐르는 하모니 내부를 휘휘 둘러보았다. 혹시나

그 사람이 어느 테이블 아래 숨어 있다가 '속았지' 하면서 튀어나
올 수도 있지 않은가. 이런 어린애 같은 생각을 할 만큼 절박했다.
하지만 하모니의 어디에도 텔레비전 출연으로 익숙한 그 사람의 얼
굴은 보이지 않아 단념하고 문을 나섰다.

靈

하모니 문 앞에서 다시 한 번 휴대폰으로 전화를 걸어봤지만 아
홉 번째 무심한 녹음만 들었다. 오늘은 이대로 포기해야 하나, 망
연자실해 계단을 터덜터덜 내려왔다. 1층의 로비에 도착해서 바깥
으로 나가려다가 잊고 있던 담배 생각이 나서 오른쪽으로 방향을
틀었다. 이쪽으로 몇 미터만 더 가면 매점이 있다.

유리문을 밀고 매점으로 들어갔다. 매점 안은 휑했고, 카운터
뒤에 딱 한 사람만 서 있었다. 카운터까지 고개를 푹 숙이고 가서
평소에 피우는 담배 이름을 댔다. 곧바로 물건을 찾는 듯 부스럭대
는 소리가 들렸다.

점원이 금세 담배를 건네줄 거라 생각했는데 시간이 제법 걸려
의아했다. 고개를 들어 무슨 일인지 살펴보았다. 푸른빛이 감돌 정
도로 새까맣고 긴 머리를 늘어뜨린 여자가 뒤돌아선 채 수많은 담
배들이 차곡차곡 진열된 유리 선반에서 내가 주문한 담배를 찾고
있었다. 손놀림이 어설프고 허둥대는 모양새가 척 봐도 경력이 얼
마 안 된 아르바이트였다.

"죄송해요, 손님."

아르바이트 아가씨는 여전히 내게 등을 보이며 사과했다.

"천천히 주세요."

그녀를 안심시키기 위해 말했다.

"네네, 정말 죄송해요."

잠시 후, 나는 괜한 말을 했다고 후회했다. 분명 천천히, 라고 내 입으로 말했지만 설마 이 정도일 줄이야. 그녀는 오른손 검지로 선반 맨 위부터 순서대로 담배들의 상표를 일일이 짚어가며 이름을 확인하고 있었다. 당장 한 입에 세 개비쯤 피워 물고 싶은 심정인 나로서는 속이 부글부글 끓었지만 이미 뱉은 말이 있으니 참을 수밖에 없는 노릇이었다.

멀뚱히 그녀의 등을 바라보았다. 안쓰럽다는 생각이 들 만큼 가녀린 뒷모습이다. 저래 갖고 일은 제대로 할 수 있을까.

무료하게 그녀의 뒷모습을 바라보며 이런저런 잡생각을 하는데 점점 이상한 느낌이 찾아왔다. 꼭 짚어 말할 수는 없지만 어디선가 본 것 같은 느낌이랄까. 다시 말해 기시감이라는 것이 있었다. 나는 불길한 느낌에 사로잡혔다. 전에 봤을 리가 없는 이 아르바이트 아가씨의 뒷모습을 과연 어디서 보았단 말인가?

꿈이다, 오늘 그 꿈!

마침내 답을 떠올리자 대번에 피가 싸늘하게 식는 기분이었고, 두 팔에 오싹 소름이 돋았다. 꿈에서 본 해골소녀와 지금 우물쭈물하며 담배를 찾는 아르바이트 아가씨의 뒷모습이 내 머릿속에서 정확히 하나의 형상으로 포개졌다. 세찬 비바람에 파르르 떠는 작은 새와 같이 처연한 뒷모습. 오전의 그 꿈은 이 순간을 미리 보여주는 예지몽이었다는 말인가…….

"아, 양담배는 앞쪽 서랍에 있다고 하셨지!"

이제야 알았다는 양 밝게 혼잣말을 한 그녀가 재빨리 몸을 돌렸다. 그렇잖아도 터질 것 같던 심장이 흡사 부서질 듯 요동쳤다. 꿈에서는 고개를 돌린 소녀의 얼굴이 해골이었다. 그렇다면 이 아르바이트 아가씨도?

"오래 기다리셨죠? 정말 죄송해요."

그녀가 고개를 꾸벅 숙이며 담뱃갑을 건넸다. 공포가 썰물처럼 빠져나갔다. 역시 꿈은 그냥 꿈일 뿐이었다.

"괜찮습니다."

"바쁘실 텐데 정말 죄송해요."

그녀는 공손하게 고개를 숙이고 연거푸 사과했다. 이윽고 그녀가 고개를 드는 바람에 그녀의 얼굴 전체를 확실하게 볼 수 있었다.

나는 넋이 나간 표정으로 그녀가 내민 담뱃갑을 받아 들었다. 아르바이트 아가씨는 반짝반짝 윤이 나는 피부에 살짝 붉은 기운이 감도는 뺨이 돋보이는 미소녀였다. 그러나 내게는 그녀의 얼굴이, 피와 살이 조금도 남아 있지 않은 해골이었다면 차라리 나았을 것이다. 그만큼 그녀의 얼굴은 나를 완전히 경악시켰다.

"저기, 계산은……?"

"아, 네."

아르바이트 아가씨에게 진작 지갑에서 꺼내놓았던 5천 원짜리 지폐를 건넸다. 여전히 쇠망치로 뒤통수를 된통 맞은 것처럼 정신이 하나도 없었다.

꼭 닮았다.

그녀는 내 고등학교 시절의 여자친구, 지연을 빼닮았다.

다시는 볼 수 없는, 내 기억 속에서만 살아 있는 지연과 쌍둥이 처럼 닮은 그녀의 모습에 나는 거대한 충격을 받았다. 특히 비밀스 런 사연을 간직한 듯 그윽한 눈매가 비슷하다. 눈 밑의 도톰한 살 도, 단정한 입매와 오똑한 코, 갸름한 얼굴형도 한쪽을 보고 따라 그린 것처럼 똑같았다.

"여기 거스름돈이요."

나는 지연을 닮은 그녀가 거슬러준 지폐 몇 장과 동전 한 개를 받아 들고 멍하니 서 있었다. 거스름돈을 무심코 바지주머니에 쑤 셔 넣으려다 기겁하고 말았다.

"이 돈이 맞아요?"

"네?"

"조금 많은 것 같아서요."

실은 '조금'이 아니었다. 담배 한 갑을 사고 남는 거스름돈은 단 돈 500원. 그러나 그녀가 내게 준 돈은 4만 5천 500원이었다. 아마 색깔이 비슷한 5천 원 권과 5만 원 권을 착각한 모양이었다.

"어머!"

그녀는 두 팔을 새처럼 퍼덕이면서 호들갑을 떨었고, 나는 동전 하나만 뺀 나머지 지폐를 돌려주었다.

"아아, 자꾸 죄송해요."

"아닙니다."

담배를 사는 용건은 끝났지만 이대로 매점을 나갈 수는 없었다.

계속 그녀를 관찰하고 싶었다. 나는 카운터 옆의 온장고에서 따뜻한 캔 커피를 하나 빼내 추가로 계산을 마친 다음 매점 귀퉁이에 마련해놓은 플라스틱 테이블에 앉았다. 아직 이름도 모르는 저 아르바이트 아가씨와 지연이 어떻게 그리 닮을 수 있는지 궁금해 미칠 지경이었다.

친자매? 아니야. 지연은 분명 외동딸이었어.

사촌? 이렇게까지 닮은 사촌이 있었다면 재미 삼아라도 한 번은 이야기했을 텐데.

도플갱어(Doppelganger)? 이 세상에는 자기와 똑같이 생긴 사람이 반드시 한 명씩은 존재한다잖아. 혹시 이 여자아이가 지연의 도플갱어일지도 몰라…….

하지만 그녀를 찬찬히 관찰할수록 도플갱어설의 가능성은 점점 희박해졌다. 그녀가 지연의 또 다른 '나'라고 하기에는 두 사람이 얼굴 말고 그다지 닮은 곳이 없어 보였던 것이다.

나의 지연은 겉으로만 봐서는 얌전하고 부끄러움을 많이 탈 것 같아 보이지만, 먼저 사귀자고 제안한 사람이 그녀일 정도로 실제 성격은 무척이나 야무지고 단단했다. 지연은 공부든, 피아노든, 부반장으로서 맡은 학급 일이든 뭐든지 척척 해냈다. 그 어떤 난제를 맡아도 불평 한 마디 없이 입을 꾹 다물고 주어진 일을 해나가서 종국에는 최고의 결과를 보여주는 전형적인 외유내강 타입의 아이였다. 어쩌면 당시 매사에 흐리멍덩했던 나는 정반대인 지연의 굳셈에 반했던 것일지도 모른다. 소녀풍의 천진발랄한 행동과 내면의 정신적인 강인함이 충돌하면서 발생하는 묘한 에너지, 그것이 바로 지연이 가지고 있던 매력의 정수가 아니었을까.

한 번은 지연과 복도에서 가벼운 잡담을 나누다가, 그녀가 같은 반 아이에게 빵을 사오라고 괴롭히는 불량 여학생과 대신 맞선 적이 있었다. 일진놀이에 심취한 그 불량이 손을 하늘 높이 치켜들었지만 지연은 눈 하나 깜박하지 않고 당차게 말했다.

"때리려거든 왼쪽 뺨을 부탁해. 마침 그쪽에 터트릴 여드름이 있어서."

때 아닌 구경거리에 몰려온 아이들에게서 와 하는 웃음이 터졌고, 졸지에 망신을 당한 불량은 시뻘게진 얼굴을 들이밀며 더욱 위협적으로 나왔다. 더 이상 사태를 방관하다간 내 여자친구에게 위험한 일이 벌어질까 겁난 내가 몇 발짝 앞으로 나섰지만, 지연은 나를 향해 단호하게 고개를 흔들었다. 그 눈빛이 하도 강렬해 그 자리에서 멈출 수밖에 없었다. 이것은 자신의 싸움이니 제아무리 남자친구라도 끼어드는 걸 절대로 용납하지 않겠다는 태세였던 것이다. 지나가던 교사의 개입으로 다행히 아무 일 없이 끝났지만 그때의 일은 내게 지울 수 없는 인상을 남겼다.

그렇게 비할 데 없이 강하고 당당하던 지연과는 달리 긴 생머리에 흰 원피스를 입은 이 아르바이트 아가씨는 어떤가 하면, 내가 보고 있었던 5분 남짓한 동안에도 실수를 열 번쯤은 했다. 거스름 돈 잘못 주기는 기본이고, 양말을 찾는 남학생에게 스타킹을 내놓거나, 컵라면을 산 손님에게 참새 눈물이나 겨우 뜰 만큼 작은 플라스틱 스푼을 내주었다.

"아무리 첫날이라지만 너무하는 거 아니야. 이렇게 어리바리해서 어따 써."

4천 원 거스름돈을 4만 원으로 잘못 주는 실수가 터지자, 직전
에 들어와 있던 매점 아주머니가 기어이 한 소리를 했다. 뜻밖의 3
만 6천 원 횡재에 아슬아슬하게 실패한 남학생이 얼굴을 구기며
나가는 모습을 바라보면서 나는 시원하게 결론을 내렸다. 이 아가
씨와 지연이 닮은 건 그저 자연이 만든 무수한 우연의 일치, 그 이
상도 이하도 아니라는.

"죄송해요, 아주머니."

아르바이트 아가씨가 울상을 지었다.

"나 참, 이제 밥도 마음 놓고 못 먹겠네. 이거나 보건실에 갖다
주고 와요, 얼른."

혀를 끌끌 차던 매점 아주머니가 과일 음료수 한 박스를 아르바
이트 아가씨의 두 손에 덜컥 얹었다. 기껏해야 몇 킬로그램일 텐데
그녀의 몸이 휘청했다.

"어딘지 알지?"

"으으, 네에."

얼굴이 하얗게 질린 아르바이트 아가씨는 비틀거리며 걸음을 옮
겼다. 두 손에는 박스를 들어서 어깨로 유리문을 밀어 열고 비틀비
틀 나아가는 그녀의 가련한 모습은 영락없이 계모의 심부름을 가
는 콩쥐였다. 그녀가 시야에서 완전히 사라지자 팥쥐 엄마가 긴 탄
식을 토했다.

"지지리 복도 없지. 하필 저런 젓가락도 못 들 것 같은……."

매점 아주머니의 한탄을 듣다 말고 자리에서 벌떡 일어났다. 아

무리 그저 지연과 닮은 것뿐인 아가씨라 하더라도, 지연과 닮은 아가씨가 힘들어하는 모습을 보기는 싫었다. 나는 문을 열고 나가 그녀의 뒤를 쫓았다. 보건실까지 박스를 들어줄 작정이었다. 내가 그렇게 하지 않으면 지연과 꼭 닮은 그 얼굴은 내내 찌푸려진 채로일 것이다. 어서 달려가 흐려진 그 얼굴을 활짝 펴줘야 한다.

예상대로 아르바이트 아가씨는 멀리 가지 못했다. 이제 겨우 2층으로 향하는 계단의 두세 단을 올랐을 따름이었다. 자, 얼른 뛰어가서 음료수 박스를 받아 들고…….

그 순간, 음악소리가 들려왔다. 처음에는 대학 라디오국의 점심 방송에서 튼 음악이라고 생각했다. 하지만 음악은 내 몸속 깊은 곳에서부터 흘러나오고 있었다. 빠르고 변화무쌍한 이 멜로디는, 경쾌함 속에 명상적인 아늑함이 깃든 〈즉흥환상곡〉.

점퍼 주머니에서 휴대폰을 꺼냈다. 그러자 피아노 선율이 더욱 커져 지나가는 학생들이 흘깃 쳐다봤다. 휴대폰의 액정 화면에는 그렇게도 찾아 헤매던 이길준의 이름이 찍혀 있었다. 행여 끊어지기라도 할까 얼른 통화 버튼을 눌렀다.

"이길준 씨?"

"기우 씨?"

우리는 거의 동시에 서로의 이름을 불렀다.

"뭐예요? 어렵게 시간 내서 나갔더니 바람이나 맞히고."

아직 불쾌감이 가시지 않아서인지 이길준의 음성은 뾰족했다.

"정말 죄송하게 됐습니다. 지금 어디시죠? 제가 곧장 가겠습니다."

"내가 얼마나 바쁜지 말했잖아요."

"그럼요. 일단 만나 뵙고 진심으로 사과드리겠습니다."

"참 나, 오늘 무슨 날인지 모르겠네요. 그쪽한테 바람맞고 나오다가, 그쪽 같은 진드기를 또 만났어요. 하도 성화라 같이 밥 먹으러 왔네요. 시간 되면 이쪽으로 오시든가."

'진드기'라는 모욕적인 표현을 들었지만 그와 만날 수만 있다면 전혀 상관없었다.

"당연히 가야죠. 어디인지 좀 부탁드립니다."

"후문 쪽에 '바리톤(Baritone)'이라는 카페 있는데, 알아요?"

들어본 적이 있다. 커피 말고도 스테이크나 파스타 같은 점심을 파는 곳으로 제법 가격이 세서 주로 교수들이 손님이 오면 이용하는 곳이었다.

"바로 가겠습니다."

"또 안 오면 그땐 끝이에요."

마치 어린애가 투정 부리듯 하는 말투였다. 통화가 끊어진 휴대폰을 들고 잠시 망설였다. 아르바이트 아가씨는 여태껏 계단의 반도 채 올라가지 못했다. 보건실까지 박스 전달, 몇 분만 투자하면 될 일이었다. 그러나 이번에도 약속에 늦으면 모든 게 끝난다. 찰나의 시간이지만 격렬하게 고민하던 나는 결국 계단과 반대 방향으로 몸을 돌렸다.

마음이 좋지 않았지만 어쩔 수 없었다. 어디서 일하는지는 알고 있으니 조만간에 다시 찾아오리라. 그날은 꼭 그녀와 지연이 무슨 관계가 있는지 알아보기로 하자. 일단 오늘은 반드시 이길준을 만나야 한다.

나는 아르바이트 아가씨가 비틀비틀 오르고 있는 계단을 등지고, 학생회관 정문을 향해 걸었다. 유리문을 투과하는 햇빛에 눈이 시큰거렸다.

다시 장거리 달리기가 시작되었다. 나는 장총을 든 카우보이의 추격을 피해 평원을 질주하는 들소처럼 들입다 뛰었다. 마주 오던 수많은 학생들이 나를 피해 사방팔방으로 흩어졌다.

타닥타닥, 딱딱한 아스팔트에 내가 부딪는 발소리만이 메아리가 되어 울렸다.

타닥타닥, 잠깐!

뭔가 이상하다. 쓰레기통을 피하느라 잠시 달리기를 멈추고 걸을 때도 프라이팬에서 볶은 콩이 튀듯 하는 발소리가 끊임없이 계속되고 있었다.

"야!"

의문은 금방 풀렸다. 내 뒤에서 내가 달리는 페이스에 보조를 맞춰 뛰어오는 사람이 있었던 것이다. 그는 내가 잠깐 멈춘 틈을 타서 나를 따라잡고는 내 어깨를 탁 쳤다. 나는 뒤돌아보며 그의 이름을 불렀다.

"장군."

"야, 내가 몇 번을 불렀는데 못 알아듣냐. 귀지 좀 파고 다녀라."

장군이 헉헉대며 말을 계속했다.

"인마, 어디 전쟁이라도 났어? 대체 왜 그렇게 뛰는 거야?"

"약속에 늦었어."

"무슨 약속?"

우리는 나란히 걸으며 대화를 섞었다. 이제는 더 뛸 힘이 없어 평소보다 조금 빨리 걸을 따름이었다.

"나중에 말해줄게. 지금은 좀 급해서."

그 말에 장군의 주걱턱이 한층 툭 튀어나왔다. 이 녀석이 삐쳤을 때의 버릇이다.

"아, 너무하네. 겨우내 못 만난 친구한테 이래도 되는 거야? 우리 3개월 만에 보는 건데."

장군은 대학에서 내가 사귄 거의 유일한 동갑내기 친구였다. 솔직히 베스트 프렌드라고 할 수 있었다.

"미안하다, 보고야. 오늘은 내가 사정이……."

"또, 또!"

장군이 눈을 부라렸다

무심코 실수를 했다. 이 친구는 이름을 불리는 걸 아주 싫어하는데.

장군의 본명은 '보고'다. 그의 부모님께서 신라 장군 장보고(張保皐)처럼 큰 인물이 되라고 붙여준 이름이지만, 정작 본인은 그 이름 덕분에 21년 동안 놀림만 받고 살아왔다. 어찌나 설움이 컸는지 누군가 이름을 부를라 치면 지금처럼 경기를 일으키곤 한다. 곧 개명 신청을 할 거라 벼르고 있는데, 아직까지는 다들 그냥 '장군'이라 부르고 있다. '장군(張君)', 또는 '장군(將軍)'의 두 가지 뜻이 모두 담긴 별명이다.

"미안."

"됐고, 어디 가는지 몰라도 같이 가자. 오랜만에 너 봐서 할 말이 쌓여 있어. 며칠 전에 우리 과 오티(OT) 갔다 왔거든. 신입생 소녀 떼 중에 끝내주는 애들이 여럿이야. 이거, 이거 고개만 돌렸다 하면 이상형이 계속 바뀌는 거라. 애가 딱이다 싶었는데, 옆을 보니까 더 죽여주는 애가 있고……."

"장군, 제발 그만! 다음에 들을게. 나 지금 심각해."

진지한 내 표정에 장군의 얼굴도 이내 굳어졌다.

"너 무슨 일 있는 거냐? 나한테 시원하게 털어놔봐."

"지금은 정말 시간이 없어."

"……."

장군은 빤히 날 쳐다보았다. 그 눈빛에 나를 향한 감출 수 없는 걱정이 담겨 있어 조금씩 마음이 약해졌다. 이러니저러니 해도 고 아나 다름없이 자취방에 혼자 살면서 죽은 여자친구를 3년이 지나도록 잊지 못하는 나를 걱정해주는 건 이 녀석밖에 없다. 좁은 턱을 쑥 내민 채 버림받은 강아지같이 애처로운 눈빛으로 나를 쳐다보는 이 녀석, 장군밖에 없는 것이다.

"대충 말해줄게. 장군, 너 이길준이라고 들어봤냐?"

결국 져주기로 마음먹었다.

"그게 누군데?"

"2주 전쯤에 방송에 나와서 화제가 됐는데, 몰라?"

"지금 처음 들어."

"이길준이 우리가 애타게 찾았던 바로 그 사람인 것 같아. 죽은 사람과 대화할 수 있는 능력을 가진 사람 말이야."

"뭐!"

장군은 걸음을 멈추고 확 커진 눈으로 나를 보았다.

"인터넷에서 우연히 인기 검색어를 봤어. 온통 이길준으로 도배가 되어 있는 거야. 누군데 그러지 하고 읽어보니까 신기한 능력을 가진 사람들이 나오는 텔레비전 프로그램 출연자래. 영상을 봤더니 기가 막히더라. 그 프로그램에는 방청객들이 열 명쯤 앉아 있었어. 알고 보니 전부 지인이 병이나 사고로 죽은 사람들이야. 방송 전에 미리 신청한 사람을 무작위로 뽑았대."

"그래서?"

"전부 맞추는 거야. 망자가 어떻게 죽었는지, 죽기 전에 방청객과의 관계는 어땠는지 말이야. 그중에 한 여자는 아버지가 암으로 죽었는데, 생전에 그 여자하고 앙숙 수준으로 사이가 좋지 않았대. 여자가 거기까지 말했을 때, 이길준이 '당신은 어머니를 버리고 재혼한 아버지를 용서할 수 없었군요.' 하는 거야. 사회자가 맞냐고 물어보니까 여자가 고개를 끄덕여. 다들 웅성웅성하지. 이어서 이길준이, 아버지가 사는 동안 딸을 단 한 번도 미워한 적 없고 영원히 사랑한다는 말을 꼭 전해달라고 당부했다는 얘기를 하더라. 그러니까 여자가 눈물샘이 터진 것처럼 펑펑 우는 거야."

호들갑을 떨리라는 예상과 달리 장군은 무척 신중했다. 그는 이마에 깊은 주름을 새기고 물었다.

"혹시 방송국이랑 짜고 한 거 아냐?"

"사회자가 절대로 이길준과 사전에 접촉하지 않았다고 연거푸 말하던데. 자막도 여러 번 밑에 깔렸고. 출연한 방청객들도 이길준을 그전에 한 번도 본 적이 없다고 어머니까지 걸고 맹세하더라."

"그래서 이길준이라는 사람이 확 뜬 거구만."

장군은 고개를 끄덕였다. 우리는 후문 바로 앞 횡단보도에서 신호등이 파란 불로 바뀌기를 기다렸다.

"그래, 대학생 영매로 화제의 중심에 선 거지."

"뭐, 대학생이라고!"

"그러니까 지금 만나러 가는 거잖아. 그 사람, 우리 학교 학생이었어."

장군은 지구가 사실은 네모납작하다는 말이라도 들은 것 같은 얼굴이었다.

"어떻게 알았는데?"

"요즘 인터넷에서 못 구하는 정보가 있나?"

"하긴."

파란 불이 켜져 횡단보도를 건넜다.

"이길준이 하필 나와 같은 대학의 학생이라는 걸 알았을 때 어떤 운명 같은 걸 느꼈어. 이건 분명히 지연이 이길준을 통해 나한테 메시지를 주려는 거다."

"너 이길준한테 그…… 여자친구에 대해 물어보려는 거구나?"

"당연하지. 그것 말고 내가 이길준을 만나야 할 이유가 뭐가 있어. 실은 나, 오늘 약속 잡느라 온갖 고생을 했다. 그래놓고 깜빡 잠드는 통에 약속시간에 늦은 거야. 믿어지냐? 세상에 이렇게 멍청한 놈이 있다고!"

나는 주먹을 들어 스스로 머리통을 세게 쥐어박았다.

"그래도 만나주기는 한다니까 다행이네."

"인터넷에서 찾은 이메일 주소로 장문의 편지를 다섯 통이나 보냈어. 방송 나간 다음부터 온갖 군데에서 만나자는 통에 죽어도 시간을 못 내겠다는 거야. 나중에는 우린 동문이다, 성주대학교 심리학과 2학년 하기우다, 하면서 애걸복걸했지. 그러니까 겨우 허락해주더라."

장군에게 어느 정도 설명을 끝냈을 때 마침맞게 목적지에 도착했다. 길 하나 건너 후문을 바라보며 서 있는 5층짜리 상가의 2층, 여기가 바리톤이다.

"올라갈게. 결과는 조만간 들려준다."

장군에게 손을 흔들고 계단에 발을 얹었다. 옆에 엘리베이터가 있었지만 4층에 멎어 있는 강철 상자를 느긋하게 기다릴 마음의 여유는 없었다.

"잠깐만."

장군이 뒤에서 내 팔을 붙잡았다.

"왜, 인마?"

급한 마당에 말이 곱게 나올 리 없다.

"나도 같이 가."

"안 돼! 넌 미리 약속하지도 않았잖아. 이길준이 분명히 화낼 거라고."

이길준은 나를 비롯해 자신에게 달라붙는 사람들을 '진드기' 운운하며 경멸하는 기색이었다. 가뜩이나 늦은 마당에 혹을 하나 더 붙여 가면 좋아할 턱이 없었다.

"무슨 일이 있어도 너랑 같이 갈 거야. 우린 같은 걸 연구하면서 친해진 사이잖아, 아냐?"

할 말이 없었다. 내가 장군이었더라도 이런 상황에서 나만 빠지는 일은 상상조차 할 수 없을 터였다.

"같은 동아리 멤버로서 나도 간다, 오케이?"

장군은 다시 한 번 턱을 쑥 내밀며 말했다. 그 뾰족하고 빈약한 턱이 어느 때보다 굳건하고 단호한 의지를 드러내고 있어 더 이상 거절하지 못했다.

점심시간이 대충 지난 바리톤은 한산했다. 창가 쪽 세 자리에만 손님이 몇 명 앉아 있을 뿐, 넓은 홀 중앙의 테이블들은 텅 비었다. 장군과 내가 문을 열고 들어서자, 종업원이 다가와 중앙의 빈자리로 안내하려 했다.

"일행 있습니다."

주름이 매우 뻣뻣해 만지면 베일 것 같은 흰 셔츠를 입은 종업원에게 말했다. 그러고는 선객이 있는 가게 남쪽의 창가 세 자리 중 맨 오른쪽으로 향했다. 검은 목제 테이블을 가운데 두고 왼쪽 3인용 소파에 여자 하나가 앉았고, 맞은편 소파에 남자 하나가 앉아 있는 자리였다. 나와 장군이 내는 발소리에 테이블 남녀가 동시에 고개를 돌려 우리를 쳐다보았다. 드디어 찾았다. 들어오면서 눈여 겨봤던 대로 이 남자가 바로 이길준이다.

"늦어서 정말 죄송합니다. 제가 하기우입니다."

나는 고개를 꾸벅 숙이며 말했다.

"어휴, 나보다 훨씬 바쁜 사람 겨우 만났네요. 영광입니다."

이길준은 비꼬는 투였다. 나는 행여 그의 심기를 거스를까 두려워 찍소리도 못하고 고개를 다시 한 번 깊이 조아렸다.

"그런데, 저분은?"

마침내 올 것이 왔다.

"친구 녀석입니다. 요 앞에서 만났는데, 아무리 가라고 해도 듣지를 않아서……."

울 것 같은 심정으로 변명을 늘어놓았다.

"하아."

이길준이 커다랗게 한숨을 쉬었다.

"안녕하세요. 기우한테 이야기 듣고 너무 신기하고 뵙고 싶어서 졸랐습니다. 편하게 장군이라고 부르시면 되고요. 여기 앉으면 되죠?"

눈치라는 단어는 애당초 자기 사전에 없는 장군이 씩씩하게 말했다. 장군의 뻔뻔함에 기가 막혔는지 동그란 안경 속, 원래부터 올라가 있던 이길준의 눈초리가 더욱 샐쭉해졌다. 무시무시한 그 표정에 이러다 곧 불호령이 떨어질까 조마조마하고 있는데, 갑자기 이길준이 굳은 얼굴을 풀고 깔깔 웃었다.

"그래요. 그쪽도 어차피 나랑 동문일 텐데, 다 같이 친하게 지내면 좋죠. 거기 앉아요."

이길준이 여자가 앉아 있는 맞은편 소파를 검지로 가리키자, 여자는 안쪽 창가로 바싹 붙어 장군이 앉을 공간을 마련해주었다. 장군이 여자의 옆자리에 앉고, 나 또한 염치 불고하고 이길준이 무거운 엉덩이를 움직여 만들어준 자리에 앉았다. 다시 말해, 이길준과 여자, 장군과 내가 마주 보고 앉은 형태였다.

"밥은요?"

이길준이 싱글거리며 물었다. 눈웃음을 살살 치며 정답게 묻는 이 사람과 방금 전까지 찬바람이 쌩쌩 불던 그 사람이 과연 한 사람인가 싶을 정도였다.

"저희는 괜찮습니다. 참, 저 때문에 식사도 못하셨죠?"

"아뇨. 여기서 먹었어요."

그렇다면 테이블 위에서 김을 모락모락 내뿜고 있는 두 사람 앞의 커피는 후식인 모양이다.

"계산은 제가 하겠습니다."

"하하. 오늘은 먹을 복이 있는 날인가 보네요. 만나는 사람마다 밥을 사겠다고 하니."

이길준은 또다시 환하게 웃었다. 이렇게 바로 옆에서 보니 텔레비전에서 본 것보다 훨씬 동안이다. 나보다 세 살이나 많다는 게 도저히 믿기지 않고, 사실은 세 살이 적다고 해도 믿을 판이었다. 웬만한 여자보다 흰 피부와 까만 둥근테 안경, 소년같이 해사한 얼굴과 변성기는 나와 상관없는 단어라는 양 높은 목소리가 꼭 책과

영화를 통해 전 세계적으로 유명해진 영국산 꼬마 마법사를 떠올리게 했다.

"점심은 이분이 내신대요. 한사코 거절했는데도 막무가내네요."

이길준이 손을 들어 정면의 여자를 가리켰고, 그의 손 움직임을 따라 나도 시선을 돌렸다. 바리톤에 들어오고 나서 처음으로 여자를 똑바로 본 셈이었다.

여자가 아니라 여자애였군.

이것이 또 한 명의 '진드기'인 그녀를 본 솔직한 감상이었다. 미키마우스가 그려진 흰 티셔츠를 입은 여자애가 고개를 푹 수그리고 자기 신발코만 내려다보고 있었다. 귀 근처에서 두 갈래로 대충 머리를 묶은 모습은 신입생 티가 폴폴 났고, 화장기가 전혀 없는 얼굴은 청순하다기보다 아픈 사람처럼 창백해 보였다. 나는 별 느낌 없이 여자애를 향해 고개를 까닥였지만, 그녀는 내 목례를 보지 못했는지 미동조차 하지 않았다.

"아, 그 얘기를 하다 말았구나! 갑자기 들이닥치는 바람에. 미안해요, 소민 씨."

아마도 여자애의 이름은 소민인 듯하다.

"괜찮아요."

소민이 말했다. 바로 옆에 앉은 장군도 지금 누가 말을 했나 고개를 갸우뚱거릴 만큼 작은 목소리였다.

"훈련 도중에 수류탄이 쾅 터지는 바람에 나랑 같은 분대원 세 명이 죽었다는 얘기까지 했었죠? 다른 분대원들, 대여섯 명쯤 될텐데, 다행히 죽지는 않았지만 전부 크고 작은 부상을 당했어요.

근데 나는 신기하게도 바로 옆에서 폭탄이 터졌는데도 긁힌 상처 하나 없었죠."

나와 장군은 목에 스프링이 달린 인형처럼 연신 머리를 주억거렸다. 왜 이런 얘기가 나왔는지는 몰라도 흥미로운 내용이었기 때문이다.

"그날 밤, 국군병원으로 이송됐는데 잠이 올 턱이 있나요. 죽은 사람들 중에 친했던 사람도 있었고, 팔목 아래가 잘려나간 사람도 있었거든요. 아프다고 끙끙대는 동료 병사들 보니까 마음이 또 안 좋고, 나만 안 다친 게 미안하기도 했고요. 밤새도록 뜬눈으로 침대에 누워 천장만 보고 있다가 새벽 4시쯤에 몸을 옆으로 돌렸어요. 계속 똑바로 누워 있으려니까 허리가 아팠거든요. 고개를 돌리자마자 딱 보이는 거 있죠. 낮에 죽은 오 병장님이 무릎을 꿇은 채 두 손을 침대 모서리에 얹고 나를 빤히 들여다보고 있는 거예요."

"악!"

소민이 짧게 비명을 내질렀다. 대낮인데도 다소 어두침침한 조명과 고풍스런 목재 가구들이 어우러진 바리톤은 어딘가 현실의 시간을 비껴가는 듯한 분위기가 있어 이런 괴담을 펼쳐놓기에는 최적의 장소였다. 더구나 방송에서도 그랬지만 이길준 특유의 새된 목소리는 듣는 사람들의 귀를 신경질적으로 자극하는 면이 있었다. 만약 소민이 비명을 지르지 않았더라면 내가 그랬을지도 모르겠다. 그 증거로 장군의 얼굴도 하얗게 질려 있었다.

"그때는 나도 처음이라 기겁을 했죠. 어휴, 얼마나 놀랐는지 말로는 못 해요."

우리의 반응에 만족했는지 이길준이 입가에 엷은 미소를 띠며 이야기를 계속했다.

"지금 생각해보면 그 팔자라는 게 참. 다른 사람들 같으면 그 자리에서 기절했을 텐데, 난 그때도 그러지 않았단 말이죠. 아니, 기절은커녕 눈을 똑바로 뜨고 쳐다봤어요. 가만히 보니까 오 병장님이 입을 뻐끔뻐끔 벌리면서 뭐라고 하는 거예요."

"뭐라고 했는데요?"

이야기에 몰입한 장군이 허겁지겁 물었다.

"안 들렸어요."

"네?"

"산 사람하고 죽은 사람이 그리 쉽게 소통할 수 있나요. 산 사람이 암만 들으려고 해봐야 소용없죠. 그때는 이미 무서움은 날아갔고 그냥 애가 타더군요. 오 병장님이 평소에 나한테 잘해주던 고참이었거든요. 나한테 뭔가 꼭 전할 말이 있어서 온 것 같은데 알아먹을 수가 없으니 얼마나 답답해요."

"그럼 끝까지 못 들으신 건가요?"

이번에는 내가 물었다. 가장 궁금한 부분이라 뜸이 들기까지 마냥 기다리기 힘들었던 것이다.

"지금 얘기하잖아요. 난 조급증을 억누르고 그분의 입 모양에 집중하기 시작했어요. 조금만 더 정신을 집중하면 왠지 들릴 것 같았거든요. 얼마나 그러고 있었나, 갑자기 오 병장님 목소리가 확 들리는 거예요! 그렇다고 실제로 병장님 목소리가 병실에 울려 퍼졌다는 건 아니고요. 뭐랄까, 화선지에 먹물이 스며들 듯이 마음속에 그분의 목소리가, 하고픈 이야기가 서서히 퍼져가는 느낌이었습니다."

"그분은 왜?"

소민이 물었다. 잔뜩 긴장한 소민의 얼굴을 보고, 그녀 역시 우리처럼 온 신경을 곤두세우고 있음을 눈치챘다.

"통장이 어디 있는지하고 비밀번호를 알려주더군요. 우리 오 병장님, 복무 중에 아버님 돌아가시고 어머님만 혼자 계셨거든요. 그 몇 푼 안 되는 월급 모아서 어머님 드린다고, 과자 하나를 안 사 먹고……."

금세 소민의 눈시울이 붉어졌다. 놀랐다가, 궁금해했다가, 슬퍼했다가. 무지 감정이 변화무쌍한 여자애인 듯하다.

"그 통장이 어머님께 혹시 안 갈까 봐 그게 걱정돼서 나타난 거죠, 그 효자 양반이."

이 대목에서는 이길준도 감정이 벅차오르는지 쉽사리 말을 잇지 못했다. 잠시 우리의 테이블에는 정적만이 감돌았다. 들리는 소리라고는 단지 창문을 통해 새어 들어오는 자동차 타이어들의 마찰음뿐이었다.

"그다음부터예요. 본격적으로 죽은 사람을 보고, 그들과 소통할 수 있게 된 건. 내가 자기네들이랑 말이 통한다는 소문이라도 퍼졌는지 그때부터 온갖 영혼들이 몰려오기 시작하더군요. 어휴, 가끔은 산 사람들 세계랑 죽은 사람들 세계랑 반씩 걸쳐서 이도 저도 아닌 내 인생이 저주스러울 때도 있죠. 그래도 어떡하나요. 오 병장님 같은 고혼(孤魂)들 한풀이는 해줘야죠. 그러라고 하늘이 폭발

사고에서 날 살려준 것 같기도 하고요. 지금은 그냥 이게 내 팔자려니 하고 산답니다. 어때요, 궁금증이 좀 풀렸나요?"

여전히 두 눈에 눈물이 그렁그렁한 소민이 말없이 고개를 끄덕였다. 아무래도 그녀가 이길준에게 어떻게 해서 지금과 같은 능력을 가지게 되었는가에 대해 물어본 듯싶었는데, 덕분에 나와 장군의 궁금증도 해소되었다.

"자, 옛날이야기는 이쯤 하고. 소민 씨는 왜 나를 찾은 거죠?"

그제야 소민이 이길준과 함께 이곳에 있는 이유를 깨달았다. 내가 이길준을 통해 지연의 목소리를 들으려는 것처럼, 그녀 또한 죽은 누군가의 목소리를 듣고 싶어 이길준을 멈춰 세웠으리라.

"엄마가……."

소민은 고개를 돌려 나를 보았다. 앳된 얼굴에 난처한 빛이 감돈다. 아마도 개인적인 이야기를 털어놓아야 하는데 초면인 나와 장군이 있어 부담스러운 모양이었다. 이길준에게 잠시 자리를 피하겠다고 말하려는 찰나, 그가 선수를 쳤다.

"아하, 어머님이시군요. 그렇잖아도 웬 중년 부인이 같이 오셨나 했네요. 그분은 내가 아까 소민 씨를 처음 봤을 때부터 소민 씨 옆에 계셨어요. 지금은 저쪽 통로 옆에서 우리를 내려다보고 계십니다."

소민은 어깨를 움찔했고, 깜짝 놀란 건 나와 장군도 마찬가지였다.

"어머님께서 어떻게 돌아가셨죠?"

이길준이 물었다. 소민은 몇 초 동안 입술을 달싹거리다가 고개를 오른쪽으로 돌려 창밖을 내려다보았다. 마음속 가장 깊은 곳에 묻어둔 얘기라서 얼른 말을 꺼내기 힘든 눈치였다. 겨우 소민이 결심을 굳힌 듯 막 입을 열려 할 때, 이번에도 이길준이 먼저 말을 꺼냈다.

"소민 씨에게 힘든 이야기 같으니까 내가 하죠. 방금 어머님께서 제게 말씀해주셨답니다. 교통사고로 그만 돌아가셨군요."

원래도 작지 않은 소민의 눈이 두 배는 커진 걸 보니, 이길준의 답이 과녁 정중앙에 적중한 것 같다. 탄력을 받은 이길준이 내처 말했다.

"어머님 함자에 ㅇ, ㅅ, ㅈ 중 한 가지라도 들어가죠?"

"맞아요."

소민은 크게 뜬 눈으로 영혼이 빠져나간 양 멍하니 고개만 끄덕였다.

장군을 보니 이 녀석 또한 입을 헤벌리고 물색없이 감탄하고 있었다.

나는 몸을 뒤로 눕혀 뒤통수를 소파 등받이에 깊이 기댔다.

갑자기 피로가 몰려왔다. 이까짓 녀석을 만나기 위해 일어나자마자 뜀박질을 하고 전화로 그렇게 애원했다니. 그 모든 노력들이 원통할 따름이었다. 갖은 고생을 하고 기껏 만난 게 사기꾼이었을 줄이야.

"장군, 돌아가자."

피로가 덕지덕지 내려앉은 두 눈두덩을 몇 번 거칠게 문지르고 장군에게 말했다. 이번에는 이길준이 깜짝 놀랄 차례였다. 그가 자랑하는 능력을 보고도 이렇게 심드렁한 사람은 생전 처음일 테니 놀라는 것도 무리는 아닐 터였다.

"왜 벌써 가?"

장군이 당혹스레 물었다.

"가면서 말할게."

엉덩이를 반쯤 들었다가 생각을 고쳐먹고 털썩 주저앉았다. 나야 그냥 자리를 박차고 나가면 끝이지만, 영문을 모르는 소민이 이길준의 피해자가 될 수도 있었다. 앞으로 그가 저지를 사기 행각이 눈에 빤히 보이는데 도의상 그냥 갈 수는 없었다. 적어도 소민이 알아듣도록 설명해주고 가기로 결심했다.

"이길준, 네 수법은 너무도 뻔했어. 소민 씨라고 했죠? 잘 들어요, 소민 씨. 이길준이 어머님 성함에 ㅇ, ㅅ, ㅈ이 들어가는 걸 맞힌 건 아주 간단한 확률 게임에 불과합니다. 일단 우리나라 인구 중에 이 씨는 김 씨 다음으로 많아요. 정확하지는 않지만 600만 명이 넘을 거예요. 어머님은 여자분이시니까 반만 잡아도 벌써 300만 명이죠. 거기다 윤, 임, 유, 오, 안, 양, 우, 임, 엄, 원 씨 등도 해당됩니다. 저 사람의 얘기대로라면 단순히 이름에 ㅇ만 들어가면 되는 거니까요. 자, ㅇ이 들어갈 확률이 비약적으로 높아졌죠. 다음으로 ㅅ을 볼까요. 신, 서, 송, 손, 심, 설, 선, 선우 씨도 있겠고. ㅈ은 조, 장, 정, 주, 지, 진, 제, 제갈 씨도 포함돼요."

여기까지 단숨에 쏟아냈다. 소민은 아직까지는 혼란스러운 눈치였다. 어쩌면 내가 들려주는 쓰디쓴 진실보다 이길준의 달콤한 유혹이 그녀에겐 훨씬 더 매력적인 것일지도 모르겠다. 잠깐만 진실로부터 눈을 돌리면 그토록 고대하던 순간, 즉 돌아가신 어머니와 대화할 수 있는 꿈같은 기회가 찾아오는 것이다.

"이건 오로지 성만 따져본 거죠. 이름의 중성, 종성에도 ㅇ, ㅅ, ㅈ은 얼마든지 들어갈 수 있어요. 미영, 미경, 은주, 은영, 은정, 은경, 정은, 정희, 정숙, 지영, 현숙, 경숙, 선미, 성희…… 보다시피 끝이 없죠. 이렇게 되면 이름에 ㅇ, ㅅ, ㅈ이 없는 게 오히려 이상해지는 겁니다. 뭐 만에 하나 없을 수도 있겠지만 그때는 다른 변명을 늘어놓겠죠. 알겠어요?"

소민이 대답하기도 전에 분을 바른 것처럼 허연 얼굴이 새빨갛다 못해 거무튀튀하게 변해버린 이길준이 소리쳤다.

"난 저 여자 엄마가 어떻게 죽었는지도 맞췄어! 그건 어떻게 설명할 건데?"

입에서 말 대신 불길을 토해내는 이길준을 무시하고 소민에게 눈을 맞췄다. 어디까지나 그녀가 진실을 깨닫고 받아들이는 게 중요했던 것이다.

"혹시 콜드 리딩(cold reading)이라는 말, 들어봤습니까?"

소민이 고개를 저었다.

"간단히 말해 상대방의 무의식적인 몸짓이나, 대화 속에서 무심코 사용하는 단어들을 통해 그 사람의 속마음을 알아내는 유사 심리학적 기술을 뜻합니다. 사이비 점쟁이들은 대부분 이 기술로 밥을 먹고 살죠. 여기 이 사람같이 말입니다."

"야!"

이길준이 또다시 소리를 질렀다. 우리가 앉아 있는 소파의 등받이가 높아서 보이지는 않았지만, 느닷없는 소란에 바로 옆 테이블 손님들이 웅성거리는 소리가 들렸다.

"저 사람이 소민 씨에게 어머님께서 어떻게 돌아가셨나를 물었을 때 소민 씨가 한 행동을 기억합니까? 역시 못하겠죠? 어디까지나 무의식중에 한 행동이니까요. 하지만 저는 소민 씨를 쭉 관찰하고 있었기에 기억합니다. 소민 씨는 고개를 오른쪽으로 돌려서 창밖을 내려다봤어요. 자, 지금 창밖에 뭐가 있죠?"

소민이 방금처럼 고개를 오른쪽으로 돌려 창밖을 내려다보았다. 다시금 눈에 보인 것을 확인하는 순간, 그녀는 깜짝 놀라 손을 입에 가져갔다. 곧 소민의 입에서 억눌린 탄성이 터져 나왔다.

"그렇습니다. 창밖에는 차도를 쌩쌩 지나가는 자동차들이 보이죠. 저는 여기 통로 쪽에 앉아 있어서 보이지 않지만 자동차들이 지나가는 소리만큼은 여기서도 들리더군요. 하지만 창가와 맞닿아 있는 소민 씨 자리라면 그 창문을 통해 차도의 자동차들이 분명히 내려다보였을 겁니다. 소민 씨는 저 녀석에게서 어머님의 사인(死因)에 대한 질문을 받자 무심코 창밖을 봤습니다. 얼른 떠올리기 싫은 기억이라 바로 답할 수는 없었지만, 무의식은 정직하니까 자기도 모르게 답을 가르쳐준 거예요. 이길준은 소민 씨가 언뜻 자동차를 바라본 행동을 통해 단번에 소민 씨 어머님께서 어떻게 돌아가셨는지 알아냈던 겁니다. 숙달된 사기꾼이니까요."

설명을 마치고 테이블에 앉은 사람들을 순서대로 둘러보았다.

장군이 사실은 나도 처음부터 다 알고 있었다는 듯 의기양양한 얼굴로 어깨를 쫙 펴고 우쭐대는 꼴은 차마 더 볼 수 없으니 패스.

걱정했던 소민은 의외로 침착했다. 나는 그녀의 눈빛을 보고 적이 안심했다. 내 설명을 듣기 전까지는 꼭 사이비 교주의 거짓 예언에 홀린 사람들처럼 눈빛이 흐렸는데, 지금은 바둑알같이 새까만 눈동자에 감춰둔 총기가 엿보였다. 분명 미혹에서 벗어나 원래의 모습을 되찾은 것이리라.

무수한 암탉을 거느린 수탉처럼 시종 고개를 빳빳이 세우고 있던 이길준은 처음으로 머리를 땅에 닿을 만치 푹 숙이고 있었다. 자신을 추종하던 암탉 중 한 마리가 외려 자기 목을 물어뜯을 줄 어떻게 알았겠는가. 그런다고 동정심이 생기지는 않았다. 나나 소민과 같이 먼 곳으로 영영 떠나가버린 사람을 그리워하는, 그 애절한 마음을 이용해 자기 욕심을 채우려 했던 놈이다. 침을 뱉지 않은 걸 다행으로 생각해야 할걸.

나는 다소 홀가분해진 마음으로 자리에서 일어났는데, 그와 거의 동시에 대역 죄인처럼 고개를 수그리고 있던 이길준이 굉장한 기세로 얼굴을 쳐들었다. 정신적으로 이미 녹아웃을 당했을 거라 판단했던 상대의 뜻밖의 행동에 놀랐다. 이 녀석이 왜 이러는가 싶어 얼굴을 똑바로 바라보다가 그만 정신이 아득해지고 말았다.

이길준은 눈물을 줄줄 흘리고 있었다. 동그란 구슬 같은 눈물이 쉴 새 없이 떨어지는 두 눈에는 나를 향한 무한한 원망이 담겨 있었다. 여기까지라면 자신의 정체를 폭로한 나에 대해 앙심이 폭발한 것이라고 단순하게 생각할 수 있다. 하지만 울고 있는 그의 상(相)이 어딘가 기이했다. 우느라 찡그린 얼굴에 묘하게 고운 구석이 있었고, 원망의 빛이 가득한 눈에도 근원을 알 수 없는 애교가 숨어 있는 것이다. 이건 마치…… 여자애 같잖아.

"기우야, 나야……."

이길준의 말투에는 억눌린 슬픔이 뚝뚝 묻어났다.

"뭐야? 갑자기 왜 이래?"

"나 모르겠어? 지연이야. 너를 많이 좋아했던 송지연이라고. 기우, 벌써 날 잊은 거야?"

여전히 울먹이는 얼굴로 곱게 눈을 흘기는 이길준을 보며 엄청난 충격을 받았다. 이것이 이른바 빙의(憑依)라는 걸까. 생애 최초로 경험해보는 일에 세상이 뒤집힌 것처럼 다리가 후들거리고, 자꾸만 속이 울렁거려 소파에 털썩 주저앉고 말았다.

"너…… 정말…… 지연이야?"

"그래, 믿기 힘들겠지만. 난 내가 그렇게 된 이후로 단 한 번도 기우의 곁을 떠난 적 없어. 늘 곁에 있었단 말이야. 그런데 넌 내 말을 듣지도 못하고, 날 보지도 못하고. 항상 있었는데……."

"나는 몰랐어. 정말 몰랐다고."

"늘 소리쳐 널 불렀어. 메아리처럼 헛되이 사라질 뿐 언제나 답을 들을 수는 없었지만."

"미안해. 너무…… 미안해."

가슴이 콱 막히는 고통에 숨을 쉬기조차 힘들어 간신히 몇 마디 사과를 더했다.

"이번에 처음으로 내 간절한 외침에 누군가 대답을 해줘서 얼마나 놀랐는지 몰라. 그게 바로 이분이셔. 나랑 말이 통하는 이분이 나한테 잠시 몸을 빌려주기로 한 거야, 고맙게도."

이길준의 몸을 빌린 지연은 조금씩 울음을 그쳐갔다. 나는 점차 부드러워지는 그의 표정을 망연히 바라보면서 생각했다. 닮았다. 지연이 내 앞에서 자주 짓곤 했던 애정이 담뿍 담긴 표정과 닮았단 말이다. 내가 헛짚었던 걸까. 이길준의 능력은 진짜였단 말인가.

주변을 둘러보니 장군은 입을 떡 벌리고 있고, 소민은 두 손으로 입을 가리고 있는 차이만 있었을 뿐 둘 다 반쯤 넋이 나가 있는 모습은 똑같았다.

"보고 싶었어. 살아 있을 때처럼 다시 한 번 얘기 나눌 수만 있다면 그다음에는 영원히 사라져도 좋다고 생각했어."

"왜 사라져! 이제 다시는 날 떠나가면 안 돼, 지연아."

"하루도 후회하지 않은 적이 없어. 그날 조이월드를 가는 게 아니었는데."

얼마나 억울하고 원통했을까 싶어 가슴이 미어졌다. 내 눈에 스르르 눈물이 차올랐다.

"기우랑 하고 싶은 일이 정말로 많았어. 같은 대학교 학생이 돼서 함께 캠퍼스를 거닐고, 유럽 여행도 같이 가고. 그리고 언젠가 너의 결혼식에서 네 옆에 서 있을 여자가 내가 되기를 꿈꿨었는데……."

"나도……."

"하고픈 일이 정말 많았단 말이야! 난 그때 겨우 열여섯 살이었어! 모든 게 그렇게 한꺼번에 끝날 줄 내가 어떻게 알았겠냐고!"

감정이 격해진 이길준이 날카롭게 소리쳤다. 또 한 번 격통이 내 온몸을 꿰뚫고 지나가는 기분이었다. 나는 가만히 통증이 진정되기를 기다렸다. 그러고는 자리에서 일어나 그의 셔츠 목 부분의 옷깃을 움켜잡았다. 남자치고 왜소한 이길준은 내 힘에 못 이겨 엉덩이가 반쯤 들려 엉거주춤 일어서게 되었다. 나는 이길준의 왼뺨에 혼신의 힘을 실은 주먹을 날렸다.

"으악!"

이길준은 얼굴을 부여잡으며 쓰러졌고, 동시에 소민이 바리톤의 공기를 찢을 듯한 비명을 질렀다. 우당탕 소리와 뒤이은 비명에 놀란 종업원이 다가왔지만 장군이 별일 아닌 장난이라고 너스레를 떨며 돌려보냈다. 실제로 별일은 아니었다. 사기꾼이 또다시 장기를 발휘하려 했을 뿐이다.

"이길준, 당장 이 짓거리 때려치우고 차라리 연기를 해라. 하마터면 나도 깜빡 속을 뻔할 정도였으니까 재능이 있는 건 확실하다."

나는 여전히 소파에 널브러져 두 손으로 얼굴을 감싸고 있는 이길준에게 말했다.

"너의 연기는 정말 훌륭했어. 하지만 사소한 데서 실수가 있었지. 뭘 실수했는지 구체적으로 알려줄까? 나는 자꾸 만남을 튕기는 너한테 이메일을 보내 심리학과 2학년 하기우라는 신상을 알려줬어. 넌 평소처럼 해킹이나 다른 방법을 통해 내 뒷조사를 했겠지. 학생등록부만 봐도 사진부터 주민등록번호나 가족관계, 출신 고등학교 같은 게 전부 나올 테니 분명 쉬운 일이었을 거야. 그런 사전정보를 얻고 나서 넌 더욱 세부적인 2차 조사를 했겠지. 이 녀석 주변에 죽은 사람이 누가 있을까나 하면서. 비열하게 실실 웃었겠지? 이 쓰레기야!"

"기우야, 그만. 흥분하지 마."

장군의 제지에 점점 고조되고 있던 분노가 살짝 가라앉았다.

"처음에는 어머니를 생각했겠지. 우리 어머니는 내가 초등학교 때 돌아가셨으니까. 그러다가 넌 더 그럴싸한 후보를 발견한 거야. 그날 목뼈가 완전히 부러져 반쯤 덜렁거리는 지연의 피투성이 시신 앞에서 망연자실한 날 휴대폰 카메라로 찍어서 인터넷에 올린 사람이 있었거든. 꽤 널리 퍼졌으니까 금방 발견했을 테지. 이거 봐라 하고 흥분했을 네 모습이 안 봐도 뻔하다. 여자친구가 롤러코스터를 타다 추락해 죽었다, 한 사람의 인생에서 이것보다 충격적인 사건이 또 있을까. 넌 분명 하기우라는 놈이 만나고 싶어 하는 영혼은 비명에 간 여자친구 송지연이 분명하다는 결론을 내렸어. 그래서 오늘 날 만나러 오기 전에 그 당시 기사를 한두 개 읽어보고 왔지. 약간의 팩트(fact)만 알면 나머지는 그 출중한 연기력으로 충분히 커버할 수 있을 거라 생각했나?"

이길준은 계속 소파에 누워 있었다. 이제는 얼굴의 통증이 문제가 아니라 본인의 얄팍한 수법을 들켰다는 창피함이 더 클 터였다.

"방금 지연이 흉내를 내면서 넌 겨우 열여섯 살에 죽었다고 했어. 당연히 그렇게 알 수밖에 없었겠지. 신문에서는 죄다 열여섯 살이라고 적었으니까. 하지만 우리는 그때 고등학교 2학년, 열여덟 살이었다. 정말 지연이의 영혼이 네 몸속에 옮겨 온 거라면 당연히 지연이도 열여덟 살이라고 말했을 거야. 그 아이는 단 한 번도 자기 나이를 열여섯 살이라고 의식한 적이 없었으니까. 이제 알겠나? 대부분의 신문은 사람의 나이를 만(滿)으로 표기한다. 지연이 생일은 8월 24일, 그렇게 된 날짜는 5월 9일. 그래, 아직 생일이 지나지 않았으니까 만으로 열여섯 살이었지. 그러나 한국 사회에서 통상적인 나이는 어디까지나 열여덟 살이었다. 이길준, 넌 애써 찾은 신문을 대충 훑어봤을 뿐 주의 깊게 생각해보지 않았어. 조금만 찬찬히 생각했더라면 알 수 있었을 텐데 말이지. 그게 네 유일한 실수였다. 그리고 마지막 실수이기도 하고. 왜냐하면 한 번만 더 너의 소식이 들리면 내가 오늘 있었던 일을 남김없이 폭로할 테니까."

이길준은 두 손에 얼굴을 묻고 어깨를 들썩였다. 무시하고 소민에게 시선을 맞췄다.

"이렇게 미리 적극적으로 상대방에 대해 조사를 한 다음, 그 사전정보를 가지고 상대방을 속이는 기술은 핫 리딩(hot reading)이라고 합니다. 콜드 리딩과 정확히 반대되는 말이죠. 아마 이길준은 방송에서도 이 두 가지 기법을 병용해서 써먹었을 확률이 높아요. 방송 관계자와 한통속이었든지, 출연자들과의 이런저런 대화 속에서 정보를 빼내는 식으로 말입니다.

다시 말해 바보같이 사전정보를 미리 던져준 내게는 핫 리딩을, 오늘 우연히 만난 소민 씨에 대해서는 아무런 정보가 없으니까 어쩔 수 없이 콜드 리딩을 사용한 거죠. 더 이상 여기 있을 필요 없어요. 이 남자 인생은 통째로 가짜니까."

이 말을 끝으로 통로로 뚜벅뚜벅 걸어 나갔다. 이젠 질렸다. 어서 이곳을 벗어나고 싶은 생각밖에 들지 않았다. 그런데 나를 따라 통로로 나오던 장군이 느닷없이 멈춰 서는 게 아닌가. 장군은 어깨를 들썩이며 오열하는 이길준을 향해 말했다.

"이봐, 맛이 어떠냐? 그따위 허접한 속임수로 우리를 속일 수 있을 거라 생각했냐?"

우리? 나는 어이없는 표정으로 장군을 쳐다봤지만 그는 뻔뻔스럽게도 내 반응 따위는 신경 쓰지 않았다.

"우린 너 같은 사이비랑은 달라. 우리야말로 진정 영혼과 대화를 나누고, 그들의 신비를 풀 수 있는 유일한 사람들이지. 우리는 영혼의 비밀을 밝혀내는 동아리 '영계통신(靈界通信)' 정예 멤버! 아직도 도전할 게 남아 있다면 언제든지 찾아와도 좋다. 몇 번이고 상대해…… 어어!"

나는 장군이 계속 낯 뜨거운 말을 늘어놓는 걸 막기 위해 그의 귀때기를 붙잡고 질질 끌어냈다.

바리톤을 나온 우리는 대낮부터 술을 마셨다. 흠뻑 취하고 싶은 기분이었지만 오늘따라 술이 술 같지 않았다. 나는 염천에 축구 한 게임을 뛰고 시원한 물을 찾는 사람처럼 앞에 놓인 술을 연신 들이켰다. 빈 소주병이 허름한 널빤지 테이블 위에 하나둘씩 늘어갔다. 날 위로해준답시고 아무 소리 없이 대작을 해주던 장군은 진작 뻗어서 자기 팔을 베고 테이블에 엎드려 있었다. 꿈에서 끝내주는 신입생 여자애와 키스를 하기 직전인지 입술을 오므리고 쪽쪽거리는 모습이 우습기도 하고 귀엽기도 했다. 나는 좋은 친구가 좋은 꿈에서 깨지 않기를 기도하며 소주 한 잔을 털어 넣었다. 그러고는 또 한숨.

내내 무슨 의식처럼 한 잔을 끝내면 한숨을 쉬었다. 씁쓸하고 서러운 감정만이 나를 지배했다. 이번만큼은 틀림없을 거라 믿었던 이길준의 정체를 알고 나서 어지간히 실망했나 보다. 나는 오늘 마지막 인사도 나누지 못했던 지연과 못다 한 얘기를 끝없이 재잘재잘재잘재잘재잘재잘 떠들고 싶었는데…….

정신을 놓은 장군을 택시에 태워 보내고 내가 사는 동네로 돌아왔다. 낮부터 술을 마시는 바람에 이제 겨우 해가 떨어지는 중이었다. 집으로 가는 길에 서서히 어둠이 깔리면서 암만 마셔도 끄떡없을 것 같았던 알코올이 본격적으로 몸속에서 활동을 시작했다. 나는 두 팔을 휘적휘적 흔들며 걸었다. 그렇게라도 균형을 잡지 않으면 넘어질 것 같았기 때문이다.

다행히 길거리에 쓰러지진 않았지만, 집에 들어와 시계를 보니 15분이면 올 거리가 두 배 이상 걸렸다. 옷을 벗기도 귀찮아 입은 채로 침대에 몸을 던졌다. 멍하니 엎드려 잠이 찾아오기를 기다렸는데, 언제나와 같이 외로움이 먼저 나를 찾아왔다.

언제나처럼 나는 혼자였다. 고등학교 때는 비록 먼 곳이긴 했지만 그나마 같은 하늘에 있었던 아버지도 작년에 인도네시아의 댐 건설 현장으로 떠났다.

그리고 유치원부터 단짝이었던 홍석찬은 고등학교 3학년 때 거짓말처럼 완전히 사라져버렸다. 기억이 석찬에게 닿자 살짝 술이 깨는 느낌이었다. 나는 침대에서 일어나 책상으로 다가갔다.

서랍 속에 넣어둔 석찬의 마지막 편지를 꺼내는 데 오랫동안 망설였다. 광인이 두서없이 지껄이는 듯한 기괴한 내용의 편지를 차마 볼 자신이 없었던 것이다. 한참을 서랍 문고리를 잡고 열까 말까 마음속으로 사투를 벌이다 술기운을 빌려 마침내 서랍을 열었다. 색 바랜 편지봉투를 벌려 단숨에 편지를 꺼냈다.

거의 1년 만에 다시 보는 편지였지만 여전히 소름이 돋는 내용이었다. 이게 만약 장난이라면 어지간한 악취미라 괴짜 석찬답다고 할까.

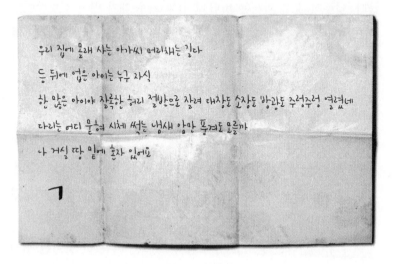

우리 집에 몰래 사는 아가씨 머리색는 길다

등 뒤에 업은 아이는 누구 자식

한 많은 아이야 잘록한 허리 절반으로 잘려 대상도 손상도 방광도 주렁주렁 열렸네

다리는 어디 묻혔나 시체 썩는 냄새 암만 풍겨도 모를까

나 거실 땅 밑에 혼자 있어요

ㄱ

2년 전 어느 날, 석찬은 내 학교 책상 서랍 속에 이 미친 편지 하나만을 남겨두고 등교하지 않았다. 방과 후에 집으로 가보니 석찬네 식구들은 아무도 보이지 않았고, 급하게 이사를 갔는지 집 안은 텅 비어 있었다.

새삼 편지를 곱씹어보았다. 석찬은 나와 같은 외동이었고, 몇 백 번을 놀러 갔어도 그 집에 몰래 사는 아가씨 같은 건 그림자도 본 적 없었다. 사실 18평의 방 두 개짜리 아파트에 아가씨가 몰래 살 만한 공간도 있을 리 없다. 게다가 몸이 반으로 잘린 아이라니 무슨 괴기소설도 아니고 너무 심하지 않은가. 맨 밑의 커다란 ㄱ자는 또 뭐고? 나는 고개를 절레절레 저으며 편지를 도로 봉투에 넣고 침대에 누웠다.

이 끔찍한 편지 이후로 석찬은 어디서 뭘 하고 있는지 2년 동안 전화 한 통, 문자메시지 하나 보낸 적이 없다. 실은 여전히 당신을 버리고 자살한 어머니로부터 받은 상처에서 헤어나지 못해 늘 여기 아닌 어딘가를 떠도는 아버지보다, 석찬이 내 곁에 없다는 사실이 나를 더 힘들게 했다. 나쁜 놈, 친구라면 친구가 가장 힘들 때 곁에 있어줘야 하잖아.

그리고 무엇보다 내게는 지연이 없다. 내 꿈, 내 사랑, 내 전부였던 지연이 없는 것이다. 3년 전, 그녀는 열여덟 살의 생일조차 치르지 못하고 하늘을 나는 열차에 타서 하늘 저 멀리로 올라가버렸다.

왜 모두가 날 떠나는 걸까. 나란 놈은 어떤 저주받을 운명을 받고 태어났기에.

나는 여느 때와 같이 내 운명을 끊임없이 저주하다가 잠에 빠져들었다. 잠결에 아주 많이 울었던 것 같다.

靈

오후 1시부터 세 시간 동안 진행되는 '성격심리학' 수업은 불경을 암송하는 소리마냥 지루하게 들렸다. 강의실 뒷자리에 앉아 꾸벅꾸벅 졸다가 불현듯 짜증이 났다. 이러면 공부 따윈 나 몰라라 했던 고등학교 때와 달라진 게 없잖은가. 첫 50분 강의가 끝나고 주어지는 10분 휴식시간에 강의실을 나왔다. 고등학교 때처럼.

어차피 프로이트의 꿈이나 융의 가면, 스키너의 딸들에 관한 이야기에는 일말의 관심조차 없었다. 지연을 잃고 방황하던 내가 필사적으로 입시공부에 매진하게 된 이유는 우연히 들은 '초심리학(超心理學, Parapsychology)'이라는 용어 때문이었다. 초심리학은 정신감응, 원격투시, 예언, 영혼과의 소통 등 인간의 지식 범위를 넘어서는 초자연적이고 신비로운 것들을 연구하는 학문이라고 했다.

그 이야기를 들은 순간, 내 영혼은 전율했다!

나는 초심리학을 열심히 배우면 몸소 영매가 되어 지연을 다시 만날 수 있을 거라고 믿었다. 그래서 심리학과가 있는 대학을 지망해 하루에 서너 시간 자고 공부했다. 당시 반에서 최하위권을 달렸고, 공부의 기초도 전혀 없었지만 밤낮을 잊고 노력하니 어떻게 지방대의 추가 등록기간에라도 합격 통보를 받을 수는 있었다.

원대한 꿈을 안고 첫 수업인 '심리학개론'에 참석했다. 반백의 머리에 뚱뚱한 남자 교수가 수업이 끝나갈 때까지 딴소리만 늘어놓고 끝마칠 준비를 하기에 초심리학은 언제 배우냐고 물었다. 내 질문에 잠시 쓴웃음을 짓던 교수는 심리학은 인간의 마음과 행동을 연구하는 학문이며, 뇌의 구조와 작용, 신경물질, 통계, 구체적 임상사례 등을 분석하는 엄연한 과학이니 초심리학 같은 사이비 공상과는 구분된다고 답했다.

"영혼의 세계가 정 궁금하면 후문 골목에 있는 점성술 카페에 가보세요. '아리아드네'라고 잘 맞습디다. 1만 원에 커피도 줍니다."

강의실에 와자지껄한 웃음이 터졌다. 동시에 내 대학생활의 꿈도 산산이 부서졌다. 그 후로 지금까지 수업시간에 머리는 다른 곳에 두고 몸만 갖다놓고 있는 형편이다. 신입생이었던 작년 두 학기의 학점은 학사경고를 겨우 면한 수준이지만 별로 아무렇지 않았다.

나는 조만간 자퇴하고 초심리학을 연구하는 외국의 대학이나 연구소를 알아봐서 그쪽으로 나갈 계획이었다. 조사해보니 우리나라와는 달리 미국이나 러시아, 영국 등에는 그럴싸한 초심리학 연구기관이 설립되어 있었다. 그곳에서 연구에 매진해 반드시 영혼을 느끼고 대화하고 만질 수 있는 방법을 배울 것이다. 내 인생의 전부를 걸면 언젠가는…… 언젠가는 지연을 다시 만날 수 있을 것이다. 내게 남은 꿈은 그것밖에 없었다.

옛날 생각을 하며 문과 건물을 나서는데 바지 주머니가 부르르 떨렸다. 휴대폰을 꺼내 문자를 확인했다.

영계통신 회의.

그 자리에 멈춰 고민했다. 회장으로부터의 호출 메시지였지만 딱히 가고 싶은 생각은 들지 않았다. 비록 영계통신을 만든 사람이 나였지만 앞으로는 그곳과도 거리를 둘 심산이었다. 나는 곧 떠날 사람이니까.

오랫동안 망설이다가 동아리방에 가기로 결정하고 지하로 향하는 계단을 내려갔다. 좁은 통로가 미로같이 복잡하게 얽혀 있는 지하층에는 각종 동아리방들이 모여 있었다. 우리 동아리는 그중 북쪽에 있는 가장 넓고 깨끗한 방을 사용한다. 동아리방으로 향하면서 내 머릿속을 사로잡은 것은 오롯이 결자해지(結者解之), 한 단어였다. 만든 사람이 나니까 없애는 것도 내가 해야 할 일이다.

영계통신은 초심리학에 관한 질문을 했다가 면박을 당한 수업

시간 직후에 떠올렸다. 나와 비슷하게 각종 사건사고로 세상을 떠난 지인의 영혼과 소통하고 싶은 사람이 이 대학에도 분명 있을 터였고, 또한 지금껏 살아오면서 영혼을 만났거나 대화를 나눠본 사람이 한둘쯤은 있을지도 모른다고 판단했다. 나 한 사람의 사고(思考)나 경험에 한계가 있다면, 비슷한 관심을 가진 여럿이 모여 그 한계를 돌파해보기로 작정한 것이다.

학교 인터넷 홈페이지에 고심해서 쓴 동아리 회원 모집 글을 올릴 때는 무척 떨렸다. 내 근원적인 고민을 낱낱이 풀어줄 귀인이 정말 나타날 것 같은 기대와 흥분이 반이요, 등록금 마련과 취업도 벅찬 마당에 귀신 이야기나 하는 철없는 동아리가 웬 말이냐는 비난이 쏟아지면 어쩌나 하는 우려가 반이었다. 하지만 걱정과는 달리 흥미를 보인 사람이 아주 없지는 않았다. 더구나 운 좋게도 그 사람들 중에 꽤 영향력 있는 후원자가 한 명 있었다. 영계통신은 그렇게 해서 출발했다.

동아리방 앞에 도착해 노크를 두 번 하고 문을 열었다. 내가 기대했던 도움은 조금도 얻지 못했지만, 대학생활의 벗이 되어주었던 사람들이 방 안에 빠짐없이 모여 있었다.

지저분한 콘크리트 바닥이 그대로 드러나 있는 다른 동아리방과 달리, 고급 원목 바닥재에 아이보리색 카펫을 깔아놓은 고풍스러운 방의 정경이 시야에 들어왔다. 몇 번을 봐도 대학 동아리방이라기보다 대기업 CEO의 서재 같은 모양새다. 동아리방의 문이 있는 쪽 벽에는 두 팔을 쫙 벌려도 끝까지 닿지 않는 나무 책장을 가져와 책이나 각종 자료들을 꽂아두었다. 문 왼편의 벽 앞에는 한 사람이 앉을 수 있는 책상이 있었는데, 책상 위에는 다리에 오묘한 장식을 한 골동품 스탠드가 놓여 있었다.

들어가자마자 보이는 정면 벽에는 빨간색 4인용 가죽 소파가, 오른쪽 벽에는 시판되는 것 중에서 가장 큰 텔레비전과 블루레이 플레이어, 비디오카세트, 오디오와 스피커 등 각종 전자 장비가 세팅되어 있었다. 마지막으로 동아리방 중앙에는 여러 명이 한꺼번에 둘러앉을 수 있는 직사각형 테이블에 의자가 드문드문 놓여 있었는데, 그곳에 영계통신 멤버들이 띄엄띄엄 앉아 회의 대형을 이루고 있었다.

"수업 아니었냐?"

버릇대로 의자의 두 앞다리를 허공에 띄우고 몸을 반쯤 누인 자세의 장군이 물었다.

"그냥 나왔어."

나는 회의 테이블에 앉지 않고 4인용 소파에 몸을 묻었다.

"2학년이 돼도 여전하구만."

"왜 모인 거냐?"

"신입회원."

회의 때마다 지정석인 책상 앞 테이블 상석에 앉은 회장이 입을 열었다.

"그래, 신입회원 문제 때문에 회의 좀 하자고 모였다. 개강한 지 두 주나 지났는데, 아직 신입회원이 한 명도 없다는 게 말이나 되냐."

평소의 패턴처럼 회장의 짧은 말을 장군이 이어받았다.

"신청자가 없어?"

묻긴 했지만 내심 심드렁했다. 멀쩡히 취업해서 제 한 몸 건사하기도 힘든 세상에 영혼 찾기라니, 신입생들에게는 뜬구름 잡는 얘기일 게 뻔했다.

"한 사람도 없더라. 홈페이지에 글도 올리고, 대자보도 공들여 썼는데 말이야. 그래서 그런데, 기우 너 너무한 거 아니냐? 명색이 부회장이면서 관심도 전혀 없고. 동아리방 온 것도 개강하고 나서 오늘이 처음 아냐? 야, 이러면 영계통신의 존속이 위태롭다고."

녀석, 말 한번 잘했다. 기왕 장군이 서두를 뗀 마당이니 영계통신의 해체 이야기를 논의하기 한층 쉬워진 셈이다.

"그렇잖아도 오래전부터 생각했던 게 있는데……."

애초에 바랐던 결과는 전혀 얻지 못했지만, 직접 만들었고 애착도 다른 멤버들 못지않게 가졌던 동아리다. 그런 모임의 해체 이야기를 꺼낸다는 건 아무리 메마른 나라도 쉽지만은 않았다. 내 얼굴에 저절로 그늘이 졌다.

"우리 영계통신 말이야……."

똑똑. 때마침 들린 노크 소리에 내 이야기는 중단됐다.

"들어오세요."

장군이 경쾌하게 말했다.

잠시 후, 수줍은 듯 문이 빼꼼 열리고 누군가가 들어왔다. 가뜩이나 낯선 곳인 데다 방 안에 있던 모두의 시선이 온전히 자신에게 쏠리자, 방문객의 얼굴이 순식간에 잘 익은 토마토처럼 붉게 물들었다. 방문객은 채 160센티미터도 안 되는 아담한 소녀. 코가 조금

낮고 눈 사이의 간격이 살짝 멀어 보이는 게 천진한 아기를 떠오르게 만드는 인상이었다. 허리 아래까지 내려오는 검은 코트가 동안의 얼굴과는 잘 어울리지 않아 꼭 엄마 옷을 훔쳐 입은 초등학생 여자애 같았다.

"여기가 영계통신 맞나요?"

소녀가 속삭이듯 말했다. 나지막하면서도 발음이 좋아 또렷하게 귀에 꽂히는 그 목소리를 듣고 어렴풋한 내 기억이 확신으로 굳어졌다. 이 소녀는 내가 아는 사람이 분명했다. 심지어 이름까지 알고 있었다.

"소민 씨……?"

내가 묻자, 소녀는 빠르게 고개를 끄덕였다.

"아, 그때 그분!"

둔해 빠진 장군이 그제야 알았다는 양 손뼉을 치며 호들갑을 떨었다. 그 모습에 소민이 배시시 웃었다.

"어쩐 일이세요? 혹시 이길준, 그놈이 아직도?"

장군이 테이블을 빙 돌아오면서 물었다.

"아니에요. 저기, 아직도 가입되나요?"

"가입이요?"

"저, 들어오고 싶어서요. 영계통신에."

"와아!"

장군은 입을 떡 벌렸다. 놀라기는 나도 마찬가지였다. 이길준을 무찌른 날, 장군이 영계통신에 대해 말도 안 되는 소리를 떠벌리긴 했지만 그게 이런 결과로 돌아올 줄은 꿈에도 몰랐다. 아마도 소민은 그때 우리 동아리에 깊은 인상을 받은 모양이었다. 솔직히 걱정이 앞섰다. 우리의 실체를 알면 분명 실망할 텐데.

붐비는 영화관에 시궁쥐라도 출몰한 것처럼 떠들썩한 분위기를 정리하기 위해 회장이 "환영."이라는 한 마디를 던졌다.

"당연히 가입되죠! 저흰 오는 사람 안 막아요. 무조건 환영합니다, 소민 씨. 우리가 잘해줄게요."

역시나 회장의 짧은 원문, 장군의 긴 통역.

"네에, 반갑습니다!"

가입 기간이 지났거나, 혹여 받아들여지지 않으면 어쩌나 잔뜩 긴장하고 있었는지 가입 허락을 받은 소민의 목소리에서 기쁨이 묻어났다.

"자자, 숙녀분이 오래 서 계시면 다리 굵어지니까 일단 앉으시고."

장군이 손을 내밀어 소민을 자기 맞은편의 빈 의자로 안내한 다음 본인도 원래 자리로 돌아가 앉았다.

"우리 멤버들 소개부터 할까요?"

"네, 궁금해요."

소민은 몇 번이나 고개를 까닥거렸다. 사실은 멤버 전원이라고 해봐야 이미 안면이 있는 나와 장군을 제외하고 단 둘뿐이라 오래 걸릴 것도 없었다.

"저기 상석에 앉은 분이 우리 영계통신 회장님이세요. 참, 소민 씨 신입생이죠?"

"네. 풋풋한 새내기랍니다."

소민도 제법 여유가 생긴 듯했다.

"그럼 편하게 말해도?"

"그럼요!"

"그래, 그럼. 말 놓을게. 다들 알았죠?"

나는 손을 들어 알겠다는 표시를 했고 나머지 멤버들도 고개를 끄덕였다.

"그럼 소개로 돌아가서. 회장님은 우리 중에 유일하게 4학년이야. 이름은 조현철, 컴퓨터공학과이셔. 하루에 한 마디도 안 할 때가 많은 분이니까 괜히 화난 거라 오해하기 없기."

스포츠머리의 회장이 소민에게 살짝 목례했다. 작년하고 다르게 머리를 짧게 잘라놔서 커다랗고 네모난 얼굴이 한층 육중해 보였는데, 특히 입은 웬만한 사람의 두세 배 크기였다. 그 큰 입이 열리는 일이 좀처럼 없다는 게 최대의 미스터리.

"부."

회장은 무거운 입술을 벌려 단어도 아닌 딱 한 글자를 말하고 다물었다. 나도 속이 터지는 판이니, 처음 겪는 소민은 당연히 고개를 갸우뚱할 수밖에.

"잘 부탁한다고 하시네. 오늘 말씀을 너무 많이 하셔서 지치셨나 봐."

또 하나의 미스터리는 회장이 무슨 말도 안 되는 말을 해도 장군은 기가 막히게 알아듣는다는 점이다. 이쯤 되면 전생에 두 사람의 관계가 궁금할 따름이다.

회장은 내가 올린 영계통신 회원 모집 글을 보고 두 번째로 찾아온 사람이다. 원체 말수가 없는 양반이라 왜 영혼의 세계를 탐색하려는지 그 이유는 아직도, 아무도 모른다. 다만 우리가 그에게 회장직을 맡긴 이유는 제일 연장자라는 이유뿐만 아니라 꼭 필요한 말만 하는 그 과묵함이 우리에게 커다란 신뢰를 주었기 때문이다. 어떤 상황에서도 믿을 만한 사람, 그게 회장이다.

"반갑습니다. 잘 부탁드려요."

소민의 상냥한 인사에도 회장은 됐다는 듯 손을 내저을 뿐이었다. 이제는 한 글자도 내뱉기 귀찮다는 건가. 포기한 장군이 몸을 오른쪽으로 돌려 맞은편에 앉은 미오 선배를 소개했다.

"자, 여기 섹시 다이너마이트 언니는 최미오 선배. 심리학과 3학년이고. 멤버 중에 자기랑 미오 선배만 여자니까 친하게 지내."

아래로 조금 처진 눈이 얼핏 졸린 것처럼 보이는 미오 선배가 손가락을 까딱하며 인사했다.

"잘 왔어."

"안녕하세요. 미오 언니."

"응."

특유의 나른하고 허스키한 목소리로 대답을 마친 미오 선배는 무심히 팔짱을 꼈다. 몸에 쫙 달라붙는 강렬한 붉은색의 재킷 속에 감춰진 가슴이 지나치게 커다란 나머지 가슴에 얹은 두 팔이 앞으로 쭉 나와 있었다. 선배는 내가 본 여자 중 섹시하기로는 단연 넘버원이다.

나와는 같은 과 선후배 사이라 수업시간에 어쩌다 한 조로 묶이면서 알게 되었다. 매사에 무덤덤한 느낌이었는데 일부러 찾아와서 가입 의사를 밝혔을 때는 굉장히 놀랐었다. 하지만 역시나, 딱히 영혼에는 관심이 없는 사람이었다. 지금은 가입 이유를 대강 알고 있다.

"다음은 나네. 본명은…… 어, 그냥 장군 오빠라고 불러. 사학과 2학년이고, 반갑다. 하하."

장군은 뾰족한 턱을 쑥 내밀고 호탕하게 웃었다. 주걱턱에 귤껍질과 재질이 백 퍼센트 흡사한 피부를 가진 못난이지만 천성이 밝아 미워하는 사람이 없다. 우리 동아리의 분위기 메이커랄까.

실은 이 녀석도 잿밥을 보고 영계통신에 들어온 케이스였다. 우연히 교정을 거닐던 미오 선배를 보고 마음이 동해 고백을 했지만 보기 좋게 차였단다. 그래도 포기를 못한 나머지 선배를 졸졸 따라다니다 여기까지 쫓아온 것이었다. 나를 포함해 회장, 미오 선배, 장군이 죄다 이런 상태이니 영계를 제대로 탐색할 수 있었을 리 만무하다.

"네. 저도 다시 뵙게 돼서 좋아요."

"이제 끝났나. 참, 저기 저 녀석! 워낙 존재감이 희미해서 까먹고 있었네. 쟤 기억하지? 심리학과 2학년 하기우. 우리 동아리 부회장이야."

소민의 눈과 내 눈이 마주쳤다. 다른 사람들에게 했던 것과는 다르게 그녀는 아주 오랫동안 내 눈을 응시하더니 가만히 눈을 감고 고개를 숙였다.

"그때는 정말 감사했습니다."

뜻밖의 인사에 대답을 못하고 우물쭈물하는데 고맙게도 장군이 나서주었다.

"어, 우리 외에 한 명이 더 있긴 한데. 나중에 소개시켜줄게."

"그럼 이제 제 소개할까요?"

소민이 말했다.

"당연하지. 근데 여기서는 말고."

"네?"

"꿈에 그리던 신입회원이 들어왔으니 축하파티 해야지! 다들 괜찮죠?"

"꺅, 파티다!"

매사에 무덤덤하지만 술과 파티라면 자다가도 벌떡 일어나는 미오 선배가 환호를 질렀다.

"기우야, 가자!"

"서…… 선배."

어느 결에 내 곁에 다가온 미오 선배가 내 겨드랑이 안쪽에 손을 넣어 나를 일으켜 세웠다. 미오 선배에게 질질 이끌려 나가면서 혀를 찼다. 영계통신을 없애자는 얘기를 꺼내려는 판에 하필 소민이 들어와서 분위기가 180도 달라지다니, 정말이지 되는 일이 없다.

靈

우리가 우르르 몰려간 곳은 한 집 건너 주점인 후문 가에서도 외진 곳에 있는 바(bar) '벤 허'였다. 이곳은 영계통신의 비공식 아지트로서 아무 때고 찾아와 술을 물 마시듯 해도 전혀 돈이 들지 않는다. 매달 말일, 키가 작고 살집이 제법 있는 중년 여성이 들러 장부에 적어둔 술값을 한꺼번에 계산해주기 때문이다.

일문과 1학년, 이 고장 성주(城州) 시에서 태어나 쭉 살아왔고 대학마저 여기라서 언젠가는 넓은 세상을 보는 게 꿈, 아직 남자친구 사귀어본 적 없음. 대충 이 정도가 동아리방에서 하지 못한 소민의 자기소개였다. 영계통신에 들어오려는 이유도 사실대로 말할지 궁금했는데, 그냥 신기한 것에 호기심이 많아서라고 눙쳤다. 눈치 따위는 안 키우는 장군도 이번에는 웬일로 입을 다물어 다행이다 했다.

밤 11시경, 더 넓은 세상을 꿈꾸는 소녀는 술에 취해 빨갛게 물든 왼뺨을 테이블에 찰싹 붙이고 엎드려 있었다. 주는 술은 홀짝홀짝 마다하는 법이 없더니 두 시간도 안 돼 보기 좋게 뻗은 것이다. 아직 대학생 딱지를 붙인 지 한 달도 지나지 않았다. 이맘때는 정직한 자기 주량을 알지 못하는 법.

쌔근쌔근 긴 숨을 마셨다 뱉었다 하며 평온하게 잠든 소민과 반대로 술집 안은 한 시간 넘게 마녀와 사탄이 누구 목소리가 더 큰지 겨루는 것 같은 광란의 도가니였다. 장군과 미오 선배가 마이크를 쥐고 바의 구석에 놓인 가라오케 앞에서 노래를 부르고 있는 것이다. 두 사람 옆에서는 30대 후반의 배불뚝이 허 사장이 박수를 치며 흥을 돋우고 있었다. 그나마 대목인 금요일 밤에 손님이 우리들밖에 없다는 절망적인 현실은 머릿속에 존재하지 않는 모양이다.

여담이지만 사장이 딱히 영화광이라서 '벤 허'를 바 이름으로 붙인 건 아니다. 잠시 뉴욕에 살았던 사장의 영어 이름이 '벤'이고, 우리말 성이 '허'라서 벤 허라고 한 것뿐이다. 하지만 미오 선배는 올 때마다 '오빠, 배 넣어'라고 놀리고 있다.

빠른 템포의 록 넘버가 갑자기 멎었다. 가라오케 쪽을 보니 화장실에서 막 나온 회장이 뒤에서 리모컨으로 기계를 겨누고 있었고, 한창 노래에 열중하던 장군은 회장을 뒤돌아보며 인상을 찌푸렸다.

"그만."

"아이, 한창 필(feel) 받았는데."

미오 선배가 투덜거렸다.

"그러게 말이에요. 아직 트로트 메들리도 못 했는데."

장군의 얼굴에도 아쉬움이 가득했다.

"갑시다. 근데 애를 어떡하지."

나는 일어서서 소민을 내려다보았다.

"너."

회장이 검지로 나를 가리켰다.

"너보고 바래다주라잖냐. 고생 좀 해라."

언제나처럼 장군이 통역을 했다. 그러자 계속 멀쩡히 서 있던 미오 선배가 난데없이 몸을 휘청하더니 바닥에 쿵 주저앉는 게 아닌가.

"아, 나도 취했나 봐. 혼자서는 도저히 집에 못 갈 것 같아……."

미오 선배 혼신의 부자연스러운 연기였다. 방금 전까지 악을 쓰며 노래를 불러 젖히던 사람이 몇 초도 지나지 않아 몸을 못 가눌 정도로 취기가 올라왔다고?

"그럼 선배는 제가 모셔다드릴게요. 저만 믿으세요."

그녀를 사모하는 장군이 반색하며 말했다. 미오 선배는 아무 일도 없었던 것처럼 벌떡 일어났다.

"됐네요. 어디서 먹히지도 않을 수작질이야."

미오 선배는 금세 시무룩해진 장군은 신경도 쓰지 않고 혼잣말을 했다.

"첫눈에 알아봤다니까. 그래서 경쟁자를 받으면 안 되는 건데……."

나는 미오 선배의 말을 듣지 못한 척하며 소민의 팔을 붙잡아 세웠다. 소민을 부축해 벤 허의 문을 나서는데 미오 선배의 따가운 눈초리에 뒤통수가 다 뜨끈한 기분이었다. 미오 선배가 영계통신에 들어온 이유는 대강 이렇다.

소민은 40킬로그램도 넘지 않아 보일 만큼 작은 체형이지만 술에 취해 몸을 가누지 못하니 엄청나게 무겁게 느껴졌다. 만취한 그녀를 길바닥에 곱게 눕혀놓고 바람처럼 사라지고픈 유혹과 싸우느라 힘들었다. 악전고투 끝에 버스정류장에 도착해 어깨를 흔들어 깨웠다.

"여기가 어디에요?"

"버스정류장. 몇 번 타야 되지?"

소민은 답을 가르쳐주고 다시 의식을 잃었다. 5분도 안 돼서 도착한 버스에 태우는 일 또한 고역이었다. 마침 버스 뒤쪽에 2인용 좌석이 비어 있어, 창가 쪽에 소민을 먼저 앉히고 나도 옆에 앉았다. 웬만큼 쌀쌀한 밤이었는데도 상하의가 땀으로 흠뻑 젖었다. 아담한 소녀가 아니라 꼭 거대한 돼지 한 마리를 운반한 심정이었다. 나는 손바닥으로 번들거리는 이마를 닦았다.

성주대학교 후문 바로 앞인 다음 정류장에서는 학생들이 끝도 없이 탔다. 막차 시간이 가까워지니 술집에 처박혀 있던 학생들이 슬슬 몰려나온 것이다. 우리가 탔던 직전 정류장만 해도 빈자리가 몇 개 있었지만, 이번 정류장에서 수십 명이 탑승한 나머지 제대로 발붙이고 서 있을 공간도 없는 만원버스가 됐다.

나는 자리에 앉아 갈 수 있었던 행운에 깊이 감사했다. 6.25 때의 피난열차를 재현해놓은 듯한 버스 안에서 정신없이 비틀거리는 소민을 부축하며 서서 가는 일은 상상만으로도 끔찍하다.

어느새 나는 꾸벅꾸벅 졸고 있었다. 취기와 육체적인 피로가 칵테일처럼 뒤섞여 온몸이 노곤했다. 문득 옆구리에 쿡쿡 찌르는 느낌이 나서 눈을 떴다. 소민이 검지를 뾰족이 세운 채 나를 쳐다보고 있었다.

"여기가 어디에요?"

"버스…… 집까지 얼마나 남았지?"

소민은 창밖을 살펴보더니 말했다.

"5분만 더 가면 돼요. 근데 문제가 생겼어요."

"뭔데?"

"저…… 토할 것 같아요."

"뭐, 안 돼! 조금만 참아!"

아닌 게 아니라 버스를 가득 채운 학생들이 뿜어내는 술기운 섞인 훈김과 오래된 버스 특유의 기름 냄새로 나 역시 조금 울렁거릴 정도였다. 거기에 소민은 익숙지 않은 술까지 많이 마셨으니 언제 구토를 해도 이상하지 않은 상황이었다.

"야, 그럼 다음에 내려서 택시 타자. 몇 초만 참아봐."

"네, 참아볼…… 웩!"

소민이 말을 채 끝내지도 못하고 헛구역질을 했다. 간신히 폭발은 면했지만 샛노래진 얼굴을 보고 2차 폭발의 징후를 또렷이 깨달았다.

"소민아, 그러면 창문 열고 창 바깥에 하자. 버스 안에다 토하는 것보단 낫잖아."

내 계획은 소민의 토사물을 버스 밖 차도에 분무기처럼 뿌리는 것이었다. 상황이 너무도 절박한 나머지 그러면 뒤에 오는 차의 앞 유리에 토사물이 묻어 교통사고를 일으킬 수도 있다는 생각은 미처 떠올리지 못했다.

"네."

대답을 마친 소민은 닫힌 유리창을 열기 위해 오른팔을 들었다. 그러나 그 순간, 모든 노력을 물거품으로 만드는 대재앙이 닥쳤다.

소민이 엄청난 기세로 토악질을 하기 시작한 것이다!

내가 눈앞이 캄캄해진 반면 소민은 침착했다. 믿을 수 없으리만치 날쌘 동작으로 창문을 열기 위해 미리 들고 있던 오른팔을 입 근처로 가져갔다. 그러고는 검은 코트의 소맷부리를 최대한 벌리고 그 안에다 토하기 시작했다.

소민이 자기 소매 안쪽에 연신 토사물을 쏟아내는 모습에 나까지 반사적으로 헛구역질이 나왔다. 우리 자리 주변에 서 있던 남녀 학생들도 차마 눈 뜨고는 못 볼 꼴을 봤다는 양 눈살을 찌푸리며 혐오스런 표정을 지었다.

"다 끝났니?"

"……네."

"내리자."

우리는 다음 정류장에서 내렸다. 소민이 몇 백 미터만 더 가면 된다고 해서 술도 깰 겸 택시를 타지 않고 걷기로 했다. 일생일대의 전쟁에서 처절하게 패배한 우리는 고개를 푹 숙이고 아무런 말 없이 터덜터덜 걸었다. 나는 소민의 가방을 들어주었고, 소민은 토사물이 가득 담긴 코트 오른팔을 왼손으로 붙잡아 들고 있었다. 만약 오른팔을 땅을 보게 내리면 팔꿈치 부근에 모여 있는 토사물이 아래로 쏟아지기 때문이었다. 그렇지 않아도 바깥으로 보이는 소민의 코트 오른쪽 팔꿈치 부분에 젖은 얼룩이 생겨 있었다. 그리고 그 속에서 올라오는 시큼한 냄새. 내 생애에 이런 비참한 밤이 또 있을까.

"기우 선…… 오빠라고 불러도 돼요?"

시원하게 토해놓고도 술이 깨지 않았는지 여전히 소민의 혀는 꼬인 채였다.

"응."

"기우 오빠, 저 보고 싶었어요. 다시 만나고 싶어서, 영계통신에 가볼까 말까, 고민하다가, 동아리방 문 앞까지 갔다가, 발길을 돌리고, 얼마나 망설였는지 몰라요."

소민이 떠듬떠듬 말했다.

"잘 왔어."

"나, 오빠랑 많이 친해지고 싶어요. 매일매일 보고……."

"소민아!"

누가 부르는 소리에 소민의 넋두리가 중단되었다. 꽤 큰 목소리여서 나도 화들짝 놀랐다. 황급히 뛰어오는 발소리의 주인은 50대 초반으로 보이는 아저씨였다. 소민처럼 키가 작지만 동그란 얼굴, 순한 눈에 전체적으로 선해 보이는 인상이었다.

"아빠!"

소민도 놀란 눈치였다. 그나저나 아빠라니! 아마도 귀가가 늦은 딸이 걱정돼서 나와 있는 모양이었다.

"어떻게 된 거야?"

"아빠, 반갑습니다. 제가 술을 많이 마셔서요. 미안해요."

유치원생같이 천진한 말투로 사과를 하던 소민이 머리를 90도로 굽히고 차렷 자세로 정중하게 인사했다. 그 바람에 왼손으로 붙잡고 있던 오른팔도 아래로 내려가 팔꿈치 부근에 고이 담겨 있던 토사물이 주르륵 바지에까지 흘러내렸다. 나는 계속되는 참사에 눈을 질끈 감아버렸다.

"정말 죄송합니다. 소민이 동아리 선배입니다. 소민이가 많이 취해서. 다음부터 조심하겠습니다."

빠른 속도로 말하고 몸을 돌려 냅다 뛰었다. 어느 아버지가 깔끔한 새 옷을 입고 나간 딸이 만취해 토사물 범벅이 돼서 해롱거리는 광경을 보고 눈이 뒤집히지 않겠는가. 변명이고 뭐고 이럴 때는 튀는 게 상책이다.

소민 아버지의 시선이 미치지 않는 모퉁이를 돌고 나서야 달리기를 멈췄다. 가쁜 숨을 몰아쉬며 악몽 같은 이 밤에 저주를 퍼부었다.

⬛

악몽의 밤 이후로 며칠이 지났다. 그동안 소민은 단 한 차례도 동아리방에 모습을 드러내지 않았다. 장군이 학생식당에서 우연히 한 번 봤는데 자기를 피하는 눈치였다고 한다. 장군은 모처럼 들어온 신입회원을 잃었다며 몹시 안타까워했고, 미오 선배는 드러내놓고 좋아하지는 않았지만 싫지도 않은 눈치였으며, 회장은 가끔씩 동아리방 문을 쳐다보는 게 말은 안 해도 섭섭해한다는 본심을 알 수 있었다.

나로 말할 것 같으면 아무래도 좋았지만 속으로는 그녀를 두 번다시 볼 수 없을 거라고 확신했다. 꽃다운 신입생 아가씨가 여러 사람들 앞에서 그런 추태를 보였으니, 다음 날 제정신을 차리고 어지간히 괴로웠을 터. 자려고 누웠다가도 생각이 나면 이불을 걷어차며 생난리를 피울 만한 사고를 쳐놓고 그 모습을 가감 없이 지켜본 내 앞에 어떻게 나타날 수 있겠는가.

무거운 한숨으로 질식할 듯한 동아리방을 나왔다. 어차피 떠난 사람인데 아쉬워해봐야 쓸데없는 일, 괜히 에너지 낭비할 이유가 없다.

나는 지하철역이 있는 정문으로 가기 위해 운동장을 가로질렀다. 오후 5시가 지나서 사방에 어둠이 깔리기 시작했지만 운동장에는 10여 명의 여학생들이 여전히 활기차게 뛰어다니고 있었다. 나는 그녀들이 하는 운동에 방해될까 봐 운동장 가장자리로 물러났다.

다 저녁때 뭐하는 걸까? 가만히 지켜보니 여학생들은 발야구를 하는 중이었다. 다만 점수판도 없고, 인원도 두 팀이 되지 않는 걸로 봐서 정식 시합이 아닌 연습인 것 같았다. 내가 찬찬히 지켜보는 가운데 투수가 배구공을 빠르게 굴렸다. 굴러오는 공을 뻥 차는 타자를 확인하고 소리를 지를 뻔했다.

타자는 소민이었다. 소민은 투수가 굴린 회심의 일구를 통타했지만 가느다란 다리의 빈약한 근육은 어쩔 수 없어 공은 2루수 앞으로 쪼르르 굴러갈 뿐이었다. 2루수가 두 손을 모아 안정적으로 포구한 다음 1루로 공을 던졌다. 저런, 아웃이구나 생각하고 1루쪽을 보다가 또 한 번 놀랐다.

소민이 짧은 다리를 미친 듯이 재게 놀려 전력질주하고 있었던 것이다. 얼굴 곳곳으로 쏟아지는 바람의 작용으로 소민의 눈가가 찌그러진 깡통 캔처럼 우스꽝스럽게 일그러졌고, 입에 가득 들어찬 공기로 인해 두 볼은 잔뜩 배를 부풀린 복어처럼 빵빵했다.

공과 소민이 거의 동시에 1루로 들어왔다. 나는 반사적으로 심판을 맡은 여학생을 보았다. 세이프 콜!

들리지 않을 거리였지만 나도 모르게 박수를 쳤다. 동료 선수들의 환호 또한 쏟아졌다. 소민은 헤헤 웃으며 손으로 V자를 그렸다.

모든 선수들이 소민에게 몰려가 축하의 말을 건넸다.

"나이스 플레이!"

"최고야!"

"소민이까지 치고 나가면 우리 일문과가 우승할 수 있겠다!"

나는 벅찬 환희로 터질 것 같은 이 장면을 계속 지켜보았다. 운동장 가장자리의 나무 그늘에 가려져 있어 내 모습은 소민에겐 보이지 않았다.

최근 소민이 영계통신에 모습을 드러내지 않은 이유가 이거였구나. 아무래도 그녀는 매년 열리는 봄맞이 체육대회에서 일문과의 여자 발야구 선수로 참가하는 모양이었다.

그나저나 저렇게 열심인 아이였나. 처음 만났을 때 소민은 대화 상대방의 눈도 똑바로 못 쳐다보고 모기만 한 목소리로 중얼부얼하는 게 영락없이 드라마에서 본 고아원 소녀 같은 이미지였다. 그래서 나약하고 소심한 성격인 줄로만 알았는데 의외로 열정적인 면이 있다.

하긴 돌아가신 어머니를 다시 만나고 싶다는 일념 하나로 미리 약속하지도 않은 이길준을 무작정 바리톤으로 이끌고 갈 만큼 당찬 면모도 가지고 있었지…….

땅거미가 지는 운동장에 내리비치는 오늘의 마지막 석양으로 발갛게 물든 소민의 얼굴이 참으로 싱그럽게 느껴졌다. 그 빛나는 얼굴을 바라보면서 나는 생각을 고쳤다.

소민은 영계통신을 절대로 그만두지 않는다. 세찬 바람을 맞아 그맘때 여대생들에게는 목숨보다 소중한 얼굴이 보기 싫게 망가지는 것쯤은 아랑곳없이 달리는 아이다. 분명한 목표만 있다면 사소한 실수나 창피 따위는 신경 쓰지 않고, 결승점까지 포기하지 않고 달릴 거라는 사실을 바로 그 얼굴이 웅변해주고 있었다.

잠시 그러고 있다가 소민으로부터 시선을 돌렸다. 더 바라보면 곤란한 일이 생길지도 모른다는 예감이 들었기 때문이었다. 소민에게 들키지 않도록 조심하며 천천히 걸음을 옮겼다.

"봄이 오긴 했나 보군."

자조적으로 쓰게 웃은 뒤 나같이 음울한 놈에게도 기꺼이 새로운 인연을 맺어주는 봄의 섭리에 대해 생각했다. 그때 갑작스레 완전히 잊고 있었던 또 하나의 인연이 퍼뜩 떠올랐다.

"아르바이트 아가씨!"

그렇다, 지연과 꼭 닮은 그녀의 정체를 알아본다는 걸 까먹고 있었다. 소민처럼 뭐든지 열심이지만 결과는 소민만큼 좋지 못한 어리바리 소녀. 당장 마음이 급해졌다. 어쩌면 지연과 관계가 있을지도 모르는데 철저하게 망각 속에 두고 있었다니 내 머리가 어떻게 된 모양이었다. 나는 닭보다도 못한 머리를 쿵쿵 쥐어박으며 학생회관으로 달려갔다.

1층 매점 앞에 도착해 숨을 가다듬고 유리문을 열었다. 전에 봤던 매점 아주머니가 어서 오세요, 인사했다. 담배를 한 갑 사면서 넌지시 아르바이트 아가씨에 대해 물었다.

"걔 다쳐서 이제 안 해요."

깜짝 놀라 얼른 되물었다.

"다쳤다니, 어디를요?"

"아, 얼마나 비실이인지 음료수 박스 하나를 못 들어서 제 발등에 떨어뜨렸지 뭐예요. 그렇잖아도 걔 때문에 고생한 거 생각하면 정말······."

당황하고 죄스런 마음에 돌처럼 얼굴이 굳어졌다. 그날이다. 급히 이길준을 만나러 가는 바람에 음료수 박스를 들고 위태롭게 걷는 그녀를 돕지 못했는데 결국 그날 사달이 벌어진 듯했다. 그 사기꾼 자식 때문에 정작 중요한 사람을 놓쳤다니 나는 욕을 먹어도 싸다.

"무슨 과인지 좀 알려주세요. 꼭 만나야 합니다."

"나도 몰라요. 일하러 온 첫날에, 그것도 한 시간도 안 돼서 다쳤으니 뭐 제대로 한 마디라도 나눠봤겠어요. 다친 다음 날부터 코빼기도 못 봤어요."

어쩔 수 없이 매점을 나와 학생회관 앞에서 줄담배를 피웠다. 최악의 울적한 기분이었다. 지연과 그렇게나 닮은 그녀의 비밀은 이제 영영 풀 수 없게 된 것이다.

내 보잘것없는 인생에서 또 하나의 인연이 그렇게 사라져갔다.

靈

일주일 후, 일문과는 성주대 여자 발야구 토너먼트를 제패했고 소민은 영계통신으로 복귀했다. 멤버들의 박수갈채와 더불어 축하의 술파티가 벌어졌음은 물론이다.

대학생활은 하루하루는 더디 가지만, 그 하루하루를 모아놓은 총합은 쏜살같이 지나가 벌써 개강하고 두 달이 흐른 5월을 맞았다. 그사이 벚꽃은 흐드러지게 폈다가 하룻밤 폭우에 한꺼번에 졌고, 별로 배운 것도 없는 것 같은데 중간고사를 치렀으며, 영계통신은 근교의 계곡으로 엠티(MT)를 다녀왔다.

유감스럽게도 애초에 마음먹은 영계통신의 해체 논의는 꺼내보지도 못했다. 날마다 모여 시시껄렁한 이야기를 지껄이고 고작 술잔을 기울이는 것뿐인데도 모두가 어찌나 즐거워하는지 차마 그들의 소박한 행복을 깨뜨릴 수 없었던 것이다.

본심을 말하자면 나 역시 어느 정도는 즐거웠다. 하지만 이 재미에 안주한다면 지연과의 재회는 그만큼 멀어진다. 늦은 봄밤, 한숨도 못 자고 고민하던 나는 마음을 독하게 먹고 영계통신과 거리를 두기로 결심했다. 그 후로 2주째 동아리방에는 발걸음도 하지 않았고 멤버들의 전화나 문자에도 답하지 않았다.

"기우 오빠!"

5월의 두 번째 금요일. 마지막 수업을 마치고 강의실을 나서는데 문 앞에 소민이 서 있었다.

"어, 소민이구나."

"오빠, 요즘 왜 이렇게 연락이 안 돼요?"

소민의 나무라는 눈빛에 할 말을 찾지 못했다. 우물거리는 나를 답답하게 보던 소민이 말했다.

"됐고요. 당장 따라오세요. 중요한 일이 있단 말이에요."

소민이 나를 잡아끌었다. 탱크 같은 소민의 추진력에 당황해 아무 말도 못하고 장에 내다 파는 소처럼 질질 끌려가다가 간신히 기회를 잡아 무슨 일이냐고 물었다.

"이번 주가 축제잖아요. 아시죠?"

"응."

"우리 영계통신도 다른 동아리들처럼 수익사업을 하기로 했거든요."

"수익사업?"

"주점이다 야바위다 다들 장사해서 돈을 벌잖아요. 우리도 남들 못지않게 벌어서 맛난 놈 사 먹어야죠. 한우 꽃등심이 기다리고 있다는 말씀!"

"뭘 하는데?"

"가보면 알아요."

소민의 손에 이끌려 간 곳은 문과 건물 내부에 있는 소강당이었다. 100석 내외의 좌석을 갖춘 이곳에서는 주로 소규모의 연극과 발표회 등의 행사가 열린다.

무심코 소강당 문을 열고 들어갔다가 조금 놀랐다. 그렇잖아도 컴컴한 소강당의 불을 전부 꺼놔서 눈에 뵈는 게 없었던 것이다. 어느 정도 눈이 어둠에 익자, 뒷좌석에 앉은 사람의 시야 확보를 위해 아랫줄로 갈수록 층층이 경사가 져 있는 소강당 좌석들에 학생들이 꽉꽉 들어차 있는 모습이 보였다.

정면 무대에는 검은 테이블보를 깐 작은 테이블과 중세 유럽풍의 의자가 놓여 있었는데, 그 옆에 세워둔 기다란 스탠드 하나가 유일한 조명이었다. 묘하게 신비로운 분위기마저 감도는 게 연출하나는 기가 막혔다.

소민은 관람석 맨 뒷줄의 비어 있는 의자에 털썩 앉더니, 자기 옆에 앉으라는 양 빈 옆 의자의 바닥을 탕탕 쳤다.

잠시 후, 어두운 무대 뒤쪽에서 검은 턱시도를 입은 두 사람이 홀연히 나타나 테이블로 다가갔다. 누군가 했더니 장군과 회장이었다. 두 사람이 고개를 깊이 숙여 인사하자 관객들로부터 박수가 쏟아졌다. 내가 멀뚱히 있으니 소민이 오른팔을 세게 꼬집었다. 울며 겨자 먹기로 박수를 쳤다.

"금세기 최고의 영매 쇼에 오신 걸 환영합니다. 여러분은 오늘 평생 잊지 못할, 살면서 다시 만날 수 없는 최고의 구경거리를 보시게 될 겁니다."

장군이 뻔뻔스럽게 서두를 떼자, 관객들의 기대에 찬 웅성거림이 뒤따랐다.

"먼저 우리 동아리, 영계통신을 정식으로 소개하겠습니다. 영계통신은 우리 인간들 곁에서 조용히 살아가는 다른 차원의 손님들, 즉 영혼과 교감하는 방법을 찾는 동아리입니다.

사람이 강아지, 원숭이랑 얘기할 수 없듯이 영혼과 소통하는 것도 마찬가지입니다. 불가능에 가까울 정도로 어려운 일이죠. 하지만 우리가 누구입니까. 우리 영계통신은 알레이스터 크롤리, 마담 블라바츠키 등 선구적인 영매들이 남긴 저서를 비롯해 온갖 신비로운 고대의 문서를 연구하고, 다양한 임상실험을 통해 마침내 그 방법을 밝혀냈습니다. 지금부터 우리와 오래전부터 교감하고 있던 영혼의 이야기를 직접 들어보는 시간을 갖겠습니다. 자, 앉으시죠."

장군의 손짓에 회장이 의자에 착석했다. 온통 어두운 무대와 온통 어두운 의상 덕분에, 스탠드 불빛에 비친 회장의 얼굴만이 불쑥 떠올랐다. 그 모습이 마치 목 위만 있는 사람 같아 무척이나 음산하게 보였다. 도처에서 관객들이 침을 삼키는 소리가 들려왔다.

"이분은 우리 영계통신의 회장입니다. 곧 회장의 몸에 영계에 머물고 있는 코리(Cory) 박사의 영혼이 들어올 겁니다. 코리 박사는 19세기 영국의 생화학자로서, 우리에게 영계의 비밀과 물질계의 진실에 대해 들려줄 예정입니다. 준비되셨죠?"

회장의 목이 끄덕거렸다.

"코리 박사님, 오셨습니까?"

"……."

"박사님? 왔으면 대답을 하셔야죠?"

"……."

회장은 입을 열지 않았다. 장군이 몇 번을 재촉해도 요지부동이었다. 아마도 오늘은 회장이 입을 열지 않기로 작정한 날인 듯하다. 장군은 한참 동안 비지땀을 흘리며 안절부절못하다가 관객석을 보며 어색하게 웃었다.

"제가 한 가지 깜빡 잊고 말씀 못 드린 게 있네요. 코리 박사님은 벙어리이십니다. 원래 말씀을 못하세요. 박사님을 다룬 19세기 책에도 그렇게 나와 있습니다. 근데 하필이면 제가 그분을 모셨네요. 이거, 죄송해서 어쩌나. 하하."

에이, 하는 실망의 탄성이 도처에서 터져 나왔다.

"아, 아직 나가지 마세요. 이제 시작입니다. 이번엔 제가 직접 하겠습니다. 확실한 영혼을 모실게요."

회장은 테이블에서 일어났고, 대신 장군이 의자에 앉았다. 자리에 앉자마자 장군은 눈을 크게 뜨며 몸을 부들부들 떨기 시작했다. 시시한 괴기영화에서 몸속에 악령이 들어오는 장면을 저질스럽게 흉내 내고 있는 것이다.

"나는…… 관동대지진 때 일본인들에게 억울하게 맞아 죽은 조선인 이영훈이라오. 이렇게 내 후손들을 만나게 되어 반갑소이다."

저런 가증스런 녀석. 그러나 관객들 사이에서는 또다시 기대에 찬 웅성거림이 쏟아졌다.

"후손들께서 내가 살고 있는 곳에 대해 궁금한 게 많다고 들었소. 내가 아는 한에서 모든 걸 말해드리리다. 자, 어서 손을 들어보시오."

나를 제외한 모든 사람들이 손을 들었다.

"그럼 저기 맨 뒷줄, 오른쪽 끝에서 세 번째 처자. 아니, 그쪽은 왼쪽이잖아! 아, 대학생이 돼 가지고서 왼쪽, 오른쪽도 모르나. 내쪽에서 봤을 때 오른쪽 끝에서 세 번째 처자. 그래, 거기 눈 사이가 물고기같이 먼 처자 말이야."

장군은 믿을 수 없을 정도로 신중하게 신청자를 골라냈다. 그 처자는 물론 소민이었다.

나는 당연한 수순에 코웃음을 쳤다. 이제부터 한통속인 이영훈 옹, 아니 장군과 소민이 미리 짜놓은 문답을 늘어놓아 순진한 관객들을 홀리겠지. 실실 비웃음을 흘리며 고개를 돌려 소민을 쳐다보았다. 판은 제대로 짜여졌으니 어디 한번 마음껏 놀아보라고.

그런데 소민의 얼굴이 내 예상과는 정반대였다. 만면에 웃음을 띠고 있어야 할 그 얼굴이 붉으락푸르락 잔뜩 화를 내고 있는 게 아닌가!

"그놈의 물고기 얘기 좀 그만해요! 맨날 물고기 닮았다고 놀리기만 하고, 무슨 선배가 그래요!"

"앗, 허허. 이게 다 무슨 소리인지. 난생처음 보는 사이에. 그리고 처자 얼굴이 귀엽기만 하고만 왜 그러시오."

"콤플렉스라고 몇 번을 말해요! 진짜 밉다니까……."

"야, 그런 얘기를 지금 왜 하냐! 그리고 물고기를 닮았으니까 닮았다고 한 거지. 네가 몰라서 그렇지 귀여운 물고기도 많아."

"정말 듣기 싫단 말이에요. 저 요즘 노이로제 생겨서 회도 못 먹어요!"

관객의 반이 욕설을 내뱉으며 소강당을 빠져나갔다. 사태가 커지자 실수를 깨달은 소민이 울상을 지었고, 나는 그러면 그렇지를 되뇌며 일어섰다. 아무리 시간이 넘쳐나도 이런 어이없는 사기행각까지 지켜볼 만큼은 아니었다.

"잠깐만, 다들 멈춰요!"

뾰족하고 신경질적인 여자의 목소리에 분주히 방을 나가는 관객들의 움직임이 일순 멎었다. 어느 결엔가 가슴이 깊게 파인 표범무늬 드레스를 입은 미오 선배가 무대에 나와 있었다. 남자 관객들은 대부분 자리로 되돌아갔고, 나도 한숨을 쉬며 자리에 도로 앉았다.

"지금까지는 분위기를 풀기 위한 장난이었어요. 진짜는 이제부터랍니다. 나는 영혼과 소통하게 되면서 운 좋게도 그들의 신비로운 힘을 한 가지 손에 넣었어요. 그것은 우리네 인간들의 비루한 과학과 어줍지 않은 상식을 뛰어넘는 영계의 가공할 능력이죠. 나는 눈 깜짝할 사이에 어디로든 이동할 수 있습니다. 세간에서는 그걸 순간이동이라고 부른다죠? 지금 바로 그 순간이동 능력을 보여드릴게요. 준비해주세요."

장군이 무대 왼편의 어둠 속에 숨어 있던 캐비닛 하나를 끌고 와서 미오 선배 왼쪽에 세워놓았고, 회장도 무대 오른편에서 다른 캐비닛을 옮겨 왔다. 거의 동시에 시작한 일이었지만 회장의 일처리가 좀 더 굼떠 미오 선배와 장군은 잠시 멀뚱히 기다려야 했다. 마침내 회장이 일을 끝마쳐 이제 관객석을 정면으로 마주 보는 두 개의 캐비닛은 미오 선배를 중앙에 두고 대략 5미터 간격으로 떨어져 있게 되었다.

"모든 준비가 끝났어요. 자, 이제 들어갈게요."

미오 선배는 두 개의 캐비닛 중 장군이 가져온 왼쪽 캐비닛의 문을 열었다. 이 쇼를 준비하기 위해 미리 내부를 비워뒀는지 캐비닛에는 아무것도 없었다. 텅 빈 캐비닛 안으로 미오 선배가 천천히 들어갔고 밖에서 장군이 문을 닫았다. 장군은 주먹 쥔 손으로 막 닫은 캐비닛 문을 쿵 두드려 관객들에게 아무 이상이 없음을 고했다.

그 소리의 반향이 사라지기 무섭게 반대편 캐비닛의 문이 확 열렸다. 쾅! 갑작스레 문 열리는 소리에 관객들 사이에서 비명이 터져 나왔다. 그리고 순식간에 문이 열린 오른쪽 캐비닛에서 나온 것은 역시 표범무늬 드레스를 입은 미오 선배였다. 이 모든 과정이 시작되고 끝날 때까지 채 10초도 걸리지 않았다.

좌중의 박수갈채는 쏟아지지 않았다. 그보다 물을 끼얹은 것 같은 정적이 흘렀다는 표현이 옳을 것이다. 미오 선배가 그전까지 멤버들의 어설픈 실수들을 단번에 만회하는 멋진 역전 홈런을 날린 셈이었다.

"와…… 믿을 수가 없어요, 기우 오빠! 미오 언니가 진짜로 저런 능력을 가졌을 줄이야."

내 곁의 소민도 주먹이 쏙 들어갈 만큼 커다랗게 입을 벌리고 감탄했다. 물론 나는 여전히 심드렁했다.

"능력이라면 능력이지. 타고나야 하니까."

"역시 저런 신기한 능력은 아무나 가질 수 없다는 거군요. 타고난 특이체질만 가능했어."

소민은 물색없이 고개를 주억거렸다. 나는 '바보' 하며 소민의 머리를 꽁 쥐어박았다.

중간에 관객들이 많이 나가버리긴 했지만, 기대했던 꽃등심은 아니어도 돼지갈비 수준의 입장료는 벌었다. 2차는 물론 벤 허였다. 밤이 깊어가면서 또다시 아무도 원하지 않는 장군과 미오 선배의 듀오 콘서트가 열렸고, 회장은 화장실에 가서 테이블에는 나와 소민만이 남았다.

"기우 오빠, 저 알았어요!"

"응?"

"미오 언니의 화려한 퍼포먼스의 비밀 말이에요. 아, 얼마나 머리를 쥐어짰는지 모른다고요!"

그렇잖아도 고깃집에서부터 뭔가를 골똘히 생각하는 눈치이긴 했다. 드디어 고심하던 문제의 해답을 찾았다고 확신하는지 소민의 표정은 방금 갈아 끼운 형광등처럼 환했다.

"미오 언니, 쌍둥이죠?"

"정답. 어떻게 알았지?"

"오빠가 힌트를 줬잖아요. 타고나야지만 가능하다고. 아까 그건 분명히 쌍둥이로 태어나야지만 할 수 있는 일이잖아요. 미오 언니의 쌍둥이 자매, 언니에요, 동생이에요?"

"동생. 그분 이름은 미호."

"미호 언니가 미오 언니랑 똑같은 옷을 입고 미리 오른쪽 캐비닛에 숨어 있었던 거예요. 생각해보니 미오 언니가 들어갈 왼쪽 캐비닛은 열어서 비어 있는 안을 관객들한테 보여줬지만 오른쪽 캐비닛은 그러지 않았죠. 힘이 더 센 회장 오빠가 오른쪽 캐비닛을 옮기는 데 장군 오빠보다 시간이 많이 걸린 이유도 이제 알겠네요. 오른쪽 캐비닛에는 원래 미호 언니가 들어가 있었으니까 아무래도 빈 캐비닛을 옮긴 장군 오빠보다 시간이 오래 걸릴 수밖에 없죠.

장군 오빠가 주먹으로 왼쪽 캐비닛 문을 한 번 두드린 게 신호였죠? 미호 언니는 반대편 캐비닛 안에 숨어 있어서 상황을 볼 수 없으니까 소리로 신호한 거야. 그 소리를 들으면 미호 언니가 튀어나오기로 사전에 계획을 짠 거 맞죠?"

"그랬겠지."

"아, 안타깝다! 쇼가 다 끝나고 나서 미오 언니가 들어갔던 왼쪽 캐비닛만 바로 열어봤으면 알았을 텐데. 두 언니의 모습이 동시에 드러날 테니까요. 너무해요, 나까지 속이다니!"

"입이 적을수록 비밀 유지가 쉬운 법이니까."

"어쩐지 이상하다 했어요. 딱 보고 수상한 걸 느꼈는데……."

"뭐가? 미오, 미호 누나들이 특별히 실수한 게 있었어?"

암만 생각해봐도 별로 그런 건 느끼지 못했기에 물었다. 하지만 소민은 얼굴을 붉힐 뿐 좀처럼 대답하지 않았다. 궁금한 나머지 여러 번 닦달을 하고 나서야 대답을 들을 수 있었다.

"가슴 사이즈가 달랐단 말이에요. 미오 언니가 훨씬 커요."

이래서 여자의 눈썰미라는 말이 나왔나 보다. 나는 예전에 미오 선배가 자랑스럽게 한 얘기를 떠올렸다. 나는 C컵도 꽉 차는데, 미호는 B컵도 남아, 호호.

이번에는 내가 얼굴을 붉힐 차례였다.

靈

1학기 종강이 머지않은 6월 초의 어느 날 오전, 동아리방에 들렀다. 이곳에 발길을 하지 않은 지 제법 돼놔서 노크를 할 때는 우습게도 심장이 살짝 뛰었다.

오늘은 아침부터 무슨 날인지 두 강의가 연속으로 취소되는 바람에 무려 일곱 시간이 뜨게 되었다. 암만 고심해도 그렇게 긴 시간을 때울 마땅한 장소가 없었다. 동아리방에 가서 낮잠이나 자자, 마음먹고 찾아온 길이었다.

두세 번 문을 두드렸지만 아무런 응답이 없었다. 바라던 바라서 활짝 문을 열었더니 방 중앙의 널따란 테이블에 소민이 엎드려 자고 있는 게 아닌가.

최대한 문소리를 내지 않으려 노력하며 도로 닫았다. 애석하게도 문이 닫히기 직전에 소민이 소음을 들었는지 번쩍 고개를 쳐들었다. 아마도 소민은 책을 보다가 졸았던 듯 그녀의 머리에 눌린 흔적이 역력한 책 한 권이 테이블 위에 펼쳐져 있었다.

"어머, 누구…… 기우 오빠! 여기는 어쩐 일이세요?"

잠결에서 완전히 빠져나오지 못한 소민이 어리둥절한 표정을 지었다.

"잊은 모양인데 나도 여기 멤버거든."

"그러면 들어오세요."

방 안으로 들어가서 소민의 테이블 맞은편, 문을 등진 자리에 앉았다.

"쉬는데 방해한 거 아냐?"

"아녜요! 잘 오셨어요. 오빠 안 왔으면 수업 못 들어갈 뻔했네요."

"몇 교시인데?"

"3교시요. 요즘 기말고사 공부하느라 잠을 통 못 자서요. 여기 다크 서클 보여요?"

소민이 검지를 들어 자신의 눈가를 가리켰다. 다크 서클보다 눈곱이 눈에 더 잘 띄었지만 신사의 예의상 지적하지는 않았다.

"지금도 공부하다가 잠깐 쉰다는 게 그만."

"『세계의 불가사의 대백과』도 시험 과목이니?"

소민은 급히 몸을 날려 내가 집어 든 책을 회수하려 했지만 이미 제목을 읽은 뒤였다. 소민은 잠시 어쩔 줄 몰라 하더니 헤헤 웃었다.

"아이, 오빠도 참. 왜 시험 때는 뉴스도 재미있는 법이잖아요. 저기 굴러다니기에 읽어봤더니 생각보다 재미있네요. 기우 오빠, 혹시 나스카라인(Nazca lines)이라는 거 아세요? 페루에 있는 건데 땅바닥에 수십 킬로미터나 되는 무늬랑 띠가 그려져 있대요. 근데 땅에서는 안 보이고 하늘에서만 보이는 선이라는 거죠."

"그래. 나스카에도 선이 있고, 소민이 네 얼굴에도 선이 있지."

소민은 얼굴을 붉히고 테이블에 올려둔 다른 소지품들 중에서 손거울을 들었다. 엎드려 벤 책 모서리에 눌려 그녀의 뺨에 한 줄기 가느다란 붉은 선이 새겨져 있었다.

"몰라요!"

소민이 토라지는 시늉을 하며 고개를 홱 돌렸다. 나도 모르겠다. 왜 소민만 보면 자꾸 놀리고 싶은 건지. 한동안 우리 사이에 침묵이 흘렀다. 소민은 정적을 참지 못하겠는지 다시 책 얘기를 꺼냈다.

"모아이(Moai)라는 것도 나와요. 이건 전에 텔레비전에서도 본 건데, 어느 섬에 어마어마한 크기의 돌로 만든 석상들이 있어요. 사람이랑 꼭 닮은 생김새인데 얼마나 크고 높은지 몰라요. 아마 외계인이 만들었을 거래요."

"도르래나 지레 같은 도구를 사용하고 인원만 많다면 사람의 힘으로도 충분히 만들 수 있을걸."

내 무심한 대답에 흥이 깨졌는지 소민은 이번에도 입을 다물었다.

"이 책을 봐도 그렇지만 세상에는 참 알 수 없는 것들이 많아요."

다시금 소민이 정적을 깼다.

"그중에서 제일 알 수 없는 게 뭔지 아세요?"

"응?"

"사람의 마음."

소민은 나를 뚫어지게 쳐다보았고, 나 역시 아주 오랫동안 그녀의 투명한 눈빛을 마주 보았다. 동아리방 안은 먼지가 떨어지는 소리마저 들릴 만큼 고요했다. 문 바깥 어딘가에서 쏟아지는 나지막한 발소리, 말소리, 기침소리까지 생생하게 들을 수 있을 정도였다.

"2분 있으면 11시야."

내 말에 소민은 튕기듯 일어나 테이블을 돌아 문을 열고 후다닥 뛰어나갔다. 11시부터 시작인 3교시에 지각하기 싫으면 발에 불이 나게 뛰어야 할 터였다.

나는 소민이 놓고 나간 물건들을 뒤적였다. 그중에서 일문과 수업과 관련된 책은 미야자와 겐지(沢賢治)의 원서 동화책밖에 없는 것 같았다. 마치 벌이라도 서는 듯 오른손으로 책을 쥐고 머리 근처까지 들어 올렸다. 그러고는 마음속으로 숫자를 셌다. 하나, 둘, 셋.

타닥타닥, 예상했던 발소리가 멀리서부터 빠르게 다가왔다. 곧이어 문이 덜컹 열리는 소리가 이어지고 누군가가 바람처럼 휑하니 들어왔다. 문을 등지고 있어 볼 수는 없었지만 내 오른손에 들린 동화책을 휙 채가는 손이 누구의 것인지는 보지 않고도 알 수 있었다. 이 바보 같은 아이가 지각에만 신경 쓰느라 교재를 잊고 있었던 것이다.

"고마워요."

한 마디를 남긴 소민은 조금 전처럼 엄청난 발소리와 함께 사라졌다. 이 모든 일이 일어나는 동안 나는 한 번도 뒤를 돌아보지 않았다. 단 한 차례도 고개를 돌려 소민을 보지 않았다. 이걸로 됐다. 나는 방금, 앞으로도 지금처럼 소민을 똑바로 보지 않겠다는 각오를 굳혔다.

靈

그날 이후로 꼭 일주일이 지나 내 각오를 시험하는 일이 생겼다.

소민에게서 전화가 걸려 왔을 때, 나는 내일 있을 마지막 기말고사 과목의 교재를 뒤적이고 있었다. 예습이나 복습과는 해와 달만큼이나 거리가 멀었고, 수업을 빠진 날도 많아 몇 번을 고쳐 읽어도 내용을 파악하기란 무리였다. 심지어는 시험 범위조차 몰랐다. 그럼에도 내가 책상에 앉아서 이 의미 없는 짓을 하고 있는 이유는 제아무리 공부와 담을 쌓은 나일지라도 학점 생각을 하면 어쩔 수 없이 불안해지기 때문이었다. 외국의 초심리학 연구소에서도 학점이 바닥인 유학생을 선호하진 않을 테니까.

부르르 떨고 있는 휴대폰의 액정화면에 소민의 전화번호가 찍혔지만 받지 않았다. 일주일 전에 마음먹은 대로 철저하게 거리를 둘 생각이었다. 암만 전화해보라지, 나는 받지 않을 테니까.

전화가 오는 횟수는 갈수록 늘었고, 그 주기는 갈수록 짧아져서 자정 즈음에는 총 열한 통이 됐다. 뭐든지 열심인 소민답구나 하고 혀를 차고 말았다.

지치지도 않고 몸을 떨어대는 휴대폰에 마음이 산란해져 그렇잖아도 눈에 들어오지 않는 책을 덮고 일어섰다. 휴대폰을 손에 쥔 채 침대에 몸을 던졌다. 잠시 천장을 바라보고 있으려니 여지없이 손 안의 휴대폰이 진동한다. 이번에는 전화가 아니라 음성 메시지였다. 누운 채로 고민하다가 끝내 호기심을 이기지 못하고 들어봤다.

"기우 오빠, 왜 이렇게 전화를 안 받아요! 이러니까 내가 스토커가 된 것 같잖아요! 오빠 내일 5시에 기말고사 다 끝나는 거 알아요. 할 말이 있으니까 시험 마치고 바리톤으로 오세요. 기억나죠? 우리가 처음 만났던 곳. 오빠가 올 때까지 이 소녀는 돌이 돼서라도 기다릴 테니까 꼭 오셔야 돼요, 꼭이요!"

어색한 상황을 장난기로 무마하려는 양 소민의 목소리는 쾌활하고 밝았지만, 그 목소리 속에 미세하게 느껴지는 떨림은 감출 수 없었다. 그 떨림으로 인해 나는 그녀가 무슨 말을 하고픈지 짐작했다. 그리고 그건 내 예상과도 정확하게 일치하는 것이었다.

시험 당일은 하루 종일 멍했다. 밤새도록 한숨도 자지 못해 빨갛게 충혈된 눈은 뻑뻑했고, 몇 분 간격으로 누가 머리에 못을 박는 것 같은 두통이 엄습했다. 시험을 보는 와중에도 상황은 전혀 나아지지 않았다. 최악인 상태로 쭉, 그게 오늘의 나를 표현하는 한 마디였다.

더 이상 견딜 수 없어 백지를 제출하고 시험장을 나왔다. 문과 건물 현관 앞에 도착했지만 얼른 갈 곳을 정할 수 없었다. 이 문을 나서서 길을 따라 곧장 내려가면 지하철역이 있는 학교 정문이 나오고, 반대로 돌아 북쪽으로 올라가면 바리톤이 있는 후문이 나온다.

남쪽과 북쪽, 정반대의 방위를 표현하는 두 단어가 지금 내 처지에 절묘하게 어울리는 기분이었다. 둘 다 고를 수는 없다. 한쪽의 방향을 결정하면 다른 하나는 영영 가보지 못한다. 나는 그 어느 때보다 신중하게 고민을 거듭했고, 힘들게 결론을 내렸다.

나는 정문을 향해 걷고 있었다. 말할 수 없이 안타까운 감정에 가슴이 먹먹했고 자꾸만 한숨이 비어져 나왔다. 문을 닫을 때까지 기다려봐도 내가 오지 않는, 절대로 나는 없는 그곳에서 소민은 홀로 외로이 있겠구나. 그녀도 나처럼 한숨을 쉴까. 혹시 눈물을 흘리지는 않을까. 그렇다 한들 내가 해줄 수 있는 것은 무엇도 없지만.

잠시도 멈추지 않고 걸으면서 생각했다.

소민, 넌 멋진 아이다. 커다란 아픔을 안고 살면서도 그것을 안으로 삭이고 밝은 웃음을 지을 줄 알지. 그뿐만이 아냐. 슬픔 속에 깊숙이 침잠해버린 나와는 달리, 넌 굴복하지 않는 열정을 가지고 있어. 나는 몇 번이고 그 사실을 확인할 수 있었다. 넌 우리와 빨리 친해지기 위해 잘 마시지 못하는 술도 최선을 다해 마셨고, 몸담고 있는 발야구 팀의 승리를 위해 운동장에서 며칠씩이나 땀을 흘렸지. 드러내 표현하진 않았지만 그런 너의 열정적인 행동들을 볼 때마다 나는 네가 무척이나 대단하다고 느꼈다. 한편으로는 너의 열정이 어쩌면 크나큰 슬픔에 지배당하지 않으려는 몸부림이 아닐까 생각되어 마음 아픈 적도 많았고.

어쨌든 요는 네가 언제나 너를 집어삼키기 위해 거대한 입을 벌리고 있는 슬픔과 싸우고 있다는 것이다. 내가 시도해보지도 못하고 포기한 그 투쟁을 끝없이 해나가는 너의 고결한 모습에 나도 많이 흔들렸다는 걸 솔직히 부정하지는 않겠다.

그러나 나는, 내 마음은 잡초 한 포기 나지 않는 불모의 땅, 완전한 황무지다. 첫사랑이었던 지연을 내 곁에서 아주 떠나보낸 순간부터 나는 살아도 산 것이 아니게 되었다. 이미 슬픔이라는 괴물의 커다란 입 안에 떨어져 그놈의 날카로운 이빨에 몸과 마음이 갈기갈기 찢겨진 것이다. 이렇듯 고갈된 나와 고결한 너는 서로 다른 두 종족이다. 완전한 평행선이다.

나와 가까이 지내면 너 역시도 나처럼 슬픔에 먹혀 망가질 거야. 그러니까 나를 잊어. 그리고 지금처럼 멋지게 싸워줘. 오로지 그것만을 바랄 뿐이야.

이것이 내가 최종적으로 내린 결론이었다.

𝌆

집으로 돌아오는 길, 나는 흔들리는 지하철 안에서 까딱까딱 흔들리고 있었다. 아직 퇴근 시간 전이라 승객이 많지 않아 자리가 두세 군데 비었지만 앉으러 가야 한다는 생각조차 들지 않았다. 너무 피곤해서 한 발짝을 뗄 기운조차 없었다. 바람에 이리저리 휘둘리는 절간의 풍경(風磬)처럼 아무 생각 없이 그저 비틀거리고 있을 따름이었다.

그때 뒤에서 누군가 내 왼쪽 어깨를 툭 쳤다. 돌아보기도 귀찮아 무시했더니 이번에는 아예 손으로 어깨를 꽉 움켜잡는 게 아닌가.

"왜 그러세요?"

뒤를 돌아본 그곳에는 내가 몹시도 그리워하던 얼굴이 하나 떠올라 있었다. 순식간에 머릿속이 백지처럼 하얘져서 얼른 말이 나오지 않았다.

"석찬아……."

옆으로 길게 찢어진 작은 눈에 단신의 체형, 틀림없이 석찬이었다. 2년 전에 갑자기 사라진 내 유치원부터의 친구가 드디어 내 앞에 모습을 드러낸 것이다!

"앞에 봐!"

석찬이 다급하게 말했다.

"왜?"

"빨리!"

얼핏 봤지만 석찬의 얼굴은 많이 상해 있었다. 마지막으로 봤던 고등학교 때의 뽀얀 피부는 어디론가 사라져 거무튀튀한 안색에, 제대로 면도도 하지 못해 입가에 지저분한 수염이 자라 있었다. 그 비참한 모습에 그동안의 섭섭한 마음도 온데간데없이 사라졌다.

"어떻게 된 거야? 그동안……."

"제발 앞을 봐줘!"

이유도 모르면서 몸을 돌려 앞을 바라보았다.

"잘 지냈냐?"

어느 정도 진정이 된 모양인지 석찬이 뒤에서 나지막하게 물었다. 2년 만의 재회에 그 역시 벅찬 감정을 어쩔 수 없는 듯 목소리가 약간 떨리고 있었다.

"나보다 네가 문제지. 넌 도대체 무슨 애가 아무 말도 안 하고 그렇게 사라진 거냐?"

"나도 어쩔 수 없었다."

"왜, 대체 무슨 일이 있었던 거야?"

석찬은 한참을 대답하지 않았다. 궁금한 마음에 다시 뒤돌아보려 하자 제지하듯 서둘러 말한다.

"돌아보지 마!"

"대체 뭐가……?"

내 질문을 끊은 석찬이 한껏 목소리를 낮춰 뭔가를 중얼거렸다. 귀를 쫑긋 세워도 잘 들리지 않을 정도라서 간신히 몇 마디를 확인했다.

"끈질긴…… 귀신…… 있어…… 우리 뒤에……."

석찬의 속삭임을 듣고 온몸에 소름이 돋았다.

"뭐라는 거야!"

"따라왔다…… 감시하고…… 도망……."

"너 미쳤냐! 안 되겠다. 나랑 병원에 가자."

석찬의 당부를 무시하고 뒤를 돌아보았다. 마침 우리가 탄 지하철이 역 플랫폼에 도착해 문이 열리려는 찰나였다. 잘됐다. 여기서 석찬과 내려 정신과로 끌고 가자.

지하철 문이 열림과 거의 동시에 우리가 타고 있는 객차의 통로 문이 드르륵 열렸다. 옆 칸에서 이쪽으로 건너온 사람은 초여름 날씨에도 검은색 비니를 눌러쓰고 회색 목도리까지 칭칭 감은, 선글라스를 낀 젊은 남자였다.

다음 순간, 석찬이 보였던 얼굴은 평생 잊지 못할 것이다. 극도의 공포에 동공이 두 배로 확대된 석찬은 정신없이 손발을 휘저으며 열린 지하철 문으로 질풍같이 빠져나갔다. 동작이 너무도 빨라 내가 미처 손쓸 새도 없었다. 선글라스 남자 역시 크게 열린 지하철 문을 향해 이쪽으로 달려왔다. 그의 정체는 몰랐지만 석찬이 이토록 두려워하는 걸 보면 분명 내 친구와 무슨 관계가 있는 것 같았다.

가죽 소재의 재킷과 검은 장갑 때문에 맨살을 전혀 볼 수 없는 남자의 오른 팔목을 움켜잡았다. 붙잡아서 석찬을 왜 뒤쫓는지 캐물을 작정이었지만 남자의 완력은 나보다 훨씬 강해 나는 어느새 바닥에 내동댕이쳐져 있었다. 남자는 잠시 나를 내려다보고는 열린 문을 통과해 플랫폼으로 달려 나갔다.

지하철 바닥에 털썩 주저앉아버린 나는 곧바로 일어날 수 없었다. 부끄럽지만 다리가 완전히 풀려 일어설 힘을 넣을 수조차 없던 것이다. 주변의 승객들이 부축해 일으켜주기 전까지 나는 그 상태로 비참하게 어깨를 덜덜 떨었다.

나는 보았던 것이다.

남자가 나를 넘어뜨리기 직전, 실랑이를 하는 도중에 무작정 손을 내뻗었다. 내 손끝은 어쩌다 그의 목도리에 걸렸고, 덕분에 목도리가 찍 늘어나 맨살이 조금 들여다보였다.

그때 나는 보았던 것이다.

나와 같은 사람의 살색이라고는 도저히 믿을 수 없을 정도로 허연 그의 목덜미를…….

단순히 유전적으로 남들보다 조금 흰 피부 따위가 아니었다. 핏기가 전혀 보이지 않는, 마치 시체의 그것 같은 피부를 나는 똑똑

154

히 보았던 것이다.

나는 어쩌면 이 남자야말로, 석찬이 압도적인 공포에 질려 더듬 더듬 뇌까린 바로 그 귀신일지도 모르겠다고 생각했다.

지하철에서 내려 집을 향해 걸으면서도 혼란스러운 기분은 가시지 않았다.

석찬은 무엇을 그리 겁내고 있는 걸까?

석찬이 말한 귀신이란?

피가 죄다 빠져나간 듯한 시체 남자의 정체는?

그리고 그가 석찬을 뒤쫓는 이유는?

답을 알 수 없는 질문들이 한없이 떠올랐다. 소민과의 일로 가뜩이나 머리가 복잡한 판국에 석찬의 문제까지 가세할 줄이야.

고개를 절레절레 흔들며 지름길인 좁은 골목으로 접어들었다. 낮에도 빛이 잘 들지 않는 곳이라 골목 중간쯤 도착해서야 근처 집에 사는 대머리 할아버지가 문 앞에 나와 있는 걸 발견했다. 저번에도 뵌 분이라서 암만 피곤해도 그냥 지나칠 수는 없었다. 몸을 옆으로 틀어 할아버지를 지나치면서 인사했다.

"안녕하세요."

"이따 비 오겠어."

"네?"

"공기에서 비 냄새가 나."

저녁 시간대라 조금 어슴푸레하기는 했지만 하늘은 맑았고 비가 올 기색은 전혀 없었다. 언젠가와 똑같은 할아버지의 대사를 듣고 내가 느낀 감정을 어떻게 설명할 수 있을까. 나는 돌연 무서워져 집까지 뛰기 시작했다. 단순히 치매 노인의 실언으로 치부하기에는 왠지 지하철에서 있었던 일이 마음에 걸렸던 것이다.

집에 도착해 가방을 채 내려놓기도 전에 거센 빗방울이 창문을 두드렸다. 먼젓번처럼 또다시 적중한 할아버지의 예언에 등골이 오싹해졌다.

지금, 도대체 내 주변에서 무슨 일이 벌어지고 있는 거지?

온갖 정리되지 않는 혼돈 속에서 나의 여름방학은 시작되었다.

2장

진홍색 하늘
_Crimson Sky

영계통신 여름엠티

이화장 살인사건

장군이 그린 이화장 도면 ⇨

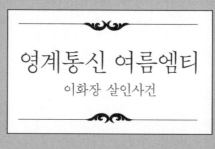

━━━━━ 방문

━━━━━ 창문

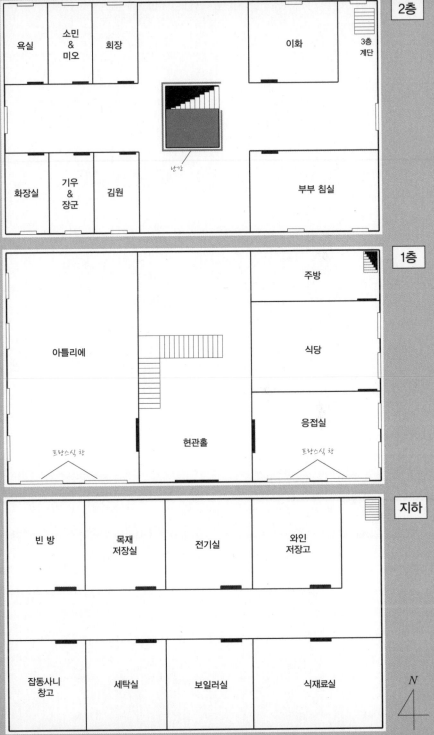

책상에 앉아 키보드를 두드리다가 벌떡 일어났다. 책상 바로 위의 창문에서 7월의 뜨거운 햇빛이 여과 없이 비쳐 들어오고 있었기 때문이다. 더 이상 온몸을 태울 듯한 열기를 버틸 수 없어 책상에서 벗어나 침대로 몸을 던졌다. 다른 집들처럼 에어컨이 있다면 견딜 만할 텐데 맥없이 돌아가는 선풍기에서는 더운 바람만 나올 뿐이다. 역시 한여름에는 가난도 죄가 된다.

침대에 누웠지만 불쾌감은 전혀 가시지 않았다. 땀에 젖은 웃옷과 매트리스가 철썩 달라붙어 오히려 끈적끈적한 늪에 휘감겨 들어가는 느낌이었다. 곧바로 침대에서도 일어났다. 몇 발만 걸으면 벽에 닿는 좁은 방의 어디를 가도 끈질긴 햇빛을 피할 수 없었다.

찬물에 몸을 푹 담그는 수밖에 없겠다는 결론을 내리고 웃옷을 벗자 상반신이 온통 땀투성이였다. 화장실 문손잡이를 잡는 순간, 책상 위에 놓아둔 휴대폰이 드르륵 진동하는 소리가 들렸다. 당장은 흐르는 땀을 단번에 씻어줄 냉수보다 소중한 건 없었지만 혹시 중요한 내용일지도 몰라 책상으로 가서 휴대폰을 보니 회장으로부터의 문자메시지였다.

영계통신 비상소집. 오후 6시 동아리방.

올 게 왔군. 회장이 '비상'이라는 말을 쓸 정도라면 답은 한 가지밖에 없었다. 반년 만에 그 녀석이 나타난 것이다. 시계를 보니 3시가 조금 넘었다. 샤워를 하고 준비할 시간은 충분했지만 섣불리 움직일 수 없었다.

나가고 싶지 않았다. 여전히 보름 전에 겪었던 석찬과 시체남의 일로 혼란스러운 상태였고, 무엇보다 소민을 만나는 일이 불편했다. 소민으로 하여금 진심을 전달할 기회조차 주지 않은 못된 내가 무슨 낯으로 다시 그녀를 볼 수 있을까.

소민은 그날 이후로 내게 어떤 연락도 하지 않았다. 나는 참담하게 무시당한 소민이 나를 만나면 어떻게 나올지 도저히 예측할 수 없었다. 경멸의 눈초리를 던지거나 뺨을 때릴 수도 있고 울어버릴지도 모른다. 어떤 경우를 상상하든 최악이라 깊은 한숨이 자동으로 쏟아졌다.

가지 말까 생각하다가 세차게 고개를 저었다. 내가 신대륙을 탐험하고 싶어 하는 콜럼버스라면, 오늘 나타날 그 녀석은 이사벨 여왕이다. 다시 말해 내게는 마땅히 후원자에 대한 보고의 의무가 있는 것이다.

의무와 뻔히 예상되는 파국 사이에서 갈등하던 나는 샤워를 시작했다.

저녁나절에도 무더위는 그다지 가시지 않았다. 아니, 나만 이렇게 더운 걸까. 내 몸의 모든 부분이 열사병에 걸린 사람처럼 활활 타오르고 있었다. 성주대까지 가는 길, 샤워를 괜히 했다 싶게 다시 옷이 땀으로 흠뻑 젖고 말았다. 아무래도 이건 심리적인 더위 같다. 초등학교 시절, 어느 교사는 분단의 맨 앞줄부터 숙제 검사를 하면서 회초리로 숙제를 안 해 온 학생들의 손바닥을 때리곤 했다. 깜박 잊고 숙제를 안 해 온 날이면 내 차례가 서서히 다가올수록 온몸에서 열이 나고 심장이 쿵쾅거렸는데 지금이 꼭 그때와 비슷한 상태였다.

에라, 기왕 맞을 매라면 남자답게 빨리 맞자고 다짐하며 성큼성큼 문과 건물로 들어섰다.

지하로 내려가는 계단에 몇 발을 내딛었을 때 시야에 익숙한 뒷모습이 들어왔다. 제발 아니었으면 했지만 자주 본 흰색 티셔츠에 청반바지를 입은 그녀는 당연히 소민이었다. 나는 소민을 확인한 즉시 몸을 180도 돌리고는, 최대한 발소리를 내지 않으려 노력하며 계단을 거슬러 올라갔다. 남자답게 얼른 매 맞자는 다짐 따위는 우주 밖으로 사라진 지 오래였다.

한 계단만 더 올라서 모퉁이를 돌면 들키지 않는다. 마치 적국에서 비밀문서를 훔쳐 도망치는 스파이라도 된 것처럼 심장이 손톱 만하게 오그라드는 기분이었다.

"기우 오빠!"

탕! 적국 감시병에게 들키지 않고 무사히 도망치기 직전에 총을 맞았다.

"으…… 응. 소민이구나."

"왜 거꾸로 가세요? 동아리방 가려면 내려오셔야죠."

"하하. 세상이 하도 어지럽다 보니 나도 방향감각이 뒤집어졌나 봐."

"뭐예요?"

소민은 황당하고도 한심한 표정으로 나를 물끄러미 쳐다보았다.

"기다려. 금방 내려갈게."

가까이에서 본 소민의 얼굴은 예전과 다를 바 없이 밝았고, 꼬마 요정같이 경쾌한 태도도 여전했다.

"잘 지냈니? 대학생활의 첫 방학인데, 뭐라도 하고 있어?"

질문해놓고 아차 싶었다. 그녀가 잘 지내지 못하는 데 가장 커다 란 공헌을 한 내가 할 질문이 아니었던 것이다.

"아직은 별다른 거 없고요. 충분히 쉬었으니까 이제 아르바이트 라도 해야죠. 오빠는요?"

"나는 그냥 집에. 하하."

계단을 다 내려온 우리는 복도 왼쪽 길을 따라가다 모퉁이에서 우회전해 동아리방으로 향했다. 할 말이 떨어져 눈치만 보고 있는 시점에서 고맙게도 소민이 먼저 침묵을 깼다.

"근데, 오빠. 우리 지금 왜 모이는 거예요?"

"아, 전에 들었지? 우리 동아리에 유령회원이 한 명 있다고. 그 녀석이 나타난 모양이야."

소민의 얼굴이 이내 심각해졌다.

"유령회원이요? 설마……."

"너 혹시 진짜 유령인 회원을 상상한 거냐?"

그녀가 천연덕스럽게 고개를 끄덕였다.

"바보!"

나는 소민의 머리를 꽁 쥐어박았고, 그녀는 과장스럽게 머리를 감싸며 우는 시늉을 했다.

바로 이거야, 이 익숙하고 편안한 장면! 혹시 소민은 내가 불편할까 봐 일부러 이런 상황을 연출해준 걸까? 정말 그렇다면 소민은 좋은 아이다, 정말로.

靈

동아리방에 들어서니 나와 소민을 제외한 모두, 그리고 그 녀석이 이미 도착해 있었다. 유령회원 김원은 긴 다리를 꼬고 의자에 앉아 있다가 우리가 들어서자 우아한 자태로 일어나서 다가왔다. 만면에 웃음을 가득 띠고 있던 김원이 나를 덥석 껴안았다.

"오오, 이게 누군가요! 태양이 사라진다 해도 홀로 찬란한 빛을 발할 내 친구, 다이아몬드처럼 영원히 바래지 않을 우정으로 뭉친 나의 동지 하기우 군이 아닌가요."

"그래, 오랜만이다. 머리 많이 길었구나."

반년 만에 보는 김원은 어깨까지 닿은 머리 길이를 빼고는 전과 달라진 게 없었다. 여전히 눈이 부실 정도로 화려한 외모(미모라고 표현해도 좋다)에 조금 마른 듯 늘씬한 키, 나 같은 서민은 값을 넘겨짚을 수도 없는 고급 화이트 슈트 차림에 까만 보타이를 매고 옷깃의 단춧구멍에는 퍼플 로즈까지 꽂은 멋쟁이 신사였다. 한 가지 안타까운 건 어떤 상황도 과장으로 일관하는 싸구려 연극배우를 연상시키는 허랑방탕한 태도까지 그대로라는 점이었다.

"아, 머리! 기우 군도 알다시피 이것저것 신경 쓸 일이 많다 보니 미처 정리를 못 했네요. 그보다 옆의 숙녀분이 새로 오셨다는 그……?"

"응. 소민아, 인사해. 이 친구도 우리 멤버야."

소민은 뚫어져라 김원을 쳐다볼 뿐 좀처럼 입을 열지 못했다. 남자든 여자든 이 녀석을 처음 볼 때면 누구나 이런 반응을 보이게 마련이었다. 사람이 어찌 이리 아름다울 수 있을까 감탄해 숫제 말문이 턱 막혀버리는 것이다. 이 녀석은 성별을 초월해 근원적인 미(美)의 별 아래에서 태어난 행운아, 혹은 미의 신이 현현한 존재나 마찬가지다. 나는 감상 삼매경에 빠진 소민의 팔을 툭 쳤다.

"아, 안녕하세요. 윤소민이에요. 처음 뵙겠습니다."

소민이 고개를 꾸벅 숙였다. 김원은 소민의 앞으로 다가가서 한쪽 무릎을 꿇더니 그녀의 오른손 손등에 키스했다. 그러고는 비단결같이 부드럽고 낮은 목소리로 말했다.

"앙샹떼(Enchante, 반가워요), 마드무아젤."

순식간에 소민의 얼굴이 빨개졌다. 초면인 선배의 손을 확 잡아빼기도 그렇고, 그냥 놔두기도 뭐해 당황하는 기색이었다. 결국 의자에 앉아 있던 미오 선배가 급히 다가와 김원의 뒤통수를 호되게 때리고 나서야 겨우 풀려날 수 있었다.

"아야!"

"지금 새파랗게 어린애 데리고 뭐하는 거야!"

"흑, 왈가닥 미오 누님은 변한 게 없으시군요."

"너도 그대로거든!"

미오 선배가 혀를 날름 내밀자, 김원은 약이 올라 파들파들 떨었다. 그러자 위기 때마다 귀신같이 끼어들어 분위기를 정리하는 역할을 맡는 장군이 다가와 소개를 계속했다.

"나랑 기우하고 동갑이고, 이름은 김원이라고 해. 경영학과고. 이래 봬도, 두고두고 뜯어보면 괜찮은 친구니까 너무 겁먹지 말고."

"이래 봬도? 두고두고 뜯어보면? 겁먹지 말라니? 대체 나를 어떤 사람이라고 생각하기에 그런 말을 하는 거죠?"

김원은 눈에 쌍심지를 켠 채 방금 전의 저음은 어느 곳에 팔아먹었는지 떼쟁이 꼬마와 같은 하이 톤으로 소리쳤다. 물론 이게 원래 이 녀석의 목소리다. 도와주러 나섰다가 느닷없이 봉변을 당하게 된 장군이 머리를 긁적였다. 상황이 갈수록 심각해지려는 찰나, 소민이 활짝 웃으며 말했다.

"김원 오빠, 진짜 반가워요. 앞으로 많이많이 친하게 지냈으면 좋겠어요. 저도 잘할게요."

아이를 어르고 달래는 것 같은 말투로 봐서 소민은 껍데기만 미청년이고, 속은 유치원생이나 다를 바 없는 소심하고 신경질적인 김원의 정체를 이미 파악한 것 같았다. 장군 말대로 원래부터 나쁜 성격은 절대 아니고, 아마 우리를 제외한 모든 사람이 떠받들어주다 보니 자연스레 저런 성격이 형성된 것이리라.

"하하하. 이래서 후배가 좋다는 거로군요. 이렇게 귀엽고 상냥한 소녀를 알게 되다니 무한한 영광입니다."

금세 기분이 좋아진 김원이다. 소민 덕분에 소강상태를 맞은 우리는 테이블에 둘러앉았다.

"참, 장례식은 어떻게……?"

갑자기 그가 반년간 학교를 떠나 있던 이유가 떠올라서 물었다.

"여러분들이 걱정해주신 덕분에 무사히 치렀습니다. 가친(家親), 아니 선친(先親)께서도 이제 먹고 먹히는 먹이사슬에서 해방되어 좋은 곳으로 가셨겠지요."

"아…… 어떡해요. 힘드시겠어요."

비슷한 경험이 있는 소민의 눈가가 금세 촉촉해졌다. 그러나 김원은 소민의 순박한 위로에 이렇게 답했다.

"괜찮습니다. 저 혼자만의 슬픔이 아니니까요. 슬픔을 나눌 동기(同氣)가 많거든요. 숨겨둔 형제자매까지 합해 한 다스쯤 되려나."

김원이 소민에게 눈을 찡긋해 보였다. 황당한 얼굴의 소민을 보니 설명이 필요할 것 같아 내가 나섰다.

"소민이는 여기 성주 시 출신이니까 잘 알 거야. 원이 아버님은 금귀(金龜)건설의 회장님이셔."

소민의 눈이 동그래졌다. 전국적으로는 증권이나 기업에 딱히 관심 많은 사람이 아니라면 고개를 갸우뚱거릴 수도 있지만, 적어도 이곳 성주 시에서 나고 자란 사람은 전쟁 물자 보급으로 시작해 아파트 건설까지 토착 기업으로 거부를 일군 금귀건설의 김 회장을 모를 수가 없었다.

"와아!"

소민은 김원이 초록 피부의 외계인이라도 되는 양 넋을 놓고 바라보았다. 비록 100대 재벌의 말석에 불과해도 어쨌든 드라마에서나 보던 재벌 2세가 눈앞에서 말하고, 웃고, 주책을 떨고 있으니 신기하기도 할 터였다.

"근데 경영권은 어떻게 됐냐? 몽땅 뺏긴 거 아냐?"

장군이 너무도 심각한 질문을 너무도 가볍게 툭 던졌다. 친구지만 이럴 때는 정말 차곡차곡 접어 주머니 속에 집어넣은 다음 눈감을 때까지 꺼내고 싶지 않은 기분이 든다.

"하하, 몇 방울의 피를 나눠 가진 이복형들과 작은아버지들을 보기 좋게 제압했지요. 유언장이 공개되는 순간, 그분들이 지었던 낭패스런 표정을 모두에게 보여주고 싶네요."

"이야! 그럼 이제 금귀건설 대표가 너야?"

장군의 두 번째 낯부끄러운 질문.

"아니, 내 여동생이죠. 선친께서 확실히 사람 보는 눈은 있었던 것 같아요."

김원의 여동생이라면 아무리 많이 먹어봐야 스무 살이라는 애기다.

"아, 이 학교도!"

돌연 소민이 손뼉을 쳤다.

"그래, 우리 대학교 이사장이 원이 아버님이셨지. 이 도시 태생이시니까 지역사회 발전을 위해 지어준 거야."

내가 말했다.

"그것도 있고, 세금 감면 효과도 보셨죠. 선친께서는 무슨 일이든 최소한 두 가지 이득이 없으면 거들떠도 안 보는 분이셨거든요."

김원이 다시 한 번 소민에게 백만 불짜리 윙크를 날렸다.

"잠깐! 그러면 새로운 이사장은 누가 되는 거야? 설마?"

미오 선배가 한 손을 들고 물었다.

"당연히 제 여동생이죠. 이제부터 금귀건설 전부가 그 애 것이니까."

미오 선배는 입을 떡 벌렸고, 장군은 희희낙락, 물정 모르는 소민은 하아 하며 무조건 감탄, 회장은 표정 없이 고개만 끄덕였다.

"자자, 경영권 방어나 유언장 같은 속물적인 이야기는 그만하고, 본격적으로 재미난 이야기를 시작하죠. 이날을 얼마나 기대했는지 몰라요. 몸은 비록 멀리 떨어져 있어도 마음만은 늘 우리 동지들과 함께였지요. 하루 빨리 여러분들을 다시 만나 불가해한 세계의 비밀을 탐구하는 위대한 모험에 동참하는 게 단 하나의 소망이었답니다. 어서들 이야기보따리를 풀어보세요. 내가 없는 동안 무슨 일이 있었고, 어떤 새로운 것들을 발견했는지 몹시도 듣고 싶단 말입니다."

기대에 찬 김원의 표정에 입맛이 썼다. 지금부터 친구가 실망할 얘기를 꺼내야 하는 것이다.

직함은 없지만 기실 김원이야말로 영계통신을 만든 장본인이라 할 수 있었다. 내가 학교 인터넷에 회원 모집 글을 올려놓고 기다릴 때 제일 먼저 연락을 취해 온 사람이 바로 그였다.

김원 앞에서 모임의 취지와 구체적인 운영 계획을 설명하면서도 내 눈은 자체적으로 발광하는 듯한 그의 얼굴에 고정된 채 떨어질 줄 몰랐다. 하지만 그의 아름다움보다 더욱 놀라운 일은 그다음에 벌어졌다. 내가 설명을 마치자 잠든 것처럼 긴 속눈썹을 살짝 내리깔고 이따금 고개만 까닥거리던 그가 이렇게 말한 것이다.

"잘 알았어요. 비용은 제가 대죠. 필요한 게 있으면 뭐든 말해요. 전부 지원해줄 테니까요."

도저히 믿을 수 없었던 그의 말은 전부 사실이었다. 이 세상의 어느 누구보다 아름다운 이 녀석은 정말로 재벌 2세였고, 이사장의 아들이기도 한 터라 학교에서의 입지 또한 막강했다. 덕분에 우리는 다른 신규 동아리들은 신청해놓고도 몇 년씩 기다려야 한다는 동아리방을 바로 다음 날부터 쓰게 되었다. 운영비는 물론 먹고 마시는 유흥비 등 계산이 필요한 일은 모조리 그의 차지였다.

서민 중의 원조 서민인 우리 입장에선 어마어마한 행운이었지만, 김원에게는 단순한 도락 이상의 의미는 아니었다. 당장 지금부터 가진 돈을 세도 죽을 때까지 못 셀 만큼 거부의 아들인 그는 재미난 일이라면 사족을 못 썼다. 아침에 깨서 잠들 때까지 오늘은 무슨 신나는 일이 없을까 찾아다니던 차에 우연히 영계통신을 알게 되었고, 흥미가 동한 나머지 영혼이 있으면 좋고, 없으면 말고 식의 가벼운 호기심으로 멤버 겸 후원자가 되기로 결심한 것이었다.

"음, 어떻게 얘기를 꺼내야 할지 모르겠다."

조심스레 나의 이사벨 여왕에게 보고를 시작했다.

"솔직히 쉽지 않더라. 여기저기서 제보도 받고 조사도 해보고 영혼과 대화한다는 사람도 찾아가봤는데 딱히 별다른 성과는 없었어. 아무래도 우리 같은 아마추어들로는 한계가 있는 것 같아."

김원은 재벌 2세치고는 소탈한 성격에 우리와도 허물없이 잘 어울려주었지만 역시 우리와는 처지가 다를 수밖에 없었다. 김원은 영계통신의 자금줄이고, 우리는 그의 색다른 취미의 보조자에 불과했다. 더 이상 재미를 느낄 만한 뭔가를 제공해주지 못한다면 서로 간의 암묵의 계약은 즉시 깨져버리고 마는 것이다.

"……."

김원은 처음 만난 날처럼 눈을 감고 아무런 말이 없었다. 영계통신의 운명은 김원이 마음먹기에 달려 있음을 너무도 잘 아는 멤버들은 좌불안석이었다. 늘 활달한 장군도 고개를 푹 숙였고, 원래 대가 센 미오 선배도 김원의 눈치만 살폈다. 심지어 사정을 잘 모르는 소민도 불편한 분위기에 안절부절못했다. 오직 무슨 생각을 하는지 알 수 없는 회장만이 평소의 포커페이스를 유지하고 있었다.

무저갱 속으로 끝없이 떨어지는 것 같은 분위기 속에서 나는 오랫동안 별러온 이야기를 꺼내기로 결심했다.

"그래서 말인데, 원아. 우리 이만 영계통신을……."

"핫핫하하하하하하!"

난데없이 터진 김원의 광포한 웃음에 고개를 숙이고 있던 멤버들은 소스라치게 놀라서 일제히 머리를 쳐들었다.

"과연 그렇군요! 영계통신은 이 몸이 없으면 안 된다는 결론이 나온 셈이에요. 하하하!"

생각지도 못한 그의 반응에 멤버들은 서로의 얼굴을 쳐다보며 황당해할 따름이었다.

"한데 기우 군, 무슨 말하려 하지 않았나요?"

"아, 이왕 이렇게 된 거 영계통신을 해체……."

"노노노노노! 그럴 순 없죠. 원래 위대한 모험에는 반드시 위대한 실패가 따르는 법. 선친께서도 열 가지 사업을 성공시키기 위해 스무 가지 사업에 실패하셨답니다. 괜찮아요, 뭐든 한 번에 될 수는 없는 거예요."

김원은 우리를 보면서 살짝 박수를 쳤는데 그 나름의 격려인 듯했다.

"아아, 작년 생각나네요! 다들 여름방학 기억나죠? 우리, 말하는 고양이 붙잡으려고 학교를 온통 뒤집어놓았었잖아요. 그렇지, 시계탑 광장 사건! 자정에 광장 정중앙에 서면 사람이 홀연히 사라진다기에 밤새도록 잠복도 했었죠. 그때도 별 소득은 없었지만 정말 끝내주게 재미있었는데……."

지난여름의 추억을 회상하는 김원의 얼굴에 흐뭇한 미소가 감돌았다.

"그러니까 올해도 계속해야죠! 저 돌아왔어요. 이젠 어디에도 안 가요. 앞으로도 우리 영계통신은 영계를 찾아나서는 그레이트한 여정을 중단 없이 계속해나갈 겁니다. 다들 알겠죠?"

이어서 쏟아진 환성에 동아리방은 마치 한 달 만에 영업이 재개된 나이트클럽 같은 분위기로 변모했다. 미소 띤 얼굴로 그 모습을 지켜보던 김원이 손가락을 부딪쳐 딱 소리를 냈다. 일동 주목.

"그런 의미에서 좋은 소식이 하나 있답니다."

"응?"

김원은 의아해하는 나를 빤히 바라보다가 이야기를 계속했다.

"이번만큼은 아마 틀림없을 거예요. 여기서 북쪽으로 80킬로미터쯤 가면 삼정산(三丁山)이라는 곳이 나와요. 참고로 그 산은 통째로 우리 집안 거죠. 그곳에 우리의 다섯 번째인가, 여름별장이 하나 있어요. 선친께서 그곳에서 영면하시는 바람에 저도 이번에 처음 가봤는데, 마침 별장지기로부터 귀가 번쩍 뜨이는 이야기를 들었답니다."

"뭔데?"

궁금한 건 절대 못 참는 장군이 모두를 대신해 물었다.

"그 별장지기는 어릴 적에 화재로 고아가 됐다고 해요. 고작 열다섯 살 때. 그래도 다행히 근처의 부유한 가문에서 소문을 듣고 거둬주기로 했답니다. 잔심부름을 하는 대신에 학교도 보내주었다고 하니 당시로서는 엄청난 은혜였겠죠. 그런데 별장지기가 그 가문의 저택에 살러 간 지 1년이 채 안 돼서 끔찍한 사건이 벌어졌대요."

묘하게 흘러가는 이야기에 소민이 꿀꺽 침을 삼켰다.

"결론부터 말하자면 그 저택에서 영혼의 소행이 아니고는 물리적으로 불가능한 살인사건이 일어나 두 명이나 죽었답니다. 별장지기는 그곳에 머물면서 사건의 전모를 똑똑히 보았다고 해요."

김원의 이야기는 마치 코와 귀를 빼고 코끼리를 설명하는 것처럼 두루뭉술했다. 답답해진 내가 물었다.

"그 저택에서 정확히 무슨 일이 있었다는 거야?"

"몰라요."

저가 설명해놓고 저가 모른다고 천연덕스럽게 고하는 김원의 태도에 기가 막혔다.

"우리 멤버들을 쏙 빼고 혼자만 재미난 이야기를 즐길 정도로 의리 없진 않거든요. 아무튼 문제의 그 저택은 지금도 삼정산에 남아 있습니다. 제가 알아본 바 저택 주인이 바뀌지도 않았어요. 최초의 증인인 우리 별장지기도 찾아가면 언제든 만날 수 있죠. 어때요, 충분히 영계통신이 나설 만한 상황 아닌가요?"

"글쎄…… 별장지기는 그때 겨우 열다섯 살이었다면서. 그 나이대의 판단력이나 기억을 마냥 신뢰할 수 있을까?"

"오, 그렇지 않아요. 삼정산 일대에서는 유명한 얘기던걸요. 지금도 노인들은 대개 기억하고 있어요."

"흐음, 믿어야 할지, 말아야 할지……."

내 혼잣말을 들은 김원은 그게 아니라는 듯 이맛살을 찌푸리고는 오른손 검지를 들어 좌우로 흔들었다.

"이런! 기우 군은 벌써 우리 영계통신의 모토를 잊은 모양이군요. 이 세상에 절대적인 진실은 없다. 믿어야 할지, 말아야 할지 모를 때는……."

"우리 눈으로 직접 확인한다!"

나를 제외한 모든 멤버들이 김원의 말을 받아 합창했다.

"그거죠!"

김원이 싱글벙글 웃으며 외쳤다. 멤버들의 기대에 찬 시선을 받으면서 가만히 생각했다. 배경이나 외모에 가려져 그렇지 김원은 스스로도 재주가 많은 녀석이다. 이 친구가 이렇게까지 확신을 가진 걸 보면 아주 허무맹랑한 얘기만은 아닐 터. 분명 삼정산에서 무슨 불가사의한 일이 있긴 있었던 모양이다.

잘되면 이번 기회에 그토록 찾아 헤매던 영혼의 옷자락을 잡아 볼 수 있을지도 몰라. 그리고 만일 산골에서 흔히 떠도는 시시껄렁한 괴담에 불과하더라도 딱히 잃을 것도 없지. 지금도 남아도는 며칠의 시간만 날아갈 뿐.

말마따나 내 눈으로 직접 보면 될 일이었다. 두고 보면 알게 되겠지, 무엇을 얻고 잃을지를. 마침내 이런 결론에 도달하자 꿈도 열정도 없이 깊게 잠들어 있던 마음에 불이 확 붙는 기분이었다.

"좋다, 가보자!"

내 말이 끝나기 무섭게 또 한 번 멤버들의 환호가 쏟아졌다. 이번에는 마치 한 달 만에 영업이 재개된 나이트클럽에서 누군가 전체 술값을 계산하는 골든벨을 울린 듯한 분위기였다.

"이야, 올해 여름방학은 어디 못 놀러 가나 했더니 끝내 가는구나."

장군의 목소리에는 감격의 기색이 역력했다.

"어이, 놀러 가는 거냐?"

장군의 흐트러진 정신 상태를 바로잡기 위해 준엄하게 꾸짖으려는 찰나, 미오 선배가 배턴을 넘겨받았다.

"정말 잘됐어. 그렇잖아도 어제 비키니 샀거든. 삼정산에 당연히 계곡도 있겠지?"

아이고, 점점…….

"미오 누님의 아찔한 비키니 차림을 볼 수 없다니 유감이네요."

김원은 진심으로 슬픈 표정을 지었고, 그 말을 들은 장군의 얼굴 또한 우울해졌다.

"계곡 없어?"

"계곡은 둘째 치고 댁에서 수영복을 가져올 시간이 없어요. 우리는 지금 당장 삼정산으로 출발할 거니까요."

"뭐!"

일동 경악. 반면에 김원은 뭐 별 거 있느냐는 듯 천연덕스럽게 설명을 이어나갔다.

"벌써 운동장에 차를 대기시켜두었습니다. 여기 있는 사람이 다 타도 자리는 충분하니까 걱정 마시고 얼른 떠나자고요. 자자, 시간이 없어요. 선친께서 말씀하시길, 시간은……."

"안 돼요! 아빠한테 말씀도 못 드렸고, 준비할 것도 많은데."

소민이 항변했다.

"하하하, 저희 다섯 번째 여름별장에는 기품 있는 여성분들께 필요한 모든 물건이 구비되어 있답니다. 준비물은 일체 필요 없으니 어서 아버님께 전화드려 허락을 받으세요. 저는 여러분들과 빨리 모험을 하고 싶어 몸이 근질근질하다고요!"

김원이 하도 성화를 부리는 통에 우리는 등을 떠밀리듯 동아리 방을 빠져나왔다. 운동장으로 향하는 멤버들 모두가 여우에 홀린 듯한 얼굴이었다.

靈

운동장이 내려다보이는 스탠드 위에서 우리는 누가 먼저랄 것도 없이 발을 딱 멈췄다. 해가 뉘엿뉘엿 지는 운동장 한복판에 마이크로 버스만큼 기다란 하얀색 리무진이 주차되어 있었다.

"와아!"

장군이 혀를 내두르며 감탄했다.

"네가 말한 차가 저거야?"

눈이 동그래진 미오 선배가 물었다.

"하하. 원래 시간 단축을 위해서 차퍼(chopper)로 갈까 했는데, 우리 멤버들 중에 테이블 위에만 올라가도 다리가 달달 떨리는 친구가 있지 않습니까. 어쩔 수 없이 리모(limo)를……."

김원이 나를 보며 말했다. 내 불치의 고소공포증은 멤버들 모두가 알고 있다.

"나 때문에 헬리콥터 못 타서 미안하네."

"아니에요! 저 리무진 한번 타보는 게 소원이었어요. 와, 영화에서만 보던 건데!"

소민은 선물상자를 열어보기 직전의 들뜬 아이 같았다.

"귀여운 후배님아, 오늘부터 다른 소원을 생각해봐요. 이번 소원은 보다시피 이뤄졌으니까요."

모두가 리무진에 도착하기 직전, 때맞춰 운전석 문이 열렸다. 곧 빨간 상의에 검은 바지를 입은 작은 키의 50대 여자가 내렸다. 눈동자만큼 커다란 금장 단추가 네 개 달린 멋스러운 제복 차림이었지만, 안타깝게도 몸이 지나치게 뚱뚱해 옷의 실밥이 금방이라도 터져 나갈 것 같았다. 소민을 뺀 우리는 그녀와 안면이 있어 일제히 인사했다.

"어서들 와요. 오랜만에 보는데 어쩜 다들 그대로네. 참, 이 친구가 새로 들어왔다는?"

"처음 뵙겠습니다. 윤소민이에요."

"쬐끄마하니 인형같이 귀여워서 우리 도련님이랑 잘 어울릴 것 같네요. 어떻게 생각해요, 우리 원이 도련님? 진지하게……."

"선생님!"

김원이 소리를 빽 질렀다.

"아휴, 나 귀 안 먹었어요. 내가 오죽 걱정이 되면 그러겠어요. 벌써 스무 살이 넘었는데 아직 한 번도……."

김원이 부뚜막에서 생선을 훔쳐가는 고양이처럼 날쌘 손놀림으로 아주머니의 입을 틀어막자, 그녀는 어푸어푸 하며 괴로워했다. 그는 어색한 웃음을 흘리며 궁금한 표정의 소민에게 말했다.

"핫핫. 이분은 제 가정교사이자 비서랍니다. 오늘은 쇼퍼(chauffeur, 운전기사) 역할이시죠. 예전에는 안 그러시더니 요즘 연로하셔서 자꾸 헛소리를 하시네요. 주책바가지가 다 되셨어요."

내가 듣기에 김원의 아주머니에 관한 소개에는 억울한 구석이 많았다. 젊은 시절의 그녀는 미국 아이비리그 명문대에서 경영학을 공부하고 박사 학위까지 딴 재원이었다. 대학원 졸업 후, 우리나라로 건너와 금귀건설에 입사한 그녀를 회장이 직접 아들의 가정교사로 점찍었다고 한다. 사람 보는 눈이 현미경같이 날카로웠다는 회장이 주저 없이 선택했다는 것만으로도 아주머니의 능력을 엿볼 수 있지 않을까.

그렇게 가정교사 자리를 받아들인 것까지는 좋았는데, 자랄수록 인간의 한계를 뛰어넘는 아름다움을 손에 넣게 된 김원을 숭배하게 된 게 문제였다. 그녀는 여태껏 결혼도 하지 않았고, 자신의 아이를 낳을 생각은 일찌감치 포기했다. 아주머니에게 중요한 건 단 하나, 김원의 행복이었다. 오로지 그것만을 위해 사는 것이다.

김원이 일단 버튼을 누르면, 아주머니는 그게 어떤 황당한 주문이라도 그를 기쁘게 하기 위해 무조건 성사시켰다. 학교 측과 교섭해 영계통신의 동아리방을 마련해준 사람도 아주머니였고, 매달 벤 허에 들러 우리들의 술값을 계산해주는 귀찮은 일까지 마다하지 않았다. 솔직히 내가 가장 부러운 것은 녀석의 재력도, 가문도 아닌 바로 아주머니였다. 절대적인 사랑을 베풀어주는 어머니 같은 존재, 그건 내게 절대 허락되지 않은 것이다.

"이야!"

"끝내주네!"

"너무 멋져요!"

리무진 안에 들어선 장군과 미오 선배, 소민은 앞서거니 뒤서거니 탄성을 쏟아내기 바빴다. 리무진 내부는 내 원룸 자취방보다 크게 느껴질 정도였는데, 천장에는 찬란한 불빛을 내뿜는 샹들리에가 매달려 있었고, 문이 있는 쪽을 제외한 3면에 여덟 명쯤 앉을 수 있는 소파가 둘러져 있었다. 문 옆은 10여 개의 크리스털 글라스, 몇 병의 와인과 맥주 등이 놓인 바였다. 반짝반짝 윤이 나는 나무 재질의 자동차 바닥과 바가 세련된 분위기를 풍겼다.

"목 좀 축이면서 갈까요?"

리무진이 출발하고 5분쯤 지났을까. 한쪽 소파에 홀로 다리를 꼬고 앉아 있던 김원이 바 쪽으로 가서 손수 와인을 세팅했다. 달리는 차 안에 서 있는데도 전혀 진동이 느껴지지 않아 와인을 따르는 동작이 물 흐르듯 유려했다. 김원은 잔을 하나씩 모두에게 돌렸지만 회장의 차례에서는 고개를 저으며 넘어갈 수밖에 없었다. 회장은 쿨쿨 자고 있었던 것이다.

"봐줘라. 바닥에 등만 닿으면 자는 양반 아니냐."

장군이 말했다. 이윽고 회장을 뺀 전원에게 와인 잔이 돌아갔다.

"마침내 재개된 우리의 모험을 위해!"

김원의 건배 제의에 우리는 레드 와인이 3분의 1쯤 담긴 잔을 들어 살짝 부딪쳤다. 건배를 마치고 목으로 조금 넘겨봤지만 시큼하고 텁텁한 와인 특유의 맛에 눈살이 찌푸려졌다. 녀석이 고른 와인이라면 분명 알아주는 물건일 테지만 역시 고기도 먹어본 사람이 잘 먹는 법. 차라리 맥주가 나을 것 같아 단숨에 남은 와인을 마셔버렸다.

"저는 와인은 잘 모르지만 맛이 정말 진하고 풍부한 것 같아요. 넘길 때의 질감도 무척 보드랍고요."

반면 소민은 와인 평론가라도 된 양 진지한 얼굴이었다.

"하하. 귀여운 후배님은 식견도 보통이 아니군요. 로마네 콩티도 기뻐하겠어요."

김원이 흡족한 미소를 띠며 말했다.

"조심해라. 너 오늘은 반팔이라 토해도 어디 담을 데도 없다."

나는 맥주를 가지러 바로 향하면서 소민에게 슬쩍 한 마디를 던졌다.

"오빠!"

소민은 얼굴을 붉혔다. 솔직히 고백하자면 김원의 미모, 리무진, 와인 등 아까부터 그와 관계된 건 뭐든지 칭찬을 거듭하는 소민의 태도에 슬며시 심사가 꼬였던 것 같다. 소기의 목적을 달성한 나는 기분 좋게 맥주병을 땄다.

그 후로 한 시간쯤 고속도로를 달리는 동안 최고급 리무진은 광란의 도가니로 변해버렸다. 장군과 미오 선배는 리무진 안에 장착된 가라오케로 듀엣 곡을 부르고 있었고, 새로이 떠오른 술꾼 소민과 김원은 비싼 와인을 동내는 데 여념이 없었다. 그 와중에도 회장은 눈 한 번 뜨지 않고 숙면을 취했고, 나는 혀를 차며 그 광경을 바라보다가 고함을 질렀다.

"다들 스톱! 지금 엠티 가는 거 아니잖아!"

그제야 평화가 찾아왔다. 남은 시간은 조용히 생각을 정리하며 갈 수 있겠다 싶었는데, 기분 좋게 취한 소민이 나긋나긋한 목소리로 말했다.

"김원 오빠. 저 오늘 진짜 행복해요. 리무진도 다 타보고, 내 형편에는 꿈도 못 꾸는 와인도 마셔보고……."

"와하하! 이 정도로 행복하긴 일러요. 앞으로도 지금보다 놀랄 일이 수도 없을 거예요. 나는 모든 여성들의 드림 메이커! 꿈만 꿨던 일을 다 이뤄준답니다. 하하."

"어이구, 잘난 척 대마왕. 또 시작이다. 네가 그러니까 평생 여자친구 한 번을 못 사귀었지."

역시 술이 오른 미오 선배가 이죽거렸다.

"뭐라고요! 아무리 누님이라도……."

"왜, 내 말이 틀렸어? 너 고백할 때마다 차이잖아."

김원이 온몸을 파들파들 떨었다. 미오 선배가 그의 유일한 콤플렉스를 제대로 건드린 것이다. 그동안 김원의 미모와 재력에 홀려 그를 사모하는 여자들은 무수히 많았지만 어린애 같은 성격을 알게 되는 순간 모두가 빛의 속도로 사라져버렸다. 일종의 풍요 속 빈곤이랄까.

계속 부르르 떨던 김원이 더 이상 못 참습니다요, 를 외치며 미오 선배에게 달려들자 장군과 내가 두 사람을 한 명씩 붙잡아 떨어뜨렸다. 두 사람은 우리에게 붙들린 채 손발을 휘저으며 발광했다. 잠깐의 평화는 어디 가고, 또다시 눈 뜨고 볼 수 없는 난리가 펼쳐진 것이다.

미오 선배와 김원, 두 사람은 고양이와 개처럼 만날 때마다 으르렁대는 앙숙이다. 그렇다고 정말 심각한 상황까지 간 적은 없으니 오늘도 이러다가 말 터였다. 가는 동안이 끔찍하게 소란스러워서 문제지.

靈

리무진이 멈추는 기적에 눈을 떴다. 모처럼 술도 들어간 데다, 미오 선배와 김원을 말리느라 힘도 적잖이 썼다. 덕분에 깜빡 잠이 든 모양이다. 주변을 둘러보니 멤버들 전부가 나처럼 머리를 등받이에 기댄 채 자고 있었다. 손목시계를 보니 9시 5분.

"일어납시다. 도착한 것 같아."

깊이 잠든 멤버들을 깨우느라 몇 분을 또 소모한 끝에 전부 리무진 밖으로 데리고 나올 수 있었다. 그리고 잠결이라 아직도 정신이 멍한 우리들의 눈앞에 도저히 현실세계의 것이라고 할 수 없는 풍경이 펼쳐졌다.

"이거 꿈이지? 아, 깬 줄 알았는데 아직 꿈속인가 봐."

장군이 고개를 흔들었다. 그도 그럴 것이 우리 눈앞에서 몇 줄기의 휘황찬란한 바닥 조명을 받으며 서 있는 건물은 미국의 대통령 관저, 그러니까 백악관(White House)과 똑같이 생겼던 것이다. 비록 실물의 5분의 1쯤으로 축소한 크기였지만 암만 봐도 신문지상을 통해 낯익은 백악관 모양새 그대로였다. 우리는 하나같이 고개를 돌려 김원을 쳐다보았다. 그는 겸연쩍게 웃으며 말했다.

"음, 이건 좀 부끄러운 얘긴데요. 선친께서는 자수성가한 분이라 교육을 많이 받진 못했어요. 파인 아트(fine art)나 건축예술 같은 분야는 통 모르셨죠. 그러니 갖가지 별장들을 세계의 유명한 건물들과 똑같이 만들어놓고 껄껄거리실 수밖에요. 봐라, 우리 금귀건설은 못 만드는 건물이 없고, 나는 백악관도 오사카 성도 낙수장(落水莊)도 갖고 있다! 이런 식으로요. 참고로 저희 본가는 모조 타지마할입니다. 쩝, 악취미 중의 악취미죠. 솔직히 부끄럽네요."

우리는 속살을 드러낸 양 부끄러워하는 그의 뒤를 따라 잔디밭 사이로 난 통로를 걸어 모든 방에 불이 환하게 켜진 가짜 백악관의 현관으로 입성했다.

"겉모양만 그런 게 아니라 안의 구조도 똑같아요. 본관 양쪽으로 날개 건물도 딸려 있고."

"그렇다고 성조기까지 똑같이 할 필요는 없지 않니?"

비웃음을 띠고 있던 미오 선배가 밉살맞게 끼어들었다.

"그러니까 더 백악관에 왔다 생각하시고 편하게……."

김원의 목소리가 점점 기어 들어갔다.

"건물 모양 같은 거야 아무려면 어때. 얼른 별장지기를 만나보자."

내가 김원의 어깨를 탁탁 두드리며 말했다. 차에서 푹 자고 일어났더니 피로가 싹 풀려 의욕이 충만했다.

"그전에 밥부터 먹자. 푹 자고 일어났더니 배고파서 못 참겠다."

장군이 말했다. 내심 이 와중에 밥 타령이냐고 못마땅해했지만, 멤버들이 죄다 열렬히 고개를 끄덕이는 바람에 김이 팍 샜다.

저녁은 귀빈들을 초청해 파티를 여는 본관 왼편의 정식 다이닝 룸이 아닌, 그 바로 뒤쪽의 가족식당에서 먹었다. 메뉴는 쇠고기 안심 스테이크. 입에서 살살 녹는다는 표현이 딱 어울릴 만큼 부드러워 최상급의 육우를 사용했으리란 걸 짐작할 수 있었다. 더구나 한 입 머금을 때마다 탁 터지는 육즙의 맛이란!

한데 나이프로 썰 시간도 아까워 스테이크 전체를 포크로 푹 찍어 한입에 담그는 다른 멤버들과 달리 소민은 살짝 얼굴을 찌푸리며 잘 먹지 못했다.

"아, 소민 양은 채식주의자인가요?"

김원이 물었다. 그럴 리가. 만약 학교 근처 고깃집에서 소민이 삼겹살이나 갈비를 진공청소기로 빨아들이는 듯한 모습을 봤다면 그런 말은 입에 담지도 못할 터였다.

"그건 아니고요. 피가 너무 흘러서요."

소민의 말마따나 스테이크에서는 피가 뚝뚝 떨어졌다. 하긴 미디엄 레어(medium rare) 정도가 아니라 극단적으로 덜 구운 고기여서 익숙하지 않은 사람이라면 꺼릴 수도 있을 듯했다.

"이런, 미안하군요. 우리 집에서 고기는 무조건 베리 레어(very rare)로 굽게 되어 있어서 그만…… 선친께서는 피를 좋아하셨죠. 고기에 밴 핏물을 마실 때마다 당신 안에 내재된 육식동물의 본능이 깨어나는 것 같다고 신나 하셨답니다. 공격성, 탐욕, 오기, 분노 등 기업인이라면 마땅히 가져야 할 마음가짐을 유지하는 데는 살아 있는 동물의 피만 한 게 없다는 게 지론이셨어요. 선친 덕분에 우리 가족들은 노상 이렇게 먹어야 했지요."

소민만 반 이상을 남겼고, 다른 멤버들은 육식동물의 본능이 이끄는 대로 접시에 담긴 고기를 싹싹 먹어치웠다.

"배도 채웠으니 이제 별장지기를 만나봤으면 좋겠는데."

내가 말했다.

"급하기도 하셔라. 좋아요. 디저트로 커피 한 잔 하면서 이야기를 들어봅시다."

김원은 가족식당에서 우리를 데리고 나가 방이 하도 많아 복잡한 복도를 몇 번 돌아 1층의 어느 방으로 안내했다.

"레드 룸(red room)입니다. 여기로 별장지기를 부르도록 하죠."

사방의 벽을 온통 시뻘겋게 칠해놓은 레드 룸 안에는 여름이라서 불을 피우지 않은 벽난로를 중심으로 대여섯 개의 빨간색 1인 용 소파가 옹기종기 모여 있었다. 우리가 소파에 나눠 앉자, 김원 은 벽에 걸린 수화기를 집어 들고 커피 여섯 잔과 별장지기를 주문 했다.

잠시 후, 노크와 함께 문이 열리더니 하얀 프릴 앞치마를 두르 고 검은색 메이드복을 입은 두 메이드가 김이 모락모락 나는 커피 잔들이 담긴 도금 쟁반을 들고 들어왔다. 공통적으로 목에 닿는 쇼트커트 스타일을 한 두 메이드 모두 눈이 튀어나올 만한 미인들 이었다.

"필요한 게 있으시면 언제든 불러주세요."

배꼽에 두 손을 모으고 공손하게 인사한 메이드들이 나가자마 자 장군이 허겁지겁 말했다.

"야, 이 집에 취직하려면 어떻게 해야 되냐?"

"인적성 검사, 1, 2차 면접, 체력 테스트를 다 통과하고, 외국어 세 개는 기본으로 해야겠지요. 아무래도 귀빈들을 꽤 모시는 곳이 니까요."

"그러지 말고, 나 좀 방학 동안 아르바이트로 써다오. 친구 좋다 는 게 뭐냐. 높은 자리에 있을 때 도와줘야지."

장군과 김원의 흰소리를 들으며 초조하게 다리를 떨었다. 별장 지기로부터 무슨 이야기를 들을지 궁금증을 참을 수 없을 지경이 었다.

똑똑, 몇 분 동안의 기다림 끝에 반가운 소리가 들렸다. 그러나 김원의 들어오세요, 라는 말이 떨어지자마자 방으로 들어온 사람은 우리를 이 집까지 태워 온 가정교사 아주머니였다.

"선생님?"

김원이 물었다.

"도련님, 정상기 씨가 오후에 발을 심하게 다쳐서 병원에 갔다는군요. 치료받고 내일 늦게나 모레쯤 돌아올 수 있다네요."

"흐음, 그래요? 하필 우리가 온 날…… 알겠어요."

아주머니가 나가자, 김원은 두 손을 펼쳐 보이며 어깨를 으쓱했다.

"이렇게 됐으니 사전정보 없이 그냥 그 저택을 방문하는 수밖에 없겠네요. 괜찮나요?"

"어쩔 수 없지. 오늘은 이만 쉬고 내일 아침 일찍 찾아가자."

별장지기와의 대면을 잔뜩 기대했던 나는 바람 빠진 풍선이 된 기분이었다.

"그렇게 결정된 걸로 알고, 여기 욕실은 어디니? 우린 좀 씻어야겠는데."

미오 선배가 말했다.

"아, 그게 조그만 문제가 있습니다. 얼마 전에 내린 폭우로 배수시설이 고장 났는데, 아직 완벽하게 고치지를 못했다는군요. 개인침실에 딸려 있는 욕실은 전부 사용 불가, 오로지 임시로 1층에 있는 직원용 욕실 하나만 사용 가능하답니다. 불편하시겠지만 오늘은 그곳으로 참아주세요. 목욕용품은 충실하게 구비되어 있을 겁니다. 참, 각자 방에 새 옷도 가져다놓으라고 일렀습니다."

"헤? 겉보기만 쓸 만한 건물이었구나…… 얼른 씻으러 가자, 소민아."

"네, 같이요?"

소민이 눈을 동그랗게 떴다. 아직 서로의 알몸을 본 적이 없어 민망한 듯했다.

"여자끼리인데 뭘 어때? 왜, 불편해?"

잠시 고민하던 소민이 방긋 웃었다.

"아니에요. 좋아요."

"나가서 아무 메이드나 붙잡고 물어보세요. 그 앞까지 안내해줄 겁니다."

미오 선배와 소민이 손을 붙잡고 나갔다.

"욕실이 하나라니 우린 여자들이 다 씻을 때까지 기다려야겠구나."

나는 두 손을 깍지 껴서 뒤통수에 대고 소파에 깊숙이 몸을 묻었다. 그때 김원이 몸을 앞으로 당기며 목소리를 한껏 낮추고 말했다.

"이쯤에서 고백을 해야겠군요. 실은 선친께서는 야릇한 취미가 하나 있으셨어요. 저도 돌아가시고 나서 안 건데, 지금 말씀드린 직원용 욕실 옆에 작은 방이 하나 있답니다. 잡동사니를 놓아두는 창고로 쓰고 있죠. 한데 선친께서는 이상하게도 작고 볼품없는 그 창고에서 많은 시간을 보냈어요."

"근데?"

왠지 심상치 않게 흘러가는 얘기에 장군이 눈을 빛냈다.

"돌아가시고 난 후, 그 방에서 선친의 짐 정리를 하다가 장식장에 가려진 버튼 하나를 발견했어요. 눌러보니까 글쎄……."

"글쎄?"

"한쪽 벽이 양옆으로 열리고 벽면 거울이 나타났던 거죠. 그 거울은 경찰서에서 쓰는 매직미러(magic mirror), 즉 이쪽에서는 반대편이 보여도, 반대편에서는 이쪽이 안 보이는 일방향 거울이었던 겁니다. 그리고 그 거울 반대편은……."

"야호!"

"맞습니다. 직원용 욕실이었던 겁니다. 선친께서는 메이드들의 목욕 장면을 그런 식으로 훔쳐보고 계셨던 거예요. 참으로 소박한 취미가 아닐 수 없죠. 여자라면 얼마든지 손에 넣을 수 있었던 양반이 하기에는."

"그건 그거고, 이건 이거라는 거지. 훔쳐보기만의 매력이 분명 있으니까."

장군이 깊이 공감한다는 듯 머리를 크게 끄덕였다.

"잠깐만, 그럼 지금 창고에 가면 직원용 욕실에 있는 미오 선배랑 소민이를!"

둔하게시리 이제야 김원 얘기의 본질에 닿은 장군이 두 주먹을 불끈 쥐었다.

"바로 그겁니다! 어때요? 오늘 밤이 마지막 기회입니다. 내일 아침에 우린 이 별장을 떠나야 하니까요. 지금 가면 섹시 다이너마이트 미오 누님과 풋풋한 미소녀……."

"그만두지 못해! 멤버들을 두고 지금 뭐하자는 거야? 안 돼, 이것만큼은 절대로 허락할 수 없어!"

나는 단호하게 말했다.

"유감이지만 이 집에서는 내가 왕이고, 결정권자입니다. 나는 이런 좋은 구경거리를 일부러 외면할 만큼 가식적이지 못해요. 두 사람의 목욕이 끝나기 전에 가볼 겁니다. 동참할 사람은 일어나서 따라오세요. 시간이 없어요, 시간이!"

김원의 말이 떨어지기 무섭게 장군이 소파에서 벌떡 일어났다. 나는 김원의 폭주를 말려달라고 회장에게 눈빛으로 신호를 보냈지만 회장은 내 눈을 슬쩍 피하더니 평소처럼 아무 말 없이 자리에서 일어났다.

"우리와 함께 보러 가지 않을 거면 기우 군에게 배정된 2층 방으로 가서 쉬도록 하세요."

"야, 정말 그럴 거야? 나중에 여자들 얼굴 어떻게 보려고?"

내 말을 가뿐히 무시하고 세 남자가 방에서 나갔다. 나는 영계통신이 언제 이런 변태 집단이 된 건가 싶어 한숨을 내쉬었다. 잠시 그러고 있다가 소파에서 일어나 레드 룸을 빠져나왔다.

내게 배정된 2층의 침실로 가서 침대에 벌렁 드러누웠다. 내일 이 사실을 여자들에게 폭로해서 단단히 망신을 줘야지. 장군이나 김원은 그렇다 치고 점잖은 회장까지 동조할 줄은 정말 몰랐다. 이래서 남자는 다 늑대라는 건가.

에이, 다 잊고 잠이나 자자…….

물론 잠은 오지 않았다. 나는 침대 옆의 외발탁자에 놓인 시계를 보았다. 두 아가씨가 목욕하러 간 시간에서 벌써 30분이 흘러 있었다. 아무리 목욕에 시간이 오래 걸리는 여자들이라도 슬슬 끝낼 시간이다. 세 마리 늑대는 실컷 눈요기를 즐겼을까?

멍하니 천장을 바라보자, 그녀들의 몸이 천장에 벽화처럼 그려졌다. 돌아누워 베개에 얼굴을 깊게 묻고 머릿속의 망상을 지워버리기 위해 지우개질을 하듯 세차게 문질렀다.

곧바로 다시 정면을 바라보며 누웠다. 잠시 후, 상체만을 벌떡 일으켜 세웠다.

이대로는 도저히 잘 수 없다!

나는 침대에서 두 발을 내려 리모컨으로 조종당하는 로봇마냥 뚜벅뚜벅 문을 향해 걸었다. 문을 열어젖히고 복도로 나선 다음 아까 들은 직원용 욕실의 위치를 떠올렸다.

미녀가 즐비한 파티에 지각이라도 할까 봐 서두르는 사람처럼 반쯤 뛰다시피 걸었다. 직원용 욕실이 보이자 머릿속에서 경고등이 번쩍였다. 안 돼, 이건 성희롱이고 분명히 범죄야!

하지만 나도 어쩔 수 없는 가련한 남자에 불과했다. 나는 저주받을 남자의 성욕을 저주하며 창고의 문을 열었다. 심장이 두근거리다 못해 터질 것 같았다.

창고 안은 어두웠다. 극장처럼 쾌적한 관람을 위해 불을 꺼둔 걸까? 아니, 이렇게까지 어둡게 해두면 아무것도 안 보일 텐데…….

"얘들아, 나 왔어. 장군, 원아!"

시장통에서 엄마 손을 놓친 소년처럼 간절하게 멤버들의 이름을 불렀다. 다음 순간, 방 안에 불이 환히 밝혀졌다. 나는 갑자기 쏟아진 전등 불빛에 눈을 가리며 허우적댔다. 아무것도 보이는 게 없었다. 얼마 후, 사물을 식별할 수 있게 되자 나는 바닥에 털썩 무릎을 꿇고 말았다.

그 방 안에 모두가 있었던 것이다.

영계통신 멤버 전원이.

세 마리 늑대는 물론이고, 미오 선배와 소민까지도.

"흐음, 설마 했는데 정말 왔네. 맨날 어두운 척하며 분위기 잡는 기우도 다른 남자들이랑 다를 바 하나도 없구나."

미오 선배의 얼굴에는 '경멸'이라는 두 글자가 쓰여 있었다.

"오빠, 진짜 실망이에요. 이럴 줄 몰랐어요."

소민도 잔뜩 얼굴을 찌푸렸다.

"하하하, 우리가 이겼지! 내가 틀림없이 올 거라고 했잖아. 진 사람들 내일 내깃돈 내놓는 거 잊지 마."

장군이 진짜 장군처럼 득의양양하게 말했다.

"내기…… 였던 건가. 나를 두고 검은 내기를……."

무릎 꿇은 자세로 땅을 쳤다.

"호호, 그래요. 기우 군이 아까 차에서 잠깐 잠들었을 때, 지금과 같은 내용의 내기가 성립되었죠. 남자들은 분명히 올 것이다, 오게 되어 있다. 여자들은 기우 군은 다르다, 절대 오지 않을 것이다, 라는 두 가지 의견으로 갈렸었습니다. 결과는 뭐 보다시피, 오호호호."

김원이 간신배같이 손으로 입을 가리며 웃었다.

"그러면 그때 다들 자는 척하고 있었던 건가? 난 그것도 모르고, 너희들을 깨우느라……."

"응. 너만 자고 있었던 거야. 우린 웃음 참느라 죽는 줄 알았다.

하하하하."

장군이 그때 못 웃었던 웃음을 이제야 속 시원히 풀었다.

"……매직미러는?"

"그런 게 있을 턱이 있나요. 돌아가시기 몇 년 전부터는 제대로 거동도 못하셨는데요."

김원이 고개를 저으며 말했다. 나는 조용히 일어나 전 재산을 주식투자로 날린 사람처럼 비틀비틀 문을 향해 걸었다.

방으로 돌아와 침대에 엎드려 주먹으로 매트리스를 쾅쾅 두드렸다. 어린아이처럼 발을 구르며 이불을 방바닥으로 걷어냈다. 창피함과 민망함에 얼굴이 참을 수 없이 화끈거렸다. 평생 이런 굴욕은 처음이었다. 아무래도 오늘 밤, 잠들기는 다 틀린 것 같다.

아아, 차라리 날 죽여줘!

아침 날씨는 끝 간 데 없이 화창했다. 공기 좋은 산지 특유의 사파이어색 하늘과 흰 구름, 바라보기만 해도 눈이 시원해지는 푸른 나무들은 고스란히 한 폭의 그림이었다. 게다가 초호화 별장에서 뷔페식 아침식사까지 즐길 수 있다면 왕자가 부럽지 않으리라.

하지만 내게는 빼어난 풍광에 흠뻑 젖거나 진수성찬을 먹는 일 따위는 사치였다. 하루가 지났지만 여전히 부끄럽고 우울했으며 내 존재 자체가 영영 사라졌으면 하는 마음뿐이었다.

"밥 안 먹냐? 게살 그라탱 끝내주던데. 오리 간인가 그것도 처음 먹어봤어."

식사를 마친 장군이 별장 현관 앞 계단에 앉아 있는 내게 다가와 친절하게 말했다. 나는 그 녀석을 꼬치처럼 꿰뚫어버릴 듯한 시선으로 아침인사를 대신했다.

"거위."

장군 뒤를 따라온 회장이 장군의 오류를 바로잡아주었다.

"기우, 여기 있었네. 우린 네가 밥 안 먹고 직원용 욕실 뒤 창고에 숨어 있는 줄 알았지."

조금 뒤늦게 나온 미오 선배가 말했다.

"무슨!"

"왜 너 엿보기 광이잖아, 이 변태야!"

항변이 통할 상대가 아니라서 그저 고개를 푹 숙였다.

얼마 후, 멤버들 모두가 식사를 마치고 집결 장소인 현관 앞에 모였다. 그중 소민이 자꾸만 내 앞에서 각자 지급받은 영계통신 유니폼인 보라색 티셔츠의 목깃을 위로 올려 가슴께를 가리는 게 영 신경에 거슬렸다. 그렇게 안 해도 보이지도 않을 뿐더러, 별로 볼 것도 없으면서.

"다 모였으니 슬슬 출발하도록 하죠. 오래전에 영혼이 나타났다는 그 저택, 다시 말해 이화장(李花莊)으로 말입니다."

김원이 선언했다.

"이화장?"

회장이 말했다.

"아, 옛날 정치인의 자택과 이름이 같은 건 순전히 우연입니다.

한자도 달라요. 우리 별장지기 말에 따르면 여주인의 이름을 따서 명명한 거라고 하더군요."

"많이 멀어? 난 산은 질색인데. 다리 굵어진단 말이야."

미오 선배는 벌써부터 입이 하나 가득 튀어나왔다.

"어쩔 수 없어요. 원래는 저택 정문까지 바로 통하는 자동차도로가 나 있었다고 하는데 폐쇄된 지 오래랍니다. 요 앞길로 20분 정도만 올라가면 이화장으로 통하는 샛길이 있다고 하니까 조금만 고생하자고요."

백악관을 모방한 금귀건설의 여름별장은 삼정산 산자락에 위치했고, 이화장은 산 중턱쯤 있는 모양이었다.

김원은 여간 새로운 모험을 기대했는지 모든 걸 세심하게 준비해 두었다. 물병과 등산화, 무릎보호대, 나침반과 플래시 등 탐험용품 일체가 들어 있는 배낭을 하나씩 받은 우리들은 드디어 이화장을 향해 출발했다. 모조 백악관에서 이어지는 산길에는 폭이 넓은 나무 계단이 빈틈없이 깔려 있어 가볍게 오를 수 있었다.

외로운 산행을 자처한 나는 멤버들의 맨 뒤에서 계단을 올랐다. 한 발, 한 발 내디딜 때마다 파아란 도라지꽃과 건드리면 딸랑 소리가 날 것 같은 종 모양의 초롱꽃을 비롯해 주변에 흐드러지게 핀 온갖 여름 꽃들이 괴로웠던 마음을 조금씩 진정시켜주었다. 경사가 심하지 않아도 산은 산이라 어느 결에 질척한 땀이 이마를 적시고 있다가도, 가끔 나타나는 나무 잎사귀 천장이 시원한 그늘을 제공해 그다지 덥다는 생각은 들지 않았다. 밤나무에 붙어 목청껏 여름을 노래하는 매미들처럼 나 역시 콧노래가 절로 나오는 하이킹이었다.

그러나 여성 멤버들은 사정이 조금 다른 것 같았다. 두 사람은 중력에 눌려 허리를 꼬부랑 노파처럼 바싹 굽힌 채 녹슨 기관차처럼 끊임없이 밭은 숨을 몰아쉬었다. 나는 뒤에서 그 꼴을 보며 소리 없이 웃었다. 이렇게 고소할 데가 있다니.

"하아하아, 잠깐만 쉬었다 가면 안 될까?"

미오 선배의 신음은 이럴 때조차 섹시하게 느껴지니 불가사의한 일이다.

"안 됩니다. 쉴 틈이 없어요. 저 위에 이정표 보이시죠? 저기서 오른쪽 샛길로 꺾으면 바로 이화장입니다. 우리 앞에 모험이 다가왔어요. 조금만 더 힘을 내주세요!"

김원은 곱상한 외모와 달리 조금도 힘들어하지 않았다. 아무래도 금귀건설의 제왕학(帝王學)에는 신체 단련도 포함되어 있는 듯했다.

마음이 급한 내가 여성 멤버들의 속도를 높이기 위해 특단의 조치를 취하기로 결심했다.

"그렇게 힘들면 내가 뒤에서 엉덩이를 밀어줄까?"

"꺅! 변태가 이제 노골적으로!"

내 말에 미오 선배와 소민은 꺼져가던 마지막 불씨를 되살려 미친 듯이 계단을 올랐다. 어차피 변태로 낙인찍힌 이상 아무래도 좋았지만 왜 눈물이…….

얼마 후, 우리는 대추나무에 이정표를 붙여놓은 산 중턱의 평평한 장소에 도달했다. 계단은 우리가 멈춘 곳에서 정상까지 계속 이어지지만 이 이상은 우리와 상관없는 곳이다. 영계통신의 궁극적인 목표는 이곳에서 오른쪽 샛길로 300미터쯤 더 가면 나오는 이화장이었기에.

오른쪽 샛길은 허리 바로 아래까지 웃자란 잡초들이 키를 뽐내고 있었고, 그 속으로 사람이 간신히 다닐 만한 길이 숨어 있었다.

"이거 왠지 음산한데. 관리도 전혀 안 하나 봐. 우리 들어가보지도 못하는 거 아니냐?"

장군이 잡초에 발이 휘감겨 버둥거리며 말했다.

"설마요. 우리네 인심이 어디 그런가요."

김원은 괜한 걱정일랑 할 필요 없다는 투였다. 우리는 발목을 붙잡는 잡초를 계속 헤치면서 샛길로 나아갔다. 결국 평지라면 몇 분도 걸리지 않을 300미터를 가는 데 10분이 넘게 걸려서야 굳게 닫힌 이화장 부지의 거대한 철문 앞에 설 수 있었다.

나는 가쁜 숨을 몰아쉬며 주변을 둘러보았다. 진작 폐쇄됐다는 자동차도로가 철문 아래로 구불구불 뻗어 있었다. 사용한 지 오래인 듯한 도로 위에는 자갈과 흙, 나뭇잎, 쓰레기들이 쌓여 괴괴한 분위기를 풍겼다.

"문 옆에 벨 없냐?"

장군이 물었다.

"눈에 띄지 않는군요. 흠, 어떡하나."

김원의 대꾸에 답답하다는 양 인상을 구기고 있던 회장이 문을 슥 밀었다. 끼이익, 문이 뒤로 열렸다.

"잠겨 있지 않았군요!"

우리는 손뼉을 치며 좋아하는 김원을 앞세워 철문을 통과한 다음, 회색 포석이 깔린 자동차도로를 따라 약간 경사진 길을 몇 십 미터가량 올랐다. 마침내 이화장이 모습을 드러낸 순간 멤버들은 모두 탄성을 올렸다.

"와, 산 속에 이렇게 커다란 건물을 어떻게 올렸지?"

장군은 주먹이 들어갈 정도로 입을 크게 벌리며 감탄했다. 산 중턱을 깎아 광활한 부지를 조성하고, 그 터에 올린 이화장은 건물 외벽에 흰 돌과 벽돌을 세로로 번갈아가며 배치한 유럽풍의 웅장한 3층 건물이었다. 1, 2층 그리고 손가락을 맞댄 듯한 삼각형 맞배지붕으로 되어 있는 3층의 각 방마다 커다란 유리창이 나 있었는데, 모든 창틀 바로 위에 삼각형의 창문 장식이 볼록 튀어나와 있었다. 이 삼각형 창문 장식의 테두리가 햇살을 반사해 휘황찬란한 빛을 발하고 있었다.

"최고급 대리석에, 창문 장식은 금도금을 둘렀군요. 보통 호사스러운 저택이 아니네요."

팔짱을 낀 김원이 건축 평론가라도 되는 양 이화장을 품평했다.

"전 별로 여기서 살고 싶은 생각은 안 드는데요. 호화롭고 크기만 하지 포근한 느낌이 없어요."

소민이 말했다.

"주인이 원이 아빠처럼 심미적인 가치를 모르는 사람이었나 보네."

미오 선배가 무신경하게 대답했다. 김원이 발끈할까 걱정했지만 정신이 다른 곳에 팔려 있는지 다행히 더 말이 없었다.

"이제 어떡하죠?"

소민이 물었다. 여기까지는 불법침입이나 다름없는 셈이라 살짝 겁을 먹고 있는 것 같았다.

"정식으로 우리가 온 걸 알려야죠. 영계통신이 방문했노라고."

김원은 주먹을 불끈 쥐었다.

이화장 앞마당에는 잔디밭이 펼쳐져 있었다. 아니, 한때 잔디밭이었다고 해야 정확하겠다. 잔디가 죄다 말라 죽어 누렇고 황량한 땅이라 어떤 이의 방문도 거절한다는 느낌마저 들었다. 우리는 신이 나서 두 손을 흔들며 바삐 걷는 김원만 빼고 무거운 마음으로 발걸음을 옮겼다.

잔디밭을 가로질러 건물 중앙에 위치한 현관 앞에 도착했다. 김원은 이화장이 자신의 여섯 번째 별장이기라도 한 양 망설임 없이 현관으로 다가가 문 중앙에 부착된 사자 모양 노커(knocker)의 쇠고리를 들고 쾅쾅 부딪쳤다.

"아무도 없나 봐요. 그냥 돌아가요."

계속 안절부절못하는 소민이었다. 김원은 고개를 저으며 연신 문을 두드렸다. 이따금 들리는 새소리와 풀벌레 소리 말고는 방과 후의 학교처럼 고요한 저택 안마당에 문 두드리는 소리가 천둥처럼 증폭되어 들렸다. 그렇지만 끈질긴 시도에도 불구하고 별다른 변화는 일어나지 않았다. 그야말로 묵묵부답, 마치 이화장 전체가 대답을 거부하는 것 같은 느낌이었다.

고집이 어지간한 그조차 지쳐 포기하려는 찰나, 갈색 나무문이 안쪽으로 서서히 열리기 시작했다. 김원과 나는 마주 보며 동시에 고개를 끄덕였다.

문이 열리고 느릿느릿 나온 사람은 머리가 하얗게 센 깡마른 노인이었다. 흔히 말하는 산중의 촌로와는 한참 거리가 먼, 검은 슈트에 베스트(vest, 조끼)까지 받쳐 입은 멋쟁이 노신사라는 게 이채로웠다.

"무슨 일이십니까?"

노인은 손을 들어 알이 동그란 안경의 위치를 바로잡으며 물었다.

"안녕하십니까. 저 아랫집에 사는 김원이라고 합니다. 이쪽은 제 대학 친구들이고요. 이화장에 관한 재미있는 소문을 듣고 견문을 넓히고자 찾아왔습니다. 폐가 안 된다면 방문을 허락해주시면 감사하겠습니다."

"호오, 아랫집이라면 그……."

"그렇습니다."

김원은 금귀건설의 위세가 또 한 번 발휘되는가 싶었는지 득의양양했다. 하지만.

"죄송합니다. 주인님께 외인(外人)을 들이지 말라는 엄명을 받았습니다."

찬바람이 쌩쌩 불 듯한 말투로 대답을 마친 노인이 문을 닫으려는데 김원이 재빨리 문 모서리를 붙잡았다.

"이러지 마십시오. 주인님은 부질없는 세상과 일절 연을 끊고 조용히 살고 계십니다."

"저를 외인이라고만 할 수는 없을걸요."

김원은 뻐기듯 어깨를 쫙 폈다.

"무슨 말씀이신지요?"

"엄밀히 말해 저는 이 집과 관련해 작은 권리를 갖고 있습니다."

"그럴 리가요. 이화장의 소유주는 틀림없이 저희 주인님이십니다. 전대(前代)부터 수십 년간 이 가문을 모셔왔던 제가 보증할 수 있습니다. 설마 아무리 금귀건설이라 할지라도 이 세상의 모든 재산을 오로지하겠다는 말씀은 아니시겠지요?"

"물론 이 세상의 모든 재산은 아닙니다만, 적어도 이곳 삼정산만큼은 저희 가문의 것이지요. 오래전 일이긴 하지만 선친께서 직접 이화장의 전대로부터 구입한 걸로 알고 있습니다. 오고 간 문서도 분명히 남아 있어요.

다만 당시에 그쪽의 전대가 급속히 몰락하게 되면서 매년 받기로 약조한 이화장의 부지 사용료는 유야무야됐다고 들었습니다. 선친께서는 세간에 알려진 것과는 달리 꽤 인정이 많으신 분이었거든요."

노인은 굳게 입을 다물고 한참을 생각했다.

"과연 그 말씀에 틀린 부분은 없습니다. 저희 주인님께서는 영존의 은덕에 기대어 지금껏 한 푼의 비용도 지불하지 않고 이 땅에서 살 수 있었습니다. 하나."

노인은 조금의 빈틈도 느껴지지 않는 표정으로 침착하게 설명을 계속했다.

"저 또한 주인님과 더불어 세상과 담을 쌓은 지 오래돼서 잘은 모르는 일입니다만, 비록 남의 땅이라 할지라도 오랜 기간 별 탈 없이 사용해왔으면 그 소유권에 변화가 생긴다고 들은 바가 있습니다."

"잘 알고 계시는군요. 민법상 20년간 토지를 실질점유했다면 그 소유권을 취득할 수 있다고 되어 있지요."

"하면 무엇이 문제이지요?"

"주인님의 평온한 생활이 보기 좋게 끝장난다는 것이 문제입니다. 우리는 금귀건설의 법무팀을 총동원하여 법정 공방에 나설 생각이니까요. 허공에 집을 올린 것도 아니고, 이화장이 버티고 서 있는 대지는 저희에게 빌린 게 틀림없잖습니까. 그동안 토지 사용료를 내지 않았던 건 말씀대로 선친의 은덕일 뿐이지 임대차가 아니었기 때문이 아닙니다. 만약 법정에서 정상적인 토지 임대차로 인정해준다면 20년이 아니라 200년이 지나도 이 땅의 소유권은 취득하지 못할걸요.

우리가 이런 주장을 하면 재판은 하염없이 길어질 겁니다. 주인님은 땅의 사용권을 빼앗기고 이화장도 철거될 수 있겠죠. 꼭 그렇게 되진 않더라도 재판이 끝날 때까지의 몇 년 동안은 지금과 같은 안락한 삶이 허락되지 않을 줄로 압니다. 연일 몰려드는 파리떼 같은 기자들과 제대로 피를 빨 줄 아는 법률가들이 두렵지 않으신가요? 아마 예전의 '그 사건'도 당연히 세상에 드러나겠죠. 정직하게 말해서 저는 손바닥만 한 이 토지의 소유권 따위에는 조금도 관심 없어요. 이번에 우리를 받아들여서 딱 2박 3일만 머물게 해준다면 영구적으로 토지 소유권을 이전할 의향도 있습니다. 어때요, 좋은 제안 아닌가요?"

노인은 급속 실어증에라도 걸린 사람처럼 말을 잃었다. 이윽고 그가 입을 열었다.

"기다리십시오. 주인님의 의향을 여쭙고 다시 오겠습니다."

靈

　약 20분 후, 이화장의 현관문이 열렸다. 좋은 결과가 있기만을 애타게 기다리던 우리는 문을 열고 나온 노인이 정중하게 집 안으로 안내하는 손짓을 하자 일제히 환호성을 내질렀다.

　우리가 현관문 안으로 전부 들어서자, 노인은 현관문에 부착된 큼지막한 빗장을 질러 문을 단속했다. 현관문 안쪽으로는 현관홀에 해당하는 널찍한 공간이 펼쳐졌는데, 홀 왼쪽에 자리 잡은 커다란 방의 옆벽에 붙어 있는 흰색 계단이 위층으로 뻗어 있는 모습이 보였다. 층계참에서 오른쪽으로 직각 방향으로 한 번 꺾어지는 이 계단을 이용해 2층으로 올라가는 모양이었다.

　"일단 응접실로 모시겠습니다."

　노인은 현관홀의 오른쪽으로 이동해 나무로 된 육중한 문을 열고 한쪽으로 비켜서며 우리를 응접실 안으로 들여보냈다. 굉장히 널따란 응접실에는 어두운 갈색을 띤 나무 바닥에 같은 색의 원목 가구들이 적당한 간격으로 배치되어 있었다. 응접실 정중앙에 테이블을 가운데 두고 좌우에 2인용 소파, 북쪽에 3인용 소파가 있었는데, 노인은 우리를 그곳에 나눠 앉게 했다. 우리는 소파 위에 놓인 쿠션을 치우고 적당히 인원을 나눠 둘러앉았다.

　"아, 잠깐만 쉬고 계십시오."

　노인이 갑자기 떠올랐다는 어조로 이렇게 말하고, 응접실의 북쪽 벽에 난 문을 열고 사라졌다. 북쪽 벽의 중간쯤에 벽난로가 설치되어 있어, 노인이 방금 나간 문은 벽 중앙에서 오른편으로 제법 치우쳐 있었다.

3인용 소파에 앉아 있던 나는 노인의 부재를 틈타 응접실 곳곳을 살펴보았다. 맞은편, 즉 현관 방향인 남쪽 벽면에는 바닥과 천장에 닿는 창틀을 제외하고는 전부 통유리로 된 프랑스식 창이 두 개 나 있어 한여름의 햇살이 쏟아져 들어왔다. 동쪽 벽면에도 커다란 유리창 두 개가 뚫려 있어 채광 하나만큼은 나무랄 데 없는 응접실이었다. 방금 우리가 들어온 문이 나 있는 서쪽 벽면에는 서랍장, 유리 진열장, 스탠드 등이 놓여 있었다.

"너 같은 애 처음 봤다. 실실 웃으면서. 연세도 많은 분한테 어쩜 그리 독하니?"

미오 선배의 책망하는 목소리에 오른쪽으로 향해 있던 고개를 돌렸다. 그녀가 흘겨보는 시선 끝에 김원이 있었다.

"이게 제가 선친께 배운 협상의 기술인걸요."

그는 억울하다는 듯 두 손을 벌려 보였다.

"네 아빠도 어떠셨는지 알 만하다. 정말이지 회사 이름부터가 맘에 안 들었다니까. 금귀가 뭐야, 금거북이가. 노골적으로 천박하게……."

"뭐라고요!"

두 사람이 2차 대전을 펼치기 직전에 북쪽 벽의 문이 열리고 노인이 다시 나왔다. 응접실로 돌아온 노인의 손에는 은쟁반이 들려 있었다. 아무래도 저 문 너머에 식당이나 주방이 있나 보다.

"산중이라 변변한 게 없습니다. 더우실 테니 이거라도."

노인이 나눠준 유리컵에 든 것은 다름 아닌 보리차였지만, 산을 올라오기 전에 받은 물병을 전부 비워버린 우리들에게는 꿀을 탄 것처럼 달콤하게 느껴졌다. 우리가 허겁지겁 물을 다 마시자, 노인이 머리를 숙이며 정중하게 인사했다.

"정식으로 소개를 올리겠습니다. 저는 이화장의 집사, 구자용이라 합니다. 수십 년 전부터 세상 돌아가는 것과는 담을 쌓고, 이화장에서 전대와 현재의 주인님을 모시고 있습니다. 들어오시기 전에 언뜻 들으신 대로 현재 가문의 사정이 여의치 못해 다른 사용인은 없습니다. 갈 곳 없는 이 늙은이만 남은 셈이지요."

"멋지네요. 기울어가는 가문과 최후까지 생사고락을 같이 하는 집사라…… 저희 가문에도 집사님 같은 분이 계시면 얼마나 좋을까 하는 생각이 드네요."

김원이 말했다.

"과찬이십니다."

"이화장 주인님은 언제 볼 수 있어요?"

장군의 급한 성미가 어디 가랴.

"죄송하지만 주인님께서는 중식을 마치고 나면 저녁때까지 주무시는 습관이 있습니다. 때문에 저녁 만찬 때 신사숙녀 분들을 뵙겠다는 말씀이 있으셨습니다. 5시까지 각자 방에서 쉬시고 그때 만나 뵙는 걸로 하지요. 괜찮으시겠습니까?"

안 괜찮아도 불청객 입장에서 할 말은 없다. 우리는 곧바로 다시 응접실 서쪽의 문으로 나가 현관홀로 되돌아왔고, 집사의 안내에 따라 굵은 봉 형태의 나무 난간이 있는 계단을 올라 손님방들이 있다는 2층으로 안내되었다.

2층은 계단을 내느라 뚫려 있는 중앙의 너른 공간을 방들이 둘러싸고 있는 형태였다.

"복도를 따라 방들이 죽 늘어서 있습니다. 이 계단을 기준으로 복도 왼쪽이 손님 여러분들의 공간입니다."

시선을 왼쪽으로 돌려봤다. 긴 복도가 이화장 2층의 서쪽 끝까지 뻗어나갔고, 그 복도의 양편으로 방이 세 개씩 이어져 있었다. 다시 말해 복도 북쪽에 세 개, 남쪽에 세 개, 도합 여섯 개의 방이 계단을 기준으로 2층 서쪽에 존재하는 것이다.

"꼭 호텔 같네."

미오 선배가 혼잣말을 했다.

"호텔은 언제 또……."

장군이 시무룩하게 말했다.

"자, 따라오십시오."

집사는 왼쪽 복도 끝까지 뚜벅뚜벅 걸었다. 양편으로 마주 보는 첫 번째 방들 앞에서 멈춘 집사가 설명을 계속했다.

"편의상 복도 왼쪽 방들에 시계 방향으로 순서를 매겨보겠습니다. 여기 이 1번 방은 욕실이고, 마주 보는 6번 방은 화장실입니다. 잘 기억해두시기 바랍니다. 2번과 3번 그리고 4번과 5번 방이 바로 여러분이 머무실 곳입니다."

"저희는 여섯 명인데 방은 네 개뿐이라…… 복도 동쪽은 곤란한가요?"

김원이 묻자, 집사는 무거운 얼굴로 고개를 저었다.

"2층 복도 동쪽에는 큰방이 두 개 있습니다만, 남북으로 마주 보고 있는 두 방 가운데 북쪽 방은 주인님께서 사용하고 계시니 불가합니다. 현재 비어 있는 남쪽 방도 사정상 허가할 수 없으니 절대로 그쪽으로는 걸음을 하지 말아주시기 바랍니다."

"주인께서 기거하는 위쪽 방은 그렇다 치고, 빈 아래쪽 방은 왜 안 되는 겁니까?"

내가 물었다.

"그 이유는 모르시는 게 좋습니다."

이화장에 들어온 이후 시종 온화했던 표정의 집사가 뜻밖에 단호하게 답했다. 나는 집사의 태도로 미뤄보아 바로 그 방에서 아직은 전모를 알지 못하는 흉사가 일어났음을 직감했다.

"저와 같은 사용인들의 방은 3층에 있습니다. 물론 지금은 저 혼자뿐입니다만. 제가 말씀드린 대로 네 개의 방을 나눠서 사용해주시기 바랍니다."

곧 우리는 방을 배분하는 일에 착수했다.

"소민이랑 나랑 방 하나 같이 쓸게. 설마 남녀 혼숙을 하자는 건 아니겠지?"

미오 선배의 말에 이견이 있을 리 없었다.

"이걸 어쩌나. 미안하지만 난 어려서부터 혼자만의 공간에 익숙한 사람이라서…… 양해해주실 거죠?"

김원이 기회를 놓칠세라 재빨리 말했다. 김원과 방을 같이 쓰는 불상사는 아무도 원치 않았기에 이 안건은 무사 통과였다.

"나, 회장."

뒤이어 회장이 말했다.

"본인이 회장이고 제일 선배인데 독방을 써야 하지 않겠냐는데?"

장군이 통역했다. 딴은 그럴 법도 한 데다가 회장의 커다란 몸을 생각해보면 역시 그가 독방이었다. 이렇게 해서 방 배분은 나름 합리적으로 끝났다. 욕실 오른쪽 2번 방에 소민과 미오 선배, 3번 방은 회장, 3번 방과 마주 보는 4번 방은 김원, 2번 방과 마주 보는 5번 방이 나와 장군의 차지였다.

우리는 5시까지 쉬기로 합의를 보고 각자의 방으로 헤어졌다. 나와 장군이 우리 방으로 들어갈 때 맞은편 방 앞에서 소민이 푹 쉬라고 인사했다.

5번 방 안에는 더블 침대와 둥근 테이블, 그 테이블을 둘러싸고 장식이 화려한 소파 하나와 의자 두 개가 놓여 있었다. 장군은 들어오자마자 침대에 벌렁 누워버렸지만 나는 방 곳곳을 돌아다니며 살폈다. 현관 방향인 남쪽 벽에 양편으로 여는 창문이 있어 활짝 열어보았더니 안마당의 황량한 흙밭이 내려다보였다. 다시 말해, 1번부터 3번 방까지는 이화장의 후면부에, 4번에서 6번 방이 이화장의 전면부에 면하는 구조였다.

그 밖에는 별다른 게 없어 테이블 옆의 의자에 앉았다. 이곳도 응접실과 마찬가지로 가구나 방바닥에 먼지 한 올 묻어나지 않는 걸 보고, 늙은 구자용 집사가 일을 제대로 하는 사람이란 걸 알 수 있었다.

"기우야, 지금 몇 시냐?"

장군이 누운 채 물었다.

"정오에서 20분 지났다."

"그거밖에 안 됐냐. 나 배고파 죽겠는데."

"난 아침도 안 먹었거든."

"에이, 별수 있나. 참아야지."

막 꺼낸 말이 무색하게시리 장군의 배는 도무지 참을성이 없었다. 꾸르륵 꾸르륵 쉴 새 없이 공복을 애처롭게 호소했다.

"아이, 거참! 적당히 해라. 시끄러워 쉴 수가 없잖아."

대답이 없어 고개를 돌려보니 장군은 어느새 잠들어 있었다. 그러면서도 뱃속의 울부짖음은 중단되지 않으니 인체의 신비란 참으로 오묘하다.

"먹고 자는 게 고민의 전부라니 행복한 팔자일세."

어이가 없어 혼잣말을 했다. 그래, 어차피 영계통신 멤버 중에 이 모든 일을 진지하게 고민하는 사람은 나밖에 없다. 나는 근원적인 외로움에 몸부림치며 앞으로의 계획을 짜내려고 정신을 집중했는데……

툭툭, 누군가 내 팔을 쳤다. 귀찮아서 몸을 조금 돌렸지만 나를 건드리는 손길이 끝까지 쫓아와 괴롭힌다.

"아이, 잠 좀 자자!"

"야, 언제까지 잘 거야. 벌써 5시 5분 전이라고."

"응?"

"빨랑 못 일어나!"

눈을 떠보니 시야 가득히 장군의 얼굴이 보였다. 그 옆에는 실실 웃는 김원과 여느 때처럼 무뚝뚝한 회장의 얼굴.

"딱딱한 나무 의자에 앉아서 그렇게 푹 잘 수 있다니 대단하네요. 기우 군은 세상 편해서 좋겠어요. 호호."

젠장, 이러면 나도 밥만 축내는 멤버들이랑 다를 게 없잖아. 나는 팔짱을 풀고 의자에서 일어섰다.

"자, 준비가 다 끝났으면 이만 출진해볼까요. 이화장의 비밀을 낱낱이 밝혀내봅시다!"

우리가 문을 나섬과 거의 동시에 맞은편 방문이 열렸다. 우리의 문소리에 맞춰 연 듯했다. 소민과 미오 선배의 얼굴에도 졸린 기운이 그득했다. 특히 소민은 눈가에 잠의 흔적이 역력히 묻어 있었다.

"우리 여성 멤버들께서도 꿀처럼 달게 주무신 모양이군요."

김원은 기름이 뚝뚝 떨어질 듯한 말을 하면서 소맷자락으로 소민의 눈가를 닦아주었다. 소민의 얼굴이 불타오른 것은 따로 말하지 않아도 좋으리라.

"모여 계시는군요. 식당으로 안내해드리겠습니다."

발소리도 없이 어느새 우리 뒤에 스르르 다가와 있던 구자용 집사의 말에 모두가 펄쩍 뛰며 놀랐다.

행여 길이라도 잃을세라 가이드의 뒤에 착 달라붙어 이동하는 관광객들처럼 우리는 집사의 인솔에 따라 복도를 걸었다. 계단에 발을 얹고 현관홀로 내려가서 오전에 우리가 잠시 쉬었던 1층 응접실로 들어갔다.

짐작대로 집사가 보리차를 가지러 갔던 응접실의 북쪽 벽 문이 바로 식당으로 통하는 문이었다. 식당 정중앙에는 길쭉한 테이블이 가로로 놓여 있었고, 그 위에 네 개의 은촛대가 파리한 촛불을 밝히고 있었다. 천장에는 금장식이 치렁치렁한 샹들리에가 매달려 있었지만 아직 완전한 어둠이 내리지 않아서인지 불을 켜지는 않았다. 식당의 북쪽 벽에 또 다른 문이 하나 나 있었다.

"저곳은 주방입니다."

내 시선을 눈치 챈 집사가 설명해주었다.

테이블 위아래로 여섯 개의 의자가 놓여 있었고, 상석에 해당하는 식탁 왼편 끝자리에도 의자 하나가 놓여 있었다. 주인과 객이 앉을 자리를 집사가 미리 세팅해놓은 것이다.

의자에 착석해 모든 자리마다 집사가 준비해둔, 손잡이가 얇고 긴 글라스를 들어 안에 담긴 물을 들이켰다. 막 자다 일어나서 어지간히 목이 말랐다. 소민은 의자에 앉기 전, 식당 남쪽 벽에 붙은 벽난로 위의 둥근 거울을 보며 얼굴을 체크했다. 방금 김원과의 일에 신경이 쓰인 모양이다.

"이야, 뭐가 나올지 기대되는걸. 뱃가죽이 등허리에 달라붙은 것 같다니까."

장군이 두 손을 비비며 말했다. 장군뿐 아니라 모두가 꽤 허기를 느껴 만찬이 얼른 시작되기만 기다리는 눈치였다. 예정 시각인 5시에서 5분쯤 지났을 때 응접실로 통하는 문이 열리고 구자용 집사가 모습을 드러냈다.

"오래 기다리셨습니다. 주인님께서 들어오십니다."

우리는 손님의 예의로 자리에서 일어나 주인을 맞을 채비를 했다. 집사가 옆으로 물러나고 그 뒤로 이화장의 주인이 서서히 등장했다.

얼굴 보기 참으로 힘든 주인은 중년 이상으로 보이는 여자였다. 어깨가 고스란히 드러나는 검은 드레스 차림의 그녀는 새까만 머리를 말아 위로 틀어 올렸는데, 흡사 유럽 고전소설에서 묘사되는 귀족마님이 고스란히 튀어나온 것 같은 기품과 고상함이 흘러넘쳤다. 덧붙여 나이를 잊게 하는 미모의 소유자였다.

"늦어서 미안해요, 여러분. 제가 누추한 이 집의 주인 이화랍니다. 도대체 얼마 만에 여기가 이렇게 북적거리게 된 건지!"

이화는 높은 목소리로 호들갑을 떨며 문가에서 우리 쪽으로 다가왔다. 때마침 자리 배치상 그녀에게 등을 보이고 있던 김원이 몸을 돌려 그녀를 정면으로 쳐다보았다.

"만나 뵙게 되어 일생의 영광입니다, 마담."

나는 하루도 빼먹지 않고 느끼한 인사를 날리는 김원이 부끄러워 고개를 푹 수그렸다. 그러다가 무언가 이상한 기운을 감지하고 얼굴을 들었다.

김원이 허공에 손을 내민 채 굳어 있었다. 아마도 이화의 오른손을 잡고 키스하기 위해 손을 뻗었다가 시원하게 거절당한 것 같다. 하지만 그 정도라 하기에는 도가 지나치게 불편한 분위기가 감돌고 있잖은가. 즉시 김원의 얼굴을 보니 수완이 좋은 녀석답지 않게 멍한 상태였다. 왜지? 나는 즉시 시선을 이화에게 돌렸다.

내 눈에 비친 우아한 귀부인은 눈을 허옇게 까뒤집고, 온몸을 부르르 떨고 있었다. 생각지도 못한 기괴한 광경에 영계통신 멤버들은 너나 할 것 없이 막대한 충격을 받았다.

"다…… 당신이 어떻게 여기에? 그때 분명히 죽었잖아! 나, 그리고 여기 구 집사도 확인했었어. 경찰도 당신이 죽었다고 했는데……."

이화는 열에 들떠 헛소리를 쏟아냈다.

"마담, 무슨 오해가 있으신가 봅니다. 저는 마담을 처음 뵈었는데요."

김원이 한 발짝 다가섰다. 그러자 그녀는 저승사자가 다가오기라도 하는 것처럼 두 팔을 격렬하게 휘저으며 김원이 다가오는 것을 거부했다.

"오지 마, 이 악마! 그때도 그렇게 날 괴롭히더니 죽어서까지. 내 몇 번이라도 당신 같은 악마 따위……."

그 순간, 구자용 집사가 이화의 입을 막았고 남은 손으로는 어깨를 감쌌다. 이화는 친숙한 집사의 품에서 다소 안정을 차리는가 싶더니 이내 풀썩 머리를 떨궜다. 곧이어 그녀의 몸 전체가 젖은 미역처럼 축 늘어졌다.

"죄송합니다. 주인님은 몇 년 전부터 심신이 불안정한 상태이십니다. 그래서 외인을 받지 않았던 것인데 공교롭게도 오늘 발병을 하신 것 같습니다."

"저기, 병원에 연락해야 하지 않을까요?"

소민이 걱정스러운 얼굴로 말했다.

"자주 있는 일입니다. 조금 쉬시면 틀림없이 회복하실 겁니다. 죄송하지만 저는 주인님을 돌보기 위해 이만 물러가야겠습니다."

"저녁은요?"

장군이 이화를 부축해 응접실로 물러나는 구자용 집사의 등에 대고 물었다.

"죄송합니다. 오늘 만찬은 취소입니다."

장군은 머리를 쥐어뜯으며 의자에 털썩 주저앉았다.

靈

"이건 말도 안 돼! 몇 시간째 물 한 모금밖에 못 마셨다고. 아무리 비상사태라지만 너무한 거 아냐."

방으로 돌아오자 이화장의 야박한 처사를 성토하는 데 여념이 없는 장군의 분연한 목소리가 나를 반겨주었다. 영계통신 멤버들은 앞으로의 계획을 논의하기 위해 모두 나와 장군의 5번 방에 모여 있었다.

"지금 그게 중요한 게 아니에요. 이화장에 온 지 벌써 반나절이 지났지만 진전된 게 하나도 없어요. 이 사람들 페이스에 저도 모르게 휘감기는 느낌입니다. 이 상태라면 약조한 사흘이 순식간에 지나가고 죽도 밥도 안 되겠네요."

김원은 좀처럼 보기 드문 신중한 표정이었다.

"죽도 좋고 밥도 좋은데, 하여튼 먹고 싶다고!"

장군은 여전히 아이처럼 칭얼거렸다. 나는 한숨을 쉬고 말했다.

"방금 집사와 이야기를 나눴어. 주인이 발병했으니 되도록 이번에는 돌아가고 다음에 다시 왔으면 하더군."

"그래서요, 설마 하니?"

김원이 물었다.

"그럴 리가 있나. 절대로 주인에게 폐를 끼치지 않겠다고 맹세하고 머무르기로 했어. 그런데 집사가 그러더라. 자기는 주인의 몸이 완전히 낫기 전까지 다른 일은 모두 제쳐놓고 병간호만 할 거라고. 미안하지만 식사도 제공할 수 없을 거래."

"안 돼!"

장군이 목 놓아 비명을 질렀다.

"차라리 잘됐어. 내가 원이네 다섯 번째 별장으로 내려갔다 오지."

내가 말했다.

"왜?"

미오 선배가 물었다.

"사흘간 요기할 거리를 챙겨오겠어요. 이미 확인한 대로 이화장은 휴대폰도 안 터지니까 직접 가는 방법밖에 없잖아요."

"파이팅!"

일동 함성.

이런 이유로 나는 지금 김원의 다섯 번째 별장으로 내려가는 나무 계단 앞에 서 있는 것이다. 아직 6시도 되지 않았지만 평지보다 밤하늘과 먼저 맞닿은 산속은 벌써부터 어둠이 무겁게 깔려 있었다.

깜깜한 발치를 조심하면서 플래시를 비춰가며 나무 계단을 한 발씩 밟아 내려갔다. 미끄러질까 하도 다리에 힘을 주고 내려가서 몇 걸음 안 가 허벅지가 뻐근했다.

그보다 견디기 힘든 건 가끔씩 들려오는 부엉이 울음소리였다. 부엉이가 울 때마다 전신의 솜털이 일어나고 뒷골이 바싹 당기는 것 같았다. 그리고 저 계단 위에서 들려오는 발소리. 마치 노련한 암살자가 내 뒤를 은밀히 밟기라도 하는 것 같잖은가…….

잠깐, 이 고요한 산중에 누군가의 발소리가 들릴 턱이 없는데?

불현듯 찾아든 공포에 손발이 차갑게 식었다. 멧돼지나 늑대와 같은 산짐승의 발소리일까?

동물이 아니라면 이화장에 나타나서 두 사람을 죽였다는 정체불명의 영혼일 수도 있다. 만약 발소리의 정체가 그 영혼이라면 자신의 존재를 밝혀내기 위해 애쓰는 내가 눈엣가시일 터였다. 지금처럼 사람들의 눈을 피해 어둠 깊숙한 곳에 숨어 지내는 데 가장 큰 방해거리가 되는 나를 미리감치 없애버리려고 찾아온 걸까?

나는 정체 모를 사냥꾼에게 절호의 기회를 몸소 바친 스스로를 저주했다.

저벅저벅. 계속되는 발소리에 내 심장은 콩알만 해지고 이마에는 땀이 송골송골 돋아났다. 바보같이 도망가야겠다는 생각조차 들지 않았다. 절대 피할 수 없는 사신(死神)의 낫이 목에 떨어지기만을 기다리는 죄인이 된 기분이었다.

저벅저벅. 마침내 내 목숨을 원하는 누군가의 그림자가 계단을 돌아 나타났고, 그 순간 나는 삼정산이 떠나가도록 비명을 질렀다.

"으아아앗!"

"꺄아아악!"

나보다 위에 있던 계단의 상대방도 마찬가지로 비명을 질렀고, 나는 그 소리에 놀라 더욱 크게 비명을 질러댔다. 상대방 역시 나의 더욱 큰 비명소리에 놀라 한층 더 커진 비명소리로 응답했고…… 우리의 비명 대결은 한동안 계속되었다.

"아이, 오빠. 심장 터져 죽을 뻔했잖아요!"

"소민…… 이?"

"저 아니면 이렇게 귀엽게 생긴 애가 또 있겠어요."

내가 선 계단으로 내려온 사람은 내 어깨에 겨우 닿을락 말락한 소민이었다. 살았구나 싶어 안도의 한숨을 쉬다가 문득 이 꼬맹이에게 그토록 겁을 먹었다는 사실에 짜증이 솟구쳤다.

"너는 무슨 여자애가 겁도 없이 혼자 산을 타냐. 산짐승이라도 만나면 어쩌려고."

"오빠 나가고 바로 뒤따라서 왔단 말이에요. 금방 만날 줄 알았죠."

"왜 따라왔는데?"

부러 퉁명스럽게 물었다.

"나도 오기 싫었단 말이에요. 야밤에 변태 오빠랑 단둘이 있다가 무슨 짓을 당할지 어떻게 알아요."

"뭐야!"

"헤헤. 농담이에요. 그냥 장난."

소민이 혀를 쏙 내밀었다.

"실은 원이 오빠 심부름 때문에 따라왔어요."

"심부름?"

"요깃거리도 중요하지만 영계통신이 뭉쳤는데 이게 빠질 수 없죠, 하시더라고요."

"술 얘기로군."

"빙고!"

"다들 놀러 왔다니까. 마음에 안 들어."

혀를 끌끌 차며 앞장서 걸었다. 더 어두워지기 전에 별장에 도착해야 한다.

"근데 왜 하필 소민이야? 남자들은 뭐하고?"

"그러게 말이에요. 글쎄, 원이 오빠가 저를 콕 집어서 심부름을 시키는 거 있죠. 이렇게 위험한 심부름을 새내기 여자애한테 시키다니."

소민은 입을 삐죽 내밀었다. 곰곰이 생각했다. 왜 김원은 굳이 소민을 골라 심부름을 시켰을까? 설마 우리 두 사람만의 시간을 만들어주기 위해서? 아니지, 그 녀석은 여름방학 직전에 우리에게 무슨 일이 일어났는지도 모르잖아…….

하필 생각의 실이 여름방학 직전의 그 일에 닿자 금세 전신이 후끈 달아올랐다. 그날 소민을 매몰차게 바람 맞혀놓고 지금까지 제대로 된 사과 한 마디 하지 못한 게 새삼 미안했다.

그다음부터는 머리를 숙이고 나무 계단만 내려다보며 걸었다. 소민도 무슨 생각을 하는지 조용하다.

"소민이는 어쩌다 영계통신에 들어와서 고생이 많네."

어색한 분위기를 깨보려고 말을 걸었다.

"오, 아니에요! 얼마나 재미있는지 몰라요. 만약에 영계통신에 들어오지 않았다면 방학 내내 집에 틀어박혀서 벽지 꽃이나 세고 있었을걸요. 저 같은 별 볼일 없는 애가 어디에서 이런 환상적인 경험을 다 해보겠어요."

"별 볼일 없기는. 아무튼 다행이네. 사람들은 괜찮고?"

"그럼요. 언니, 오빠들, 누구 하나 뺄 것 없이 다 좋은 분들이세요."

나는 영계통신 멤버들의 면면을 떠올려보고 고개를 저었다.

"그럴 리가 없는데."

"어머, 아니에요. 언제나 듬직한 회장 오빠, 편하고 유쾌한 장군 오빠, 조금 황당하기는 해도 멋지고 친절한 김원 오빠, 처음에는 좀 쌀쌀맞으셨지만 요즘에는 친언니처럼 대해주시는 미오 언니, 그리고 기우 오빠……."

멤버들을 하나하나 짚어가며 신나게 설명하던 소민이 내 차례에서 입을 다물었다.

젠장, 방금보다 두 배 더 어색해져버렸다.

"나야 재미도 없고 성격도 별로인 나쁜 선배지. 변태이기도 하고. 하하."

"그렇지 않아요. 오빠도…… 아니, 오빠가 좋아요."

아무래도 최악의 사태가 벌어진 것 같다.

"……넌 날 몰라. 난 소민이뿐 아니라 누구와도 사귈 수 없는 놈이야."

"돌아가신 여자친구 분 때문에요?"

나직한 소민의 물음이었지만 뒤통수를 망치로 강하게 맞은 기분이었다. 그래, 내색을 하지 않아 잊고 있었지만 이 아이도 나와 지연의 관계를 대강은 알고 있었다. 처음 만났던 날, 그 사기꾼 자식이 지연의 영혼을 불러낸 척하는 바람에.

"……그런 것 같아. 난 지연이가 내 곁을 떠나간 그 순간부터 그 아이를 다시 만나야 한다는 일념으로 살고 있어. 비록 사는 곳은 다를지라도 꾸준히 노력하면 언젠가는 꼭 볼 수 있을 거라고 믿어."

"저도 가능하다면 엄마를 한 번만 다시 만나고 싶어요. 그래서 영계통신에 들어왔고요."

"내가 꼭 그렇게 될 수 있도록 노력할게."

"……그런데 제 생각에 우리 엄마는 만일 저를 다시는 못 보더라도 제가 행복하게 사는 걸 더 바라실 것 같아요. 아직은 잘 모르지만 진정 누군가를 사랑한다면 마땅히 그런 생각이 들 것 같아요. 아마 오빠의 돌아가신 여자친구 분도 비슷하게 생각하지 않을까요? 어쩌면 평생 닿을 수 없을지도 모르는 자기만 생각하면서 오빠가 하루하루 시들어가는 모습을 천국에서 지켜보는 언니의 마음도 찢어질 듯 아플 거예요."

조근조근 이어지는 소민의 말에 어떠한 반박도 할 수 없었다.

"저요, 솔직히 우리가 처음 만난 날부터 오빠한테 반했어요. 오빠의 명석함도 좋고, 은근히 드러나는 따뜻한 면모도 좋고. 우리가 처음 만난 날도 혹시 제가 이길준 씨에게 피해를 볼까 봐 낯선 저를 위해서……."

소민의 당돌한 고백에 숨이 턱 막혔다.

"저 절대 포기하지 않을 거예요. 돌아가신 그 언니 대신 제가 오빠를 돌봐줄게요. 더 이상 오빠 마음이 아프지 않게, 영원히 행복하게……."

"다 왔다. 저기 불빛 보이지? 다들 눈 빠지게 기다리고 있으니 서두르자!"

때마침 우리가 별장에 도착한 게 행운이었다. 마지막 몇 개의 계단을 뛰듯이 내려갔다.

靈

복도 벽에 걸린 괘종시계가 열두 번 울었다. 어둠과 침묵만이 내려앉은 이화장에 장중하게 울려 퍼지는 종소리가 꼭 장례식의 그것을 연상시켰다. 나는 천천히 의자에서 일어났다.

"야, 어디 가?"

침대에 누워 세상모르게 자고 있던 장군이 기척을 들었는지 졸린 눈을 뜨며 속삭였다.

"자고 있어. 금방 올게."

"여자 방에 속옷 훔치러 가는 거면 같이 가."

"무슨 헛소리를 하는 거야!"

"아, 미안. 한밤중에 몰래 행동하는 거면 당연히 그런 쪽으로 생각이 움직이는 법 아니냐."

나는 장군을 한 대 쥐어박고 방 문고리를 잡았다. 그때 뒤에서 장군이 주섬주섬 침대에서 내려서는 소리가 들렸다.

"어디 가는지 몰라도 같이 가. 우린 파트너잖아."

사람이 둘이나 죽어 나갔다는 방에 혼자 잠입하는 일이 솔직히 두려웠던 나는 잠시 고민하다가 고개를 끄덕였다. 마지막으로 결심을 굳히기 위해 작게 심호흡을 하고 문을 열었다.

이화장의 2층 복도에는 등불 하나 켜져 있지 않았다. 나는 발소리를 조심하며 한 발짝씩 걸음을 뗐다.

"아무 소리도 안 들린다. 다들 자고 있나 봐."

돌아보니 장군이 여자 방 문에 귀를 대고 있었다. 재빨리 다가가 장군의 귀를 붙잡고 있는 힘껏 비틀었다. 아예 귀때기가 확 떨어져 나갔으면 하는 바람이었다.

"아야! 야, 뭐야! 여자 방 침투는 최대한 조용히 해야지!"

"그만하고 이리 못 와! 네 녀석을 데려온 게 실수지. 도대체 제대로 하는 일이라고는……."

"목소리 좀 낮춰. 이러다 들키겠어."

음탕한 장군과 실랑이를 벌이는 중에 퍼뜩 야밤의 잠행 목적을 떠올리고 정신을 차렸다.

"이제부터 아무 소리도 내지 마. 알았어?"

"응. 그런데 진짜 어디 가는 거야?"

대답 대신 바지 주머니에서 펜라이트를 꺼내 스위치를 켰다. 워낙 어두웠던 탓에 작은 펜라이트 불빛으로도 복도가 대번에 밝아졌다. 저녁때 김원의 별장에서 부탁해 챙겨 온 물건이다. 원래 지급

받았던 플래시는 불빛이 너무 커서 들킬 우려가 있었던 것이다. 식량도 중요했지만 특히 이걸 가지고 오려다 엉겁결에 소민과 어색한 야행을 했던 걸 생각하니 금세 마음이 무거워졌다. 어째 우리 사이는 갈수록 꼬이기만 하는 것 같다.

세차게 고개를 흔들어 소민에 대한 생각을 털어냈다. 지금 중요한 건 그게 아니다.

나는 오늘 밤 남몰래 이화장의 비밀을 탐색할 계획이었다. 대체 어떤 비밀을 간직하고 있기에 고집스레 외인을 배제하는지 그 속살을 낱낱이 밝혀낼 작정이다. 손님을 받지 않는 금단의 방을 꼼꼼히 수색하면 이화장의 실체를 확실히 알 수 있을 터였다. 유일한 걱정거리는 파트너가 미덥지 못하다는 것뿐.

우리는 복도 오른쪽으로 방향을 잡고 걸었다. 복도 중간의 계단을 지날 즈음, 끼익 하는 소리가 날카롭게 귀를 자극했다.

"뭐, 뭐야!"

화들짝 놀라 돌아보니 장군이 겸연쩍게 웃으며 손을 쳐들었다. 추락 사고를 방지하기 위해 뻥 뚫린 복도 계단 부근에 둘러친 목재 난간에 무심코 기댔던 모양이다.

"제발 그냥 가라."

"미안, 미안. 이제 진짜 조용히 할게."

웬일로 장군이 더는 문제를 일으키지 않아 무사히 계단을 지나 2층 복도 동쪽으로 진입했다. 동쪽은 구 집사의 말대로 복도 위아래로 방 두 개가 마주 보고 있을 뿐이었다. 다만 두 방의 크기는 손님방들보다 훨씬 컸는데, 특히 출입이 금지된 아래쪽 방은 같은 선상에 위치한 우리 방과 김원의 방, 화장실을 합친 크기였다.

현재 이화가 휴식 중이라는 윗방의 오른편, 즉 복도 동쪽 끝에는 3층으로 통하는 십여 단의 계단이 뻗어 있었다. 이 3층 계단은 중간쯤 올라간 곳에서 층계참이 나오고, 그 층계참에서 180도로 꺾여 마저 올라가게 되어 있었다.

3층에는 볼일이 없으니 패스, 라고 생각하면서 그쪽을 비추던 펜라이트를 치우는데, 어슴푸레한 불빛 속에 창백한 여자의 얼굴이 불쑥 떠올랐다.

"앗!"

피를 전부 쏟아낸 듯 파리하게 굳어진 여자의 얼굴에 얼마나 놀랐는지 설명할 방법이 없을 정도로 놀라고 말았다. 와들와들 떨며 다시 불빛을 비춰보니 천만다행으로 조각상이었다.

이화가 기거하는 윗방과 3층으로 통하는 계단 사이의 빈 공간에 장식품 조각상이 하나 놓여 있었던 것이다. 날개가 달린 여자가 두 손을 모아 기도하고 있는 모습으로 아마도 천사를 형상화한 듯했다. 방금 전에는 그렇게 무서웠던 것이 실체를 알고 보니 아무렇지도 않았다. 꽤 솜씨 있는 작가의 작품인지 눈을 감은 천사의 얼굴에는 인간의 희노애락을 초월한 듯한 고결한 기품이 감돌았다.

"조용히 하라더니 자기가 더 떠드네."

"쉿!"

나는 계단 근처에서 이화의 방문 앞으로 이동해 문에 귀를 대고 혹시나 무슨 동정이 느껴지지 않는지 엿들었다. 병세가 중하긴 한 듯 그렇게 소란을 피웠는데도 방 안은 고요했다. 안도의 한숨이 나왔다.

마침내 우리는 문제의 복도 아래쪽 방문 앞에 섰다. 여기가 물러날 수 있는 마지막 기회였다. 이 문을 여는 순간부터 우리는 더 이상 이화장의 얌전한 손님이 아니게 된다. 주인이 허락하지 않은 일을 저지르는 침입자에 다름없어지는 것이다. 그러나 이제는 돌이킬수 없었다. 나는 무엇을 보든, 어떤 고초를 겪든 상관없었다. 진실을 알 수만 있다면…….

각오를 마치고 돌격을 명령하는 사령관처럼 장군을 향해 고개를 끄덕였다. 그러고는 문고리를 잡고 돌릴 준비를 했다.

문고리에 살짝 힘을 주기도 전에 이화장의 정적을 온통 찢는 듯한 비명이 울려 퍼졌다. 머리카락 하나하나가 주뼛 일어설 만큼 소름 끼치는 비명에 나 또한 덩달아 비명을 질렀다. 조심, 주의, 신중따위의 단어는 이미 머릿속에서 사라진 지 오래였다.

"으아아아아아악!"

나는 이화장 1층 응접실 소파에 앉아 있다. 주변에는 아닌 밤중의 괴성에 놀라 뛰어나온 영계통신 멤버 모두가 둘러앉아 흐릿한 스탠드 불빛을 통해 나와 장군을 노려보는 중이었다.

"이런 바보들을 믿었던 우리가 바보지."

미오 선배가 눈을 흘기는 모습은 영화 속의 처녀귀신과 판박이였다. 나는 눈을 아래로 깔고 힘없이 몇 마디 변명을 주워섬겼다.

"갑자기 장군이 비명을 지르니까 덩달아 나도 놀라서 그만……."

모든 책임을 뒤집어쓰게 생긴 장군이 항변했다.

"뒤에서 누가 툭 치잖아. 얼마나 놀랐는지 알아? 심장마비로 죽었을 수도 있다고!"

"차라리 그랬다면 좋았을 걸 아쉽네요. 좋은 기회였는데 말이죠."

김원이 밉살맞게 한 마디를 보탰다.

"그래도 집사님이었으니까 다행이에요. 진짜로 유령이었다면, 어휴."

소민이 도리도리 고갯짓을 했다. 나와 장군은 동의의 뜻으로 정신없이 고개를 주억거렸다. 그러는 도중 뒤에서 발소리가 들려 일제히 돌아보았다. 문제의 구자용 집사가 식당으로 통하는 문을 열고 은쟁반에 도자기로 된 티포트와 찻잔을 담아 다가오고 있었다.

"많이들 놀라신 것 같아 위스키를 조금 넣었습니다."

집사가 따라준 뜨거운 홍차를 입에 머금자 놀란 가슴이 슬슬 진정되는 것 같았다.

"우바(uva)로군요. 괜찮은 녀석입니다."

김원은 찻잔을 코에 가져다 대고 음미하듯 향을 맡았지만 나는 마음껏 홍차의 맛과 향을 즐길 수 없었다. 야밤의 잠행에 완벽하게 실패했다는 자괴감이 좀처럼 가시지 않았던 것이다.

"이야, 끝내주네. 맨날 티백만 마셨는데 확실히 비싼 놈이 다르구만."

물론 세상에는 똑같은 일을 겪고도 다른 생각을 하는 사람이 얼마든지 있다.

"숭늉 마시니. 촌스럽게 그만 좀 후후 불어."

결국 미오 선배에게 한 소리를 들은 장군이다.

"그래도 다행입니다. 주인님의 방에서 바깥의 발소리를 들었을 때는 도둑이라도 든 줄 알았답니다."

집사가 나를 똑바로 보며 말했다. 그 눈초리에 함부로 경거망동하지 말라는 약속을 지키지 않은 데 대한 책망의 빛이 감도는 듯해 고개를 숙여 사과했다.

"제가 친구들을 대신해 다시 한 번 사과드리지요. 아마도 저 친구들은 예전 이화장에 어떤 일이 있었는지 너무 궁금한 나머지 그만 커다란 결례를 범한 모양입니다."

한껏 예의를 차린 김원의 말이 끝나자, 집사는 장탄식을 했다.

"하긴 무리도 아니겠지요. 내 나이가 되면 세상일에 대해 더는 궁금한 게 없어지기 마련입니다. 하지만 여러분들은 조금 다르겠군요. 알고 싶은 게 있으면 잠도 오지 않을 나이일 테니……."

이 대목에서 집사는 그동안 한 번도 보여주지 않았던 안경 속 자애로운 눈빛으로 우리를 둘러보았다.

"그러면 과거에 이화장에서 무슨 일이 있었는지 대강 들려드리겠습니다."

드디어 우리가 그토록 듣고 싶었던 이야기가 시작되었다. 나는 소파에 엉덩이를 반쯤 걸친 자세로 집사의 이야기에 집중했다.

"오늘날의 모습으로는 도저히 믿기지 않으시겠지만, 이화장의 전대 주인이었던 조 씨 가문은 오래전에는 막강한 세력을 과시했습니다. 정치적인 영향력은 물론이고 가문의 손짓 한 번에 은행장 한두 명쯤은 대번에 교체되었다고 하니, 모르긴 몰라도 지금의 금 귀건설이 부럽지 않았을 겁니다.

운 좋게도 제 아버님은 이렇듯 위세 높은 가문의 가주(家主) 눈에 들어 그분을 곁에서 모시며 봉사할 수 있었습니다. 요즘도 몇 십 년 전에 돌아가신 아버님이 주임집사로서 가주를 시중들던 기억이 어렴풋이 나곤 합니다. 쌀 한 줌이 없어 굶어죽는 사람들도 많았던 시절에 얼마나 다행스런 일입니까.

저 또한 비록 종복의 아들에 불과했지만 남부럽지 않게 잘 먹고 다니겠다, 입성도 웬만하겠다, 또래에 비해 걱정거리가 있을 리 만무했습니다. 하지만 사람 마음은 참으로 간사하더군요. 철없던 시절의 저한테는 어느새 동갑내기였던 한 소년과 저를 언감생심 비교하는 마음이 싹트고 있었던 것입니다."

"그게 누군데요?"

성질 급한 장군이 대뜸 물었다.

"조문천, 바로 제가 모셨던 전대 주인의 존함입니다. 가주의 2남 중 장남이었던 주인은 일찌감치 가문의 후계자로 키워지고 있었습니다. 같은 나이에 누구는 발아래 세상을 무릎 꿇릴 미래가 예정되어 있었고, 누구는 그 남자의 하인이 될 팔자이니 제 심사가 배배 뒤틀릴 수밖에 없었지요.

세월이 흘러 저도 조금 철이 나자, 주인이 제 부끄러운 시샘 따위와는 비교할 수 없을 만큼 큰 고통 속에 살고 계시다는 사실을 깨닫게 되었습니다. 그 어린 나이에 벌써부터 훗날 물려받을 막대한 재물과 세력을 관리하는 방법을 배워야 했고, 약간의 의젓하지 않은 행동도 허락되지 않았으니까요. 눈물짓거나 약한 모습을 보이기라도 하면 호되게 혼이 나셨지요. 이 자리에도 어마어마한 세력가의 후계자로 길러지는 게 얼마나 힘든 노릇인가를 아는 분이 있으니 더 말할 필요도 없겠습니다만⋯⋯."

모두의 시선이 김원에게로 향하자, 그는 어깨를 한 번 으쓱했다.

"그 모든 고난에도 불구하고 주인은 제 좋은 벗이셨습니다. 생전처음 보는 서양의 과자 같은 게 선물로 들어오면 몰래 와서 제 손에 쥐여주시곤 하셨지요. 한 번은 제가 가문이 소유하고 있던 말을 타보고 싶어 했던 걸 눈치 채고는, 가주 눈에 띄지 않는 멀리 떨어진 들판까지 몰고 가서 안장을 양보하신 적도 있답니다.

잔정 많고 세심한 그분 곁에서 제 마음속의 못난 질투는 점점 사라져갔지요. 하루하루 주인과 진심으로 가까워졌습니다. 이런 말씀을 드려도 될지 모르겠지만 주종관계라기보다 오히려 친구 사이라고 해도 좋았을 겁니다. 우리는 하루도 떨어져본 적이 없었지요. 유독 어둠을 두려워하던 그분의 침대에서 손을 꼭 쥐고 잔 날도 많았고요.

한마디로 주인은 천사 같은 분이었습니다. 마음씀씀이뿐 아니라 외모까지 말입니다. 어렸을 때부터 가문의 파티에 참석한 어르신들에게 옥으로 깎은 조각 같다는 소리를 자주 들었는데, 커갈수록 더욱 아름다워졌습니다. 긴 속눈썹, 분을 칠한 것처럼 하얀 얼굴과 붉은 입술, 하여튼 웬만큼 어여쁜 아가씨보다 더욱 빛이 났을 정도니까요.

아, 지금의 이화 주인님이 손님을 보시고 그렇게 홍분했던 이유도 거기 있습니다. 두 분이 구별할 수 없을 정도로 꼭 닮았기 때문에……."

"그럴 수는 없을 텐데요."

김원은 한껏 고개를 치켜들고 도도한 표정으로 말했다. 감히 자신처럼 아름다운 사람이 또 있다는 말에 자존심이 상했나 보다.

"으이구, 이 왕자병 덩어리야."

기회를 놓치지 않고 미오 선배가 공격의 포문을 열었다. 두 사람이 또다시 서로의 손을 붙잡고 아옹다옹 실랑이를 벌이는 통에 모두가 참지 못하고 웃음을 터뜨렸다. 언뜻 보니 구자용 집사마저 미소를 띠고 있었다. 곧바로 김원이 집사의 이야기를 좀 더 내밀한 부분까지 이끌어내기 위해 일부러 자아도취 연기를 했다는 걸 깨달았다. 확실히 김원이 연출한 소동극 덕분에 분위기가 한층 편안해진 느낌이었다.

"참, 이화 주인님은 괜찮으세요?"

이제 좀 본론으로 들어가도 좋으련만 소민이 또 끼어든다. 제지하는 눈빛을 보내기 위해 돌아봤지만 진심으로 걱정하는 얼굴이라 입술을 다물고 말았다.

"염려해주신 덕분에 지금은 많이 괜찮아지셨습니다."

"정말 다행이에요. 외진 곳이라 병원도 없고, 걱정했거든요."

"원래 조금 놀라신 것뿐이니까요. 가끔씩 있는 일입니다. 제가 곁에 머물면서 잘 돌봐드리고 있으니 걱정하지 않으셔도 됩니다. 지금은 수면제를 드시고 주무시고 계시죠."

이쯤에서 얘가 단 내가 정리하는 길밖에 없었다.

"자, 이제 하시던 얘기로 돌아갈까요? 조문천 씨는 어떻게 되셨죠?"

"이야기를 마저 하지요. 안타깝게도 장성한 주인은 가문 어르신들의 기대와는 달리 사업이나 정치에 전혀 뜻을 보이지 않았습니다. 아마도 그 무렵, 어린 시절부터 이어진 엘리트 교육에 본격적으로 염증을 느끼셨던 모양입니다. 주인은 딱히 평단에 인정받지도 못하고, 팔리지도 않는 그림만 줄기차게 그렸습니다. 프로 화가가 되고 싶으셨던 듯한데, 유감스럽게도 생전에도 그 이후에도 어떤 조명도 받지 못하셨습니다."

집사의 말에 숨은 행간을 통해 조문천이 이 세상 사람이 아니라는 사실을 깨달았다.

"단 한 번도 가문 어르신들이 정해놓은 길 밖을 걷지 않았던 주인이 갑자기 변모하자 부모자식 간의 갈등은 깊어져만 갔습니다. 본가에서는 매일같이 전쟁이 벌어졌죠. 결국 견디다 못한 주인은 가주의 눈총을 피해 저와 함께 바로 이 별장으로 내려오셨습니다. 그때는 지금과 달리 이름은 없었고, 그냥 삼정산 별장이라고 불렀지요.

모처럼 마음의 평화를 찾은 주인은 무척이나 행복해했습니다. 제 기억을 통틀어서도 주인이 그 당시만큼 편안해 보인 적은 없었던 것 같군요. 주인은 아예 본격적으로 그림에 매진하기 위해 1층 서재와 끽연실, 당구실 등을 터서 아틀리에까지 마련했습니다.

나날의 일상이라고 해봐야 늘어지게 오수(午睡)를 취하다가 이따금 영감이 떠오르면 아틀리에에 틀어박혀 물감으로 캔버스를 채워나가는 것이 전부였지요. 그럼에도 질리면 한가로이 산책을 하셨습니다. 이렇듯 평온한 나날을 보내다 주인은 마침내 그분을 만나게 된 것입니다……."

집사는 회상에 깊이 잠긴 눈으로 한참이나 말을 잊었다. 좋았던 옛날의 풍경이 눈앞에 선연한 듯했다.

"누구를 만났다는 말씀인가요?"

집사의 침묵에 답답해진 내가 물었다.

"아, 죄송합니다. 어느 화창한 봄날, 주인은 저를 데리고 별장 뒤편의 정원을 산책하다가 우연히 한 소녀와 맞닥뜨렸습니다. 열일고여덟 살이나 되었을까요. 소녀가 들고 있던 대바구니에는 쑥이 가득 담겨 있었습니다. 아마도 정신없이 쑥을 캐다가 사유지인 이곳까지 들어오게 된 듯했지요.

아니나 다를까, 소녀는 산길을 따라 쑥을 캐며 내려오다가 호기심에 별장 부지에 들어왔다고 하더군요. 이곳에 그리 자주 오지 않았던 주인과 저는 잘 몰랐지만, 정원 뒤편 울타리를 넘어가면 산 위로 통하는 굽이 길이 하나 있었습니다. 홍당무같이 붉어진 얼굴을 해서 연신 사과를 하는 소녀에게 주인은 심심하던 차에 잘됐다며 언제든 놀러 오라고 하셨습니다.

……주인은 첫눈에 반하셨던 겁니다. 아무튼 눈부시게 사랑스럽고 발랄한 소녀였으니까요."

"와, 로맨틱해라! 드라마 같아요."

소민이 꿈꾸는 듯한 얼굴로 말했다.

"그 왜 당시에도 도시에 훨씬 미인이 많았을 테지만, 그 소녀에게는 도시 여성들에게서 도통 느낄 수 없는 시골 아가씨 특유의 건강한 생기와 활력이 감돌고 있었지요. 지금 생각해보면 조금 문약했던 주인이 아마 그 점 때문에 더욱 빠졌던 것 같습니다. 확실히 남자를 끄는 매력이 있었지요. 그때의 이화 님은……."

"네?"

히스테리컬한 이화장의 여주인과 생기 넘치는 시골 아가씨를 도저히 연결시킬 수 없었던 우리는 너나 할 것 없이 경악의 탄성을 쏟아냈다.

"허허. 지금 이화 님의 모습으로 판단하면 곤란하지요. 여기 복사꽃처럼 화사한 두 아가씨들도 수십 년 세월이 흐르면 어떻게 될지 미래는 모르는 거랍니다."

집사는 소민과 미오 선배에게 장난스럽게 눈을 찡긋했다.

"물론 두 분은 그때도 지금처럼 고울 거라고 믿습니다만…… 주인과 이화 님은 금세 신분과 열 살이라는 나이 차를 떠나 사랑에 빠졌습니다. 얼마 지나지 않아서 결혼을 약속한 사이가 되었지요. 하지만 애초에 처지가 너무 다르다 보니 반대를 피할 수 없었습니다."

"여기도 뻔한 드라마 같네요. 재벌가에서는 당연히 가난한 여자를 반대하기 마련이잖아요."

장군이 심드렁한 투로 말했다.

"그게 그렇지가 않았습니다. 반대는 이화 님 쪽에서 훨씬 심했습니다."

"뭐라고요? 말도 안 돼!"

미오 선배는 그간 무수히 보았던 드라마들과 정확히 반대되는 이야기에 눈을 동그랗게 떴다.

"사실입니다. 그 시기에 가문 어르신들은 주인을 완전히 포기하고 주인의 동생, 그러니까 차남을 후계자로 결정했습니다. 어차피 준마가 두 필 있으니, 경쟁에서 탈락한 말을 미련 없이 버린 셈이지요. 나중에는 근본도 없는 시골 처녀와 결혼한다고 해도 가문 어르신들이 신경조차 쓰지 않았답니다.

그러나 이화 님 쪽에서는 상황이 훨씬 심각했습니다. 저나 주인이나 이곳 태생이 아니라 듣도 보도 못한 일이었습니다만, 이화 님의 어머님은 '산주 각시'로 이 고장에서 유명했던 것입니다."

산주 각시? 이야기가 도무지 짐작할 수 없는 곳으로 뻗어나갔다.

"알아보니 산주 각시는 산꼭대기 초막에 이화 님과 함께 살면서 산주(山主)를 모시고 있었습니다. 산주라고 해서 실제 사람은 아니고, 흔히 말하는 산신령 같은 존재입니다. 삼정산에 영적인 힘이 감돈다고 믿고, 산 자체를 숭배하는 일종의 원시적인 신앙이랄까요.

한 가지 특징적인 건 대대로 이어지는 산주 각시는 절대로 남자를 알아서는 안 된다고 합니다. 살아 있는 남자 대신 산주와 결혼하는 셈이니까요."

"결혼을 안 하는데 어떻게 산주 각시의 대를 이을 수 있나요? 설마하니 단체로 동정녀 마리아가 됐다고 말씀하시는 건 아니실 테고."

김원이 고개를 절레절레 저으며 물었다.

"좋은 질문입니다. 일반적인 방법으로 아이를 낳을 수 없는 산주 각시는 고아나 지독하게 가난한 집의 딸을 데려와서 다음 세대의 산주 각시로 키운다고 합니다. 그러니까 이화 님과 산주 각시는 혈육이 아닌 게지요. 이화 님은 산주 각시가 후계자로 만들기 위해 찢어지게 빈궁한 집에서 사 온 아이였다고 합니다.

당시 주인은 대명천지에 산주나 산주 각시가 다 무슨 수작이냐며 코웃음을 치셨지만, 이화 님은 쉽사리 어머님을 뿌리치지 못하셨습니다. 지금껏 의지가지할 곳 없던 당신을 먹여주고 재워주었던 분이니까요. 결국 산주 각시의 끈질긴 반대로 이미 헤어질 수 없는 사이였던 두 분은 결혼도 못하고 몇 년이 넘게 기다려야 했던 것입니다."

"그래서 어떻게 됐어요? 궁금해 미칠 것 같아요."

미오 선배가 재촉했다.

"다행이라고 해야 할지, 어떨지 모르겠지만 산주 각시가 죽을 병에 걸리면서 두 연인을 가로막았던 족쇄가 풀어지게 됐지요. 그녀는 이화 님이 아무리 권해도 절대로 병원에 발걸음을 하지 않더니, 나중에는 어떻게 손을 쓸 수도 없을 정도로 몸이 망가져버렸습니다.

주인은 저를 대동하고 산주 각시가 죽기 전, 마지막으로 결혼 허락을 받기 위해 초막을 찾아갔습니다. 한눈에 봐도 나뭇가지처럼 빼빼 마르고 얼굴도 검푸른 게 오늘내일 신세였지요. 산주 각시가 세상을 떠나면 곧바로 결혼식을 치르겠다는 주인의 말에 그녀는 꺼질 듯 가냘프게 한숨을 쉬며 말했습니다.

'십년공부 별무소용이라더니 내 대에 이르러 모든 게 끝나는구

나. 이제 산주의 화를 어찌 감당할꼬. 원통하구나, 원통해…… 이 보시오. 내 몸이 이리 됐으니 이화를 데려가는 건 이제 막지 못하게 됐소. 기왕 이렇게 된 일, 부디 이화를 아껴주시오. 만약에 그 아이에게 모질게 군다면 내가, 이 산주 각시가…… 반드시 돌아와서 댁을 찾아가 따질 거요. 알아들었소?'

이게 우리가 들은 산주 각시의 마지막 말이었습니다. 그날 밤, 산주 각시는 산주의 품으로 영영 떠나갔지요."

산주 각시의 한과 집념이 서린 유언에 등골이 서늘해졌다.

"그해 겨울, 두 분은 이 별장에서 성대한 결혼식을 올렸습니다. 주인은 아내의 이름을 따서 별장 이름도 이화장이라고 고쳤지요. 끈질기게 반대한 산주 각시도 사라졌고, 가문의 억압에서도 벗어났으니 더 이상 주인 부부의 앞길에 걸림돌은 없었습니다. 좋은 시절이었지요, 그때는……."

"정말 잘됐어요! 불행했던 두 연인이 결국 동화처럼 행복한 결말을 맞았네요."

소민은 저도 모르게 짝짝 박수까지 쳤다. 신경 쓰이게 하필 나를 보면서.

"이 세상에 동화 같은 건 없습니다."

"네?"

갑자기 단호하게 바뀐 집사의 말투에 소민은 어리둥절해했다.

"제 말씀 그대로입니다. 두 분의 행복한 나날은 오래가지 못했습니다. 단지 2년쯤에 불과했을까요."

"왜요? 더 문제될 게 없었다면서요?"

소민이 불만이 가득한 얼굴로 물었다.

"아무도 몰랐던 문제가 한 가지 잠복해 있었습니다. 그 문제 때문에 온화했던 주인의 성격이 음울하고 냉정하게 뒤바뀌어버렸던 것이지요."

그 좋았다던 사람의 성격이 한순간에 싹 바뀔 수가 있을까. 이어지는 집사의 이야기가 내 의문을 풀어주었다.

"신사를 망치는 악덕 중 으뜸은 역시 술이지요. 촉망받던 가문의 귀공자가 산중에 들어앉게 됐으니 딱히 할 일이 없어지게 마련입니다. 더구나 기대를 가지고 국전에 출품한 그림은 매번 낙방하기 일쑤였지요.

그뿐만이 아닙니다. 비록 본인이 포기했다고는 하지만, 왜 놓친 물고기가 아쉽다고 잃어버린 가문의 후계자 자리도 계속 머릿속에 남아 있었을 겁니다. 실제로 그 자리를 박차고 나서는 각계의 대접이 달라졌으니까요. 매일같이 파티로 떠들썩하던 이화장에는 적막만이 감돌았고, 제 집처럼 드나들던 명사들도 나중에는 완전히 발길을 끊었습니다. 평생을 수많은 사람들에게 둘러싸여 떠받들어지다시피 살아온 주인에게 그러한 변화는 분명 견딜 수 없는 일이었을 겁니다.

저는 지금도 두 분 사이에 아이라도 하나 있었으면 결과가 많이 달라지지 않았을까 생각합니다. 하지만 어느 분이 문제인지는 몰라도 흔들리는 결혼생활에 균형추를 잡아줄 도련님은 끝내 생기지 않더군요.

여러 이유로 낙심한 주인은 조금씩 음주량을 늘려가다 결과적으로 알코올중독에 빠지고 말았습니다. 나날이 의심도 많아졌고, 점차 폭력적인 성격으로 변해갔습니다. 예전에는 개미 한 마리 밟아 죽이지 못하던 위인이 거슬리는 사용인의 뺨을 후려치기도 했을 정도니까요. 아, 지금도 그때 생각을 하면 이 늙은이의 가슴이 견디기 힘들게 아파옵니다. 우리는 함께 자란 형제나 마찬가지인데. 단 한 번이라도 나쁜 마음을 먹는 걸 본 적이 없는데……."

잠시 말이 없던 집사의 눈에 투명한 눈물이 맺혔다. 우리는 일부러 다른 곳을 보며 노인의 이루 말할 수 없는 슬픔을 모른 척했다. 간신히 감정을 추스른 집사가 작심한 듯 남은 이야기를 쏟아냈다.

"사람이 망가지니 사랑도 식어가더군요. 그리고 술 말고도 문제는 있었습니다. 부부가 자라온 환경 또한 너무도 달랐던 것입니다. 산과 들을 뛰어다니며 자유롭게 자란 이화 님과 문명의 혜택을 톡톡히 받은 주인은 시간이 지날수록 물과 기름처럼 겉돌았습니다. 한때의 열정으로 맺어진 두 사람이 단지 사랑만으로 결혼생활의 위기를 돌파하기에는 모든 게 달라도 너무 달랐지요.

나중에 주인은 도시에서 만난 술집 마담을 이화장에 데려오기까지 했습니다. 집에서 공공연히 바람을 피워 이화 님이 제 풀에 떠나기를 바란 것이었겠지요."

"와, 최악이다! 뭐 그런 남자가 다 있어."

미오 선배는 진저리를 쳤고, 소민의 표정도 곱지 않았다.

"물론 이화 님은 안주인 자리를 쉽게 포기하지 않았습니다. 이미 결혼을 했으니 다시 삼정산의 산주 각시가 될 수도 없는 노릇, 달리 말해 이화장 말고는 갈 곳도 없었죠.

야생에서 자란 처녀답게 성격이 대단했던 이화 님과 그 술집 마담은 당연하겠지만 마주치는 순간마다 불꽃이 튀겨 이화장은 조용할 새가 없었습니다. 하지만 주인은 그것도 아랑곳없이 부부가 쓰던 2층 침실에 마담을 들이고, 바로 맞은편 방으로 이화 님을 쫓아내기까지 했습니다. 이화 님께 극도의 모욕감을 주려고 꾸몄던 일이었겠지요. 지금 이화 님께서 주무시고 계시는 방이 그때 쫓겨났던 방입니다."

이제야 이화장 비밀의 방의 정체를 알게 되었다. 손님을 들이지 않는 2층 큰방은 처음에는 조문천과 이화가, 나중에는 조문천과 술집 여자가 썼던 부부 침실이었던 것이다.

"술집 마담이 온 지 두 달이 지나 푹푹 찌는 8월로 접어들었고, 무더운 날씨 탓인지 갈등은 최고조에 달했습니다. 그 일이 있었던 날, 뭐가 안 되려고 그랬는지 마침 주방에 있던 이화 님이 폭발해 부엌칼을 휘두르셨지요. 아무래도 예사 기질의 여인네는 아니었으니까요."

"저 같으면 칼이 아니라 대포를 가져왔어요."

미오 선배가 주먹을 불끈 쥐었다.

"다행히 다친 사람은 없었지만 그 흉악한 광경을 지켜보고 진노한 주인은 당시 이화장에 머물던 고아 소년과 함께 이화 님을 지하실에 가두었습니다. 칼부림을 빌미 삼아 날이 밝는 대로 이화장 밖으로 아예 내쫓을 심산이었지요."

"그때의 고아 소년 정상기 씨가 지금은 저희 별장에서 일하고 있습니다."

김원이 재빨리 끼어들었다.

"그래요, 그래요. 그런 이름이었습니다. 정상기 군이 저 아래 별장에 사는군요. 전혀 몰랐습니다. 어떻게 잘 지내고 있나요?"

"최근에 다리를 다친 걸 제외하면 아주 건강하죠."

"그렇군요. 몹시 걱정했는데 잘된 일입니다."

집사는 몇 번이나 고개를 끄덕이고 이야기를 이어나갔다.

"이화 님의 구속을 끝낸 주인은 마담과 밤을 지새우기 위해 부부 침실로 올라갔습니다. 사실 저는 일이 그렇게 되기 직전까지도 주인께 이렇다 할 말씀을 드린 적이 없었습니다. 기억할 수도 없는 어린 시절부터 철저히 종복의 마음으로 살아왔기 때문에 감히 제 뜻을 피력하는 건 상상조차 할 수 없는 일이었기 때문입니다.

하지만 그날만큼은 도저히 참을 수가 없더군요. 부부 침실에 가서 창문을 단속하고 커튼을 치다가 넌지시 이화 님께 내린 가혹한 처사를 거두어달라고 부탁드렸습니다. 단 한 번도 명령을 거역한 적이 없던 제가 감히 반기를 들자 술에 취해 있었던 주인은 진노했습니다. 당장 내 눈앞에서 사라지라고 고함을 지르더군요.

결국 저는 그날 밤, 이화장에서 쫓겨나고 말았습니다. 빈털터리로 몸만 던져지다시피 했으니 당황스럽더군요. 그 시간에 이 산중에 따로 갈 곳이 있을 리 만무했으니까요."

"원이네 별장으로 내려오지 그러셨나요. 하룻밤 재워드리는 건 문제도 아니었을 텐데……."

장군이 말했다.

"허허. 당시는 금귀건설의 별장이 아직 지어지기 전이었지요. 산자락에는 아무것도 없었답니다. 아무튼 그때는 일단 어디서든 하룻밤만 버티고 새 아침이 밝자마자 돌아오리라 결심했습니다. 날이 밝고 주인의 술이 깼을 때 차근차근 설득하면 그분의 마음을 돌릴 수 있을 거라 진심으로 믿고 있었으니까요. 애초에 본심이 그리 나쁜 사람이 아니니, 형제나 다름없는 제가 절실하게 애원하면 꼭 올바른 선택을 할 거라고 확신했었습니다.

이제 내일 할 일은 결정됐고, 밤이슬을 피할 곳을 찾는 일만 남았습니다. 당시 삼정산에서 제가 아는 곳은 이화장을 제외하면 단한 곳뿐이었습니다. 바로 산주 각시의 초막입니다."

"정말이요? 거긴 무서운 곳이잖아요."

소민이 깜짝 놀라 말했다.

"이미 산주 각시가 죽은 빈집이었습니다. 하룻밤 머물지 못할 이유가 없지요. 더구나 젊은 시절의 저는 겁도 없었고, 산주의 전설 따위는 전혀 믿지도 않았습니다.

때마침 만월이라 야밤의 산행도 불가능하지 않았습니다. 산주 각시의 초막이 이화장에서 그리 멀지도 않았고요. 이화장 뒤편의 산길을 따라 20여 분쯤 걸어 올라가니 덩그마니 서 있는 초막이 나왔습니다. 몹시 황폐했고 문도 부서져서 걱정했지만 방에 들어가보니 다행히 세간은 그대로 있더군요. 버려진 장롱에서 이불을 꺼내 몸에 두르고 잠이 들었습니다.

얼마나 잤을까요. 이상스런 기척에 눈을 번쩍 떴습니다. 글쎄, 불길한 발소리가 어디선가 끊임없이 들리는 게 아닙니까."

"누가 거기 왔나요?"

장군이 물었지만 노인은 들은 둥 마는 둥 이야기를 계속했다.

"찰박찰박, 찰박찰박. 그때까지만 해도 호기롭게 자고 있었지만 그 소리를 들으니 곧바로 온몸이 부들부들 떨리더군요. 공포를 억누르며 겨우 일어나 주변에 뒹굴던 양초를 켰습니다. 촛불을 들고 초막 바깥으로 나가보니 웬일인지 주변에는 아무것도 없었습니다. 그런데도 신기하게 발소리는 계속 들렸습니다. 가만히 들어보니 소리가 조금씩 멀어지는 게 아무래도 산길 아래로 이어지는 것 같았습니다.

이윽고 발소리는 완전히 사라졌지만 어지간히 놀라 잠이 싹 달아났지요. 촛불로 손목에 찬 시계를 비춰보니 새벽 2시가 조금 넘은 시각이었습니다. 그때부터는 덜덜 떨면서 뜬눈으로 밤을 지새웠습니다. 산길 아래로 향한 몸뚱이 없는 발이 어디로 갔을까. 길을 따라가면 필연적으로 닿을 수밖에 없는 이화장에 도달하지 않았을까 싶어 몹시 걱정이 되더군요."

로맨스에서 괴담으로, 이야기의 흐름이 점입가경이다.

"새벽 5시가 지나자 동이 트기 시작했습니다. 촛불 없이도 주변을 볼 수 있게 되자마자 냉큼 하산을 했습니다. 내리막길인 데다가 마음까지 급하니 몇 발짝 걷지 않았는데도 이화장의 뒷마당이 나오더군요.

울타리를 넘어 정문으로 돌아가서 쇠고리를 쾅쾅 부딪치며 사람을 불렀습니다. 주인은 물론 사용인들조차 기상할 시간이 아니라서 한참을 기다려도 문이 열리는 기척이 없었습니다. 저는 속이 타서 목청껏 소리를 질렀고, 그러고도 몇 분이 더 지나서야 졸린 눈을 비비며 정상기 군이 빗장을 풀고 정문을 열어주었습니다.

가타부타 말할 것도 없이 정상기 군을 데리고 2층으로 올라갔습니다. 저희가 부부 침실 문 앞에 도착한 순간, 3층에서 다른 사용인 고민숙이 내려왔습니다. 원래는 정식 기상시간인 6시가 지나도 늦잠을 자기 일쑤인 하녀인데, 그날 아침에는 제가 시끄럽게 군 탓에 잠을 설친 것이었지요.

부부 침실 앞에서 문을 두드리고 소리쳐 불러도 안에서는 아무 대답이 없었습니다. 당연히 걱정이 고조되더군요. 저는 두 사람에게 계속 주인을 부르라는 말을 남기고, 다시 1층으로 내려와 지하실로 향했습니다. 지하실에는 이화 님이 갇혀 있던 방 말고도, 도끼를 보관하고 있는 목재 저장실이 있었기 때문입니다.

목재 저장실에서 도끼를 꺼내 서둘러 부부 침실로 되돌아왔을 때도 상황은 변한 게 없었습니다. 방문은 여전히 굳게 닫혀 있었지요. 더 이상 말은 필요 없고 대뜸 방문을 부쉈습니다. 마침내 문이 삐걱 열렸고, 내부가 살짝 보이는 방에는 기분 나쁜 정적만이 흐르고 있었습니다. 그리고 부부 침실 안에 들어갔을 때, 제 눈앞에 펼쳐진 것은……."

절정에 달한 이야기에 우리는 일제히 침을 꿀꺽 삼켰다.

"피바다였습니다. 부부 침실 안에서 주인과 술집 마담이 처참하게 난자당한 모습으로 피 웅덩이 속에 누워 있었던 것입니다."

"꺄악!"

비명의 정체는 소민이었다. 미오 선배가 놀란 소민을 붙들고 꽉 껴안아주었다.

나는 주변의 반응은 아랑곳없이 집사에게 들은 정보를 머릿속으로 정리하는 일에 골몰했다. 이제 확실히 알게 되었다. 이화장에서 죽었다는 두 사람은 당시의 주인 조문천과 술집 마담이었다.

"별다른 의학 지식은 없었지만 두 분이 죽은 건 확실해 보였습니다. 오후에 이화 님이 휘둘렀던 부엌칼이 마담의 배에 꽂혀 있었던 걸로 봐서 범인은 먼저 주인을 살해하고, 그다음에 마담을 살해한 듯했습니다. 잠시 망연해 있는데, 그 흉악한 광경을 본 고민숙이 비틀거리더군요. 고민숙에게 3층 자기 방으로 올라가서 누워 있으라고 한 다음, 정상기 군을 시켜 1층 응접실 전화로 경찰을 부르도록 했습니다. 지금은 세상과 인연을 끊어 전화를 치웠지만 그때는 응접실에 전화가 있었습니다. 최악의 상황이었지만 저까지 정신을 놓고 있으면 곤란하지 않겠습니까."

"이화 님은 어떻게 되었죠? 혹시 지하실에 갇혀 있지 않았던 게 아닌가요? 실수로 문이 잠겨 있지 않았다든지……."

김원이 날카로운 질문을 던졌다.

"그렇지 않습니다. 정상기 군이 경찰에 신고하고 올라오자마자, 저는 그 아이를 대동하고 다시 지하실로 내려갔습니다. 그제야 아내인 이화 님도 이 사실을 알아야 한다는 데 생각이 미친 것입니다.

하지만 이화 님이 갇혀 있던 지하실 방의 문이 꽉 잠겨 있어, 또다시 2층으로 올라와 시체가 된 주인의 품에서 열쇠를 찾아 가지고 와서야 꺼내드릴 수 있었습니다."

"그럼 어떻게 된 거예요? 잠겨 있던 부부 침실의 주인과 술집 마담을, 역시 잠겨 있던 지하실의 이화 님이 죽일 수도 없잖아요."

장군이 모두의 의문을 대표해 물었다.

"산주 각시."

오늘 밤, 단 한 차례도 입을 열지 않았던 회장이 드디어 입술을 뗐다.

"그녀인가⋯⋯."

나는 혼잣말을 했다. 산주 각시는 산주의 아내 노릇을 포기시키고 이화를 데려간 조문천이 혹여 모질게 굴면 반드시 찾아와 복수하겠다고 공언한 바 있다. 그렇다면 산주 각시는 자신이 죽기 전에 내뱉은 말을 보란 듯이 증명한 걸까.

"제 소임은 입증된 사실만을 말씀드리는 것입니다. 2층 부부 침실의 문과 창문들, 이화 님이 갇혀 계시던 지하실 문, 그리고 이화장 전체의 현관은 사건 당시에 틀림없이 잠겨 있었습니다. 아무래도 가장 중요한 단서이다 보니 경찰이 몇 십 번이나 확인했지요.

그 후, 경찰의 수사는 당시 이화장에 머물고 있던 사람들에게 집중되었습니다. 당시 이화장에는 사용인으로 저와 고민숙, 정상기 군 말고도 몇몇이 있었는데, 그 사람들은 주인의 시체 발견 현장에도 없었을 뿐더러 다른 혐의점도 찾을 수 없었습니다.

고민숙은 조사 과정에서 이 사건과는 관련이 없지만 이화 님의 보석을 훔친 사실이 들통 나서 한바탕 경을 치렀지요. 생각지도 못하게 보석 도둑이었음이 밝혀져 꽤 강도 높은 수사를 받았지만 역시 단순한 좀도둑일 뿐 살인자는 아니라는 게 경찰의 결론이었습니다.

마찬가지로 특별한 혐의가 없었던 정상기 군도 그즈음 맡아주겠다는 친척이 나타나 이화장을 떠났습니다.

저로 말씀드릴 것 같으면 애초 살인이 일어난 밤에 이화장에 있지를 않았기 때문에 가장 먼저 용의자 명단에서 벗어났지요.

흉기 문제도 그렇고, 경찰이 보기에 가장 유력한 용의자는 당연히 주인과 술집 마담에게 커다란 원한이 있었던 이화 님이었지만, 그분은 밤새도록 지하실에 갇혀 있었기 때문에 혐의를 완전히 벗게 되었습니다. 그리하여 경찰의 수사는 완벽한 미궁에 빠지고 말았던 것입니다."

"그 후로 지금까지 이 집에서 두 분만 사신 거예요?"

미오 선배가 물었다.

"그렇습니다. 조 씨 가문에서는 하루아침에 미망인이 된 이화 님에게 이화장을 주는 것으로 모든 관계를 끊었습니다. 산주 각시가 주인에게 복수했다는 부담스런 소문이 본가까지 돌아 가문에서도 골머리를 썩고 있었으니까요. 어쩌면 가문은 삼정산이나 이화장과 관련된 건 뭐든 넌덜머리가 난다는 심사였는지도 모르겠습니다.

제 이야기는 모두 끝났습니다. 아, 한 가지 더 말씀드릴 게 남았군요. 그토록 위세를 자랑하던 조 씨 가문은 훗날 가문을 상속받은 차남이 정치적 격변기에, 한마디로 줄을 잘못 서는 바람에 흔적도 없이 몰락해버렸습니다. 심지어 차남은 형장의 이슬로 사라졌고, 이제는 저와 이화 님만 남아 쓸쓸히 인생의 퇴장을 준비하고 있는 셈이지요…….

궁금증이 다 풀리셨는지 모르겠군요. 제가 오랜만에 말이 너무 많았습니다. 늙은 몸이라 쉬 피곤해지니 이만 물러가겠습니다."

기나긴 옛이야기를 마친 집사의 목은 푹 잠겨 있어 말미에는 쉰 소리까지 나왔다. 우리는 모두 일어서서 집사를 배웅했다. 그러다 문득 생각나는 질문이 있어 멀어지는 집사의 등에 대고 물었다.

"혹시 조문천 씨와 술집 마담의 살해 추정시각이 밝혀졌나요?"

집사의 움직임이 딱 멎었다. 잠시 후, 집사가 덤덤하게 꺼내놓은 말에 등줄기에서 차가운 것이 한 줄기 흘러내렸다.

"새벽 2시경이었다고 합니다."

그 말을 끝으로 집사는 응접실을 나갔고, 우리는 다시 소파에 앉았지만 이화장의 과거사에 압도된 나머지 아무도 입을 열지 못했다.

"우리도 방으로 돌아가자. 벌써 3시가 넘었어. 조사는 내일 계속하기로 하고. 괜찮지?"

미오 선배의 말에 고개를 끄덕여 동의했다. 어차피 당장 할 수 있는 일도 없었다.

"언니, 우리 손 꼭 잡고 자요."

소민은 으스스한지 양팔을 자기 손으로 자꾸 쓰다듬었다. 우리는 각자의 방 앞에서 잘 자라는 인사를 나누고 헤어졌다.

"안 자?"

"미안. 난 좀 생각할 게 있어서."

장군의 호의를 거절하고 의자에 앉아 밤이 새도록 집사의 이야기를 곱씹었다. 불운한 연인과 무시무시한 마녀가 등장하는 슬픈 전설 같은 이야기가 언제까지나 머릿속을 뱅뱅 맴돌았다.

"피곤하실 텐데 저 때문에 죄송합니다."

"아닙니다. 늙으면 잠이 별로 없어지죠. 충분히 쉬었습니다."

이화장의 3층, 구자용 집사의 방 앞에서 나눈 대화다. 조사를 시작할 수 있도록 날이 새기만을 초조하게 기다렸던 나는 해가 솟자마자 2층 동쪽 끝의 계단을 올라 집사의 방문을 두드렸다. 너무 이른 시간이라 걱정했지만 집사는 흔쾌히 허락해주었다.

3층의 구조는 2층과 거의 흡사해, 복도 양편으로 작은 방들이 마주 보고 있는 형태였다. 집사의 방은 계단 바로 왼쪽에 위치해 있었다.

"이화장에 사용인이 제법 있었을 때는 저, 정상기 군, 고민숙 등이 썼고, 서고와 재봉실, 침구류 보관실 등으로 사용했던 공간입니다."

집사가 이화장 3층의 용도를 설명했다.

"올라온 김에 3층 방들을 한번 둘러봐도 되겠습니까?"

"글쎄, 지금은 별로 볼 것이 없습니다만."

겸손이 아니라 집사의 말은 사실이었다. 집사 자신의 방도 꼭 필요한 세간 외에는 없었지만, 빗면 형태의 지붕 아래 위치한 탓에 천장이 살짝 경사진 3층의 방들에는 사방의 벽 말고 아무것도 없던 것이다.

"부끄러운 모습을 보였습니다. 몇 년 전부터 꼭 필요하지 않은 방들에서는 돈이 될 만한 가구들을 하나둘씩 팔아치웠기 때문에……."

주인 이화의 눈에 띄는 곳을 제외한 이화장은 처참하리만큼 궁벽한 상태였다. 이것은 현재의 주인에 대한 집사의 눈물겨운 배려일까.

수확을 올리려야 올릴 방법이 없는 3층에서는 이만 조사를 마치고 2층으로 내려왔다. 아직까지 장군이나 여자들, 회장, 김원 누구 하나 일어난 기척이 없어 혀를 끌끌 찼다.

복도 아래쪽의 부부 침실 문 앞에 도착해 굳게 닫혀 있는 문을 노려보았다.

"사건이 마무리된 후에 부서진 문을 수리해놓고 잠가두었습니다. 언제 열었는지 기억조차 나지 않는군요."

집사의 말에 머리를 쥐어박고픈 심정이었다. 원래 잠겨 있는 통에 어차피 들어가지도 못할 방문 앞에서 어젯밤 그 소란을 떨었다니.

잠자코 집사가 문을 열어주기를 기다렸지만, 감회가 남다른 듯 석상처럼 우두커니 서 있기만 한다.

"집사님, 그만 문을……."

결국 재촉하고 말았다. 정신이 돌아온 집사가 품에서 열쇠 꾸러미를 꺼냈다. 열쇠끼리 부딪치는 짤랑짤랑 소리가 난 지 얼마 후, 집사는 문을 힘껏 열어젖혔다.

"됐습니다."

긴 시간 동안 살아남은 몇몇의 기억 속에서만 존재했던 방의 문이 드디어 열렸다. 떨리는 가슴을 억누르며 집사의 뒤를 따라 다소 침침한 느낌이 드는 방 안으로 들어갔다.

"커튼 열고 환기를 조금 시켜야겠습니다. 오랫동안 폐쇄됐던 방이니까요."

집사의 말처럼 방 안의 공기는 지나치게 탁해 역한 냄새마저 났다. 집사가 남쪽에 난 두 개의 쌍여닫이 창문을 막은 커튼을 걷고, 빗장을 풀어 창문들을 활짝 열자 곧바로 눈부신 햇살과 시원한 바람이 쏟아져 들어왔다.

"잠시 기다리시면 괜찮아질 겁니다."

나는 고개를 끄덕이고 방을 둘러보았다. 조금 전, 집사는 쓰지 않는 방의 가구를 죄다 팔아치웠다고 했는데 이 방은 계산에 넣지 않았던 것 같다. 적긴 하지만 이 방에는 가구가 있었다. 하늘하늘한 백색 휘장을 네 모서리 기둥에 묶어놓은 침대는 한눈에 보기에도 고급품이었고, 원래 넓은 방 면적의 3분의 1을 차지할 정도로 컸다. 하기야 침대의 용도가 가장 컸던 방이니 어련하겠는가마는. 그 밖에는 문 오른편에 설치된 벽난로, 먼지가 잔뜩 앉은 장롱과 거울이 달린 화장대, 그 앞의 짙은 밤색 나무의자 한 개 정도가 다였다.

"그날과 비교해 달라진 건 하나도 없습니다. 아무래도 그런 일이 있었던 곳이니만큼 잠가두고 연 적이 없었지요."

"조문천 씨와 술집 마담의 시신은?"

"지금 손님이 서 계신 바로 그곳에 두 분이 포개져 계셨습니다."

펄쩍 발을 뗐다. 나는 침대의 발치쯤 되는 곳에 서 있었다. 바로 여기에서 문제의 두 사람이 짐짝처럼 쌓여 죽어 있었던 말인가. 집사의 말을 듣고 보니, 왠지 나무 바닥이 붉은 혈흔에 물들어 있는 것처럼 느껴졌다. 집사가 내 생각을 읽은 것처럼 말했다.

"고민숙을 시켜 몇 시간이나 깨끗이 닦았습니다. 별다른 흔적은 남아 있지 않을 겁니다."

차근차근 방의 구석구석을 훑었다. 무릎을 꿇고 침대 밑을 들여다보기도 했고, 장롱이나 화장대의 서랍도 전부 열어 일일이 확인했다. 그러나 예전 신사숙녀의 옷과 화장품의 변천사를 직접 눈으로 본 것 말고는 이거다 할 수확은 없었다. 일단 조사할 게 많지도 않았고, 무엇보다 이미 몇 십 년이나 흐른 상태였다. 당시 경찰도 바보는 아니었을 터, 한낱 아마추어가 그들이 놓친 걸 이제 와서 발견할 수 있다는 생각 자체가 무리였던 것 같다.

"끝났습니까?"

방구석에 서서 내가 조사하는 모습을 물끄러미 지켜보던 집사가 물었다. 천신만고 끝에 들어온 방에서 이대로 아무 수확 없이 물러서기는 왠지 아쉬웠다.

"정말 이 방문이 단단히 잠겨 있었나요?"

"말씀드렸듯이 경찰이 몇 번이나 확인한 부분입니다. 이 침실 방문은 그날도 그렇고, 그전에도 매일 밤 단단히 잠겨 있었습니다. 죽은 술집 마담이 혹시나 야음을 틈타 맞은편 방의 이화 님이 습격하지 않을까 몹시 겁을 내고 있었으니까요."

경찰이 그랬다는데 나 따위가 할 말이 있을 리 없었다. 집사가 다시 창문들을 닫고 커튼을 칠 때 나는 진한 아쉬움을 가지고 내부를 휘 둘러보았다. 공주님 침대와 앤티크 가구들이 옹기종기 모여 있는 방 안의 풍경은 흡사 어린 시절의 그림 동화를 보는 양 근사했다. 이런 곳에서 피로 얼룩진 참극이 벌어졌다는 게 도통 믿어지지 않았다.

"저기, 한 가지 부탁이 있는데요."

다시금 망각 속으로 방을 봉인하고 있는 집사에게 말했다. 문을 잠근 집사가 돌아서며 나를 빤히 보았다.

"그 열쇠, 제가 보관하면 안 될까요? 혹시 놓친 게 생각나면 다시 와보게요."

집사는 가볍게 고개를 끄덕이며 열쇠 꾸러미에서 묵직한 놋쇠 열쇠를 빼내 건네주었다.

"다음으로 이화 님을 가두었다는 지하실에 가보고 싶습니다."

계속되는 부탁이 염치없어 보일까 걱정했지만 집사는 선선히 답했다.

"그렇게 하시지요. 주인님께서 한 점의 의혹도 받지 않을 수만 있다면 외려 제가 부탁해야 할 일입니다."

계단을 내려와 1층 현관홀에 도착한 집사는 어제처럼 나를 응접실로 안내했다. 집사의 뒤를 따라 응접실 북쪽 문을 통해 어제 만찬이 중지됐던 식당으로 들어가는데, 응접실 남쪽의 프랑스식 창들로부터 햇볕이 따갑게 내리쬐었다. 아침부터 이러니 오늘도 하루종일 무척 더울 것 같다.

식당에는 특별한 볼일이 없는지 집사는 곧장 식당의 북쪽 벽면에 난 문을 열었다. 예상대로 그곳은 오븐과 레인지, 냉장고 등이 벽을 따라 놓여 있는 주방이었다.

"여기는 왜?"

답은 바로 알 수 있었다. 조리실 북동쪽 구석에 다른 문이 나 있었다. 집사가 그 문을 열자, 지하실로 내려갈 수 있는 층계참이 보였다. 다른 입구가 보이지 않는 지하실은 오직 주방을 통해서만 드나들 수 있는 듯했다.

"지하실에는 식재료실, 세탁실 등이 있습니다. 이화장에 손님이 많이 찾아오던 시절에는 유용하게 사용했던 공간이지요. 물론 지금은 다 옛날 일이 되었습니다마는."

우리는 층계참에서 계단을 내려갔다. 짧은 철제 계단은 중간에서 한 번 180도로 꺾인 다음 몇 개 더 이어졌다. 탕탕 소리를 내며 계단을 다 내려온 우리의 왼쪽에 일직선으로 복도가 길게 펼쳐졌다. 빛이 거의 들어오지 않는 지하실은 무척 어두웠고, 한여름임에도 오싹할 정도로 기온이 낮았다. 집사는 계단 근처 벽에 달려 있는 쇠고리에 끼워져 있던 파란색 플라스틱 랜턴을 꺼내 들었다.

"낮에도 이게 없으면 잘 보이지 않습니다. 배선 문제로 전기가 들어오지 않아서……."

나는 랜턴을 켜고 앞장선 집사를 따라 지하실 복도를 걸었다. 가장 먼저 위아래로 마주 보는 두 개의 철문이 보였다.

"지하실에는 이렇게 양쪽에 네 개씩 마주 보는 방이 있습니다."

"그렇군요."

나는 처음 마주친 복도 북쪽 방의 문고리를 돌렸다. 육중한 철문은 잠겨 있지 않았다. 흥미롭게도 위층의 손님방들이나 부부 침실과 달리 지하실 방은 문을 바깥쪽으로 당겨 열게 되어 있었고, 문 아래쪽에 놋쇠 고정 장치가 부착되어 있었다. 아무래도 커다란 짐들을 넣거나 뺄 때 용이하게 하기 위해서인 듯하다.

"여기는?"

"와인 저장고였습니다."

한때 와인 저장고였다는 이 방에는 빈 선반과 역시 텅 비어 있는 오크통이 몇 개 굴러다닐 뿐이었다. 집사에게 랜턴을 받아 들어 몇 번 안을 비춰보았지만 역시나 별달리 볼 것도 없었다.

"와인 저장고의 맞은편은 식재료실입니다."

식재료실에는 쌀과 감자, 양파 등이 들어 있는 부대들이 입구에서부터 가지런히 정돈되어 있었다.

"식재료실 옆방은 보일러실입니다."

계단에서부터 복도 남쪽의 두 번째 방인 보일러실은 캡슐같이 생긴 거대한 보일러가 면적의 대부분을 차지했다.

"날씨가 추워지면 벽난로와 화목 보일러를 병행해서 사용하고 있습니다."

보일러실의 맞은편 방은 전기실이었는데, 웅웅 소리를 내며 돌아가는 거대한 발전기와 구불구불한 파이프들로 발 디딜 곳조차 찾기 힘들었다.

복도 북쪽의 세 번째 방은 목재 저장실이었지만 도끼 하나만 놓여 있을 뿐이었다.

"벽난로와 화목 보일러용 땔감을 보관하는 곳입니다만, 지금은 여름이라 보시다시피."

"그렇군요."

복도 남쪽의 세 번째 방인 세탁실의 시멘트 벽에는 수도꼭지가

붙어 있었고, 언제 출시됐는지도 모를 구형의 커다란 세탁기와 탈
수기 등이 놓여 있었다. 녹이 슬어 원래의 금속 빛깔을 잃어버린
세탁기 제조사의 마크를 확인해보니 미국의 유명한 가전회사였다.
그 나라에서 생산되자마자 들여 온 모양인데, 워낙 오래된 물건이
라 고장 나면 수리할 방법도 없을 것이다.

세탁실의 옆방, 다시 말해 복도 왼쪽 맨 끝의 아래위 두 방 중에
서 남쪽 방 앞에 섰을 때 집사가 말했다.

"이 방이 당시 이화 님께서 갇혀 계시던 방입니다."

바로 이곳인가. 제발, 이 방만큼은 뭔가 다른 게 있어야 할 텐
데…….

참극의 밤에 이화가 갇혀 있던 방 안에는 시커먼 그림자들이 보
였다. 반가운 마음에 얼른 다가가서 하나씩 확인하기 시작했다.

"원래는 망가지거나 쓸모없는 물건들을 버려두는 잡동사니 창고
였습니다만, 문제의 방이라서 하나도 치우지 않았습니다. 2층의 부
부 침실과 마찬가지로 그날 밤 그대로입니다."

잡동사니 창고 안에 있는 물건들을 자세히 살펴볼수록 실망의
한숨이 새어 나왔다. 다리가 부러진 의자 세 개, 옆면이 파손되어
내부의 기계장치가 볼썽사납게 드러났고 더 이상 바늘도 움직이지
않는 나무 벽시계, 원통형으로 돌돌 말아놓은 낡고 시꺼먼 카펫,
깨진 유리가 부분적으로 붙어 있는 길쭉한 거울, 자물쇠가 부서져
입을 크게 벌린 여행가방, 찌그러진 청동 화병 따위가 방 안에 있
는 전부였다.

"그럼 이 잡동사니 창고 맞은편의 방은?"

"그때나 지금이나 빈방입니다."

이화가 갇혀 있던 방과 마주 보는 복도 왼쪽 끝 북쪽 방은 동물의 희끄무레한 뼈처럼 보이는 사방의 시멘트 벽만이 흉하게 드러나 있었다.

그래도 혹시나 하는 마음에 이화가 갇혀 있었다는 잡동사니 창고와 맞은편의 빈방을 왕복하며 조사해봤지만, 머리카락에 거미줄만 잔뜩 묻었고 먼지만 실컷 들이마셨다. 처음부터 다시 계단 쪽으로 거슬러 올라가며 지하실 방들을 몽땅 둘러봤지만 각각의 방에 있는 온갖 잡동사니를 이용해 굳게 잠긴 밀실을 탈출할 수 있을 리가 만무했다. 결국 내 머리는 조문천이 문제의 잡동사니 창고 문을 제대로 잠그지 않았을 거라는 실수설로 향했다.

"정말 조문천 씨가 이 잡동사니 창고의 문을 제대로 잠근 게 맞나요?"

"주인뿐 아니라 정상기 군도 같이 확인했으니까요. 단단히 잠겨 있었다고, 정상기 군이 몇 번이나 경찰에 증언했습니다."

"흐음."

"게다가 잡동사니 창고의 문이 열려 있었다고 해도 2층의 부부 침실 안으로 들어갈 수가 없지요. 단 하나밖에 없는 열쇠 꾸러미는 살해당한 주인이 품속에 가지고 계셨습니다."

이래서야 더 이상 할 말이 없다. 항복의 표시로 두 손을 들어 보였다.

靈

"아침부터 귀찮게 해드려 죄송합니다."

"아까도 말씀드렸다시피 얼마든지 괜찮습니다. 그럼 저는 이만 주인님 곁으로……."

탄광만큼 어두웠던 지하실에서 올라오니 대번에 밝아진 주변에 눈이 시렸다. 나는 두 손으로 눈물이 솟아난 눈을 비비며 응접실을 나가는 집사를 보았다. 자, 이제 무얼 하지? 밤새도록 한숨도 못 잤으니 올라가서 잠깐 눈이라도 붙일까.

아니다. 아직 뭔가 분명한 해답이 나왔다는 기분이 들지 않는다. 이런 뜨뜻미지근한 상태로 잠을 잘 수는 없는 노릇, 조금만 더 조사해보자.

응접실 남쪽에 있는 두 개의 프랑스식 창 중 왼쪽 것으로 다가갔다. 어젯밤 집사가 단속을 해놨는지 돌려서 잠그는 크레센트 걸쇠가 걸려 있었다. 걸쇠를 원래대로 해놓은 다음 창을 밀어 열고 건물 바깥으로 나왔다. 이화장 앞마당의 황폐해진 잔디밭으로 슬슬 걸어간 다음 돌아서서 이화장 정면을 물끄러미 바라보았다. 어제에 이어 두 번째로 낮에 본 건물이지만, 하루 만에 극적인 변화가 있을 리 없었다.

이화장의 전면부 벽은 하얀 대리석과 거친 질감을 고스란히 드러낸 벽돌이 마치 세로 줄무늬 양복처럼 교대로 구획되어 있었다. 1층 동쪽에는 방금 내가 빠져나온 응접실의 널찍한 프랑스식 창들이 있었고, 그 바로 위 2층에는 문제의 부부 침실에 쌍여닫이 창문

258

두 쌍이 일정한 간격을 두고 배치되어 있었다.

무심코 고개를 돌려 2층 서쪽을 바라보았다. 순서대로 화장실, 나와 장군의 방, 김원의 방에 창문이 하나씩 나 있었다. 부부 침실 보다 반 이상 작은 크기이다 보니 창문도 하나밖에 들어갈 수 없는 것이다. 어제와 마찬가지로 2층의 모든 창문틀 바로 위에 볼록 튀어나와 있는 금도금 삼각형 창문 장식들이 강렬하게 빛을 내뿜어 똑바로 쳐다보기 힘들었다.

마지막으로 경사진 다락 형태의 3층이 있었는데, 지붕에서 다소 오른쪽으로 치우친 곳에 굴뚝 꼭대기가 보였다.

나는 부부 침실 바로 밑으로 이동했다. 밑에서 암만 올려다봐도 이화장의 외벽에는 배수 파이프나 연통 등 붙잡고 몸을 지탱할 만 한 것은 전혀 눈에 띄지 않았다. 다시 큰 보폭으로 그나마 부부 침 실에서 가장 가까운 김원의 방 창문 아래를 향해 걸었다. 고릴라라 면 모를까, 김원의 방 창문틀에서 부부 침실 창문까지 한 번에 건 너뛰는 일은 꿈도 꿀 수 없었다. 2층 복도 중간에 계단이 있는 바 람에 두 방의 거리가 물경 수 미터였던 것이다.

혹시나 해서 가로 폭이 넓은 직사각형 모양의 이화장 동쪽 옆면 으로 돌아가보았다. 부부 침실의 동쪽 측면부에는 아예 창문이 없 었고, 정면과 마찬가지로 붙잡고 올라갈 만한 뭔가도 눈에 띄지 않 았다.

단지 부부 침실과 3층으로 올라가는 계단 중간에 창문이 하나 나 있었지만 정작 부부 침실로 들어갈 수 있는 창이 없으니 별 소 용이 없을 것 같았다. 옆쪽도 무리인가 싶어 고개를 흔들며 이화장 전면부로 되돌아왔다.

"볼수록 우아한 파사드(façade)지요?"

기척도 없이 김원이 다가온 모양이지만 돌아보지 않았다.

"파사드?"

"건축물의 전면부를 뜻하죠."

김원이 내 옆에 다가와 우리는 나란히 이화장을 바라보았다.

"별걸 다 아네."

"건설회사 아들인데 이쯤은 기본이죠. 저 삼각형의 창문 장식은
페디먼트(pediment). 고전 서양 건축물의 필수 요소랍니다."

"별걸 다 아네."

김원의 뻐기는 듯한 태도에 조금 기분이 상해 내 말투는 자연히
퉁명스러워졌다.

"그렇게 똑똑하다면 여기서 벌어진 일도 명명백백히 밝혀보지
그래? 너라면 할 수 있을 것 같은데."

단순히 빈정대기 위해서 한 말은 아니었고, 솔직히 의지하고픈
마음도 있었다. 이 녀석이 우리와 같이 중위권 서열의 성주대에 다
니는 이유는 오로지 아버지가 이사장이었기 때문이다. 본인의 실
력대로라면 국내 최고의 대학, 아니 외국의 어느 명문대도 가볍게
들어갈 거라는 사실을 알고 있었다.

"호호호."

돌연 그가 손으로 입을 가리며 웃어 당황했다.

"왜 웃어?"

"조금 재수 없게 들릴 수도 있겠지만요. 솔직하게 말할게요. 기

우 군도 알다시피 저는 영계통신의 운영비를 전부 내고 있어요. 그러니 영계통신의 실질적인 경영자라 해도 손색이 없겠죠?"

"재수 없게 들리지만 그렇지."

"선친께 배운 또 한 가지!"

김원이 왼손 검지를 번쩍 세우고 말했다.

"경영자는 자기가 하기 싫은 일은 몸소 할 필요가 없다. 어렵고 귀찮은 일은 그 일을 가장 잘할 수 있는 능력 있는 사람을 찾아 아웃소싱(outsourcing)으로 처리하면 된다. 이제 알았지요? 호호호."

말을 마친 김원은 성큼성큼 걸음을 뗐다. 황급히 그를 뒤쫓으며 말했다.

"그렇지만 이 일에 관해서라면 나는 능력 있는 사람이 아닌걸. 정말로 모르겠어. 진짜 산주 각시가 영혼의 모습으로 찾아온 건지, 아니면 뭔가 술책이 있었는지."

"술책이요?"

"단순히 동기로만 보자면 이화 씨가 가장 유력하지. 하룻밤만 지나면 쫓겨날 판이었던 데다가, 남편에게 배신당한 분노도 있었을 테고. 하지만 3중의 밀실이 문제야. 일단 구자용 집사가 새벽에 도착했을 때, 이화장 정문의 빗장이 걸려 있었으니 외부인은 침입할 수 없었어. 게다가 지하실은 물론이고, 부부 침실 방문과 창문까지 잠겨 있었잖아. 비록 피해자들과 함께 이화장 안에 있었다지만 이화 씨는 완전히 손발이 묶인 셈이었지."

김원은 정문을 열고 이화장 안으로 들어갔고, 나는 졸래졸래 그의 뒤를 따랐다. 계속 항변하려다 불현듯 현관홀 왼편에 있는 커다란 방을 한 번도 보지 못했다는 사실을 떠올렸다.

"근데 이 방은 뭐지?"

"오른편이 응접실이니까 서재쯤 되려나요."

천연덕스럽게 답한 김원은 거리낌 없이 큰방의 문고리를 돌렸다. 문은 잠겨 있지 않았다.

"아, 조문천 씨는 화가 지망생이었다죠."

이화장 1층 왼편 대부분의 공간을 차지하는 그 방은 생전의 조문천이 사용했던 아틀리에였다. 방 중앙에 주인을 잃고 외로이 놓인 이젤과 빈 의자가 방의 용도를 우리에게 똑똑히 알려주었다.

나는 고개를 좌우로 돌리며 아틀리에 안을 빠짐없이 둘러보았다. 우리가 들어온 문이 있는 동쪽 벽에는 웬만한 성인의 키보다 높은 선반이 있었는데, 하단부터 상단까지 모든 색깔의 물감과 크기와 종류가 다양한 붓이 가득 꽂힌 붓통, 린시드, 솔벤트, 테레핀 등 각종 오일과 광택 도료 바니시(varnish), 붓을 빠는 용도의 석유통, 분무기, 캔버스, 팔레트 등의 미술도구가 차곡차곡 쌓여 있었다.

서쪽 벽에는 역시나 거대한 책장이 놓여 있었는데, 유명한 화가의 화집, 도록, 영어로 된 미술 개론서 등이 빈틈없이 꽂혀 있었다. 북쪽 벽에는 장식이 화려한 4인용 소파 두 개가 이어져 있었고, 그 위쪽에 둥근 거울과 몸소 작업한 그림들이 액자에 담겨 벽 곳곳에 걸려 있었다. 남쪽 벽에는 응접실과 마찬가지로 프랑스식 창이 두 개 늘어서 있었는데, 모든 창에 커튼을 쳐놓았다. 그림을 그리는 곳답게 채광에 꽤나 신경 쓴 아틀리에였다.

우리는 아틀리에 중앙으로 걸음을 옮겼다. 이젤에 조문천이 채

작업을 마치지 못한 캔버스가 걸려 있었다. 가까이서 자세히 그림을 살펴보는 내 입에서 저도 모르게 신음이 흘러나왔다.

"이…… 이건 그림이 아닌데."

"무슨 소리예요. 틀림없이 그림인걸요."

"아니, 사진이잖아."

"호호, 기우 군은 포토리얼리즘(photorealism)이라는 말도 못 들어 봤나 보군요."

김원이 뭐라던 내 눈에는 여전히 그림 같지 않은 그림이었다. 말 쑥하게 정장을 차려입은 턱수염 노신사의 상반신을 화폭에 담은 이 그림은.

그러고 보니 캔버스 왼쪽 상단에 그림과 정확히 똑같은 모습으로 노신사를 찍은 사진 한 장이 핀으로 꽂혀 있다.

"이 사진을 보고 고스란히 따라 그리는 건가?"

내 질문에 김원은 여전히 싱글거리는 얼굴로 설명을 시작했다.

"포토리얼리즘, 다른 말로 하이퍼리얼리즘(hyperrealism)이라고도 하죠. 조문천 씨가 한창때였던 1960~70년대 미국에서 대단히 유행했던 미술 사조랍니다. 포토리얼리즘 회화는 변화와 운동을 1초라는 시간 속에 고정하여 세밀하게 재현해야 하기 때문에 반드시 사진이 필요하죠. 카메라라는 기계의 힘을 빌려야만 하는 사진을 화가의 두 손만으로 완벽하게 재현하는 셈이니 포토리얼리즘 화가들이 얼마나 우쭐했겠어요. 아마 화가가 보는 세계를 최대한 객관적이고 냉철하게 재창조하고 싶은 열망이 만들어낸 극도의 사실주의 화풍이라 할 수 있을 거예요."

그러나 외알 안경을 끼고 잘 다듬은 뾰족한 턱수염 노신사의 그림에는 솜털과 땀구멍 하나하나까지 완벽하게 재현되어 있어 사실적이라기보다 오히려 환상적으로 느껴졌다.

"나 같으면 차라리 좋은 카메라를 사겠다."

나는 고개를 절레절레 흔들었다. 삼각형, 사각형, 동그라미를 파란색, 노란색, 빨간색으로 색칠해놓고 이것이 현대 미술의 총아라고 주장하는 추상미술보다는 알아보기 쉬웠지만 역시나 왜 이런 그림이 좋은지에 대해서는 전혀 공감이 가지 않았다.

"참, 이분이 집사님이 말한 조 씨 가문의 가주예요. 선친과 함께 찍은 사진을 본 적이 있어요."

김원의 설명을 귓등으로 들어 넘기면서 다소 신경질적인 눈빛의 조문천 부친에게서 시선을 돌렸다. 대충 조문천의 그림 성향을 파악하고 보니, 북쪽 벽에 걸린 그림들도 죄다 포토리얼리즘 일색이었다.

털에 붉은 빛깔이 도는 갈색 경주마를 그린 것도 있고, 이화장에서 열린 가장무도회를 재현해놓은 그림은 사이즈가 커다란 대작이었다. 그 외에도 생전 처음 보는 사람들을 생생하게 복제해낸 여러 점의 작품들 속에서 한동안 허우적대다 유일하게 아는 얼굴을 발견하자 몹시 반가웠다.

"이화 씨다! 지금도 그렇지만 확실히 미인이긴 했네."

젊은 시절의 이화를 재현한 그림에서는 쉽사리 시선을 뗄 수 없었다. 흑백영화에서나 볼 법한 고전적인 기품이 어린 미모에 완전히 감탄하고 말았던 것이다. 잠에서 깬 지 얼마 되지 않았는지 침대

캐노피 앞에 선 이화는 레이스가 달린 잠옷 차림이었고, 활짝 열린 창문 바로 앞까지 다가온 굵직한 너도밤나무 가지와 잎사귀를 만지작거리며 환하게 웃고 있었다. 흐드러지게 핀 그 미소에 집사가 언급한 건강미와 활력이 넘쳐 시공마저 초월해 반할 지경이었다.

한참 동안 그림을 물끄러미 바라보고 확신했다. 이 그림은 분명히 조문천이 사랑이 식기 전에 그렸다. 대상을 사진처럼 세밀하게 재현했다고? 아니, 적어도 이 작품만큼은 포토리얼리즘에 실패했다. 붓 터치 하나하나에 아내에 대한 한없는 사랑과 열정이 '주관적으로' 배어 있었던 것이다.

감상 삼매경에 빠져 있던 내 옆에서 지루하게 몸을 배배 꼬던 김원이 이죽거렸다.

"더 볼 것도 없네요. 나는 이제 대강의 답을 알았어요."

"뭐, 정말이야?"

깜짝 놀라 물었다.

"기우 군처럼 영리한 친구가 아직도 헤매고 있다니 믿을 수가 없네요, 호호."

"그럼 알려달란 말이야!"

"아직 백 퍼센트 완벽한 건 아니라서 나머지는 기우 군에게 맡길게요. 이번 일은 어디까지나 외주니까요. 그래도 뭐 굳이 힌트를 주자면 어젯밤 들은 집사님 말씀 중에 답이 숨어 있다는 것. 에이, 아니에요. 어차피 기우 군은 백번 죽었다 깨어나도 알 수 없는 거니까."

"뭔데 그래? 왜 나는 죽어도 모른다는 거야?"

"조금 더 고민해보시길, 호호호."

"야!"

버럭 소리를 지르자, 김원은 발랄하게 두 손을 휘저으며 아틀리에에서 나갔다. 나는 그가 더 이상 내시 같은 웃음을 지을 수 없게 이빨을 몽땅 뽑아주리라 작심하고 뒤쫓았다.

다시 정문을 열고 건물 바깥으로 나간 김원 덕분에 우리의 추격전은 이화장의 후면부까지 이어졌다.

"어이, 두 사람! 잘 왔어. 너희들도 한 게임 해."

미오 선배가 우리를 보며 어서 이리로 오라는 양 오른손에 든 테니스 라켓을 자기 몸 쪽으로 휘둘렀다. 그녀가 있는 곳은 이화장 뒤편 정원에 마련해놓은 테니스 코트. 그곳에 소민, 장군, 회장도 모여 있었다. 코트는 이화장 외부의 다른 곳과 비슷하게 손질이 제대로 되어 있지 않았지만 그런대로 게임은 진행할 수 있을 것 같았다.

"우리 방 창문으로는 이화장 뒷마당이 보이잖아. 테니스 코트가 있기에 집사님한테 라켓이랑 공 받아 왔지."

미오 선배가 말했다.

"와우! 이런 곳이 있었군요. 작년에 보러 갔던 윔블던 생각이 나네요. 자, 본토에서 배워 온 테니스 실력 발휘 좀 해볼까요."

신이 나서 코트로 다가간 김원에게 미오 선배가 라켓을 건네주었다. 모두가 들고 있는 건 지독하게 낡은 라켓과 공이었다. 확실히 중고로도 팔 수 없을 만한 물건이었다.

"오빠는요?"

소민이 물었다.

"난 됐어. 아직 할 일이 남아서."

"그럼 짝이 안 맞잖아."

미오 선배가 입을 비쭉 내밀었다.

"벌써 잊은 모양인데 우리 놀러 온 거 아니거든요."

나는 돌아서서 이화장의 뒤통수를 쳐다보았지만 정면과 비교해 크게 다른 것은 없었다. 산보하듯 슬슬 걸어나가자 이화장 부지의 끝을 알리는 낡은 울타리가 나왔다. 울타리 너머를 둘러보니 오른편, 급격히 경사가 올라가는 산비탈에 조그마한 오솔길이 보였다. 아무래도 저 길이 이화가 쑥을 캐며 내려왔다는, 그리고 집사가 참극의 밤에 하룻밤을 지샜다는 산주 각시의 초막으로 올라가는 길인 모양이었다. 나는 울타리를 넘어 오솔길로 향했다.

20여 분 정도 산들바람이 나무에 속삭이는 소리를 들으며 길을 오르니 황폐한 초막이 눈앞에 나타났다. 텔레비전에서 요즘 시골에 사람이 살지 않는 폐가가 늘어나고 있다는 뉴스를 본 적이 있는데 딱 그 모양새였다. 집 경계에 있는 토담은 이미 무너져 전혀 역할을 하지 못했고, 방 한 칸짜리 낡아 빠진 초막은 문도 떨어진 게 밤이 되면 귀신 나오기 딱 좋아 보였다. 그런 생각이 들자 자연스럽게 산주 각시가 떠올라 오싹해졌다.

나는 머뭇머뭇 초막으로 다가가 아래쪽 경첩만 붙어 있어 간신히 달랑달랑 매달려 있는 창호지 문 안쪽의 방을 들여다보았다. 방안에는 썩은 지푸라기와 먼지가 뭉친 덩어리만 굴러다녔고, 벽에는 산신령처럼 기다랗고 허연 수염을 나부끼는 노인이 그려진 민화풍의 그림이 걸려 있었다. 호랑이를 타고 있는 그림 속 노인의 눈이 흡사 야수의 눈처럼 냉담하고 잔인하게 보여 무심코 어깨가 오그라들었다.

더 살펴볼 자신이 없어 얼른 초막에서 물러났다. 조금 떨어져서 보니 어느 정도 이성을 찾을 수 있었다. 나는 덜덜 떨리는 손으로 담배를 피웠다. 이 손바닥만 한 방에서 산주 각시와 이화, 그리고 산주 셋이서 살았구나 하는 생각에 괜스레 씁쓸한 기분이 들었다.

靈

돌아온 이화장의 뒷마당에서는 여전히 멤버들의 테니스 시합이 한창이었다. 또다시 붙잡는 미오 선배를 거절하고 조사를 계속했다.

하루 종일 이화장 주변을 돌아다니며 땀을 뻘뻘 흘리는데, 가끔씩 들려오는 멤버들의 왁자지껄한 웃음소리가 내 속을 박박 긁어놓았다. 오후가 되어 작열하는 여름 해가 머리 꼭대기에 다다르자 땀이 티셔츠를 흠뻑 적셨다. 그리고 서서히 해가 넘어가 사방에 먹빛의 어둠이 내리기 시작한 시각, 나는 이화장에서 일어난 일에 대한 결론에 도달했다.

조사를 마치고 나와 장군의 방 앞으로 돌아와 문을 열자마자 보이는 풍경에 혀를 찼다. 영계통신 전원이 방바닥에 둘러앉아 신사를 망치는 악덕 중 으뜸 행위인 음주에 심취해 있었던 것이다.

"뭐하다 이제 왔냐. 우리가 얼마나 기다린 줄 알아? 얼른 앉아라."

장군이 자기 옆의 빈자리를 탁 치며 말했다. 벌써 붉어진 얼굴에 혀도 제법 꼬였다.

"아주 본격적으로 술판을 벌이셨군."

나는 장군이 가리킨 자리에 앉았다.

"이화장에서의 마지막 밤인데 이대로 밍밍하게 보낼 순 없잖아. 자, 누나가 한 잔 따라줄 테니 쭈욱 마셔!"

미오 선배가 바닥에 놓여 있던 양주병을 들어 빈 위스키 글라스에 따라주었다. 무더운 여름에 조사한답시고 땀도 한 바가지 흘렸겠다, 마다할 이유가 없었다. 단번에 잔을 비웠다.

"먼저 달린 우리랑 보조 맞춰야 하니까 딱 두 잔만 더 받으세요."

미오 선배에게 술병을 받아 든 소민이 다른 손으로 내 잔을 냉큼 빼앗았다. 소민은 어지간히 취했는지 따르는 양을 조절하지 못했고, 잔에서 넘친 술이 방바닥에 흥건히 고였다.

"이 꼬마 술꾼은 누가 이렇게 될 때까지 먹였어? 선배들이 좀 조절해줘야지. 그리고 소민이 너, 반년 만에 알코올중독자가 다 됐다."

은근한 비난이 섞인 내 말이 끝나기 무섭게 소민의 눈에 난데없이 눈물이 차올랐다.

"그래서 오빠 저한테 실망하신 거예요? 이제 더 이상 저 예뻐하지 않으실 거예요? 죄송해요. 정말 죄송해요."

소민은 눈물을 흘리기 시작했고, 나는 급성 편두통에 이마를 손으로 짚었다. 이 판국에 후배 술주정까지 받아줘야 한다는 말인가.

"아니, 그런 건 아니고. 몸 생각하면서 적당히 마시라는 뜻에서……"

그러나 소민의 오열은 그치지 않았고, 조금 뒤에는 아예 두 손으로 얼굴을 가리며 펑펑 울기까지 했다. 여느 남자와 마찬가지로 여자의 눈물에 약한 나는 크게 당황했다.

"미오 선배, 소민이 좀 말려봐요. 참 나, 갑자기 이러네."

그러다 불현듯 이상한 느낌이 들어 소민의 두 팔을 잡고 아래로 끌어내렸다. 이내 얼굴이 드러난 소민이 혀를 날름 내밀었다.

"헤헤. 또 속았죠!"

소민이 큰 소리로 웃음을 터뜨리자, 그 한 점의 구김살 없이 명랑한 웃음은 모두에게 전염되었다. 속은 게 분했던 나조차 따라 웃었을 정도였으니까.

"좋아요. 이 기세로 오늘은 밤새 달리는 겁니다!"

김원이 말했다.

"마셔, 마셔!"

일동 광분.

어제 김원의 별장에서 한 가방 가득 가져온 술은 아직도 많았고, 밤은 못지않게 길었다. 술자리는 그칠 줄 모르고 이어졌다.

몇 시간이나 지났을까. 슬쩍 시계를 보니 자정에서 15분이 모자랐다. 나는 새삼 주변을 둘러보았다. 덩치와는 달리 의외로 술이 약한 회장은 장렬히 전사해 바닥에 뻗었고, 소민도 진즉에 자기들 방으로 패퇴했다. 김원과 장군, 미오 선배는 정신력으로 그저 버티고 있을 따름이었다. 멤버들 상태가 이 정도라면 슬쩍 나가서 다시 돌아오지 않아도 모르리라.

나는 슬며시 일어나 방 밖으로 빠져나갔다. 복도에 우뚝 서서 주변을 둘러보았다. 방음이 잘되는 모양인지 이 문 안에서 시끌벅적한 술자리가 벌어지고 있다는 게 거짓말같이 사방은 조용했다. 최대한 발소리가 나지 않게 복도 오른쪽을 향해 걸었다. 오늘 밤, 누구한테도 내가 지금부터 할 일을 방해받고 싶지 않았기 때문이었다.

다행히 2층에 기거하는 이화나 간병 중일 집사에게 발각되지 않고 부부 침실의 문 앞에 도착했다. 바지 주머니 속의 열쇠를 꺼내 열쇠구멍에 맞추고 돌렸다. 귀에 거슬리는 삐걱 소리를 내며 자물쇠가 풀렸지만 선뜻 들어가기 힘들었다. 아침에는 둘이었지만 지금은 혼자다. 아무래도 한밤중에 사람이 두 명이나 죽어 나간 방에 홀로 들려면 보통 이상의 용기가 필요한 듯하다.

몇 분을 우두커니 서 있다가 결심을 굳히고 문을 열었다. 결국 믿어야 할지, 말아야 할지 모를 때는 내 눈으로 직접 확인해야 하는 법이니까.

마침내 이 방에 나 혼자였다. 불을 켤까 했지만 커튼을 걷은 남쪽의 두 창문을 통해 고즈넉한 달빛이 비쳐 들어 그럴 필요는 없을 것 같았다. 더구나 왠지 밝은 곳은 산주 각시가 싫어할지 모른다는 생각도 들었다. 그녀가 나를 만나고 싶어 하는 게 아니라 그 반대이니 아쉬운 내가 신경을 더 써야 하는 게 당연했다.

나는 과거의 그날과 마찬가지로 문을 단단히 잠갔다. 그러고는 방 한가운데로 가서 달빛을 온몸으로 받았다. 입안의 침이 바싹 말라 입술이 잘 떨어지지 않았지만 기를 쓰고 떨리는 목소리로 말했다.

"산주 각시 님, 저는 당신의 존재를 알고 있습니다. 여기 당신을 애타게 부르는 제 앞에 언제든 그 모습을 드러낼 수 있다는 걸 믿습니다. 부디 지금 저를 찾아오셔서 당신을 알현할 수 있는 영광을 베풀어주세요. 간절한 염원으로 당신을 만나고 싶습니다. 그리고 제발 당신이 머무르고 있는 세계에 속해 있는 한 여자를 만나게 해주십시오. 목소리를 듣고, 얼굴을 만질 수 있게 도와주십시오. 진심으로 빕니다. 이 소원을 이뤄주신다면 제 목숨이라도 바치겠습니다."

이상이 오늘 하루 종일 이화장을 조사하고 내린 결론이었다. 초자연적인 능력을 가진 영혼, 즉 산주 각시의 범행설 외에 다른 가능성 없음.

계속해서 산주 각시에게 단 한 번만 지연을 만나게 해달라고 빌었다. 참극의 밤, 이미 죽은 지 오래였던 산주 각시는 수양딸 이화의 복수를 위해 죽은 자의 공간에서 이 꽉 막힌 방으로 날아왔다. 나는 산주 각시 자신이 그럴 수 있었다면, 다른 가련한 영혼을 도와줄 능력도 있을 것이라고 확신했던 것이다.

내가 불러놓고도 정말 산주 각시가 갑자기 내 뒤에 나타날까 싶어 소름이 돋았다. 그렇게 생각하니 어쩐지 뒤에서 인기척이 나는 것 같아 이마에서 땀이 비 오듯 쏟아졌다. 한참을 떨고 있다가 마음을 다지고 휙 뒤를 돌아보았다.

등 뒤에는 아무도 없었다. 긴장이 일시에 풀리자 피식 헛웃음이 나왔다.

그나저나 오늘 밤, 산주 각시를 만나기란 쉽지 않을 듯하다. 어떡

하나, 오늘 밤이 마지막인데…….

나는 침대에 걸터앉아 생각에 잠겼다. 산주 각시를 부르는 데 내가 모르는 특별한 비법이 필요한가? 정리해보면 산주 각시는 피해자들이 특히 이화를 괴롭혔을 때 나타났다. 나도 맞은편 방의 이화에게 달려가 그녀를 때려주기라도 해야 하나. 그렇게라도 해야 산주 각시를 만날 수 있을까.

그런데 갑자기 왜 이리 목이 간지럽지? 나는 목덜미를 벅벅 긁었다. 그래도 가려움이 사라지지 않자 짜증이 나서 몸을 돌려 누웠다. 잠깐, 옆으로 누웠다니!

방금 전까지만 해도 나는 침대에 걸터앉아 산주 각시를 불러낼 방법을 찾고 있었잖아…….

번쩍 눈을 뜨고서야 깨달았다. 나도 모르는 사이에 침대에 누워 자고 있었던 것이다. 전날 집사의 이야기를 듣느라 밤을 샜고, 오늘은 오후 늦게까지 이화장 주변을 다람쥐 쳇바퀴 돌 듯 몇 번이나 수색한 다음 술까지 진탕 마셨다. 그러니 피곤할 수밖에. 이참에 본격적으로 자기로 마음먹고, 몸을 반쯤 세워 발치에 있던 이불을 끌어당겼다.

그 순간, 침대 옆에 웅크리고 있던 둥그스름한 물체가 반쯤 시야에 들어왔다. 얼마나 놀랐는지 순식간에 잠이 달아났고, 하마터면 침대에서 떨어질 뻔했다. 잠시 후, 그 정체를 알 수 없는 물체가 고개를 홱 쳐들었다. 곧장 그것과 나의 시선이 허공에서 맞부딪쳤다. 그제야 그것의 정체를 알 수 있었다.

그것은 나와 같은 사람이었다. 아마도 이 사람이 침대 옆에 숨어 있다가 살짝 고개를 내밀어 곤히 자고 있던 내 목덜미에 숨을 내쉰 모양이었다. 가려움에 대한 의문은 풀렸지만 여전히 이상한 느낌이 가시지 않았다. 분명히 사람의 형상을 하고 있지만, 사람이라고 하기에는 어딘가 이상했다. 괴인을 뜯어보고 즉각 그 이유를 깨달았다.

뾰족뾰족 솟은 괴인의 머리카락은 가늘고 긴 풀잎으로 되어 있었고, 우툴두툴한 데다 수십 개의 실금으로 잔뜩 균열이 난 얼굴의 피부는 흡사 썩어 문드러진 나무의 바싹 마른 껍질을 떠오르게 했던 것이다. 뭐랄까, 이건 마치…… 나무 인간 같잖아.

괴담 속에나 나올 법한 나무 인간을 실제로 앞에 두고 전신의 피가 차갑게 식는 기분이었다. 한사코 정신을 차리려 노력했지만 허사였다. 나는 곧 까만 어둠 속으로 하염없이 떨어졌다. 기절하기 직전, 마지막으로 든 생각은 산주 각시가 결국 산주, 즉 삼정산과 완전히 합일했구나 하는 것이었다. 그래서 저렇게 사람도, 풀도, 나무도 아닌 기괴한 존재로 변했다고 생각하니 묘하게 납득이 가는 것 같았다.

靈

짹짹, 째째짹. 짹짹…….

새소리에 눈을 뜬 나는 침대에 누워 부드러운 햇볕에 잠시 몸을 맡겼다. 곧바로 일어나서 활짝 기지개를 켰다. 전신에 찌뿌듯한 구석이 하나도 없이 개운하다. 모처럼 정말 잘 잤다…… 가 아니잖아!

어젯밤 정체불명의 나무 인간을 보고 정신을 잃을 때까지만 해도 공포에 질려 죽을 것 같았는데, 막상 기절해놓고 이렇게 푹 잘 수 있었다니 나도 어지간히 무신경한 놈이다.

어쨌든 빨리 이 방을 나가 멤버들에게 간밤에 본 것을 들려줘야겠다는 생각에 문가로 다가갔지만 문고리는 꿈쩍도 하지 않았다.

그래, 이 문은 분명히 어젯밤 내 손으로 직접 잠갔지. 그럼 역시 어제의 나무 인간은 물리적인 제약을 받지 않는 초자연적인 존재, 즉 산주 각시가 틀림없다는 이야기인데······.

통한의 후회가 뾰족한 송곳처럼 심장을 찔렀다. 그토록 만나기를 애원한 산주 각시가 찾아왔는데, 멍청하게 단 한 마디도 못하고 뻗어버렸단 말인가. 정말이지 왜 사나 모르겠다.

급히 주머니에서 열쇠를 찾는 와중에 어쩐지 몸이 으슬으슬하고 흠칫 떨렸다. 잠이 완전히 깬 이제야 산주 각시를 만났다는 실감이 들어 오한이 나는 모양이었다. 열쇠로 문을 열고 부부 침실을 빠져나온 나는 두 손을 교차해 양팔로 몸을 껴안으며 복도를 걸었다.

내 방으로 향하는 길에 어디선가 쿵 하는 소리가 들리고 이어서 귀청을 찢는 비명이 들려왔다. 설마 날이 밝은 지금까지 산주 각시가 돌아가지 않은 걸까? 나는 두리번거리며 소리의 진원지를 찾았다.

"기우 오빠! 어디 있었어요? 찾았잖아요!"

복도 왼쪽에서 소민과 김원, 회장이 달려왔다. 그들도 몹시 허둥대는 기색이었다.

"이게 무슨 소리야?"

"저 옆에서 들린 것 같아요."

우리 일행은 비교적 소리를 제대로 들은 소민의 인도에 따라 2층 복도를 왼쪽으로 나아갔다.

"여기였던 것 같아요."

소민이 말한 곳은 복도 왼쪽 끝에서 위쪽에 위치한 욕실이었다. 선두에 있던 내가 떨리는 손으로 욕실 문을 열었다. 어제 본 것처럼 욕실은 몸을 씻는 안쪽의 탕과 바깥의 탈의실이 미닫이문으로 나뉘어져 있었다. 그 탈의실 바닥에 피투성이가 된 장군이 누워 있었던 것이다.

소민이 날카로운 비명을 질렀다. 나는 즉시 꿇어앉아 피가 철철 흐르는 장군의 머리를 무릎에 뉘였다. 핏기 없이 창백해진 얼굴에 미동도 없는 모습이 벌써 생명이 반 이상 빠져나간 꼴이었다.

"야, 장군! 무슨 일이야? 얼른 일어나지 못해!"

달아나려는 혼백이 멈추기를 바라며 장군을 마구 흔들었다.

"정신 차려, 죽으면 안 돼!"

내 눈에선 눈물이 철철 쏟아졌다.

"차라리 죽는 게 나을걸. 안 그러면 내가 또 죽일 거니까."

머리 위에서 들린 목소리에 고개를 들었다. 몸에 목욕 가운을 둘둘 만 미오 선배가 우리의 신파극을 차가운 표정으로 내려다보고 있었다.

"개 죽은 척하는 거야. 꼴에 살려고 발버둥치는 거라고."

그런데 여기 왜 미오 선배가?

"헤헤. 아셨어요?"

흘러내리는 피로 얼굴이 흠뻑 젖어버린 장군이 실눈을 뜨고 바보처럼 웃었다.

"뭐야!"

깜짝 놀란 내가 손을 놓치는 바람에 장군은 또다시 바닥에 머리를 부딪쳤다.

"아야! 야, 잘 잡고 있어야지!"

장군이 다시 머리를 들자, 소민은 선반에 차곡차곡 정리되어 있던 수건들을 꺼내 피를 닦아주고 상처 부위를 꽁꽁 싸매주었다.

"땡큐. 소민이 손이 약손이네. 헤헤."

"이게 어떻게 된 거야? 당장 바른 대로 설명하지 못해!"

내가 소리쳤다.

"어떻게 되긴 뭐가 어떻게 돼. 변태 자식이 이 몸의 천만 불짜리 나이스 바디를 엿보려다 떨어진 거지."

"어디서 떨어졌다는 거예요?"

미오 선배의 시선이 닿는 곳에 있는 물건들을 보고서야 이곳에서 무슨 일이 있었는지 확실히 깨달았다. 선지를 줄줄 흘리는 장군에 집중하느라 못 봤지만, 탈의실 구석에 목욕탕용 앉은뱅이 의자, 흐트러진 수건 몇 개, 옷 바구니 등 각종 잡동사니가 굴러다녔다.

한편 욕실의 미닫이문 상단에는 손바닥 두 개를 합한 정도 크기의 유리가 붙어 있었다. 장군은 먼저 앉은뱅이 의자를 놓고, 그 위에 잘 개놓은 수건을 차곡차곡 쌓았다. 그래도 키가 모자라자 뒤집은 옷 바구니까지 깔아 그럴싸한 발판을 만든 것이다. 일종의 엿보기용 바벨탑이라고 할까.

"진짜 엿보기 변태는 기우 오빠가 아니라 장군 오빠였군요."

소민이 눈을 흘기며 경멸 섞인 목소리로 말했다.

"아메바만도 못한 지능을 가진 친구 덕분에 아침부터 괜히 땀을 뺐네요. 뒷일은 두 사람이 알아서 하라고 놔두고 우리는 이만 물러 갈까요?"

김원의 반가운 제안에 우리는 큼지막하게 고개를 끄덕여 동의했다. 욕실을 나서는 우리들이 마지막으로 본 것은 손톱을 바짝 세우고 장군에게 다가가는 미오 선배의 표독한 모습이었다.

"기우야, 살려줘! 회장, 가지 마요!"

장군은 눈앞에서 닫혀가는 욕실 문을 필사적으로 붙잡으며 애원했다.

"명복."

회장은 1초의 망설임도 없이 문을 쾅 닫았다. 또다시 이화장에 어느 가련한 남자의 비명이 메아리쳤다.

"무슨 일입니까?"

어느새 구자용 집사가 다가와 있었다. 집사에게 상황을 설명하는데 어찌나 부끄럽던지. 그러나 집사는 껄껄 사람 좋은 웃음을 던질 뿐이었다. 우리는 장군 때문에 잠을 깬 김에 집사의 제안을 받아들여 응접실에서 모닝커피나 한 잔 하기로 했다. 응접실에 도착하자 뭔가 달라진 풍경이 내 시선을 잡아끌었다.

"어, 이건?"

"방금 깔았습니다. 저도 이젠 다 되었는지 손님들께서 머무시는

데도 이틀씩이나 맨 바닥을 보여드렸네요. 죄송합니다."

집사의 말처럼 나무 바닥이 그대로 드러나 있던 응접실에 오늘 아침은 붉은 카펫이 여러 장 빈틈없이 깔려 있었다. 집사는 이 카펫들을 깔다가 비명이 들려 2층으로 올라온 것이라고 덧붙였다. 집사가 식당으로 통하는 문을 열며 말했다.

"소파에 앉아서 쉬고 계십시오. 커피 갖다 드리겠습니다."

"흐음, 지금 들었어요? 단세포동물의 비명 때문에 커피 맛이 더 좋을 것 같군요. 자, 소파로 가실까요?"

김원은 콧노래를 부르며 앞장섰다. 소민과 회장이 그의 뒤를 따랐지만, 나는 자석이 끌어당기기라도 하는 것처럼 그 자리에 고정되었다.

"잠깐. 다 같이 갈 데가 있어."

겨우 정신을 차린 내가 말했다.

"네? 어디요?"

"모자란 놈이라도 치료는 해줘야 할 거 아냐."

소민의 질문에 실제로는 다른 목적이 있었지만 그냥 이렇게 대답했다. 내가 하도 재촉하는 바람에 30분도 안 돼서 세수와 양치 등의 준비를 마친 우리는 김원의 다섯 번째 별장으로 통하는 산길을 내려갔다.

"오늘이 마지막 날인데 너무 여유로운 거 아냐? 제대로 밝혀낸 것도 하나도 없고."

미오 선배가 입을 삐죽댔다. 그걸 아는 사람이 그동안 그렇게 놀자판을 벌인 거야?

"헤헤, 괜찮아요. 아무것도 밝혀내지 못해도 우리의 추억만은 남았잖아요."

터번처럼 목욕 수건을 머리에 둘둘 감고 두 눈도 시퍼렇게 멍든 장군은 뭐가 그리 좋은지 연신 싱글거렸다. 아파도 웃는 모습을 보니 소기의 목적은 달성한 듯했다.

산길을 내려가며 멤버들에게 어젯밤 부부 침실에 잠입했다가 나무 인간을 만났다는 얘기를 꺼냈지만 다들 꿈꾼 것 아니냐는 심드렁한 반응 일색이었다.

"아니에요, 저는 오빠 말을 믿어요."

진지하게 들어준 멤버는 소민밖에 없었다. 소민이 심각한 표정으로 말을 이었다.

"실은 저도 잠을 설쳤거든요. 모처럼 많이 마셨잖아요. 새벽까지 속 쓰려서 잠이 들락 말락 하는데, 어디선가 직직 하는 소리가 들렸어요. 꼭 거대한 뱀이 배로 바닥을 쓸며 이동하는 소리 같은 게 분명히 들렸다니까요. 일어나서 확인해볼까 했지만, 너무 무서워서…… 밤새 귀를 막고 누워 있다가 저도 모르게 잠들었어요."

뜻하지 않은 괴담 퍼레이드를 펼치는 통에 햇빛이 쨍쨍한 아침나절인데도 체온이 떨어지는 기분이었다. 유독 겁이 많은 미오 선배가 무서운 얘기를 더 꺼내는 사람이 있으면 지옥을 구경시켜주겠다고 엄포를 놔서 다들 입을 다물었다.

연일 타는 듯했던 날씨는 오늘도 계속되어 모조 백악관에 도착했을 때는 모두의 옷이 땀으로 흠뻑 젖었다.

"며칠 만에 쐬는 에어컨 바람이냐! 이제 좀 살 것 같네."

별장 안에 들어서자 인공적인 냉기가 우리를 반겼다. 좋아라 하는 장군에게 말했다.

"좀 더 살고 싶으면 얼른 가서 치료나 받아. 약도 바르고."

"그래. 치료 잘 받고 멀쩡해지면 처음부터 다시 시작할 거니까."

피가 뚝뚝 떨어질 것 같은 미오 선배의 말투에 장군은 풀이 죽어 별장의 하인을 따라갔다. 잠시 후, 응급처치를 마치고 수건을 붕대로 교체한 장군이 우리가 모여 앉은 레드 룸 응접실로 들어섰다.

"이제 다 모였으니 별장지기 정상기 씨를 불러줘."

김원은 군소리 없이 내 말에 따라주었다. 메이드들이 가져다준 얼음 동동 띄운 오렌지주스를 마시며 기다린 지 오래지 않아 노크 소리가 들렸다. 들어오세요, 하는 김원의 말이 떨어지기 무섭게 문이 열렸다.

방으로 들어온 별장지기는 엊그제 다리를 다쳤다더니 아직 목발을 짚었다. 반쯤 머리가 셌지만 나이답지 않게 당당한 체격에 부리부리한 눈매, 검은색 슈트에 파란 와이셔츠를 받쳐 입은 모습이 미중년이라 불러도 손색없었다. 귀빈들이 자주 오는 곳답게 별장지기도 외모를 따지는 모양이었다.

"부르셨습니까."

별장지기가 굵은 저음의 목소리로 말했다.

"여기 앉으세요."

소민이 눈치 빠르게 자기가 앉아 있던 별장지기 근처의 1인용 소파를 내주고 다른 자리로 이동했다.

"주인님과 나란히 앉는 법은 배우지 못했습니다만 부디 이번만은 용서해주십시오."

김원에게 고개를 숙여 보인 별장지기가 빈 소파에 앉았다.

"이 친구들이 자네를 보고 싶다고 해서……."

김원이 말을 끝내기도 전에 근처에 앉은 미오 선배가 그의 뒤통수를 냅다 후려쳤다.

"악! 뭐예요?"

"얘가, 얘가 어른한테 예의 없이 반말을 하고 그러니!"

"이분은 내 사용인이잖아요!"

"그래도 그렇지. 아저씨, 앞으로 얘가 반말하거든 혼쭐을 내주세요."

눈앞에서 김원이 곤욕을 치르자, 별장지기는 안절부절못했다.

"당치도 않은 말씀을 하십니다. 제가 어떻게 감히 주인님께 무례하게 굴 수 있겠습니까. 제발 그런 큰일 날 말씀은 말아주십시오."

"거봐요! 맨날 나만 괴롭히고……."

난데없이 뒤통수를 얻어맞아 샐쭉해진 김원이었다.

"아무튼 좋아요. 기우 군, 대체 뭐가 궁금하죠? 무엇이든 물어보세요."

김원의 허락을 얻은 내가 배턴을 이어받았다.

"우리는 지난 이틀간 이화장에 머물렀습니다. 그곳의 구자용 집사님에게 과거에 무슨 일이 있었는지에 대해서도 전부 들었죠. 별장지기님이 계실 때 있었던 일 말입니다."

"호오, 그러셨습니까. 집사님께서 아직 계셨군요. 건강은 좀 어떠신지요? 정정하신가요?"

"많이 연로하시지만 이렇다 할 문제는 없어 보였어요. 그나저나 이화장과는 지척인데, 한 번 뵈러 갈 수도 있었을 것 같은데요."

정상기는 고개를 여러 번 흔들었다.

"그날 일을 생각만 해도 진땀이 나고 몸이 딱 굳어버리는데, 어찌 다시 가볼 마음을 먹을 수 있었겠습니까. 원래는 이 지방에도 죽을 때까지 다시 오지 않기로 결심했었습니다만, 그 팔자라는 게 뭔지 이렇게 돌아오고 말았습니다."

유일하게 산주 각시를 직접 보고 기절한 나는 별장지기의 공포를 충분히 이해할 것 같았다.

"별장지기님과 그때 살해당한 조문천 씨가 직접 이화 씨를 지하실에 가두셨다고 들었습니다. 정확하게 어떤 일이 있었는지 기억하시나요?"

"벌써 수십 년도 더 된 일입니다만 어제 일처럼 생생합니다."

"들려주세요. 부탁합니다."

"알겠습니다. 그날은 8월 초닷새인 걸로 기억합니다. 당시 저는 중학생이었는데, 방학 때라 학교를 안 가고 마당에서 잔디를 깎고 있었습니다. 그게 고아가 된 저를 먹여주고 재워주며 학교까지 보내주는 대신 제가 해야 할 일이었으니까요.

하늘이 어둑어둑했으니까 저녁때가 다 됐고, 아마 7시쯤이었을 겁니다. 갑자기 조문천 님이 응접실의 프랑스식 창을 열고 저를 불렀습니다. 손짓을 하며 이리로 들어오라고 하시더군요. 뭐 말씀이라고 거절하겠습니까. 얼마나 난폭한 분이셨는지 걸핏하면 불호령에 손찌검까지 떨어지기 일쑤였습니다. 헐레벌떡 응접실로 가니 심부름할 게 있다는 말씀을 하시더군요.

그때 저는 바깥에 있는 바람에 이화장 안에서 무슨 일이 일어났는지 몰랐습니다만, 나중에 듣고 보니 그날 이화 님하고 조문천 님이 데려온 마담이 싸움을 벌여……."

"그 부분은 이미 들어 알고 있습니다. 그래서요?"

얼른 별장지기의 말을 끊었다. 내가 듣고 싶은 건 이다음의 상황이었다.

"네. 조문천 님은 집사님을 시켜 벌써 이화 님을 지하실에 가둔 상태였습니다. 그런데 원체 의심이 많으신 분이라서 집사님마저 믿지 못하셨는지, 저보고 지하실로 내려가서 집사님이 일을 제대로 마쳤는지 확인하라고 하시더군요."

정신이 번쩍 들었다.

"집사님이 먼저 이화 님을 가두었다고 말씀하시는 겁니까?"

"그렇습니다. 틀림없는 사실입니다."

집사는 감금의 순서에 대해 제대로 말하지 않았다. 그날의 모든 과정을 굳이 하나하나 설명할 필요는 없다고 생각해서였을까.

"명령을 받고 응접실을 나가려는데, 조문천 님이 부르시더군요. '그러지 말고 나랑 같이 가자. 내 눈으로 직접 봐야겠어.'

조문천 님과 함께 지하실로 내려갔습니다. 평소에도 식재료를 갖고 오는 심부름을 하느라 자주 오간 곳이었습니다만, 낮에도 깜깜한 곳이고 게다가 곁에 살기등등한 조문천 님까지 계시니 아직 어렸던 제가 얼마나 무서웠겠습니까. 후딱 일을 끝마치고 싶은 마음에 발길을 서둘렀습니다. 어찌나 마음이 급했는지 몇 걸음 가지도 않은 것 같은데 벌써 복도 끝에 도착했더군요. 저는 남북으로 마주 보는 두 개의 방 중에서 남쪽에 있는 잡동사니 창고를 가리켰습니다. 조문천 님에게 미리 들은 바에 따르면, 바로 이 방에 이화 님이 갇혀 있었던 것입니다.

'여기가 복도 마지막 방이 맞지?'

조문천 님이 재삼 확인하듯 물었습니다. 평소에 지하실에 내려올 이유가 없던 그분은 그날이 아마 처음이었을 거예요. 고개를 끄덕이니까 조문천 님은 손잡이를 돌려보라고 명령했습니다."

"돌아가던가요?"

"그럴 리가 있나요. 손잡이는 아예 미동도 없었습니다. 제가 고개를 젓자, 조문천 님은 만족해서 이만 돌아가자고 했습니다. 한데 조문천 님이 몇 걸음도 못 가서 그 방문 앞으로 돌아가는 게 아닙니까.

'아무래도 안심이 안 돼. 내가 직접 확인해야지.'

조문천 님이 직접 손잡이를 돌려봤지만 역시 아무 이상이 없었습니다. 그제야 그분은 만족해 응접실로 올라왔지요. 그 일을 마치고 겨우 3층 제 방으로 풀려났습니다. 그런데 그날 밤의 난리법석은 아직 끝난 게 아니었습니다. 집사님께서 이화 님에 대한 부당한 대우에 불만을 품고……."

"아, 그 이야기도 이미 집사님께 들었습니다."

내가 말했다.

"그러셨군요. 그럼 밤사이에 조문천 님과 마담이 살해당한 것도 알고 계시겠군요. 곧바로 경찰이 몰려오고 저도 몇 번이나 조사받고…… 어린 나이에 얼마나 무섭고 힘들었는지 모릅니다."

설명을 끝낸 별장지기는 깊은 한숨을 내쉬었다.

"별장지기님은 어떻게 생각하세요? 정말 산주 각시가 찾아온 거예요?"

소민이 물었다. 다들 마음속에 가지고 있던 질문인지 집중하는 기색이었다.

"물론 그렇게 생각합니다. 이유가 있습니다. 저는 새벽같이 이화 장으로 되돌아오신 집사님과 함께 밤새 잠겨 있던 조문천 님의 방문을 부수고 안으로 뛰어 들어갔었습니다. 방에 들어서자마자 왠지 모르게 얼음처럼 오싹한 한기가 들더군요. 꼭 죽은 사람이 내쉬는 입김처럼 말입니다. 아까도 말씀드렸다시피 그때는 8월 초였습니다. 어디 복중에 그런 일이 있을 수 있나요."

"기분 탓 아니에요? 무서운 일을 목격하면 온몸이 싸늘하게 식기 마련이잖아요."

정상기는 분명하게 고개를 저으며 소민의 말을 부정했다.

"그렇지 않습니다. 분명히 피부에 느껴지는 냉기였습니다."

"그런가요."

여전히 소민은 잘 이해가 가지 않는다는 얼굴이었다.

"그날로 다른 지방에 살고 계시던 삼촌에게 전화를 걸어 울며 불며 애걸했습니다. 이화장은 너무 무섭다, 산주 각시가 또 나타날

거다, 그러니 제발 나를 여기서 꺼내달라고 말입니다. 네, 도망친
셈이죠. 하지만 그때는 어려서 그만……."

별장지기는 당시 보였던 용기 없는 행동을 부끄러워하는 눈치
였다.

"감사합니다. 별장지기님 덕분에 궁금증이 전부 풀렸습니다."

나는 여전히 마음속에 잠복해 있는 유년 시절의 공포와 굴욕에
굴하지 않고 귀중한 옛이야기를 들려준 정상기에게 감사의 인사를
전했다. 이제 다시 이화장으로 돌아갈 때다.

靈

나는 이화장 응접실의 프랑스식 창 앞에 서서 바깥을 바라보았
다. 앞마당의 황량한 잔디밭이 불이 붙은 것처럼 새빨갛다. 눈을
감자 그날의 한 장면이 흑백의 이미지로 펼쳐졌다. 바로 저곳에서
잔디를 깎던 까까머리 소년, 그리고 내가 서 있는 바로 이 자리에
서 창문을 열고 소년을 부르는 타락한 남자.

상념은 뒤에서 들려오는 발소리에 조각조각 부서졌다. 곧이어
들리는 소민의 목소리.

"모셔왔어요."

몸을 돌리자 소민과 구자용 집사가 보였다.

"수고했어. 집사님께 꼭 드릴 말씀이 있어 부득이하게 모셨습니
다."

"그건 괜찮지만 무슨 일 때문에 그러시는지요?"

집사는 내가 무슨 수작을 부리는지 미심쩍다는 얼굴이었다. 나는 응접실 소파에 나누어 앉은 영계통신 멤버들을 한 사람씩 바라보면서 나직이 말했다.

"지금부터 산주 각시의 정체에 대해 말씀드리겠습니다."

멤버들은 꿀이 가득한 꽃에 모여든 벌떼처럼 웅웅거렸다.

"드디어 알아낸 거야?"

미오 선배의 질문에 고개를 끄덕였다.

"산주 각시의 정체와 더불어 과거에 어떤 일이 있었는지도 전부 알려드릴게요. 그런데 그 설명을 드리기 위해 꼭 필요한 한 가지 물건이 있어요. 소민아, 기왕 수고한 김에 심부름을 하나만 더 할래?"

"넵!"

소민이 기운차게 대답했다.

"지하실인데 혼자 괜찮겠어?"

"지하실이요? 거기는 좀⋯⋯."

소민의 기세는 금세 사그라졌다.

"아무래도 여자 혼자는 그렇겠지. 그럼 장군이랑 같이 다녀와. 별일은 없을 테니."

"심부름 시킬 사람이 없어서 환자를 시키냐."

장군은 투덜대면서도 자리에서 일어섰다. 녀석도 남자인데 소민 혼자 보낼 수는 없을 터.

"주방에서 지하실로 내려가면 왼쪽으로 복도가 쭉 이어져. 복도 맨 끝에 도착하면 남북으로 마주 보는 방 두 개가 나올 거야. 그중 남쪽에 있는 방의 문을 열면 온갖 잡동사니가 든 창고거든. 그곳에서 망가진 의자 하나를 가져와. 알아들었어?"

"오케이."

장군은 미적대는 소민을 데리고 응접실을 나갔다. 남은 멤버들은 초조하게 두 사람을 기다렸고, 나는 응접실을 몇 번이나 왕복하며 긴장감을 달랬다. 반면 집사는 표정 없이 그 자리에 서 있을 따름이었다.

마침내 응접실과 식당 사이의 문이 열렸다. 기분상으로는 오랜 시간이 흐른 것 같지만, 막상 시계를 보니 딱 5분이 지났다. 당연히 두 사람은 빈손이었다.

"야, 가봤는데 아무것도 없어."

"맞아요. 몇 번이나 확인했다고요."

장군과 소민이 볼멘소리를 했다.

"제대로 설명해준 거 맞아? 내가 보기에 그 방은……."

나는 얼른 장군의 말을 끊었다.

"벽에 걸려 있는 랜턴으로 확실히 비춰봤어?"

"당연하지. 그거 없으면 발끝도 안 보이더라."

"흠. 그럴 리가 없는데."

내가 머리를 긁적이자 곳곳에서 실망의 한숨이 새어 나왔다.

"이렇게 하죠. 다 같이 지하실에 가서 찾아보는 겁니다. 어때요? 괜찮겠죠? 자자, 거북이같이 꾸물거리지 말고 빨랑 일어나요!"

나는 내키지 않아 하는 모두를 재촉했다.

"집사님도 같이 가시죠."

나는 앞장서서 식당 문을 열었다. 말없이 계속 나아가 반대편에 있는 문을 열어 주방으로 들어갔다. 예의 지하실로 통하는 층계참을 통해 먼저 지하실로 내려선 나는 차례차례 내려오는 사람들의 면면을 확인했다. 내 곁의 장군이 지하실 벽의 쇠고리에서 랜턴을 꺼내들고 불을 켰다.

"와, 귀신의 집이 따로 없네."

미오 선배가 진저리를 쳤다. 우리는 랜턴을 든 장군을 따라 일직선의 복도를 걸었다. 몇 걸음 지나지 않아 복도 왼편 끝의 위아래로 마주 보는 두 방이 나왔다.

"봐, 여기서 남쪽에 있는 방이랬잖아."

장군의 말투에는 자신은 시킨 대로 잘했는데 왜 트집이냐는 불만이 섞여 있었다.

"그리고 이 방이 어디 봐서 잡동사니 창고야."

장군이 신경질적으로 문을 벌컥 열었다. 그러자 우리 앞에 오래된 세탁기와 탈수기가 잠들어 있는 세탁실의 풍경이 펼쳐졌다.

"이게 어떻게 된 일이지. 어제 아침까지만 해도 여기는 잡동사니가 든 창고였는데……."

나는 고개를 갸우뚱했다. 하지만 랜턴 불빛으로 몇 번을 비춰봐도 세탁실이 잡동사니 창고로 변하거나, 방 안에 없는 물건들이 생겨나거나 하지는 않았다.

"대체 어제 아침에 뭘 봤다는 거냐? 너 이제 헛것까지 보냐?"

장군이 말했다.

"분명히 어제 아침에는 이 복도 끝 방에 잡동사니 창고가 있었습니다. 그런데 지금은 보다시피 세탁실이죠. 누군가 하루 사이에 두 방을 바꿔치기해버린 걸까요? 그렇지 않습니다. 보시다시피 이 세탁실 벽에는 여전히 수도꼭지가 있잖아요. 벽에 부착된 수도꼭지까지 바꿀 수는 없는 노릇이죠. 그러므로 정답은……."

"정답은요?"

김원은 이 상황이 흥미로워 견딜 수 없다는 표정이었다.

"정답은 이곳이 복도의 맨 끝이 아니라는 겁니다."

나는 복도를 뚜벅뚜벅 걸어 막힌 벽으로 다가갔다. 한두 걸음만 더 가면 벽에 부딪치기 직전이라 멤버들이 경고의 의미로 소리를 질렀다. 그래도 멈추지 않고 계속 걸었다. 벽과 충돌하기 직전, 나는 손을 휘둘렀고 갑자기 벽이 사라졌다.

"앗!"

모두의 입에서 비명 혹은 탄성이 터졌다. 나는 빙글 뒤돌아 멤버들과 구석에 외따로 서 있는 집사를 똑바로 보았다. 마치 방금 벽을 통과한 마술사라도 된 기분이었다.

"기우야, 어떻게 된 거야?"

"어떻게 되긴. 이렇게 된 거지."

장군의 질문에 몸을 숙이고 지하실 복도 바닥에서 검은색 카펫을 주워 들었다. 그러고는 카펫을 좍 펴서 각각 90도의 각도로 활짝 열려 있는 남북 두 개의 문 위에 떨어지지 않도록 잘 걸쳤다. 그 순간, 또다시 검은 벽이 우리 앞에 모습을 드러냈다.

"벽의 정체는 이것입니다. 일종의 암막(暗幕)이죠. 간단한 눈속임이지만 이렇게 어두운 곳에서라면 충분히 제 역할을 합니다. 지금도 여기 있는 누구 하나 눈치 채지 못했죠. 특히 장군과 소민은 두 번이나 봤는데도 몰랐어요. 아, 물론 집사님은 제외해야겠죠."

멤버들은 일제히 고개를 돌려 집사를 쳐다보았다. 집사는 여전히 무표정이었다.

"지하실의 방은 남쪽에 네 개, 북쪽에 네 개. 다 합해서 여덟 개입니다. 보다시피 모든 남북의 방, 각각 두 개의 문은 정확하게 마주 보고 있어요. 아마 이 수법을 처음 사용한 인물은 딱 일치하는 위치에 마주하고 있는 두 개의 문에 착안해 이 수법을 고안해냈을 겁니다. 제가 지금 한 것처럼 남북의 문 두 개를 90도로 활짝 열어놓고, 문 바닥의 고정 장치를 내려놓으면 튼튼한 지지대가 되죠. 그 두 개의 지지대 위에 이 버려진 검정색 카펫을 걸쳐놓으면 보신대로 완벽한 검은 벽이 탄생합니다."

"아하하하하! 이건 저도 정말 몰랐어요!"

김원이 손뼉을 치며 웃었다.

나는 다시 카펫으로 만든 벽을 치우고 새로이 드러난 복도를 걸었다. 그런 다음, 진정한 복도 끝의 활짝 열려 있는 남북의 문 중에서 남쪽의 것으로 멤버들을 안내했다. 그 방 안에는 어제 오전, 그리고 내가 한 시간 전에 미리 카펫 벽을 준비하기 위해 내려왔을 때 봤던 잡동사니들이 빠짐없이 들어차 있었다. 멤버들의 입에서 억눌린 신음이 흘러나왔다.

"다들 보셨다시피 이 수법을 쓰면, 복도 왼쪽 맨 끝에 있는 방이 계단에서부터 순서대로 네 번째 방이 아니라 세 번째 방이 되는 겁니다. 여기서 잠시 그날로 돌아가볼까요. 조문천 씨와 정상기 씨는 이화 님을 가둬놓은 잡동사니 창고의 문이 똑바로 잠겨 있었는지 확인하기 위해 여기로 내려왔습니다. 두 사람은 복도 왼편 맨 끝 남쪽 방문의 잠금 여부를 꼼꼼히 살펴보았는데, 의심의 여지없이 확실하게 잠겨 있었습니다. 그러나 두 사람이 확인한 문은 결국 계단에서부터 세 번째 남쪽 방의 문, 다시 말해 세탁실이었던 것입니다."

"그렇구나. 잠깐! 그러면 이화 님은……"

연신 머리를 주억거리던 미오 선배도 겨우 진실에 도달한 것 같다.

"맞습니다. 그렇게 되면 카펫 벽에 가려져 있던 진짜 맨 끝 방, 즉 잡동사니 창고의 이화 님은 결국 갇혀 있는 상태가 전혀 아니게 되는 거죠."

"그럼 누구야? 대체 누가 이 수법을 썼다는 거니?"

"당연히 처음에 문을 잠근 사람이죠. 집사님입니다. 다들 기억하시죠? 우리에게 그날 일에 대해 설명할 때 집사님은 자신이 먼저 문을 잠갔고, 나중에 조문천 씨와 정상기 씨는 단지 확인만 했다는 사실에 대해서는 말하지 않았습니다. 그냥 주인님이 정상기 씨와 함께 문을 잠갔다고 눙치고 말았죠. 그러나 우리는 오늘 오전, 원이의 별장에서 직접 정상기 씨에게 사실은 그게 아니었다는 얘기를 들었습니다. 매사에 꼼꼼하신 집사님이 왜 그러셨을까요? 집사님 자신이 먼저 문을 잠그러 내려와서 이 수법을 준비했던 장본인이니만큼 어딘가 뒤가 켕기지 않았을까요. 그래서 최대한 뭉뚱그린 설명으로 넘어간 거라고 생각합니다."

미오 선배의 질문에 대한 내 대답이 끝나기도 전에 집사와 비교적 가까이 있던 장군과 소민이 슬금슬금 집사 곁에서 물러섰다. 나는 설명을 계속했다.

"이 부분부터는 다소 제 상상이 가미됩니다. 그걸 감안하고 들어주세요. 그날 조문천 씨는 집사님에게 폭력사태를 일으킨 이화 님을 지하실에 가두라고 명령합니다. 이화 님을 데리고 지하실로 내려온 집사님은 자의로, 혹은 이화 씨의 부탁을 받고 그녀를 도와주기로 결심합니다. 집사님은 서둘러 지하실을 둘러보았죠. 시간이 없습니다. 최대한 빨리 뭔가 방법을 생각해내지 않으면 곤란하죠. 그러다 집사님은 잡동사니 창고에서 낡아 빠진 검은 카펫을 발견하고 임기응변으로 이 수법을 고안합니다.

집사님은 이화 님을 잡동사니 창고에 들어가게 하고 문을 활짝 열어놓습니다. 그러고는 맞은편 빈방의 문도 연 다음, 지금 보신 것처럼 카펫으로 가짜 벽을 만들죠. 마지막으로 계단에서부터 세 번째 남쪽 방, 그러니까 세탁실의 문을 단단히 잠급니다.

이제 모든 준비를 끝낸 집사님은 응접실로 올라가 조문천 씨에게 이화 님을 가두었다고 보고합니다. 의심 많은 조문천 씨가 확인을 위해 직접 정상기 씨를 데리고 지하실로 내려갔지만 아마 큰 걱정은 하지 않았겠죠. 평소에 주인인 조문천 씨가 지하실로 내려갈 일은 전혀 없었고, 따라서 그는 지하실에 방이 몇 개 있는지도 잘 모를 것이기 때문입니다. 아마도 조문천 씨는 복도 맨 끝의 남쪽 방에 이화 님을 가두었다는 집사님의 말에 따라, 그에게 보인 복도 맨 끝 남쪽 방의 문을 별 생각 없이 확인했을 겁니다. 실제로는 계단에서 세 번째 남쪽 방, 세탁실이었지만요.

동반했던 정상기 씨도 심부름 때문에 지하실에 가끔 내려온 적은 있었지만, 그때만 해도 겁 많은 소년에 불과했죠. 빨리 이 불쾌한 임무를 마쳐야겠다는 일념밖에 없었을 테니 방의 숫자를 제대로 판단할 수 없었을 겁니다. 그리고 이렇게 어두운 곳이라서 벽인지, 카펫인지 잘 구분되지도 않죠.

확인을 마친 조문천 씨와 정상기 씨가 1층으로 돌아가자마자 이화 님은 카펫을 걷고 나옵니다. 이화 님은 바로 그 순간부터 자유를 얻게 되는 것입니다. 이렇게 해서 지하실의 밀실은 깨졌습니다."

혹시 틀린 구석이 있나 싶어 집사를 봤지만 그는 가만히 눈을 감고 있었다. 대신 장군이 입을 열었다.

"근데 집사님이 왜 어렸을 때부터 친구인 조문천을 버리고 이화 님을 도와준 거지?"

둔한 녀석 같으니라고. 그 이유는 아마도 쑥을 캐다가 우연히 이 별장지까지 들어온 말괄량이 산골 소녀를 사랑한 사람이 두 친구 중 하나만이 아니었기 때문이겠지.

"우리는 과거의 모든 일을 집사님의 입을 통해 들었습니다. 거기에 함정이 있었던 거죠. 하늘에서 내려온 천사 같았다던 조문천 씨의 성격이 왜 그리 갑자기 의심이 많아지고 모질게 변했을까요? 보통 급작스런 성격 변화에는 이유가 있게 마련입니다. 어쩌면 조문천 씨는 꼭 술 때문만이 아니라 아내와 가장 가까이에 있는 누군가의 사이를 의심한 게 아닐까요?

술이 늘어난 이유도, 어쩌면 이화 님을 내쫓기로 결심한 이유도 사실은 거기에 있을지 몰라요. 어떤 장면을 보았다든가 무슨 증거를 잡았을 수도 있죠. 집사님에게 이화 님을 가두라고 지시했으면서, 나중에 굳이 본인이 재확인한 것도 그때는 이미 그가 집사님을 못 믿게 돼서라고 생각하면 아귀가 맞아떨어집니다.

결국 이화 님을 감금한 순서를 정확하게 말하지 않은 집사님의 이야기는 본인의 편의에 따라 많은 부분 각색된 게 틀림없습니다. 그러니 집사님과 이화 님이 사랑했다는 추측도 얼마든지 가능하죠."

내처 설명의 끝을 향해 달렸다.

"제가 이 사실을 깨닫게 된 건 오늘 들은 정상기 씨의 한마디 때문이었습니다. 정상기 씨는 기분 탓인지 평소와는 달리 그날은 몇 걸음 가지도 않아 복도 끝에 도달했다고 했습니다. 다들 아시겠죠? 원래 없던 카펫 벽이 생기는 바람에 실제로 복도 끝까지 물리적인 거리가 짧아졌던 겁니다."

멤버들이 고개를 끄덕였다.

"……재미있는 말씀 잘 들었습니다. 그러나 잠긴 곳은 이 지하실만이 아니었지요. 실제 살인이 벌어진 부부 침실의 문도 분명히 잠겨 있었습니다만."

아주 오랜만에 집사가 입을 열었다.

"말씀 잘하셨습니다. 그렇지 않아도 지금부터 그 설명을 드리려고 했어요. 이제 지하실에서 볼일은 끝났으니 올라가시죠."

나는 지하실의 전원을 이끌고 계단을 올랐다. 모두가 응접실로 돌아왔을 때, 소파에 앉으려는 장군에게 말했다.

"앉지 마. 갈 데가 있어."

"어딘데?"

나는 유랑민을 이끄는 족장처럼 모두를 데리고 응접실 문을 나섰다. 내 발길이 멎은 곳은 현관홀 왼편의 아틀리에였다. 문을 열어 먼저 멤버들과 집사를 들여보냈는데, 사전에 내가 안배한 대로 한 명만 빼고 전부 도착했다.

靈

아틀리에를 처음 보는 소민과 장군, 미오 선배는 주변을 두리번거리며 구경에 여념이 없었다. 그들은 나처럼 특히 사진과 놀랍도록 흡사한 그림들 앞에서 탄성을 지르며 감탄했다.

"와, 이거 진짜 그림이야, 사진이야?"

미오 선배는 흡사 그림 속에 들어가려는 사람처럼 보였다. 나는 여전히 시선을 떼지 못하는 멤버들에게 어제 아침에 김원에게 주워들은 지식을 대충 가르쳐주었다. 실제 사진을 토대로 어떤 대상을 터무니없을 만큼 사실적으로 재현해내는 포토리얼리즘이라는 유파에 대해.

"됐습니다. 이제 아까 했던 얘기를 계속하죠."

나는 절벽 위의 바위처럼 거센 바람에도 굳건히 서 있는 집사에게 최후의 일격을 날릴 결심을 굳혔다. 지금은 보란 듯이 버텨도 조금만 더 밀면 굴러 떨어질 테지.

"지하실에서 설명드렸다시피 이화 님은 자유를 손에 넣었습니다. 그리고 이제 우리는 아마도 집사님이 그녀의 탈출을 도왔을 거라는 사실 또한 알고 있죠.

이상의 내용을 머릿속에 넣고 다시 그날로 돌아갑니다. 집사님과 이화 님, 두 분은 오늘이 마지막 기회라는 것을 잘 알고 있었습니다. 하룻밤만 지나면 이화 님, 아니면 집사님도 빈털터리 신세로 이화장에서 쫓겨납니다.

모험을 할 수밖에 없는 상황이에요. 잘만 되면 조문천 씨를 영영 제거하고 이화장에서 두 분이 오래도록 함께할 수도 있습니다. 더구나 가장 중요한 건, 조문천 씨가 그날 밤 이화 님이 지하실에 갇혀서 행동의 자유를 잃었다고 철저하게 믿었다는 겁니다. 조문천 씨 입장에서는 자연히 평소보다 경계심이 흐려질 수밖에 없죠. 이런 천재일우의 기회를 놓칠 수 없던 두 분은 지하실에서 밀실 공작을 펼치면서 동시에 모종의 계획을 짭니다. 네, 저는 2층 부부 침실의 살인 역시 지하실의 밀실과 마찬가지로 두 사람의 합작품으로 보는 것입니다."

"두 분이 공모했다고 해도 문제는 여전히 남아 있는걸. 부부 침실 문이랑 창문이 잠겨 있었던 사실은 변함이 없잖아."

미오 선배는 머리를 갸웃했다.

"맞아요. 이화 님이 지하실에 갇혀 있지 않은 건 알았지만, 그래도 전혀 감을 잡을 수 없었죠. 짙은 안개 속에서 헤맬 때처럼 도저히 올바른 길을 못 찾았어요. 그러다 원이가 준 힌트를 통해 마침내 눈을 떴습니다. 그렇게 진실을 알고 나니 모든 게 얼마나 간단했던지 황당할 따름이더군요. 그래도 어쩔 수 없었어요. 원이 말대로 처음부터 제가 죽다 깨나도 절대 알 수 없는 방법이었거든요."

"기우가 절대로 알 수 없다고? 당최 무슨 소리인지."

"네. 저로서는 아예 근처에도 갈 수 없었죠."

나는 쓰게 웃었다.

"그만 애태우고 빨랑 얘기해봐."

장군의 재촉에 고개를 끄덕이고 설명을 계속했다.

"어제 오전, 이 아틀리에에서 원이는 제게 이런 힌트를 주었습니다. 어젯밤 들은 집사님 말씀 중에 답이 숨어 있다. 그 말에 몇 번이고 기억을 되짚어보았죠. 한참을 씨름하니 한 가지 떠오르는 것이 있었습니다. 그러자 이 아틀리에에서 제가 느꼈던 어떤 위화감이 점점 명확해지더군요. 그 두 가지가 결합되자, 짠, 마침내 그럴싸한 답이 튀어 올랐습니다."

"집사님 말씀 중에 뭐가 힌트인데?"

호기심에 몸이 단 장군은 얼굴까지 시뻘게져 소리쳤다.

"어젯밤 우리가 현재의 신경질적인 이화 님과 과거의 생기발랄한 소녀를 단번에 연결시키지 못하자, 집사님은 이렇게 말씀하셨죠.

'허허. 지금 이화 님의 모습으로 판단하면 곤란하지요. 여기 복사꽃처럼 화사한 두 아가씨들도 수십 년 세월이 흐르면 어떻게 될지 미래는 모르는 거랍니다.'

원이의 힌트는 바로 이 말을 뜻한 겁니다. 맞지?"

김원은 남자조차 반할 만한 미소를 지으며 살포시 고개를 끄덕였다.

"보통 우리는 당장 눈앞에 존재하는 사물의 형태만을 처음부터 그 사물의 본래 모습이라고 믿어버리는 경향이 있습니다. 예를 들어 집사님도 분명히 젊은 시절이 있었을 테지만, 우리는 집사님의 예전 모습이 얼른 떠오르지 않죠. 처음 봤을 때부터 노인의 모습이었기 때문에 죽 그런 상태였다고 무의식중에 믿어버리는 겁니다.

이것은 아마도 인간 인식의 한계가 아닐까 생각합니다. 지금 우리 눈앞에 펼쳐진 현재가 시각적으로 너무 압도적이기에 그 현재가 대상의 전부라고 믿는 것 말이죠. 분명 현재는 과거부터 시작해 변화와 발전을······."

"약 팔러 왔니! 답만 말해, 답만!"

미오 선배가 빽 소리를 지르는 바람에 머쓱해졌다. 나는 머리를 벅벅 긁으며 말했다.

"알았어요. 모두 저기를 보세요."

내 검지가 가리킨 곳은 아틀리에 남쪽 프랑스식 창이었다. 창문 너머에 펼쳐진 것은······ 아무것도 없었다. 오직 황량한 잔디밭뿐.

"현재 저기에 없으니까 믿기 힘드시겠지만 예전에는 정원에 큰 나무가 있었어요. 가지가 2층 부부 침실 창문 앞까지 뻗어 들어올 정도로 커다란 너도밤나무가."

믿기 힘든 얘기에 한동안 정적이 흘렀다. 소민이 제일 먼저 침묵을 깼다. 소민은 내 의견에 반대하는 게 껄끄러운지 얼굴을 붉히며 주저하는 어조로 말했다.

"미안하지만, 기우 오빠. 너무 끼워 맞추신 것 아니에요? 예전에 커다란 나무가 있었다는 증거도 없고요."

"지금 이화장의 황량한 정원 모습으로 판단하면 곤란하지. 증거는 우리 눈앞에 버젓이 있잖아. 바로 저기에."

다시금 내 손가락이 허공을 갈랐다. 이번에 내 검지가 닿은 곳은 북쪽 벽에 걸린 그림 중 하나였다. 잠옷 차림의 이화가 활짝 열린 창문 바로 앞까지 다가온 너도밤나무 가지를 웃으면서 만지고 있는 그 그림.

한순간 소민은 허를 찔린 듯했지만 강단이 있는 아이답게 반론을 멈추지 않았다.

"저 창문이 꼭 부부 침실에 있는 거라고 할 수는 없죠. 어쩌면 다른 방일 수도 있잖아요."

"아니, 무조건 2층 부부 침실이야. 그 방 말고 휘장을 친 캐노피 침대가 있는 다른 방은 이화장에 없거든. 게다가 그림 속의 이화 님은 잠옷 차림이야. 하인들 눈도 있는데, 지엄한 이화장 안주인이 다른 방에서 잠옷을 입고 돌아다녔겠어?"

단호한 내 말에 소민은 얼굴에 수긍의 빛을 띠며 물러났다. 그러자 장군이 대신 나섰다.

"그림이라는 게 꼭 실제만 그리는 건 아니지 않냐? 조문천 씨가 상상으로 그린 걸 수도 있지."

"물론 그렇지만 적어도 조문천 씨의 그림만큼은 아니야. 그는 사진을 보고 그대로 따라 그리는 포토리얼리즘의 신봉자였으니까."

이번이야말로 완벽한 한 방이었다. 나는 턱으로 아틀리에 중앙의 캔버스를 가리켰다. 어제 아침과 마찬가지로 조문천의 부친을 고스란히 재현한 캔버스 왼쪽 상단에 실제 사진이 핀으로 꽂혀 있었다.

"그럼 네 말은…… 이화 님이 예전에는 분명히 있었던 커다란 너도밤나무 가지를 타고 2층으로 올라와서 그…… 일을 했다는 거야?"

미오 선배가 더듬더듬 물었다. 나는 고개를 끄덕이고 설명을 이어나갔다.

"조금은 위험한 방법임이 틀림없지만 그 방법을 통하면 2층의 부부 침실 창문으로 들어갈 수 있죠.

다시 한 번 약간의 상상을 가미해볼게요. 기왕 이렇게 된 것 오늘 밤, 조문천 씨를 죽여버리기로 결심한 집사님은 저녁나절 일부러 주인의 심기를 건드려 이화장에서 내쫓깁니다. 이화 님이 지하실에 갇혀 있었다는 알리바이가 있는 것처럼, 집사님도 사건 당시에 이화장에 아예 없었다는 알리바이를 만들기 위해서입니다.

아무튼 집사님과 미리 약속한 시간에 맞춰 지하실에서 1층 주방으로 올라온 이화 님은 부엌칼을 챙기고는 식당을 통과해 응접실로 나옵니다."

"지하실에 있는데, 시간을 어떻게 알아?"

장군이 끼어들었다.

"그것 또한 현재의 모습으로 과거를 잘못 판단하는 오류일지도 몰라. 잡동사니 창고에 있던 벽시계를 생각해봐. 외관이 망가진 데다, 지금은 움직이지도 않지만 그때는 단지 겉만 부서졌을 뿐 시곗바늘은 돌아가고 있었을지도 모르지. 아니면 집사님이 따로 작은 시계를 줬을 수도 있고. 어차피 지하실에 랜턴이 있으니까."

"그렇구나."

장군은 납득했다.

"무사히 응접실에 도착한 이화 님은 남쪽의 프랑스식 창 두 개

중 하나를 활짝 엽니다. 걸쇠를 돌려서 열고 잠그는 방식인 응접실의 프랑스식 창은 따로 열쇠가 필요 없으니 이화 님이 얼마든지 열 수 있죠. 이때 집사님은 이미 약속 장소인 프랑스식 창 바깥에 도착해 있었습니다."

"그럼 그 시간에 맞춰 집사님도 산주 각시의 초막에서 내려온 거야?"

미오 선배가 물었다.

"알 수 없죠. 집사님 말씀처럼 진짜 산주 각시의 집에 있었는지, 아니면 그냥 이화장 근처에 숨어 있었는지는.

이제 살인의 밑 준비는 거의 끝났습니다. 프랑스식 창으로 앞마당에 나간 이화 님은 2층 부부 침실 바로 아래 위치한 너도밤나무를 타고 올라서 창문을 연 다음 방 안으로 들어갑니다. 아니, 솔직히 말해서 진짜 범행을 누가 했는지는 알 수 없습니다. 두 분 다 충분히 가능한 일이었죠. 나무를 타고 올라서 방 안으로 침입하는 일은 남자가 더 적합하겠지만 다들 알다시피 이화 님은 산에서 자란 말괄량이 아가씨였으니까 아마 이화 님도 충분히 가능했을 거예요. 여기서는 편의상 그냥 이화 님이 한 걸로……."

"근데 부부 침실 창문은 잠겨 있었잖아요?"

소민이 물었다.

"아니, 집사님이 분명히 말했지. 그 방 창문 단속을 한 사람은 자기였다고. 부부 침실에서 창문 단속을 하다가 넌지시 이화 님에 대한 처사에 항의했고, 그때 조문천 씨의 분노를 사서 쫓겨났다고 한 것 기억하지? 아마 집사님은 창문의 빗장을 잠그는 척만 했을 거야. 그러고는 커튼을 쳐서 창문 빗장이 잠기지 않은 것을 가렸겠지. 알아들었어?

집사님이 잠그지 않은 창문 덕분에 무사히 방으로 들어간 이화 님은 칼로 조문천 씨를 푹 찌르고, 여세를 몰아 술집 마담까지 죽였습니다."

소민이 작게 소리를 질렀다. 이화의 잔인한 범행에 새삼스레 충격을 받은 것 같았다.

"자, 이제 계획의 핵심이었던 두 사람의 살해는 끝났습니다. 사후 처리만 남았죠. 이화 님은 조문천 씨의 품속에서 열쇠 꾸러미를 꺼낸 다음, 다시 나무를 타고 1층으로 내려옵니다.

집사님은 이화 님을 데리고 프랑스식 창으로 응접실에 도로 들어가서 지하실로 내려갑니다. 집사님은 방금 이화 님이 조문천 씨에게 입수한 열쇠로 이번에야말로 진짜 잡동사니 창고에 이화 님을 가둔 후 응접실로 올라옵니다.

여기서 이화 님의 역할은 종료됐지만 집사님의 고난은 아직 끝나지 않았습니다. 이번에는 집사님이 나무를 타고 올라와서 조문천 씨의 품에 열쇠 꾸러미를 넣어두고 다시 1층으로 내려옵니다. 이번에도 역시 창문을 그저 닫아두기만 했을 뿐, 창문의 빗장은 열려 있었죠.

지면으로 안전하게 내려온 집사님은 역시 프랑스식 창을 그냥 닫아두고 이화장 밖으로 탈출합니다."

"그래도 여전히 문제가 남지 않아?"

언제나처럼 미오 선배는 눈치가 빨랐다.

"예리하시네요. 분명히 한 가지 문제가 남아 있죠. 다음 날 오전 경찰이 조사했을 때, 완벽하게 잠겨 있었다는 이화장의 창문 두 개가 실제로는 잠겨 있지 않았다는 문제가 그것입니다. 다시 말해 집사님이 이화장으로 침입하고 탈출했을 때 사용했던 응접실의 프랑스식 창, 그에 더해 실제 범행에 이용한 부부 침실 창문도 닫혀만 있었을 뿐 빗장이 걸려 있지 않았습니다.

여기서부터는 어느 정도 운에 맡겨야 합니다만, 사실 조금만 조심하면 크게 문제될 일은 없습니다. 집사님이야말로 이화장의 모든 걸 총괄하는 실질적인 지배인이었으니까요.

이화장을 빠져나갔던 집사님은 산주 각시의 초막이든, 근처 어디에서든 숨어 있다가 날이 새자마자 되돌아옵니다. 사람들에게는 새벽 2시경 산주 각시의 초막에서 수상한 기척을 느꼈고, 이에 불안한 마음이 들어 5시가 지나자마자 왔다고 했지만 그 이유 때문이 아니었죠. 사용인들의 정식 기상시간인 6시 이후에 도착하면 하녀 고민숙이나 정상기 씨가 응접실의 프랑스식 창을 전부 열어 환기를 시킬 텐데, 그러면 그중 하나의 창문이 그전부터 열려 있었다는 게 들통 나잖아요. 집사님은 사용인들이 뭔가 수상한 걸 눈치 채기 전에 본인이 상황을 통제하기 위해 그렇게 서두를 필요가 있었던 겁니다.

그날 아침, 굳게 잠겨 있던 2층 부부 침실의 문을 부수기 위해서 지하실로 도끼를 가지러 간 사람은 다름 아닌 집사님입니다. 주변의 이목 없이 응접실의 프랑스식 창을 잠글 수 있는 유일한 기회가 바로 그때입니다. 누구에게도 들키지 않고 슬쩍 프랑스식 창을 잠근 집사님은 지하실로 내려가서 도끼를 가져옵니다.

더구나 부부 침실에서 최초로 시체를 발견한 사람도 집사님입니다. 곁에 있던 정상기 씨에게 경찰을 부르도록 지시하고, 무서운 광경을 보고 비틀거리는 고민숙을 자기 방으로 올려 보낸 사람은 또 누구죠? 역시 집사님입니다. 조문천 씨가 죽고, 이화 님은 지하실에 갇혀 있는 마당이니 집사님만이 유일하게 다른 사용인들을 좌지우지하는 권한을 가지고 있었습니다. 정상기 씨와 고민숙은 집사님의 명령을 따를 수밖에 없었죠. 그 순간, 또다시 집사님은 홀로 남겨집니다. 집사님은 그 찰나의 빈틈을 이용해 역시 잠겨 있지 않았던 부부 침실의 남쪽 창문을 잠갔던 것입니다.

이렇게 해서 경찰이 도착했을 즈음에는 모든 문제가 해결되었습니다. 이화장의 모든 방과 창문은 굳게 잠겨 있고, 지하실 잡동사니 창고에는 여전히 이화 님이 갇혀 있었죠. 현관문, 부부 침실 방과 창문, 잡동사니 창고. 이렇게 3중의 밀실은 여전히 굳건했던 것입니다."

"하룻밤에 두 번이나 나무를 오르내렸다고? 그렇게 위험한 일을 두 번씩이나……."

장군은 도저히 믿지 못하겠다는 얼굴이었다.

"물론 위험하지. 만약 떨어지기라도 했으면 상처가 심했을 거야. 하지만 그래봐야 2층이니 죽지는 않지. 게다가 절체절명의 상황이니까 다른 방법이 없잖아. 딱 두 번만 이를 악물고 해내면 두 사람의 행복이 보장되는데, 사랑에 빠진 남녀가 그걸 어떻게 포기할 수 있겠어?

그래도 조건은 괜찮은 편이지. 두 공범의 알리바이도 확실한 데다, 다른 사용인들은 전부 3층에 머물고 있어서 살해공작 현장에서 비교적 멀지. 추락만 조심하면 다른 위험은 거의 없어. 그러니까 여러모로 해볼 만한 게임이었던 거야. 집사님과 이화 님에게는."

긴 설명을 마친 나는 일생일대의 게임에 도전해 멋지게 성공한 남자를 바라보았다. 집사는 아직도 끈질기게 무표정을 가장하고 있어 이제는 흡사 가면을 쓴 게 아닐까 하는 생각마저 들 정도였다.

"그런데 오빠, 왜 오빠는 처음에 이 방법을 죽었다 깨나도 모를 수밖에 없었다는 거예요?"

"다들 알고 있잖아요."

소민의 질문에 답해주려는 찰나, 아까부터 싱글벙글 웃고 있던 김원이 말했다.

"글쎄요. 아무리 생각해도 모르겠어요."

소민은 고개를 설레설레 흔들었다.

"모르겠어요? 기우 군은 불치병이 있잖아요. 바로……."

"고소공포증."

김원의 말을 내가 이어받았다.

"다들 알다시피 난 극심한 고소공포증이 있어. 높은 곳에서 아래를 보기만 해도 머리가 어질어질하거든. 그러니까 애초에 그런 생각 자체를 할 수 없었던 거야. 아무리 튼튼한 나무라도, 나한테는 사람이 나무를 타고 2층으로 오른다는 건 감히 상상할 수도 없는 일이었어. 근본적으로 추리가 불가능했다는 말이야."

"아, 그런 줄 알았다면 내가 먼저 생각할걸."

장군이 아쉽다는 듯 고개를 푹 숙였다.

"너무 실망하지는 마. 당시에 조사했던 경찰도 마찬가지였으니까. 내 생각에 우리들이나 경찰이 이 간단한 방법을 생각해내지 못한 건 삼정산에 뿌리박혀 있던 산주 각시 전설에 너무 심취해서가 아닐까 싶어. 전설에 경도되어 무의식적으로 초자연적인 현상 쪽에 사고의 균형추가 기울지 않았을까. 집사님이 산주 각시의 초막에서 몸 없는 발소리를 들었다 어쨌다 하면서 그 전설을 더욱 증폭시킨 이유도 거기에 있을 거야. 또한 가장 강력한 용의자인 이화 님이 지하실에 단단히 갇혀 있었다는 사실도 한몫했을 테고."

"경찰도 몰랐던 걸 신통하게 다 풀었네. 하나도 남김없이 싹 다…… 잠깐, 한 가지 문제가 남아 있잖아. 네 말대로 산주 각시가 진짜 없다면 어젯밤 기우, 네가 본 건 뭐야? 이제는 정원에 나무도 없으니 누가 타고 올라올 수도 없잖아. 우리 말처럼 단순한 악몽이냐?"

"지금부터 설명하려고 했어. 다들 따라와."

靈

아틀리에를 나온 우리는 현관홀에서 정문을 열고 이화장 밖으로 나왔다. 저녁놀로 붉게 물든 이화장의 앞마당에서 내가 말했다.

"자, 시선을 왼쪽으로 돌려보세요."

내 말에 따라 무심코 왼쪽을 쳐다보던 모두의 얼굴이 석상처럼 굳어버렸다. 꿈에도 그려보지 못했을 풍경이 눈앞에 펼쳐졌기 때문이었다. 2층 부부 침실 바로 아래 지면에 하나의 구조물이 우뚝 솟아 있었던 것이다. 그리고 그 구조물 옆에는 회장이 서 있었다.

"회장, 밖에 있었어요?"

그동안 회장이 곁에 없다는 사실을 눈치 채지 못했던 장군이 어이없어 했다.

"방금 우리가 다 같이 아틀리에로 갈 때 회장만 빠졌어. 내가 미리 부탁한 게 있거든."

"뭘 부탁?"

"그건…… 일단 저쪽으로 가서."

우리가 아틀리에에 있던 동안 난데없이 솟아난 구조물 앞에서 멤버들은 감탄사를 쏟아냈다.

"세상에나!"

"말도 안 돼!"

"전부 회장이 혼자 완성했습니다. 더우셨을 텐데 고생하셨어요."

내 말에 회장은 뭘 이런 걸 갖고 그러느냐는 듯 손사래를 쳤다. 말과는 달리 회장의 티셔츠 등판은 땀으로 젖어 있었다.

새로 생겨난 구조물의 정체는 피라미드였다. 다만 이집트의 원조와는 달리 돌을 사용하지는 않았다. 회장이 쌓은 3층 피라미드의 가장 아랫단은 이화장 응접실에 배치된 세 개의 소파 가운데 놓여 있던 테이블이었다. 한꺼번에 몇 사람쯤 올라가도 충분하리만큼 널찍한 테이블로 밑을 탄탄하게 받쳐놓은 다음, 그 위에 쌓아 올린 것은 역시 응접실에 있던 빨간 서랍장 두 개였다. 회장은 두 개의 서랍장을 빈틈없이 딱 붙여서 고정시켜놓았다. 마지막 3층은 주인을 기다리는 것처럼 비어 있는 의자 한 개였다. 내 말에 따라 식당에서 가져온 것이리라.

실은 거창하게 피라미드라고 할 것도 없이, 그저 응접실 테이블과 두 개의 서랍장, 의자를 순서대로 차곡차곡 쌓은 것뿐이었다. 단지 그것만으로도 2층 부부 침실의 왼쪽 창문 직전에 육박하는 높이의 탑이 생긴 것이다.

"기왕 고생하셨으니 회장이 시범도 보여주시면 안 될까요?"

내 부탁에 회장은 진중한 얼굴로 고개를 끄덕였다. 나는 사람들을 돌아보며 말했다.

"시작합니다!"

내 신호가 떨어지기 무섭게 회장은 가구의 탑 앞으로 성큼성큼 다가섰다. 잠시 후, 회장은 만취한 미오 선배가 노래방에서 자주 그러는 것처럼 1층 테이블 위에 올라섰다. 물론 2층에는 두 개의 서랍장이 올려져 있었지만, 회장이 따로 서 있을 공간은 충분했다. 회장은 한 발을 들어 맞붙여놓은 두 개의 서랍장 위에 올렸다. 뒤이어 두 손을 서랍장 위에 걸친 회장이 몸을 힘껏 끌어올렸다. 회장은 무사히 2층 서랍장들 위에 올라섰다.

"조심하세요."

내가 말했다. 마지막 3층의 의자부터는 제법 높이가 있으니 주의할 필요가 있었다.

회장은 방금 전에 했던 것과 마찬가지로 오른발을 먼저 의자 바닥에 올렸다. 다음 순간, 회장의 몸은 어느새 의자 위에 올라서 있었다. 비록 몰락했지만 한때의 거부가 살았던 이화장이다. 이런 곳에서 사용했던 가구들이 튼튼하지 않을 리가 있겠는가. 테이블과 서랍장, 의자 모두 미동조차 없었다.

"이런 방법이었구나."

미오 선배는 질렸다는 표정이었고, 소민과 장군은 연신 고개를 끄덕였다.

우리들 중에 가장 키가 큰 회장의 상체는 이미 문제의 방 창문의 중간쯤에 위치해 있었다. 회장은 손을 뻗어 쌍여닫이 창문의 왼쪽 손잡이를 열었다. 조심조심 몸을 틀어가며 나머지 오른쪽 창문마저 열어젖힌 회장이 두 손으로 창턱을 붙잡고 방 안으로 몸을 집어넣었다.

잠시 후, 회장은 창문가에 서서 한 손을 흔들어 임무를 완수했다는 사실을 알렸다.

"완료."

예상대로의 실험이었지만 위험이 아주 없지는 않았다. 나는 안도의 한숨을 쉬고 이야기를 계속했다.

"집사님은 바로 이 방법을 통해 어젯밤 제가 홀로 자고 있던 부부 침실로 침입한 겁니다. 만약 현관문으로 응접실과 식당의 가구들을 운반했다면 집사님 연세에 무리일 수도 있겠지만, 응접실 프랑스식 창을 통하면 직선이라 몇 미터도 되지 않죠. 방금 보셨다시피 회장 혼자서도 무리 없이 해냈잖아요."

"귀신이네. 이건 또 어떻게 알았어?"

장군이 말했다.

"몇 가지 힌트가 있었지. 가장 결정적인 힌트는 우리한테 있었던 소소한 사건에서 얻었어. 왜 네가 욕실의 온갖 잡동사니로 탑을 쌓아 미오 선배를 엿봤잖아."

"아, 그 얘기를 왜 또 하냐."

"탑처럼 무언가를 차곡차곡 쌓은 다음, 그것을 발판 삼아 밟고 위로 오른다. 처음에는 다소 낮아도 계속 높이를 더하면 원래 보이지 않던 곳도 보이게 되지. 집사님이 쓴 방법도 원리는 마찬가지. 미오 선배의 목욕 장면을 엿보고 싶었던 네 애절한 바람이 고소공포증인 나로서는 감히 상상할 수도 없던 착상을 불러일으켜준 거야."

"과연! 나는 사리사욕 때문이 아니라, 사건 해결의 단서를 얻기 위해 눈물을 머금고 그런 짓을 한 거라고."

장군이 씨도 먹히지 않을 소리를 해서 모두의 눈총을 받았다.

"그것만이 아냐. 두세 가지가 더 있어. 오전에 원이네 별장으로 내려가면서 내가 말했지? 어젯밤 산주 각시로 추정되는 나무 인간이 부부 침실로 찾아왔는데, 깨고 나니 방이 묘하게 춥게 느껴졌다고. 처음에는 기분 탓으로 치부했지만, 예전에 정상기 씨도 오싹한 한기를 느꼈다고 그러잖아. 그제야 모든 걸 완벽하게 깨달았지.

집사님은 어젯밤에 이화장 곳곳을 조사하는 나를 위협하기 위해 노구에도 불구하고 예전에 먹혔던 방법을 다시 사용하기로 결심한 거야. 이번에는 풀을 머리에 꽂고 썩은 나무껍질까지 얼굴에 붙여서 졸지에 산주 각시 분장까지 하고서 말이야.

집사님은 어제 아침 나와 함께 부부 침실에 들어갔어. 그때 집사님이 환기를 위해 두 창문의 빗장을 풀고 활짝 열어놓았는데, 깜박 잊었는지 나올 때는 창문을 그냥 닫기만 하고 잠그지는 않으셨어.

물론 그때는 나도 신경 쓰지 않았지. 정신이 온통 이화장을 조사하는 일에 쏠려 있었으니까. 아마도 얼마 후에 집사님은 자신이 부부 침실 창문을 닫아놓기만 했을 뿐 잠그지 않았다는 사실을 기억해낸 것 같아.

어제 하루 종일 몰래 내 행적을 유심히 관찰한 집사님은 아침에 부부 침실 열쇠를 받아 간 내가 한밤중에 혼자 그 방으로 숨어들고 문을 잠그자 내심 쾌재를 불렀겠지. 창문도 잠겨 있지 않겠다, 술에 얼큰히 취한 내가 방에 혼자 있겠다, 산주 각시 분장을 하고 이화장을 속히 떠나라는 위협을 하기에는 최적의 조건이었을 거야.

물론 이화장 안에 목격자가 될 수 있는 사람들이 많았지만 역시 걱정할 건 없지. 다들 술에 흠뻑 취해 있었고, 나도 부부 침실 안에서 곯아떨어져 있었으니까.

생각해봐. 과거의 그날 밤과 어젯밤, 지면과 2층을 오르락내리락하면서 부부 침실 창문은 한동안 열려 있었을 거야. 한여름이라도 산지는 새벽이면 추워. 잠깐이지만 열어놓은 창문을 통해 새벽의 냉기가 저택 안에 스며들었다고 생각하면 틀림없을 거야. 그래서 나와 정상기 씨, 둘 다 한기를 느끼게 된 거지."

"정상기 씨 아니었으면 답도 못 찾았겠네."

장군이 말했다.

"맞아. 아, 정상기 씨 말고 소민이도 결정적인 힌트를 줬어."

"네, 제가요?"

소민이 눈을 휘둥그레 떴다.

"새벽에 소민이가 자기 방에서 뭔가 직직 끌리는 소리를 들었다고 했잖아. 서랍장이나 의자는 그렇다 쳐도, 테이블은 혼자 들기에 크고 무거워서 운반하기가 만만찮지. 집사님은 연세도 있으시고. 어쩔 수 없이 테이블이 바닥에 질질 끌리게 됐고, 그 소리를 소민이는 거대한 뱀이 기어가는 소리라고 착각한 거지."

"허."

장군이 물색없이 감탄했다.

"아직 끝이 아냐. 집사님은 마지막의 마지막까지 철저했어. 오늘 아침, 집사님은 갑작스레 응접실 바닥에 카펫을 깔았지."

"그게 왜? 손님 접대용으로 깔 수도 있지."

미오 선배가 말했다.

"테이블이 나무 바닥에 질질 끌렸으니 분명히 긁힌 자국이 났겠죠. 아마도 그 자국을 가리기 위해서 집사님은 카펫을 깔았을 겁니다. 그렇지 않으면 하필 손님들이 돌아가는 날이 돼서야 카펫을 깔 이유가 없죠. 이것은 현장에 남아 있는 증거일 테니까 당장 확인해보면 될 겁니다."

"정말 대단하다!"

장군은 완전히 손들었다는 얼굴로 집사를 보았다.

"이상이 이화장 산주 각시 사건의 전말입니다. 모든 걸 알고 나서 몇 번이나 집사님에게 감탄했는지 몰라요. 가히 천재적이잖아요? 집사님은 외부에서 특별한 물건을 동원하지도 않았어요. 딱 하룻밤밖에 없었으니 그럴 시간도 없었고.

지하실에 굴러다니던 카펫, 이화장의 전체적인 구조, 삼정산의 산주 각시 전설…… 집사님은 전부 이곳에 원래부터 있었던 것들을 조합해 순간적인 재치로 위기를 돌파해냈던 것입니다. 그 결과, 수십 년 동안 범죄를 추궁당하지 않고 사랑하는 사람과 같이 있을 수 있었던 거죠."

"그런 날들도 기우 군이 찾아오면서 끝난 셈이로군요. 이런 일을 해낸 집사님도 그렇지만 밝혀낸 기우 군도 못지않게 천재적이랍니다."

김원이 최종 결론을 내렸다. 나는 살짝 고개를 숙여 과분한 칭찬을 받아들였다.

"기우."

느닷없이 머리 위에서 누군가의 목소리가 들렸다. 고개를 들어보니 2층 창가의 회장이었다.

"아, 얼른 내려오세요!"

회장에게 내려오라고 말한다는 걸 깜빡 잊었다. 내가 회장에게 귓속말로 부탁한 내용은 단지 탑을 올라 부부 침실로 들어가달라는 것뿐이었다. 문제없이 올라갔으니 거기서 곧바로 내려와도 좋았는데, 이 우직한 양반은 내가 다른 부탁을 할지도 모른다고 생각해 계속 버티고 있었던 것이다.

회장은 고개를 끄덕이고 창가에서 사라졌다. 위험하게 탑을 사용하지 않고 계단을 내려와 현관문을 통해 건물 바깥으로 나올 계획인 듯했다. 그때 우리의 시선은 전부 회장에게 쏠려 있었다.

"꺄야악!"

불현듯 소름 끼치는 비명이 이화장 전체를 진동시켰다. 나는 비명이 들린 곳을 찾아 황급히 고개를 돌렸다. 다음 순간, 내 눈앞에는 도저히 믿기지 않는 장면이 펼쳐져 있었다. 소민의 목에 집사가 차가운 섬광을 발하는 나이프를 들이대고 있었던 것이다.

"왜…… 왜 이러세요? 집사님, 진정하세요."

나는 떠듬떠듬 말했다. 회장을 보느라 잠깐 방심한 틈에 이런 일이 벌어질 줄은 꿈에도 몰랐다.

"그 칼 놓고 말씀하세요. 제발요!"

간절히 애원했지만 직감적으로 소용없을 거라는 사실을 깨달았다. 동그란 안경 속 집사의 눈이 광기로 희번덕거리고 있었던 것이다.

"이럴 줄 알았어. 처음부터 너희들이 다 망쳐놓을 줄 알았다. 들여놓는 게 아니었는데. 너희들은 악마야, 악마! 주인님과 내가 얼마나 잘 지냈는데. 너희 같은 놈들이 뭐라고 그걸 망쳐. 다 끝났다. 모든 게 끝났어."

집사가 나직이 뇌까렸다. 미칠 듯한 후회가 밀려들었다. 집사는 이화와 단둘이 살기 위해 어린 시절부터의 친구를 포함해 사람을 두 명이나 죽였다. 더구나 바로 어젯밤에도 위험천만한 곡예를 성공시켰을 정도로 체력과 의지 또한 만만치 않았다. 위기에 몰리면 그만한 광기를 언제든 발휘할 수 있는 사람이건만, 현재의 나이 든 모습에 무심코 그런 사실을 망각하고 말았다.

"살려…… 주세요. 오빠, 기우 오빠!"

혼이 나간 소민의 얼굴을 보자 가슴이 터질 것만 같아 나도 모르게 한 발을 내딛었다.

"오지 마! 한 발짝만 더 오면!"

집사가 소민의 목에 칼을 바싹 들이대는 바람에 어쩔 수 없이 멈췄다. 그는 여전히 소민을 인질로 잡고 조금씩 뒷걸음질을 쳤다.

"소민이 놔주세요. 예뻐하셨잖아요."

미오 선배의 두 눈에는 눈물이 맺혀 있었다. 집사와 마주 보며 대치하던 우리는 그를 자극하지 않기 위해 최대한 천천히 걸으며 한 덩어리가 된 두 사람을 쫓아갔다.

이화장 현관에 다다르자 집사의 움직임이 일변했다. 몸을 휙 돌린 그는 무서운 속도로 문을 열고 소민을 안으로 던졌다. 이어서 집사는 자신도 현관 안쪽으로 들어간 다음 문을 쾅 닫았다.

나는 막 발사된 총알처럼 앞으로 뛰쳐나갔다. 급히 문을 열고 건물 안으로 들어가는데, 집 안 어디선가 또 한 번의 비명이 들려왔다. 이번에는 여자의 목소리가 아니다. '윽' 하는 짧은 단말마에 가까운 남자의 목소리.

"누구야! 누가 당한 거야?"

목소리가 2층에서 들려온 것 같아 나는 듯이 계단을 올랐다. 2층에 올라선 나는 계단 근처에서 나뒹굴고 있는 회장을 발견하고 뛰어갔다. 회장은 왼손으로 오른팔을 붙잡고 있었다. 회장의 오른 팔에서 줄줄 흐르는 피를 보고 급박한 상황도 잊은 채 잠시 멍해졌다.

"3층."

회장의 말에 퍼뜩 정신이 들었다. 회장은 집사가 소민을 데리고 3층으로 올라갔다는 말을 하는 것이었다. 그때 등 뒤에서 타다닥 하는 발소리가 들렸다.

"기우야, 회장은 우리가 돌볼 테니까 넌 빨리 쫓아가."

장군이었다. 장군 곁의 미오 선배는 급히 무릎을 꿇고 회장의 팔에 난 상처를 살폈다.

"원이는 별장으로 사람들 부르러 갔어."

장군이 설명했다. 두 사람에게 회장을 부탁하고 집사를 쫓아가는 길에 문득 발이 멎었다. 3층으로 올라가는 계단 앞에 서 있는 천사상의 얼굴이 누구를 모델로 했는지 이제야 깨달았기 때문이었다. 기도하는 천사의 얼굴은 이화였다. 아마도 조문천이 이 조각상을 만들게 했을 터였다.

한때는 그도 이화를 사랑했었다. 지금의 집사처럼.

사랑, 모든 게 빌어먹을 사랑 탓이다.

나는 욕지기를 내뱉으며 3층 계단을 뛰어올랐다. 만화처럼 다리가 길어져 이 길고 긴 계단들을 한 번에 뛰어오를 수만 있다면 얼마나 좋을까. 계단 세 개를 한 걸음에 뛰어넘다 넘어졌다. 둔탁한 통증이 정강이에 밀려왔지만 돌볼 시간이 없어 곧바로 일어섰다.

증오에 가까운 자책으로 머릿속이 복잡했다. 나는 수사관도 아니고, 판사도 아니다. 이화장에 내가 원했던 산주 각시의 영혼이 나타난 게 아니었다는 사실을 알았으면 그대로 떠날 일이지, 괜한 허영심에 모두를 모아놓고 아무 의미 없는 쇼를 벌였다. 그 바람에 이런 사달을 일으킨 것이다. 내가 왜 그랬을까. 주변에 도끼가 있다면 이 멍청한 머리를 산산조각내고 싶을 정도였다. 정말로 내가 왜 그랬을까.

아마도 나는 무의식중에 자랑하고 싶었던 것 같다. 내가 이렇게 똑똑하고 잘난 놈이라는 걸 보여주고 싶었던 것 같다. 아마도……
소민에게.

숨을 헐떡이며 3층에 도착했다. 3층 복도는 조용했다. 3층의 방을 하나하나 살펴볼까 생각하다가 그게 아닐 거라는 확신이 들었다. 이토록 폭주하는 모습을 보면 알 수 있듯 분명히 집사는 제정신이 아니다. 논리적으로 뭔가를 꼼꼼히 따질 수 없는 상태라고 봐도 좋을 것이다. 어쩌면 집사는 혼나는 게 무서워 무작정 부모의 눈에 보이지 않는 곳으로 도망치는 아이처럼 계단 위를 그저 오르고 올랐던 게 아닐까. 이 상황을 모면하기 위해서 자기 눈에 우리가 보이지 않는 곳을 찾아 위로, 위로, 한없이 오르고 또 오르고 있는 게 아닐까. 그렇다면 이 저택에서 가장 높은 곳에 집사가 있을 것이다.

눈이 뒤집혀 주변을 둘러보다가 계단 맞은편의 빈 공간에 긴 막대기가 하나 떨어져 있는 걸 발견했다. 막대기 끝이 두 갈래로 갈라져 있었다. 설마.

나는 시선을 위로 올렸다. 역시나 천장에 사다리 끝이 살짝 보였다. 나는 집사와 소민이 이 사다리를 통해 지붕 위로 나갔으리라는 사실을 직감했다. 얼른 막대기를 집어 들어 끝이 갈라진 부분을 사다리에 걸고 내렸다. 드르륵 소리와 함께 사다리가 내려왔다.

막대기를 냅다 던지고, 끝까지 내려온 사다리에 두 손을 얹어 올라갈 준비를 했다. 그러나 손에 힘을 줄 수 없었다. 이상하다. 왜 손에 힘이 들어가지 않지? 이건 마치 내 무의식이 거부하는 것 같잖아. 이럴 리가 없는데. 나는 소민을 구해야 한단 말이야. 손이여,

제발 내 의지에 따라 움직여줘!

　세찬 비바람에 나무 잎사귀가 흔들리듯 정신없이 요동치는 손을 보고서야 겨우 이러는 원인을 깨달았다. 어쩔 수 없이 높은 곳에 올라가야 할 때마다 내가 상습적으로 경험하는 증상이었던 것이다.

　고소공포증. 지연 때와 마찬가지로 이번에도 저주받은 고소공포증이 내 발목을 붙잡고 있었다. 물통 속에 흰 물감이 퍼지듯 일순간에 머리가 하얘졌다. 이 사다리를 올라 지붕으로 나가면 되는데, 그러면 소민을 볼 수 있는데…….

　여기서 포기하면 소민이 생명을 잃을지도 몰라.

　하지만 나는 높은 곳에 올라설 자신이 없는걸.

　천사와 악마를 닮은 두 마음이 격렬하게 투쟁을 벌였다.

　포기하고 장군을 불러.

　아니야. 조금만 용기를 내보자.

　넌 해낼 수 없을 거야. 분명히 발을 헛디뎌 떨어지고 말걸.

　그렇지 않아. 지붕에서도 발밑의 공간은 충분할 거야. 예전에 집사가 그랬던 것처럼 굳건히 버티고 서서 침착하게 설득하면 돼.

　절대로 못할 거야.

　아니야. 나는 할 수 있어…….

　그 순간, 사다리에 올린 두 손에 힘이 가득 들어갔다. 행여나 의지가 꺾일까 두려워 단번에 두세 단을 올랐다. 몇 단 오르지도 않아 머리가 사다리 끝의 금속 뚜껑에 닿았다. 나는 한 손으로 사다리를 붙잡고, 다른 손으로 뚜껑을 열어젖혔다. 그러고는 두 손에 힘을 가득 줘서 지붕 위로 상체를 끌어올렸다. 이윽고 조심스레 두 발을 놀려 하체까지 완전히 지붕 밖으로 빼냈다.

비스듬히 경사가 진 지붕과 건물의 전면부가 맞닿은 부분에는 무릎에 닿는 높이까지 돌난간이 둘러져 있었다. 어느 정도 안심한 나는 흔들리는 몸의 균형을 잡고 지붕 위에 우뚝 섰다.

됐다! 극심한 고소공포증에 시달리던 내가 기어이 지붕에 오르는 데 성공한 것이다.

처음 내 눈을 사로잡은 건 하늘을 온통 음산한 적색으로 물들인 석양이었다. 살짝 시야를 아래로 내리자 이화장의 앞마당과 회장이 쌓은 탑이 내려다보였다. 본능적인 공포감이 뱃속 저 밑에서부터 끓어올랐다.

나는 그 상태로 고개를 오른쪽으로 돌렸다. 그곳에 소민이 있었다. 정확히는 소민 뒤에서 여전히 목에 칼을 대고 있는 집사도 보였다고 해야겠지만.

"기우 오빠, 오빠!"

내 이름을 부르며 울부짖는 소민을 보자 가슴이 찢어지는 것 같았다. 나는 소민과 집사를 향해 서서히 다가가며 말했다.

"집사님, 제발 그만하세요! 이제 다 끝났어요. 소민을 돌려주면 아무 문제없을 거예요. 우리들 바로 떠날게요. 약속합니다."

하지만 집사는 끝내 칼을 쥔 손을 풀지 않았다. 뭐라 뭐라 중얼거리고 있었지만 거리가 멀어서인지 잘 들리지 않았다.

"저희가 알고 있는 사실도 아무한테도 말하지 않을게요. 어차피 수십 년 전 일이잖아요. 제겐 아무런 증거도 없어요. 공소시효도 이미 지났고요."

집사는 중얼거림을 멈추지 않았다. 지성을 잃은 탁한 눈과 평화, 안식, 죄악, 응보, 행복, 처벌 따위의 낱말을 두서없이 주절거리는 모습은 그대로 한 명의 광인이었다.

아무리 설득해도 소용없을 거라는 좌절감과 생리적인 공포에 이마와 겨드랑이에서 차가운 땀이 연신 흘러내렸고, 알 수 없는 한기에 온몸이 부들부들 떨렸다. 떨림은 특히 지붕과 난간 사이의 좁은 공간에 간신히 버티고 선 두 다리에서 심했다. 얼마나 후들후들 떨리는지 지금껏 서 있는 게 용하다고 할 지경이었다. 가급적 땅을 바라보지 않으려 했지만 나도 모르게 시선이 밑으로 향했다. 슬쩍 지면을 내려다보자, 뭉크의 〈절규〉처럼 온 세상이 물결치듯 일그러져 보였다. 그 기이한 풍경에 격심한 현기증은 물론 속이 울렁거렸다.

이젠 한계야. 더 버틸 수 없어.

견디다 못해 눈을 감았다. 그렇게 눈을 감고 잠시 안정을 취하자 전신의 떨림이 약간 진정되는 것 같았다. 나는 다시 집사의 눈을 똑바로 보고 진심을 담아 설득하기로 결심했다. 곧바로 감았던 눈을 뜨고 집사에게 시선을 돌렸다.

크게 열린 내 눈에 의외의 상황이 보였다. 집사 역시 눈을 동그랗게 뜬 채 나를 바라보고 있는 게 아닌가. 집사의 시선을 쫓아가다 그가 나 아닌 다른 곳을 보고 있다는 사실을 깨달았다. 집사는 내 등 뒤를 보고 있었던 것이다.

나는 고개를 돌려 뒤를 보았다. 그곳에 이화장의 현 주인, 이화가 서 있었다. 내가 눈을 감고 있는 동안 내 뒤에서 지붕으로 나온 모양이었다. 다시 말해 지붕 위에는 오른쪽부터 이화, 나, 소민, 구자용이 순서대로 늘어서 있는 것이다.

"집사님, 이제 그만…… 하세요."

집사는 그녀의 말로 된 화살에 꿰뚫린 듯한 표정이었다. 모든 걸바쳐 사랑했고, 지금도 사랑하는 그녀의 목소리를 들은 집사의 동그란 안경 너머 흐릿한 눈에 눈물이 번졌다.

"우리는 살 만큼 살았어요. 여기서 우리가 몇 년 더 살자고 또다른 사람들을 희생할 수는 없는 거예요."

"주인님……."

이화가 내 쪽으로 다가오기에 나는 몸을 한껏 틀어 그녀가 지나갈 공간을 만들어주었다. 집사 또한 홀린 사람처럼 그녀에게 다가갔다. 그동안 인질로 잡고 있던 소민에게는 일말의 관심도 없이.

마침내 두 사람이 이화장의 꼭대기에서 만났다. 이화와 구자용은 서로를 부둥켜안았고, 두 사람은 그 자세로 오래도록 떨어지지 않았다. 이화가 먼저 포옹을 풀고 말했다.

"그것 이리."

"네."

집사는 들고 있던 나이프를 공손히 이화에게 바쳤다.

"이제 우리의 죄 많은 인생을 끝낼 시간이 왔어요. 어쩌면 이 아이들이 온 것도 하늘이 우리의 죄를 단죄하길 원해서일지도 모르겠네요."

이화가 차분한 목소리로 말했다.

"주인님, 그게 무슨 말씀이십니까. 이 구자용, 뼈가 가루가 되더라도 주인님을 위해서라면 못할 게 없습니다. 주인님의 행복을 파괴하는 침입자들은 제가 한 명도 남김없이 처리하겠습니다. 그러면 주인님은 다시 행복해질 수 있습니다. 얼마든지 그럴 수 있어요."

구자용의 말투에서 인질극 때 표출됐던 광기가 또다시 느껴졌다.

"행복……."

"네. 주인님만 행복해진다면 기꺼이 다시 할 수 있습니다. 그때처럼 저를 믿고 맡겨주세요."

"하지만 난 단 한순간도 행복한 적이 없었는걸요."

나직한 이화의 말이 집사에게는 천둥소리보다 더 크게 느껴졌던 것 같다. 집사는 눈을 크게 뜨고 입을 헤벌릴 뿐 다른 말을 잇지 못했다.

"미안하지만 사실이에요. 남편을 버리고 나서 하루도 행복하지 못했어요. 지금까지 남편과의 추억을 곱씹으며 하루하루를 버텼지만 그것도 이젠 질렸네요. 좋았던 날을 몇 번이고 떠올려봐도 그건 머릿속에만 있을 뿐 진짜 남편은 제 곁에 없으니까요. 몹쓸 사람이었다는 건 알지만 나는 어쩔 수 없어요. 그런 사람이라도 사랑하니까."

"……."

"집사님에게는 지금껏 죽 미안하다고 생각했어요. 아니, 죽어서도 미안할 거예요. 저는 다만 다시 태어나면 그때는 꼭 집사님을 먼저 만나 사랑하기를 바랄 뿐이랍니다."

집사에게 통한의 한마디를 남긴 이화의 손이 일순 번뜩였다. 워낙 빠른 손놀림이라 내게는 그저 빛이 번쩍이는 것으로만 보였다.

다음 순간, 이화의 목에서 긴 핏줄기가 흘렀다.

"아!"

두 사람의 왼편에서 그 장면을 지켜보던 소민이 짧은 비명을 질렀다. 소민의 몸이 움찔했다.

"안 돼!"

집사가 외쳤다. 이화는 집사에게 받은 나이프로 자신의 목을 그어버린 것이다. 걷잡을 수 없이 목에서 분출하는 피가 이화의 전신을 적셨다. 집사는 치명상을 입고 비틀거리는 이화가 땅으로 추락하기 직전에 간신히 그녀를 붙잡았다.

"주인님, 대체 왜 이런 짓을 하신 겁니까! 이 구자용, 주인님을 모신다는 것만으로도 더 바랄 게 없었는데, 주인님은 정말 저와 함께 보냈던 단 하루도 행복하지 않았다는 것입니까!"

집사의 허리에 대고 있던 그녀의 두 팔이 힘을 잃고 풀썩 떨어졌다. 집사는 짐승 같은 소리를 내며 절규했다.

"으아아아아아아아!"

집사는 이화를 품에 안고 한참 동안 어깨를 들썩이며 울었다. 얼마나 그러고 있었을까. 마침내 영원히 이어질 듯한 집사의 울음이 멎었고, 그는 천천히 얼굴을 들었다. 집사의 얼굴에 깊게 패인 주름 곳곳이 눈물로 젖어 있었다. 구자용은 이화의 입술에 자신의 입술을 포갰다.

집사의 애절한 사랑에 나도 모르게 한숨이 나왔고, 소민은 소매로 눈가를 닦았다. 이윽고 구자용이 이화의 입에서 입술을 뗐다. 그리고 집사는 품속의 이화와 함께 잠시나마 하늘을 날았다.

쿵!

집사와 이화의 몸이 지상에 충돌하는 순간 발생한 진동에 이화장 전체가, 특히 발밑의 난간이 마구 흔들렸다. 나는 차마 밑을 내려다볼 수 없었다.

이제 나와 소민의 사이에는 아무것도 없었다. 각자 다른 곳만 바라보던 두 연인은 그렇게 영영 사라져버린 것이다.

나는 바닷게처럼 옆으로 걸어 소민에게 다가갔다. 소민도 천천히 내 쪽으로 다가왔고, 우리는 곧 재회에 성공했다. 한 팔로 소민의 어깨를 감자 그녀의 떨림이 전해졌다. 가엽게도 소민은 부들부들 떨고 있었다. 나는 비록 한 팔로나마 그녀를 꼭 껴안아주었다. 그녀의 심장이 쿵쿵 뛰는 느낌이 고스란히 내 심장으로 이어졌다.

"내려가자."

소민은 속눈썹에 눈물이 한 가득 고인 채 고개를 끄덕였다. 조금 잔인한 말일지 몰라도 구자용과 이화가 동반자살함으로써 위기는 모두 끝났다.

나는 소민의 손을 붙잡고 지붕의 해치를 향해 걸었다. 조금만 더 가면 된다 싶었을 때, 소민의 몸이 휘청했고 그녀를 잡은 내 손에도 거대한 압력이 느껴졌다.

나는 경악해서 시선을 돌렸다. 앗, 하는 소리도 지르지 못하는 사이에 그녀의 몸이 아래로 꺼졌다.

내 눈에 한 뼘 길이의 난간 발치가 끊어져 있는 모습이 보였다. 지은 지 물경 수십 년 된 건물이다. 낡아서 부식됐던 부분이 하필 소민의 발에 닿았던 모양이다. 다행히 그녀의 손을 놓치지는 않았지만 아찔한 상황은 여전했다. 소민은 두 발이 공중에 뜬 채로 오로지 한 손만을 내게 붙잡힌 상태였다.

나는 소민의 왼손을 붙잡고 있는 오른손에 힘을 가득 줬지만, 아담하고 체중도 가벼운 그녀의 몸에 가혹한 중력이 더해져 손끝에 느껴지는 무게는 상상을 초월했다.

"기우 오빠……."

"아무 말도 하지 마. 내가 끌어 올려줄 테니까. 걱정 말아."

무릎걸음 자세로 앉은 나는 빈 왼손으로 난간을 잡고 필사적으로 버텼다.

"앗!"

지상에서 새된 비명소리가 들렸다. 미오 선배였다. 아마도 집사와 이화가 추락하는 굉음을 듣고 건물 밖으로 나온 듯했다.

"기우야, 조금만 버텨. 우리가 금방 올라갈게."

장군의 목소리에 뒤이어 우당탕 사람이 달리는 소리가 들렸다. 조금만 버티라고? 벌써 이렇게 손에서 힘이 빠져나가는데. 게다가 소민의 손에 땀이 가득해 미끄럽기까지 하다고.

"오빠, 제 손 놓으세요! 이러다 오빠까지 떨어져요!"

"헛소리하지 마! 죽어도 못 놔!"

"안 돼요. 저, 오빠 원망 안 해요. 제발 놓으란 말이에요!"

소민은 내게 붙잡힌 왼손에 힘을 줘서 한사코 빼내려고 했다. 가뜩이나 미끄럽던 차에 그녀가 힘까지 쓰니 붙잡고 있기가 너무 힘들었다. 눈물이 펑펑 쏟아질 것 같은 심정이었다.

"왜 그래! 금방 장군이 올 거야!"

소민은 이런 상황에서도 방긋 웃었다.

"……기우 오빠. 사랑해요."

간신히 손가락의 끝마디만을 움켜잡고 있었던 그녀의 손이 내 손에서 떨어지기 직전이었다. 나는 마지막 남은 힘을 모두 그러모아 소민을 지붕 위로 끌어 올렸다. 소민이 다시 지붕 위에 올라선 모습을 확인한 찰나, 이번에는 내 몸이 비틀거리면서 균형을 잃었다. 좁은 공간에서 무리하게 힘을 쓰다 보니 이런 결과가 생긴 것이다.

애써 다시 균형을 잡아보려 했지만 발밑의 공간이 너무 좁았다. 나는 새처럼 몇 번 팔을 허우적대다 난간을 넘어 지붕 위에서 떨어졌다. 소민이 내뿜은 외마디 비명이 귀를 후벼 팠다.

내 시야에는 온통 검붉은 흙바닥만이 가득했다. 윙윙대는 바람 소리가 끊임없이 귓가에 울려 퍼졌다.

조금만 있으면 저 흙바닥과 충돌하겠지. 단지 고통이 없거나, 적었으면 좋겠다는 바람뿐이었다.

실제로는 짧은 시간이겠지만 내게 추락의 순간은 무척이나 길게 느껴졌다. 한없이 아래로, 아래로 내려간다.

그때였다. 내 시선에서 옆으로 조금 비켜간 곳에 누군가의 모습이 비쳤다.

눈을 의심했다. 내게는 너무도 익숙한 사람이, 꿈에도 보고 싶었던 사람이 그곳에 서 있는 것이었다.

지연?

그래, 지연이었다. 내가 마지막으로 봤던 날 입었던 살구색 원피스 차림의 지연이 곧 내가 떨어져야 하는 지면에 선 채로 두 팔을 한껏 벌리고 있었다. 그렇게 보고 싶었는데, 죽을 때가 돼서야 나타나준 건가.

쓴웃음이 나왔다. 기왕에 죽는 거라면 지연의 품에서 죽어야겠다고 생각했다. 나는 추락하는 찰나에도 최대한 몸을 뒤틀어 그녀의 품으로 떨어졌다.

천지를 뒤흔드는 소리에 이어 굉장한 충격이 다가왔다. 온몸의 뼈마디가 조각조각 부서진 느낌이었다. 고통의 신음을 내지르며 몸을 돌렸다. 죽기 전, 마지막으로 하늘을 한 번 보고 싶었기 때문이었다.

하늘은 몹시도 선명한 붉은색이었다.

'노을빛이 진하긴 하구나.'

이것이 정신을 잃기 전 마지막으로 했던 생각이다. 그때는 그 진홍색 하늘이 노을빛 때문이 아니라, 내 눈에 가득 흘러넘친 선혈 때문임을 알지 못했다.

3장

천국_Heaven

병원 밥은 맛이 없다. 쇠고기 부스러기 하나 들어 있지 않은 미역국, 간이 하나도 안 밴 콩나물무침, 허여멀건 김치 몇 조각에 억지로 잡곡밥 몇 술을 뜨며 자연스레 이런 결론에 도달했다. 그나마 먹을 만한 건 달걀 장조림 두 개뿐. 이거라도 섭취하고 단백질을 보충하자 싶었는데, 날 바라보는 시선이 예사롭지 않다.

"먹을래?"

장군은 전생에 파블로프의 개였던 모양인지 침을 질질 흘리며 고개를 아래위로 격하게 흔들었다.

"먹어라."

별수 없이 장군에게 점심밥이 담긴 스테인리스 식판을 내밀었다. 병원 침대 옆 보조의자에 앉아 있던 그는 얼씨구나 식판을 받아들었다. 조금의 망설임도 없이 환자의 밥을 노략질하는 친구에게 질려버린 나는 지난 2주 동안 생활의 터전 노릇을 톡톡히 하고 있는 침대에 누웠다.

"왜 안 먹냐?"

마구 숟가락을 놀리면서도 미안한 마음은 있는지 한마디 한다.

"입맛이 없다."

"입맛이 없긴 왜 없냐. 반찬도 이만하면 준수하지. 봐라, 이 미역국도 너 다시 태어난 기념으로 병원에서 해준 거 아니겠냐."

항변을 하려다가 딴은 그럴듯해 가만히 있었다. 나는 보름 전, 10미터도 넘는 높이의 이화장 지붕에서 추락했었다. 틀림없이 죽을 거라고 생각했는데, 이렇게 살아서 숨을 쉬고 있으니 다시 태어났다는 말도 그다지 틀린 건 아니다.

"그래, 다 네 덕분이다. 장군, 네가 날 업고 뛰었다며. 고맙다."

장군이 입에 든 밥풀을 튀기며 말했다.

"내 덕분은 무슨. 다 고생했지, 너 살리려고. 원이가 별장에서 빨리 사람들 불러온 게 천만다행이었어. 안 그랬으면…… 어휴, 생각하기도 무섭다."

"나도 난데, 소민이한테 별일 없는 게 더 고마워. 다들 정말 애썼어."

"소민이야 긁힌 데 하나 없는걸 뭐. 지금 보니까 너도 이제 상처 많이 아물었다야."

나는 얼굴 곳곳에 생긴 딱지를 쓰다듬었다. 피고름이 잔뜩 엉겨 있었던 입원 초와는 달리 지금은 서서히 상흔이 사라져가고 있었다.

"그만하면 기적이지. 그 높은 데서 떨어졌는데……."

장군은 문득 그날의 기억이 떠올랐는지 몸서리를 쳤다. 하긴 내가 생각해도 그 큰 사고를 전치 8주로 막았다는 건 기적이었다. 오른손목이 부러져 깁스를 하고, 얼굴을 비롯해 몸 곳곳에 찰과상을 입었으며, 온몸의 뼈마디가 쑥쑥 쑤시는 걸 제외하면 목숨이 위태로울 만큼의 치명상은 하나도 없었던 것이다.

"수혈해줬다며? 들었어."

지나가는 투로 말했다. 아무리 고마워도 남자끼리 미주알고주알 감사의 인사를 전하는 게 영 쑥스러웠기 때문이다. 장군도 주뼛주뼛 몸을 꼬며 수저를 든 손으로 손사래를 쳤다.

"나도 너랑 혈액형이 같은지 이번에 처음 알았다. 어려울 때 있는 놈이 없는 놈 나눠주는 거지 뭐."

오랜만에 문병 온 장군에게 할 말도 많고 궁금한 것도 많았다. 특히 이화장에서 벌어진 두 사람의 죽음이 어떻게 처리됐는지가 궁금했는데, 김원이 금귀건설의 힘으로 외부에 소문이 안 나도록 잘 틀어막은 듯했다. 나는 영계통신 멤버들이 어떻게 지내는지도 물어보았다.

"히트는 미오 선배지. 번화가에서 웬 정장 입은 아저씨한테 명함을 받았는데, 글쎄 그 사람이 연예기획사 직원이었대. 가수 해볼 생각 없냐고 묻더란다."

"그래서?"

"며칠 있다가 오디션 한번 보기로 했다나."

장닭마냥 목청만 크지 음정, 박자 따위와는 인연이 없는 미오 선배의 노래 실력을 익히 아는 우리는 부둥켜안고 눈물을 흘리며 웃었다. 2인실이지만 옆의 침대 환자가 어제 퇴원해 크게 웃어도 상관없었다. 어느 정도 진정이 되고 나서 망설였던 질문을 던졌다.

"소민이는?"

"……."

한참이 지나도록 대답이 없어 고개를 돌려보니 보조의자에 앉은 장군은 꾸벅꾸벅 졸고 있었다. 점심을 먹은 지 30분도 안 됐는데 벌써 식곤증이라니, 하여튼 신진대사 하나는 무섭도록 활발한 녀석이다.

"여기 누워라."

"으으응."

내가 침대 아래로 내려서며 자리를 내주자, 그는 이번에도 조금의 망설임 없이 환자의 침대를 냉큼 차지했다. 눕자마자 코를 고는 장군을 보니 그간 가졌던 약간의 고마움도 눈 녹듯이 사라졌다. 한숨을 쉬고 말했다.

"자라, 자."

靈

나만의 비밀 장소에서는 바람이 쌩쌩 불었다. 덕분에 망토처럼 어깨에 걸친 환자복 상의가 이리저리 흩날렸다. 비를 머금은 듯한 먹구름이 바람에 빠르게 이동하는 모양새가 좀 있으면 시원하게 쏟아질 분위기였다.

주변을 둘러보았다. 병원 옥상에 나 말고 아무도 없는 걸 확인하고는 추락을 방지하기 위해 옥상에 둘러친 펜스에 몸을 기댔다.

나는 왼손에 든 담뱃갑에서 담배 한 개비를 입으로 물어 꺼냈다. 오른팔에 깁스를 하는 바람에 왼손 하나만 쓸 수 있었다. 한 손으로 라이터 불을 켜서 담배로 옮겨 붙이는 데 일약 사투를 벌였다. 간신히 담배에 불이 붙었다.

맛있게 한 모금을 빨았다. 바람에 흩날려 펜스 아래로 퍼지는 담배 연기에 맞춰 시선을 내렸다. 날씨가 흐려서인지 저 아래, 병원 앞마당에 꾸며놓은 정원에도 돌아다니는 사람은 거의 없었다. 사실 내가 서 있는 옥상에도 화단이 조성되어 있었지만 궂은 날씨에 일부러 올라올 간호인이나 환자는 없을 터. 이 병원에서 환자는 당연히 금연이라 담배를 피우려면 지금처럼 눈치껏 행동해야 한다.

이번에는 시선을 조금 먼 곳으로 향했다. 컴컴한 날씨 탓에 지저분한 회색 건물들이 한층 더 우울하게 보였다. 끊임없이 연기를 생산해내면서 성주 시의 전경을 바라보았다.

나는 이제 더 이상 높은 곳이 두렵지 않았다.

내 불치의 고소공포증이 치유됐다는 사실을 알게 된 건 담배를 피우러 올라온 첫날이었다. 그날 한번 시도해볼까 망설이다가 겨우 도전하기로 마음을 굳혔지만, 고민이 무색하게시리 결과는 싱거웠다. 바로 지금처럼 조금도 머리가 어지럽거나 다리가 떨리지 않았다. 아무래도 이화장 꼭대기에서 몇 분이 넘게 곡예를 펼친 덕분에 자연 치유된 것 같다. 일종의 충격요법이랄까. 왜 뱀을 무서워하는 사람에겐 뱀을 만져보게 해서 뱀에 대한 친밀감을 주고 공포증을 치료한다고 하잖나.

이화장에서 있었던 일이 떠오르자, 자연스럽게 내게 벌어졌던 기적으로 생각이 옮겨갔다. 아니, 그 기적에 대해서는 1초도 잊어본 적이 없다. 이화장 지붕에서 추락하는 순간, 그 찰나와도 같은 동안에 나는 분명히 지연을 보았다. 절대 착각 같은 허망한 것이 아니었다. 우리의 마지막 날, 조이월드에 함께 갔을 때의 옷차림 그대로 지연이 이화장 앞마당에 서 있었던 것이다.

기왕이면 지연의 품에서 죽자 싶어, 할 수 있는 한 몸을 움직여 그녀에게로 떨어졌다. 추락하는 시간이라고 해봐야 몇 초에 불과했고, 동작에도 제약이 많아서 기실은 살짝 몸을 비트는 수준이었을 것이다. 하지만 기를 쓰고 노력한 덕분에 지연의 품에 최대한 가까이 떨어질 수 있었고, 그다음은 기억에 없다. 추락과 동시에 정신을 잃었기 때문이었다.

나중에 장군에게 듣고서 알았다. 내가 떨어진 정확한 지점이 나보다 앞서 추락한 구자용 집사와 이화 씨의 몸 위였다는 사실을. 장군은 그들의 시신이 일종의 쿠션 역할을 해서 내게 전해지는 충격이 최소화됐다고 설명했다. 의사의 말에 따르면 먼저 추락한 두 사람이 특히 내 머리를 보호해준 게 생존에 주효한 역할을 했다고 한다.

내가 본 건 결단코 두 남녀의 시체가 아니었다. 그날, 내가 본 건 그토록 보고 싶어 했던 지연의 모습이었다. 그 모든 게 환상이었나? 생사가 오가는 급박한 상황 속에서 갈피를 잃은 뇌가 만들어낸 장난에 불과했던 걸까?

그럴 가능성도 없지 않았지만 나는 고집스레 다른 결론을 밀어붙였다. 지연이 내 위기를 보고, 어떻게든 나를 살리기 위해 그녀의 세계에서 잠시 이쪽으로 건너와준 거라고. 만약 내 믿음이 사실이라면 결국 나는 궁극적인 소원을 이루고 지연을 다시 만난 것이다. 가슴속 깊은 곳에서부터 무한한 감회가 일었다.

"역시 나는 널 벗어날 수 없나 봐."

마지막 담배 연기와 함께 혼잣말을 내뱉었다. 그러고는 손가락 한 마디만 하게 짧아진 꽁초를 퉁 하고 튕겼다. 꽁초는 지상을 향해 빠른 속도로 낙하했다.

"이놈!"

등 뒤에서 들린 호통에 온몸이 얼어붙는 것 같았다. 반사적으로 몸을 돌리면서 빌기 시작했다.

"죄, 죄송합니다. 진짜 참으려고 했는데 도저히⋯⋯."

호통을 친 사람은 검은색 긴팔 셔츠와 블랙 진 차림의 회장이었다. 상하의를 검정 일색으로 통일한 회장은 커다란 덩치도 한몫해 꼭 반달곰을 보는 듯했다.

"깜짝 놀랐잖아요! 간호사인 줄 알았다고요."

"그렇게 꽁초를 던지면 밑에 있는 사람이 맞을 수도 있어."

답변이 궁색했다. 이럴 때는 무조건 잘못을 인정하는 게 상책이다.

"죄송해요. 주의할게요."

"나도 하나 줘."

회장의 선풍기 날개 같은 손에 쥔 담배 한 개비가 마치 빨대같이 보여 절로 웃음이 나왔다. 회장 역시 몰래 흡연의 즐거움을 만끽하는 모습을 지켜보는데, 문득 이상한 점을 깨달았다.

"회장, 그 옷은 뭐죠? 환자복은요?"

"지금 퇴원하는 길이다. 너 보고 가려고 들렀어."

수십 년 만에 이화장에서 또다시 남녀 두 명이 죽은 날, 회장은 팔에 칼을 맞았다. 당시에는 피를 줄줄 쏟는 게 제법 심각해 보였지만, 회장 역시 다행스럽게도 중요한 혈관은 비껴갔다. 회장은 나와 같이 이 병원에 입원해 있었는데, 비교적 상처가 경미해 2주 만에 퇴원하는 것이었다. 교도소에서 먼저 출소하는 공범을 부러워하는 심정으로 회장을 물끄러미 쳐다보았다. 회장에 비하면 아직도 한 달 넘게 병원에 더 갇혀 있어야 하는 내 신세는 무기징역을 선고받은 죄수 꼴이었다.

"몸조리 잘해라. 담배도 좀 줄이고."

"네. 회장도 아직 완쾌는 아니니까 무리하지 마세요."

두런두런 대화를 나누는데, 방금 전과 비교도 할 수 없는 이상한 느낌이 나를 휘감았다. 나는 회장과 이야기를 나누면서도 머릿속에서는 참을 수 없는 위화감의 정체를 계속해서 찾고 있었다. 그래도 끝내 답을 알 수 없었기에 신경질적으로 머리를 벅벅 긁었다. 그러는 도중 번갯불과 같은 깨달음이 번뜩였다.

"회장, 갑자기 왜 이렇게 말이 많아진 거예요!"

그렇다. 회장은 평소 같으면 한 달 치는 될 듯한 말을 순식간에 쏟아내고 있었다. 그는 겸연쩍게 웃으며 답했다.

"나 원래 말 많은 놈이야. 어렸을 때부터 하도 말이 많아서 별명이 조조(曹操)였지."

뜻밖의 대답에 어안이 벙벙했다.

"그런데 왜 그동안?"

"그건 내가 영계통신에 들어온 이유와 관계가 있어."

드디어 회장의 가입 목적이 밝혀지는 건가. 이어지는 회장의 말에 귀를 쫑긋 세웠다.

"고등학교 3학년 때 일이야. 몰랐겠지만 나도 이곳 성주 시 출신이거든. 죽 여기서 살면서 버스로 30분쯤 걸리는 고등학교를 다녔지. 그날도 밤 10시쯤 버스 타고 하교하는 길이었는데, 미치도록 졸리는 거야. 하필 자리도 없어서 손잡이 잡고 서 있느라 아주 죽겠더라. 너도 알잖아. 그맘때가 얼마나 피곤한지. 매일 새벽에 일어나서 밤늦게까지 공부해야 되고, 또 주말이 어디 있냐. 공부 또 공부의 연속이지. 게다가 그날은 친구들이랑 농구까지 했어. 당연히 평소보다 몇 배 더 피곤할 수밖에 없지. 나도 모르게 손잡이 잡고 선 채로 꾸벅꾸벅 졸았어. 눈꺼풀이 아주 천 근이야. 도저히 못 참겠더라고.

어떻게든 정신 차리려고 노력했다만 버틸 수가 없었어. 그러다 너무 깊게 잠이 들어 손잡이를 놓치고 크게 휘청한 거야. 그때 잠결에도 내 입술에 뭔가 닿는 느낌이 오더라고. 뭐지 하고 눈떠보니까, 글쎄 어떤 누나가 뺨을 닦고 있어. 아차 했지. 겁나더라고. 영락없이 치한으로 몰릴 판이잖아. 졸다가 실수로 그런 건데.

본의 아니게 뺨을 내준 그 누나는 대학생으로 보였는데, 되게 당황하는 눈치였어. 주변에 비슷한 또래의 형들이 많았는데, 그 형들은 웃느라 정신이 없었고.

얼른 죄송하다고 했지. 너무 졸려서 그만 실수한 것 같다고. 웬만큼 수습된 그 누나는 웃으면서 괜찮다고 하더라. 그제야 한시름 놨지. 근데 그때 2인석에 자리가 난 거야. 누나 옆에 있던 형 한 명이 이렇게 된 것도 인연이니 앉아서 얘기나 하고 가라고 밀더라. 우리들은 아니라고 버티다가 결국 나란히 앉게 됐어."

"그, 그래서요?"

그간 봉인됐던 회장의 수다는 막상 해제되고 보니 그야말로 폭발적이라 당황스러웠다.

"가면서 우리는 이런저런 얘기를 나눴어. 그 누나가 성주대 컴퓨터공학과 신입생이라는 얘기도 들었고."

"회장의 선배네요."

"……그런 셈이지. 그 누나는 우리 대학교의 봉사활동 동아리 회원이었고, 주위의 형들도 같은 소속이었어. 그날도 보육원에 다녀오는 길이었대. 그거 말고도 많은 얘기를 들었지. 그 누나의 고향 이야기도 듣고, 궁금한 대학생활에 대해서도 듣고. 시간이 어떻게 가는지도 몰랐어. 내가 다닌 고등학교는 남녀공학이 아니었으니 그 정도로 오랫동안 여자와 대화한 적은 생전 처음이었지. 난 마음속으로 이 시간이 끝나지 않기를, 영원히 정류장이 나오지 않기를 빌었지.

한참 도란도란 얘기를 나누는데, 누나가 나보고 몇 학년이냐고 묻더니 공부 열심히 해서 좋은 대학 가라고 하더라. 직감했지. 끝내 누나가 내릴 정류장이 다가왔구나. 역시나 누나가 일어나더니 내리는 문 쪽으로 다가가는 거야. 나도 모르게 외쳤어.

'누나, 저도 같이 봉사하면 안 돼요?'

처음에 그 선배들은 웃으면서 만류했지. 대학생 동아리에 고등학생이 웬 말이야. 하지만 내가 너무 간절하게 부탁하고, 또 좋은 일을 하고 싶어 하는 거니까 마지막에는 허락해주더라고. 그 후로 반년 넘게 주말이면 봉사활동을 나갔어. 양로원, 보육원, 소년소녀 가장 공부방, 여름방학 때는 농촌 봉사도 따라갔고. 솔직히 누나를 보고 싶어서 떼를 쓴 거지만, 나중에는 어려운 사람들을 돕는 일 자체가 좋기도 했어. 누나는 나를 우리 동아리 마스코트라고 부르며 특히 귀여워했지."

마, 마스코트라니…….

"아마 외동이라 나를 남동생처럼 생각한 게 아닐까 싶어. 근데 내 마음은 달랐어. 열심히 공부해서 성주대의 같은 과로 들어가면 매일 볼 수 있잖아. 지금은 비록 까까머리 고등학생이지만 몇 달만 지나면 나도 같은 대학생이고, 한 살 차이가 무슨 대수야. 안 그래?"

"그렇죠."

"주말마다 꼬박꼬박 봉사활동을 했지만 공부에 크게 무리가 가는 스케줄은 아니었고, 원래 성적도 그다지 나쁘지 않았어. 신생인 성주대가 그리 커트라인이 높은 것도 아니었고. 운도 좀 따라서 12월에 벌써 합격 통지를 받았지. 날아갈 것 같았어. 이제 누나를 매일 볼 수 있다. 지금보다 더 친해져서 언젠가는, 언젠가는 꼭 내 마음을 전할 거라고 다짐했지.

하지만 결국 나의 고백은 이뤄질 수 없었어……."

"왜요?"

회장에게 물었지만 답은 짐작할 수 있었다. 그가 막상 성주대에 와서 봉사 동아리가 아니라 영계통신에 들어왔다는 걸 생각해보면.

"새해를 하루 앞둔 날, 고향으로 올라가다 교통사고로……."

"저런. 유감입니다."

"얼마나 울었는지, 슬퍼했는지에 대해서는 말하지 않을게. 그날 만 생각하면 가슴이 콱 막히고 지금도 죽을 것 같거든. 근데 무엇 보다 내가 참을 수 없었던 건 말하지 못했다는 거야. 좋아한다는 말, 아니 사랑한다는 말을 하지 못했어. 그게 가장 나를 힘들게 했 지. 누나 옆에서 맨날 종알종알 이 얘기, 저 얘기 떠들었는데, 막상 제일 하고 싶었던 얘기를 하지 못했다는 게 화가 나서 견딜 수 없 었어. 그러니 이 바보 같은 입을 달고 다녀서 뭘 하나 생각했지. 그 리고 결심했어. 앞으로는 부득의한 경우를 제외하고는 입을 열지 않겠다고. 기우, 너도 겪어봤듯이 지금까지 최대한 말을 아꼈지."

"회장이 영계통신에 들어온 이유는 그 누나를 다시 만나고 싶어 서였군요?"

"응. 솔직히 반신반의였지만 어쩌면 정말 누나를 다시 볼 수도 있지 않을까 하는 생각에 지푸라기라도 잡아본 거지. 물론 아직까 지는 딱히 긍정적인 결과가 없지만."

마지막 말에는 동의할 수 없었지만 잠자코 있었다.

"기우야. 이제부터 하는 말을 잘 들어라. 난 오늘 입을 닫고 살겠 다는 결심을 깼어. 내가 왜 평생의 굳은 결심을 깼냐면 너한테 꼭 하고 싶은 말이 있어서야. 하지 않고는 도저히 참을 수 없더구나.

난 말은 없지만 눈치도 없는 사람은 아니야. 진작부터 너와 소민, 둘 사이가 심상치 않다는 걸 알고 있었어. 사실 너를 향한 소민이의 마음은 눈이 있는 사람이라면 누구나 알 수 있을 정도로 분명했으니 모를 수도 없지만.

그런데 너는 좀 다르더라. 어떨 때는 소민이에게 끌리는 것 같다가도 다른 때 보면 냉랭하고. 기우는 마음이 영 없나 생각했다가 이번 이화장 사건을 겪고 나서 분명히 깨달았어. 너는 자신의 생명마저 포기하고 소민이를 살렸잖아. 웬만한 각오가 아니고서 그럴 수 있었을까. 역시 이 녀석도 마음 깊숙한 곳에서 소민이를 좋아하고 있다, 그런 결론을 내렸지. 조만간 둘이 맺어지겠거니 기대하면서 굉장히 흐뭇했어. 비록 나는 실패했지만 주변의 행복한 커플을 보고 질투할 만큼 못난 사람은 아니니까.

이제나저제나 두 사람이 내게 인사하러 오기를 기다렸어. 오늘부터 우리 사귀기로 했다고. 한데 반달이 지나도록 소식이 없었지. 어쩌면 너희보다 내가 더 초조했을지 몰라. 이러다 이번에도 아무 일 없이 끝나는 게 아닐까 싶어서 말이야.

기우야, 제발 부탁한다. 난 네게 무슨 일이 있었는지, 왜 영계통신을 만들었는지 몰라. 소민이에게 끝까지 다가가지 않는 걸로 짐작컨대, 과거에 다른 여자가 있었던 게 아닐까 생각은 한다. 하지만 과거는 그냥 과거일 뿐이야. 뻔한 얘기지만 그게 진실인걸. 계속 망설이다가는 나처럼 그때 말할 걸 그랬지, 하면서 평생을 후회하게 돼. 난 그 고통을 너무도 잘 안다. 왜냐하면 내가 지금 그러고 있으니까.

기우야, 과거의 일 때문에 지금 그리고 미래에 후회할 일은 하지도 마라. 마음이 시키는 대로 따라. 당장 달려가서 소민이를 만나 말해. 살면서 어떠한 후회도 남기지 않기 위해 왔다고. 그리고 말해. 좋아한다고. 같이 있고 싶다고!"

회장의 말투는 절정으로 갈수록 고조되었다. 그의 박력에 압도당한 나는 한참 동안 그의 얼굴을 멍하니 바라보다 이윽고 입을 열었다.

"말씀 끝나셨나요?"

"왜? 아직 마음을 굳……."

"오줌 마려워서요."

회장의 눈이 두 배로 커졌다.

"아무튼 고맙습니다. 좋은 말씀을 들었어요."

돌아온 조조에게 조만간 연락하겠다는 인사를 남기고 옥상 문으로 향했다. 엘리베이터를 타고 병실이 있는 3층으로 내려왔다. 복도에서 간호사에게 담배 냄새 난다고 한 소리를 들었다.

병실에 들어서자 침대 옆 물품 수납함 위에 아까 전까지만 해도 없던 것이 보였다. 나는 요란하지 않은 흰색과 분홍 꽃이 조화를 이뤄 격조가 느껴지는 꽃바구니를 들고 자세히 살펴보았다. 꽃바구니 안에는 카드가 한 장 꽂혀 있었다.

기우 군, 몸은 좀 괜찮아졌나요? 급히 홍콩에 가야 할 일이 있어 이런 걸로 대신합니다. 부디 실례를 용서해주시길. 우리의 모험과 우정이 영원하길 바라며. 이만 총총.

김원의 카드를 꽃바구니에 다시 넣었다. 조만간 볼 일이 있겠지.

그때 감사의 인사를 전하면 되는 일이다.

여전히 내 침대에 누운 장군은 머리끝까지 이불을 뒤집어쓰고 세상모르게 숙면을 취하고 있었다.

"야, 이제 일어나!"

소리를 지르며 이불을 홱 걷었다. 그 순간, 눈이 튀어나올 만큼 놀랄 일이 펼쳐졌다. 침대에 누워 자고 있던 사람은 장군이 아니라 내 모든 고민의 근원, 바로 소민이었던 것이다.

"오, 오빠. 미안해요."

기가 막혀 입만 떡 벌리는 내게 소민이 졸린 눈을 비비며 사과했다.

"장군은?"

"저랑 배턴 터치해서 가셨어요. 혼자 앉아서 기다리다가 너무 안 오시길래. 참, 원이 오빠 꽃바구니 들고 왔는데 보셨어요?"

주섬주섬 침대에서 내려가는 소민을 말없이 지켜보았다. 초록색 박스 티셔츠와 청반바지를 입은 소민이 예전과 똑같이 멀쩡해 보여 다행이라고 생각하면서.

"……."

"……."

사람이 극도로 당황하면 머리와 함께 혀도 딱 굳어버리는 모양이다. 계속되는 정적에 소민이 뻘쭘해하기에 필사적으로 머리를 굴려 떠듬떠듬 몇 마디를 던졌다.

"잘 왔어. 일단 앉아. 그래, 무슨 일이야?"

"꼭 하고 싶은 말이 있어서요."

어색한 분위기를 뚫고 소민이 차근차근 펼쳐놓은 얘기는 그녀의 갑작스런 방문만큼이나 놀라웠다.

靈

한 달 반이 지난 8월의 마지막 주 월요일 오후 3시경. 나는 기차역 입구에서 누군가를 기다리고 있었다. 아침 일찍부터 퇴원 절차를 밟고, 자취방에 들러 짐도 갖다놓느라 시간이 어떻게 갔는지 모를 지경이었다. 만나기로 한 시계탑 앞에서 담배를 한 대 빼어 물고 있으니 그제야 살짝 마음의 여유가 생기는 듯했다.

"오빠, 또 담배!"

느닷없이 들린 소민의 목소리에 잠깐의 여유는 산산이 깨지고 말았다. 반사적으로 담배를 바닥에 집어던지고 발로 지르밟았다.

"완전히 회복되기 전까지 피우시면 안 된다고요!"

몸을 구부려 바닥의 꽁초를 줍고 일어선 소민은 배 근처에 넓적하고 커다란 주머니가 달린 노란색 후드 티셔츠에 하얀 반바지 차림이었고, 등에는 작은 배낭을 멨다. 우리가 가기로 한 장소에 걸맞게 편하게 입은 듯했다.

"다 회복됐다니까 그러네."

무섭게 눈을 치켜뜬 소민이 내민 손에 담뱃갑을 건네며 힘없이 뇌까렸다. 그러나 소민은 귓등으로도 듣지 않고 근처 쓰레기통에 방금 주운 꽁초와 고작 두 개비밖에 피지 않은 담뱃갑을 버렸다. 금쪽같은 담배를 빼앗겼지만 마치 오래 사귄 애인에게 보살핌을 받는 느낌이 들어 왠지 기분이 나쁘지 않았다.

3시 18분 정각 출발이라 시간이 그리 많지 않아 우리는 플랫폼으로 가는 길을 서둘렀다.

"나 열 19, 20번. 여기인 것 같아요."

예매해둔 자리에 나란히 앉았다. 평일 낮이라 대부분의 좌석이 텅텅 비어 있었다. 목적지는 기차로 세 시간쯤 걸리는 곳이니까 6시 반이면 도착이다. 느긋하게 기차여행을 즐기면 되지만 실상 기분이 아주 밝지만은 않았다. 가슴 한구석에 돌멩이가 들어찬 듯 묵지근한 느낌이 불쾌했다. 아마 우리가 지금 가는 이곳은 꼭 오늘이 아니라 언제 어느 때 가더라도 이런 기분일 것이다.

"와, 출발이다!"

반면에 소민은 환호작약이었다.

"정말 괜찮아?"

"그럼요! 오빠네 고향에 가는 건데요."

소민이 미소를 지으며 말했다.

"바보, 놀러 가는 거냐."

내가 소민의 머리를 꽁 쥐어박자, 소민이 우는 시늉을 하며 익숙한 너스레를 떨었다.

그렇다, 소민의 말마따나 나의 고향. 그중에서도 내 인생에서 가장 커다란 좌절감을 안겨주었던 조이월드가 바로 오늘의 목적지였다.

어느새 내 머릿속에서는 두 달 전에 찾아온 소민의 제안이 고스란히 재생되고 있었다.

"오빠, 그날 이후로 조이월드에 가본 적 한 번도 없죠? 부탁이 있어요. 오빠 몸이 다 회복돼서 퇴원하는 대로 꼭 조이월드에 같이 가보고 싶어요."

경악해 이유를 묻는 내게 소민은 까만 눈동자를 초롱초롱 빛내며 이렇게 털어놓았다.

"일단은 저도 영계통신 멤버예요. 엄마를 꼭 만나기 위해 여기 들어온 것도 분명한 사실이고요. 오빠가 정말로 그 언니를 만난다면 저한테도 나쁠 건 없죠. 오빠가 영혼을 불러내는 방법을 확실히 터득하면 저도 곧 엄마를 만날 수 있을 테니까요."

"그런데 왜 하필 조이월드지?"

"다른 어느 곳에서도 그 언니를 만난 적이 없으니까요. 어쩌면 언니의 영혼은…… 언니가 그렇게 된 조이월드에 여전히 머물러 있을지도 몰라요. 오빠가 찾아주기만을 바라면서 언제까지나 그곳에 붙박여 하염없이 기다리고 있을지 누가 알겠어요."

"그러니까 호랑이를 잡으러 호랑이 굴에 들어가보자?"

"호랑이가 없을 수도 있지만요. 뭐 가볍게 시도나 한번 해보자는 거예요. 어차피 밑져야 본전인데 해봐서 나쁠 건 없잖아요."

아무 말도 할 수 없었다. 나는 머릿속으로 격렬히 고민했다. 구미가 당기는 제안인 건 분명했다. 한참 동안 지속된 나의 침묵을 끈질기게 버티던 소민에게 물었다.

"이제는 그 롤러코스터 위험하지 않대?"

미리 알아봤는지 소민의 대답은 일사천리였다.

"그 이후로 사장도 바뀌었고, 몇 년간 불미스러운 사건은 전혀 없었다고 해요. 또 만약 위험한 일이 생긴다고 해도 이번에는 나도 함께예요. 저번처럼 절대 오빠 혼자 놔두지 않을 거예요."

"정말 괜찮겠어?"

"놀이공원 싫어하는 여자애 보셨어요?"

소민이 배시시 웃었다.

"그럼 가자."

다른 어느 곳에서도 지연을 볼 수 없었다는 소민의 말과 달리 지연은 이화장으로 나를 찾아와주었지만, 그 이후로 다시 사라졌다는 것 또한 부인할 수 없는 사실이었다. 어쩌면 소민의 말처럼 지연이 이번에는 조이월드에서 나를 기다리고 있을지도 모르는 일이었다. 이것이 내가 오랜 고민 끝에 소민의 제안을 받아들인 까닭이었다.

기차는 빠르게 달려갔다. 소민은 가는 동안 차창에 매달려 스쳐지나는 경치 하나하나에 감탄을 하거나, 저것 좀 보라며 심드렁한 나를 끌어당겼다. 산과 들, 강, 논밭 등 전부 대단치 않은 것들이었지만 처음 세상 구경에 나선 아이같이 호들갑을 떠는 모습이 우습고 귀여웠다.

침묵을 싫어하는 젊은이들답게 기차의 기분 좋은 미동을 온몸으로 즐기면서 우리는 수없이 많은 말을 허공으로 날려 보냈다. 특히나 소민은 어찌나 말이 많은지 어렸을 때 가장 좋아했던 마법사 소녀가 나오는 애니메이션 줄거리를 처음부터 끝까지 줄줄이 읊을 정도였다. 마법사의 변신 동작까지 신나서 재현하는 소민에게 어느 정도 대꾸해주다가 천천히 의식이 흐려졌다. 오전 8시에 일어나서

밤 9시에 자는 생활을 두 달 가까이 하다 보니 확실히 잠이 많아졌나 보다.

문득 이상한 기척을 느끼고 잠에서 깼다. 반사적으로 돌아본 소민은 장난을 하다 들킨 아이처럼 키득키득 웃고 있었다.

"뭐했어?"

"맞혀봐요."

소민은 피식피식 새어 나오는 웃음을 통제하지 못할 지경이었다. 그녀가 던진 난제에 한참을 씨름하다가 마침내 답을 발견했다. 이 말괄량이가 내가 조는 틈을 타서 왼손 새끼손가락에 붉은 매니큐어를 칠해놓은 것이었다. 하도 어이가 없어 따라 웃었다.

"이거 뭐야, 변태 같잖아. 얼른 지워줘."

"노, 노. 제가 얘기하는데 존 벌이에요. 오늘 하루 종일 이러고 있기."

몇 번을 부탁해도 웃으면서 거절하자 포기하고 말았다. 왼손을 계속 주머니에 넣고 다니면 되겠지.

"좋아. 사람들이 물어보면 코 파는 손가락 표시한 거라고 해야지."

더러운 소리 한다고 소민에게 등짝을 찰싹 얻어맞고 있는데, 기지개 펴는 코끼리처럼 느릿느릿 기차가 멎었다. 드디어 고향에 도착했다.

조이월드까지 택시를 타고 가자는 내 말에 소민은 학생이 무슨 돈이 있냐며 완강히 반대했다. 어쩔 수 없이 지하철을 타고 가는 내내 옛날 생각이 났다. 지연과 왔던 그날도 지하철을 이용했었지.

20분쯤 더 가서 조이월드 근처 역에서 내려 지상으로 올라오니 7시가 조금 넘은 시각이었다. 이른 시간이라고 할 수는 없었지만 여름이라 해가 길어 주변은 환했다. 더구나 이맘때는 야간개장을 해서 11시에 문을 닫는다. 급할 게 없다는 얘기다. 우리는 느긋하게 조이월드를 향해 걸었다.

조이월드와 가까워질수록 살짝 우울했던 기분이 가시고, 가슴 속에 그리움과 비슷한 감정이 번졌다. 3년 만이다. 많이 변했을까?

내 복잡한 심정을 아는지 모르는지 소민은 콧노래를 부르며 경쾌하게 걸음을 옮겼다. 그 모습이 영락없이 데이트를 나온 여대생이라 불현듯 슬퍼졌다. 어쩌면 소민이 굳이 조이월드로 나를 데려온 것은 내용이야 어찌 됐든 그저 나와 단둘이 시간을 보내고 싶어서가 아니었을까. 마치 데이트처럼.

정말 그렇다면 그녀의 바람에 부응해주지 못해 미안할 따름이었다. 그야 나도 소민이 싫지 않았다. 아니, 시종일관 종알거리는 그녀가 옆에 있는 것만으로도 달콤한 기분에 흠뻑 젖고 말았다.

그럼에도 회장의 진심 어린 조언에 따라 소민에게 고백할 수 없는 이유는 두 가지였다. 첫째는 물론 지연에 대한 미안함이다. 이화장에서 지연은 나를 구했다. 적어도 나는 그렇게 믿고 있다. 많은 시간이 흘렀어도, 사는 곳은 달라졌어도 여전히 나를 잊지 않고 죽음의 위기에서 꺼내준 지연을 어떻게 감히 배신할 수 있겠는가.

두 번째 이유는 다름 아닌 소민의 안전 때문이었다. 이미 내 곁에서 나를 가장 사랑해준 두 여인이 영영 떠나갔다. 어쩌면 나는 끔찍한 저주를 받아 사랑하는 여인을 잇따라 잃을 운명이 예정되어 있는 놈인지도 모른다. 그런 내가 어찌 소민을 나만의 욕심을 앞세워 곁에 둘 수 있겠는가. 어머니와 지연의 뒤를 이어 소민까지 그렇게 만들 수는 없었다. 안 된다, 그것만큼은 절대로 안 된다.

이런 생각을 하고 있으려니 어느덧 조이월드의 정문이 다가왔다. 자유이용권을 오전부터 사용하지 못하는 셈이라 야간이용권은 절반 가격이었다. 몇 분가량 줄을 서서 표를 사고, 마침내 3년 만에 조이월드로 재입성했다.

그때 내 곁에는 여고생 평균보다 큰 키에 하늘하늘한 살구색 원피스 차림의 지연이 있었지만, 지금은 나보다 머리 하나는 작고 병아리를 연상시키는 노란 티셔츠를 입은 앙증맞은 소민이 있다. 참으로 많은 게 달라졌구나 싶어 말로 표현할 수 없는 감개를 느꼈다.

내가 잠시 멍하니 서 있자, 소민은 내 손을 붙잡고 나를 조이월드 안의 아이스크림 가판대로 이끌었다.

"아이스크림?"

"한참 걸었더니 목말라서요."

"그래."

나는 바닐라를, 소민은 딸기 맛을 골랐다. 우리와 비슷한 또래로 보이는 아가씨 판매원이 아이스크림 두 개를 차례대로 건네주었다. 계산을 치르느라 소민이 대신 들고 있던 내 아이스크림을 받는 순간, 딱 하나 얹혀 있던 바닐라 아이스크림 덩어리가 기우뚱하더니 땅바닥으로 떨어지고 말았다.

당황해 우물쭈물하면서 아가씨에게 휴지를 왕창 받았다. 떨어진 아이스크림을 집어 올려 치우려는데, 목 뒤에 몇 방울의 차디찬 액체가 떨어지는 느낌이 들었다. 비가 오나 싶어 손바닥으로 쓸어 살펴보니 허연 색깔이다. 이물질이 묻은 손바닥을 코에 대자마자 불쾌한 악취가 확 퍼졌다. 설마 했는데 역시나.

"새똥이잖아. 재수 없게, 이게 뭐야."

내게 닥친 황당한 봉변에 소민은 배를 쥐며 웃었다. 근처에 있던 공중화장실로 달려가 목과 티셔츠 깃에 묻은 새똥을 박박 닦았다.

"빨랑 가요. 더 늦기 전에 지연 언니의 영혼을 찾아봐야죠."

내가 화장실에서 나오자 소민이 재촉했다. 우리는 지연이 목숨을 잃은 롤러코스터 방향으로 걸음을 옮겼다. 곧바로 유럽풍으로 단장한 놀이기구 건물들과 디즈니 영화에나 나올 법한 성을 지나쳤다. 인형, 선글라스, 머리띠, 풍선, 액세서리 등을 파는 가게에서 잠시 멈칫하던 소민이 우리의 방문 목적을 떠올렸는지 구매욕을 꾹 참아냈다.

힘든 일상 속에서 단 하루의 환상을 심어주는 곳이다 보니 어딜 가나 원색 일색이었다. 행진곡풍의 배경음악과 아이들의 높은 환성이 귀청을 뜨겁게 달구었다. 과도하게 휘황찬란한 불빛들과 시끌벅적한 분위기가 솔직히 내 취향에 맞는 곳은 아니었지만, 이곳에서 본 모든 사람들의 얼굴에 떠 있는 기분 좋은 미소는 마음에 들었다.

우리는 수많은 사람들로 혼잡한 큰길을 벗어나 소나무 가로수들이 늘어선 약간은 한적한 길로 접어들었다. 조금 돌아가도 상관

없었다. 내일도 출근해야 해서 지금 아니면 안 되는 직장인들과 달리 아직 방학 중인 우리에게 시간은 충분했으니까.

그때 저 앞에서 이쪽으로 오던 한 덩어리의 사람들 가운데 선글라스를 걸치고 아이보리색 반바지를 입은 남자가 우리를 향해 마구 뛰어왔다. 어쩌면 소민과 충돌할지도 몰라 대뜸 앞으로 뛰어나가 반바지를 막아섰다.

"도와줘요, 소매치기예요!"

반바지 뒤에서 헐레벌떡 쫓아오는 30대 여성을 보자 이런저런 생각이 싹 사라졌다. 반사적으로 반바지의 멱살을 붙잡고 힘을 주었다. 반바지는 갑작스레 목이 졸리자 순간적으로 강한 충격을 받았는지 침을 줄줄 흘리며 풀썩 쓰러졌다.

30대 여자는 기절한 반바지의 손에서 지갑을 빼낸 후 연신 내게 고맙다는 인사를 전했다. 주변 사람들이 여전히 반쯤 정신이 나간 소매치기를 인계해 갔다. 아마도 조이월드 경비원에게 데려가는 모양이었다.

갑자기 가슴이 쿵쾅쿵쾅 뛰기 시작했다. 다가온 소민이 내 팔뚝을 붙잡으며 말했다.

"오빠, 괜찮아요? 아, 얼굴 하얗게 질린 거 봐! 많이 놀랐어요?"

나는 아무런 대답을 하지 않고 팔을 잡아 뺀 다음 빠르게 앞으로 나아갔다.

"화났어요? 오빠, 오빠!"

소민이 부르는 소리가 들렸지만 돌아보지 않았다. 꼭 한 가지 확인할 게 있어 마음이 급했다.

채 몇 걸음도 가지 않아서 예상했던 일이 일어났다. 유치원생 정도로 보이는 남자아이 한 명이 맹렬한 기세로 내 쪽으로 달려왔고, 그 남자애를 머리에 커다란 리본을 단 여자애가 뒤쫓고 있었다.

남자애와 충돌하기 직전, 날쌔게 몸을 날려 아이의 돌격을 피했다. 이어서 바람 소리를 내며 내 곁을 빠르게 스쳐가는 여자애.

불현듯 찾아온 공포에 전신이 덜덜 떨렸다. 이런 가공할 공포는 평생 처음이었다. 나는 몸을 돌려 무작정 뛰었다. 어디선가 소민이 나를 애타게 부르는 소리가 들렸지만 멈출 수 없었다. 부끄럽지만 그 순간만큼은 그저 이곳에서 멀리 도망치고 싶은 마음뿐이었다.

靈

정신을 차렸을 때, 나는 성주 시의 내 연립주택 자취방 근처로 돌아와 있었다. 몇 시간 동안 뇌의 퓨즈가 나간 양 아무 기억도 나지 않았다.

고집스레 나를 따라온 공포를 떨쳐버리기 위해 가로등이 어슴푸레한 불빛을 밝히고 있는 우리 동네를 미친 듯이 달렸다. 숨이 차서 견디지 못할 때까지 뛰다가 근처에 있는 높다란 은행나무 밑으로 들어갔다. 워낙 잎이 무성해서 내 손가락조차 똑똑히 보이지 않는 나무 그늘 속에 숨자 조금 진정되는 기분이었다. 여기서는 누구도 나를 볼 수 없으니 빌어먹을 그 공포란 놈도 마찬가지일 테니까.

웬만한 성인 남성 세 명이 두 팔을 뻗어도 모자란 은행나무 몸통에 두 손을 대고 정신없이 숨을 몰아쉬었다. 한동안 그 상태로 기억을 더듬어보았다. 조이월드 앞에서 나는 겁에 질려 도망쳤었다. 그다음은? 그래, 택시를 타고 기차역을 불렀어. 그러고는 성주시로 되돌아왔다. 마침 기차시간과 맞아떨어져 곧바로 출발할 수 있었지.

소민은? 제길, 기를 쓰고 도망치느라 소민을 잊고 있었다. 어떻게 그녀를 홀로 내버려두고 올 수 있지. 이러면 지연 때와 마찬가지 아닌가. 지연을 보살피지 못했던 내가 소민에게도 똑같은 짓을 하다니!

자괴감에 정신이 아득했지만 나로서는 어쩔 수 없었다. 미증유의 공포가 그만큼 내 영혼을 완전히 사로잡았던 것이다. 모든 게 똑같았다. 떨어진 아이스크림과 새똥, 반바지 남자와의 실랑이, 꼬마와의 충돌……

지연과 왔던 날에 일어났던 일들이 3년의 간격을 두고 고스란히 다시 일어났다. 한 가지라면 우연이라고 치부할 수도 있겠지만 연이어 네 가지 일이 반복되는 경우의 수가 과연 존재할까?

이것은 어쩌면 지연의 강렬한 의지가 아닐까?

소민에게 점점 더 깊이 이끌리는 나를 벌주기 위해 지연이 현실에 개입한 걸까?

나로 하여금 3년 전의 일을 기억하게 만들기 위해 똑같은 사건들을 만들어낸 걸까?

답은 알 수 없었지만 분명히 내 주변에서 뭔가 불가사의한 일이 일어나고 있었다. 이러한 사실을 깨닫자마자 공포라는 이름의 종마가 온몸 곳곳을 미친 듯이 질주했고, 도저히 견딜 수 없어진 나는 소민조차 내버려두고 도주할 수밖에 없었던 것이다.

이제야 소민을 떠올린 내가 스스로도 한심해 견딜 수 없었다. 무엇보다 먼저 소민에게 연락해 사과를 구해야 했다. 마음이 견딜 수 없이 급해 막 나무 그늘을 벗어나려던 찰나였다.

"와, 기우 학생! 오늘도 활기차네!"

느닷없이 들려온 목소리에 화들짝 놀랐다. 누군가 했더니 허름한 평상에 앉아 부추를 다듬고 있던 예의 구멍가게 아주머니 목소리였다. 구멍가게 안에서 흘러나오는 촉수 낮은 전구 불빛이 근처 조명의 전부라서 아주머니의 얼굴은 그늘이 져 잘 보이지 않았다. 그나저나 이게 활기찬 얼굴이라고? 시한부 선고를 받은 암환자 같은 몰골일 텐데.

그러자 또다시 짙은 두려움이 찾아왔다. 상황에 전혀 맞지 않는 언제나 똑같은 인사.

나는 아주머니를 지나쳐 정신없이 달렸지만 역시나 이미 고통의 비명을 지르고 있던 폐는 제대로 기능하지 못했다. 반은 뛰고, 반은 걸으며 최대한 빨리 집으로 향했다. 집에만 가면 다 괜찮아. 익숙한 집에 들어가서 불만 켜면 아무도 나를 무섭게 할 수 없어…….

그러나 아직은 집에 갈 시간이 아니었다. 30미터쯤 앞의 가로등 아래에 또 하나의 기이한 인연이 서 있었기 때문이다. 행여나 그가 사라질까 두려워 마지막 힘을 쥐어짜 달려갔다.

"석찬, 석찬이는 어디 있죠?"

숨을 헐떡이면서 물었다.

"나도 너한테 물어보려고 왔는데."

비니 모자를 쓴 남자가 비릿하게 웃으며 대꾸했다. 여름방학이 시작되던 날, 석찬을 뒤쫓던 시체같이 피부가 창백한 남자를 이런 식으로 다시 만날 줄은 꿈에도 생각하지 못했다.

"당신이 석찬이를 괴롭혔잖아요! 안 그랬으면 걔가 왜……."

"어이, 사람들 다 코 자는 밤이야. 어디 좀 조용한 데 없어?"

남자는 입가에 검지를 대서 나를 조용히 시키고 주변을 두리번거렸다.

"저기 놀이터 있다. 와봐."

처음 본 날은 초여름이었고, 오늘은 늦더위가 기승을 부리는 늦여름이었지만 남자는 그때처럼 목도리에 검은 장갑까지 착용하는 등 철저히 맨살을 드러내지 않았다. 시체와도 같은 허연 피부를 가리기 위해서겠지.

이 남자에게 묻고 싶은 말 천지였지만 일단 말없이 그를 뒤따랐다. 어쨌든 석찬의 행방을 알기 위해서는 이 불길한 남자의 얘기를 들어봐야 했다.

남자는 오른편 길가에서 안쪽으로 조금 들어간 곳에 위치한 자그마한 놀이터로 향했다. 놀이터 입구 기둥에 매달려 있는 동그란 시계를 보니 자정을 10분 남겨놓고 있었다. 아무도 없는 한밤중의 놀이터 구석 벤치에 남자가 자리를 잡았다. 나 또한 그의 옆에 앉았다. 벤치 뒤편에 대추나무가 있어 짙은 잎사귀 음영이 남자의 얼굴에 드리워졌다.

"다른 말은 필요 없고, 석찬이 지금 어디 있어요? 멀쩡한 거죠?"

"아, 나도 알고 싶다니까 그러네. 그 생쥐 같은 새끼. 죽기는 싫어서 도망은 잘 쳐요, 하여튼."

비열한 표정과 불량해 보이는 목소리를 통해 남자가 정상적인 세계의 사람이 아니라는 사실을 한눈에 알 수 있었다. 석찬이 더욱 걱정스러워졌다. 대체 무슨 짓을 저질렀기에 이딴 작자한테 쫓기는 걸까.

"뭔 소리예요, 죽기는 누가 죽습니까? 당신 뭐하는 사람이에요?"

피식 웃은 남자가 느물거리며 말했다.

"밤은 긴데 왜 이렇게 서둘러. 그리고 나 성실하게 일하는 사람이야. 야근까지 마다 안 하고 여기까지 온 것 보면 몰라?"

"그러니까 그 일이라는 게……?"

"나야 직원 나부랭이니까 회사 사정을 자세히는 모르지. 난 튄 놈만 잡아오면 되는 놈이라서."

"튄 놈이라니?"

"척 보면 모르겠어? 눈치 되게 없네. 아니, 모르는 척하는 건가."

남자는 한쪽 입꼬리를 치켜세우며 천박하게 웃었다.

"서로 알 거 다 아니까 쇼 그만하고, 석찬이라는 놈 어디 있어? 제일 친한 친구라면서 그것도 몰라?"

나는 변죽만 울리면서 자세한 대답은 회피하는 남자에게 노기가 치솟았다. 버럭 화를 내려는 순간, 우리가 앉은 벤치 뒤편에서 툭 하는 소리가 들렸다. 남자와 내 고개가 일제히 뒤로 돌아갔다. 소리를 낸 주인공은 비록 이유는 달랐지만 우리가 그토록 찾고 싶어 하던 석찬이었다.

그 석찬이 머리끝까지 쳐든 오른손에 단단히 감아쥔 것을 확인하자, 남자의 눈이 왕방울만큼 커졌다. 남자는 잽싸게 일어나 뒤로 물러났다.

"너 뭐야! 지금 나 치려고 한 거야? 어, 그래. 너 잘 걸렸다."

남자는 재킷의 품속에서 뭘 꺼내려는지 손을 집어넣고 부스럭거렸다. 잭나이프라도 꺼내려는가 싶어 침을 삼키며 남자를 바라봤지만, 손이 단단히 주머니에 걸렸는지 한참을 버둥거리기만 할 뿐이었다.

"됐어요. 그만하세요."

석찬은 오른손에 든 굵은 나무 막대기를 땅바닥에 툭 떨어뜨렸다. 아무래도 벤치에 시체 남자와 함께 앉아 있는 나를 발견하고, 날 구하기 위해 손을 쓰려 했던 듯하다. 다만 벤치 뒤에서 슬금슬금 다가올 때 조심성 없게 나뭇가지 같은 걸 밟아 보기 좋게 들통이 나고 만 것이다. 오랜만에 봤지만 언제나처럼 마무리가 부족한 석찬답다고 할까.

석찬은 표정을 딱딱하게 굳히며 진지한 어조로 말했다.

"나도 남자입니다. 친구한테 피해 가는 일은 절대 안 해요. 죽어도 내일까지 회사로 갈 테니까 오늘은 그냥 가세요."

남자는 실눈을 뜨고 석찬을 요모조모 뜯어보더니 나직이 말했다.

"새끼, 말이나 하고 나가지. 네 친구 집 다 아는 거 봤지? 또 튀면 이 친구 찾아와서 책임을 물을 거니까 알아서 해. 간다."

남자는 뒤도 돌아보지 않고 우리에게서 멀어졌다. 그제야 석찬의 얼굴을 찬찬히 살필 여유가 생겼다. 까딱하면 위험한 일이 벌어질 수도 있던 상황이라서 석찬의 이마에도 나처럼 땀이 번들번들했다.

靈

놀이터를 벗어난 우리는 아무 말 없이 내 자취방으로 향했다. 친구와 어깨를 맞대고 밤거리를 걸으니 아까와 같은 두려움은 흔적도 없이 사라졌다. 어두운 밤을 무서워했던 어린 시절에도 이 녀석과 함께라면 왠지 즐겁기만 했었지.

자취방에 돌아오자 마침내 기나긴 하루의 마침표를 찍은 기분이었다. 그러나 한동안은 침울한 정적만이 불 꺼진 방 안을 가득메웠다. 나는 양 무릎을 두 손으로 껴안은 채 방구석에 앉아 있었고, 석찬은 침대에 걸터앉았다. 석찬에게 무슨 일이, 어떤 곤란함이 있는지 모르는 상태라 섣불리 얘기를 꺼낼 수 없었다. 석찬도 쉽게 입을 떼기 힘든지 때때로 뭔가 말을 하려고 입을 벌리다가 가만히 다물곤 했다.

"석찬아."

"기우야."

한참 만에 서로의 이름을 동시에 부른 우리는 푸하하 웃음을 터뜨렸다. 이 웃음을 기점으로 분위기가 확 풀어져 그간 가슴속에 담아두었던 수많은 질문을 던지기 시작했다.

"석찬아, 어떻게 된 거야?"

"어떻게 되긴."

석찬은 나를 보기 위해 자취방으로 오던 도중 길가 놀이터에서 내 목소리를 들었다고 한다. 반가운 마음에 놀이터로 향했는데, 마침 석찬이 들어온 입구가 놀이터 후문 방향이라서 남자와 내게는 보이지 않았다. 석찬은 내 곁에 그 남자가 있는 것을 알아차리고 혹시 해코지라도 당할까 싶어 앞뒤 볼 것 없이 주변에 굴러다니던 몽둥이로 남자의 뒤통수를 가격하려고 했던 것이다.

"그보다 튀었다는 게 무슨 말이야? 너 진짜 어디 잡혀 있었어?"

석찬은 대답 없이 고개만 끄덕였다. 어딘가에 감금당해 자유롭게 운신도 할 수 없는 신세라니 보통 일이 아니다. 대번에 내 안색이 흐려졌다.

"대체 무슨 일이야? 그 남자는 뭐하는 놈이고?"

"사채업자."

뜻밖에 석찬은 정육점 주인 혹은 옷가게 점원 하는 양 선선히 답했다.

"말도 안 돼! 네 나이에 무슨 사채를 써!"

화가 나서 자연히 목소리가 높아졌다.

"알잖아, 우리 아빠."

이번에도 담담한 석찬의 말이었지만 그 말에 모든 진실이 내포되어 있었다. 나도 익히 아는 것처럼 석찬의 아버지는 우리 동네의 난봉꾼으로 둘째가라면 서러웠다. 당시에도 주로 여자 문제나 음주, 폭행 등의 사고를 쳐서 노상 부부싸움으로 동네가 시끄러웠다.

집에서 전쟁이 벌어지면 석찬은 눈썹에 눈물을 달랑달랑 매달고 우리 집에 와서 자고 가곤 했었다.

"노름빚이래."

"……그래서 고3 때 그렇게 몰래 떠날 수밖에 없었구나."

석찬은 아저씨의 노름빚 때문에 가족은 뿔뿔이 흩어진 지 오래고, 빚쟁이는 이미 교도소에 수감 중인 아저씨와 행방을 감춰버린 아주머니 대신 석찬에게 돈을 받아내기 위해 그를 몰아세우고 있다고 담담히 털어놓았다. 오랜만에 마주 앉아 흉금을 터놓고 그간의 안부를 묻는 자리였건만 너무도 암담한 현실에 한동안 말을 잊었다.

"참, 그때는……?"

"근데 왜……?"

이번에도 서로의 말이 얽혔다. 석찬은 미소 지으며 발언권을 양보했다.

"그때 지하철에서는 어떻게 된 거야?"

"2년 동안 도망 다니다 보니까 죽을 땐 죽더라도 너 한 번 보고 싶더라. 그래서 찾아왔지."

"내가 성주 시에 있는지는 어떻게 알았는데?"

"맨날 꼴찌 하던 애가 대학 갔다고 동네에 소문이 쫙 퍼졌던데, 뭘. 암튼 얼굴 한 번 보려고 멀리서 왔는데 백상아리까지 냄새 맡았을 줄은 몰랐지."

"백상아리?"

"놀이터에서 그 사채업자."

피부가 비정상적으로 하얘서 백상아리인 모양이다. 과연 조폭들의 어류 사랑은 언제까지 계속될는지.

"자식, 그러면 그냥 사채업자라고 하지 왜 귀신 어쩌고저쩌고 한 거야? 그때 내가 얼마나 놀랐는지 알아?"

"귀신? 내가 그런 말을 했어?"

"분명히 했어. 뭐랬더라. 끈질긴…… 귀신…… 있어…… 우리 뒤에…… 따라왔다…… 감시하고…… 도망……."

"아하!"

석찬은 폭소를 터뜨렸다. 한참을 깔깔거려 내가 다 민망할 지경이었다.

"자세히는 기억 안 나지만 대충 이런 뜻이었을걸. 끈질긴 놈이 귀신같이 알고 찾아왔다. 지금 우리 뒤에 있는데 아마 나를 따라왔을 거다. 이놈이 나를 감시하고 있어. 도망쳐야 돼. 뭐 이렇게 말했겠지. 설마 너 진짜 귀신인지 알았냐?"

어이없는 오해를 하고 혼자 벌벌 떨었던 게 창피해 얼굴이 붉어졌다. 당시 백상아리의 출현으로 단단히 겁에 질린 석찬이 빠르고 나직하게 주절대는 바람에 말을 제대로 듣지 못했던 것이다.

"아니, 꼭 네 말만 듣고서 그런 게 아니라 피부가 너무 새하얗잖아. 꼭 시체처럼."

"중증 백반증(白斑症)이래."

나는 무릎을 치며 아쉬워했다. 차근차근 생각해보면 당연한 것을 혼자 이상한 의혹에 사로잡혀 제대로 된 판단을 하지 못했다.

"나도 한 가지 묻자. 내가 사채업자한테 쫓기는 거 뻔히 알면서 왜 모르는 척한 거야?"

난데없는 석찬의 질문에 정신이 멍했다.

"무슨 소리야? 한마디도 안 하고 사라졌으면서. 난 석찬이 네 사정을 오늘 처음 알았어."

"뭐야! 너 내 편지 못 받았어?"

고3 때 석찬이 내 책상에 넣어두고 사라진 기괴한 쪽지를 뜻하는 듯해, 물어보니 맞단다. 나는 책상으로 가서 고이 간직하고 있던 석찬의 마지막 편지를 꺼내 왔다.

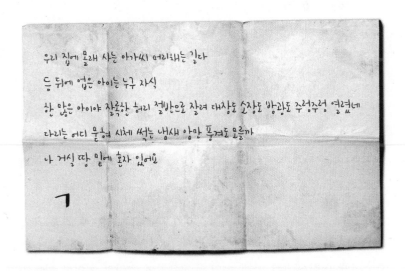

"여기 어디에 사채업자라는 얘기가 있냐! 그보다 몰래 사는 아가씨, 몸이 반으로 잘린 아이는 또 뭐야? 아이, 재수 없어. 꿈에 나올까 두렵다."

내 추궁에 석찬은 한 마디도 대꾸를 하지 않고 가만히 나를 노려보았다. 가느다란 석찬의 눈자위가 조금씩 붉어져갔다. 흉측한 석찬표 혈안도 오랜만에 보니 반가운 걸 보면, 내가 이 녀석을 그리워하긴 한 모양이다.

"왜 그렇게 보냐?"

"기우, 너 다 잊었구나. 변했어."

석찬은 붉은 눈을 풀지 않고 나를 아래위로 훑어보았다. 풀 죽은 목소리에 섭섭한 기색이 역력했다.

"내가 뭘? 난 그대로야. 말해줘, 내가 뭘 잊었다는 거야?"

"『명탐정 대백과』."

아아, 그리운 이름…….

이유는 모르겠지만 우리가 초등학교 때 명탐정 열풍이 불어 아동용 탐정 소개서 같은 책이 많이 나왔다. 우리 역시 예외는 아니라서 『명탐정 대백과』는 당시 석찬과 나의 교과서나 다름없었다. 세계의 명탐정, 미행, 심문, 지문감식법, 암호, 단서 찾기 등의 항목을 아이들도 보기 쉽게 단순화하고 삽화를 충실히 넣은 이 책을 페이지가 닳을 때까지 보고 또 보며 우리는 나중에 커서 탐정이 되기로 결심했었다. 서로 자기가 셜록 홈스를 하겠다고 싸워 주먹다짐 직전까지 간 적도 있었지…… 잠깐!

그때 머릿속에서 안개 속의 등댓불처럼 흐릿한 기억이 깜박깜박 점멸했다. 분명 그 책에 뭔가 있었는데. 좀만 더 집중해보면 알 것도 같은데, 니코틴에 절어버린 뇌가 잘 돌아가지를 않는다.

"암호, 암호였구나!"

마침내 기억을 되찾은 나는 연립주택이 떠나가도록 큰 소리로 외쳤다. 석찬은 그제야 눈을 정상으로 되돌리고 히히 웃었다.

이 기괴한 편지는 『명탐정 대백과』에 실린 암호를 고스란히 차용한 것이었다. 나는 그 오랫동안 왜 이리 단순한 걸 몰랐나 싶어 머리를 벅벅 긁으며 짜증을 냈다.

18세기부터 존재했던 비밀단체 프리메이슨 단원들이 처음 썼다는 이 암호는 쉽게 말해 우물 정(井) 자 형태를 기본으로 한다. 井 안에 1부터 9까지의 숫자를 위에서부터 순서대로 채우는 것이다. 바로 이런 식으로.

그러고는 각각의 기호에 들어가 있는 숫자를 키워드로 편지를 해석하면 된다. 예컨대, ㄴ은 3이 키워드이고, ㄱ은 4, ㅁ은 5, ㄷ은 6이다.

석찬은 편지 하단에 ㄱ을 커다랗게 써놨는데, 이는 한글 자음 ㄱ을 뜻하는 게 아니라 키워드가 7이라는 걸 알려주는 것이었다. 그다음에는 간단한 일만 남았다. 편지의 띄어쓰기를 철저히 무시해 한 줄로 붙여놓고, 그중 일곱 번째 글자들만 연결하면 진짜 전하고 싶은 내용이 나오는 것이다.

우리집에몰래**사**/
는아가씨머리**채**/
는길다등뒤에**업**/
은아이는누구**자**/
식한많은아이**야**/
잘록한허리절**반**/
으로잘려대장**도**/
소장도방광도**주**/
렁주렁열렸네**다**/
리는어디묻혀**시**/
체썩는냄새암**만**/
풍겨도모를까**나**/
거실땅밑에혼**자**/
있어요

석찬이 편지로 전하고 싶었던 내용은 바로 '사채업자, 야반도주,
다시 만나'였다.

진실을 알게 되자 새삼 석찬의 처지에 대한 안타까움과 진작 편
지의 뜻을 알아차리지 못한 미안함에 마음이 무거웠다.

"암호는 그렇다 쳐도 내용은 왜 이따위로 쓴 거야? 어차피 핵심
은 일곱 번째 글자니까 좀 건전하고 부드러운 내용으로 써도 됐잖

아. 연애 얘기 같은 걸로."

속마음과는 달리 퉁명스럽게 말했다. 감정 표현에 솔직하지 못한 게 모든 남자들의 비극이다.

"나 그때 공포소설 쓴다고 자료 모으던 거 기억 안 나냐? 하도 빠져 있다 보니까 나도 모르게 이런 글이 나왔나 봐, 헤헤."

천연덕스럽게 웃는 석찬을 보자 더욱 죄책감이 들었다. 자존심이 강한 녀석은 차마 집안이 망했다는 얘기를 직접 하지 못하고 소중한 우리의 추억이 배어 있는 암호로 마지막 인사를 고한 것이다. 하지만 당시 지연의 일로 실의에 잠겨 있던 못난 나는 그 처절한 몸부림조차 외면하고 말았다.

"아무튼 고맙다. 잘 왔어."

나는 석찬에게 손을 내밀었다. 맞잡은 석찬의 손은 도망자답지 않게 따스해 눈물이 날 것 같았다.

靈

우리는 밤하늘의 별처럼 무수한 날들을 한 침대에서 보냈던 예전처럼 내 침대에 나란히 누웠다. 1인용 침대인 데다, 손님 처지에 주인의 것을 뺏기는 뭐하다며 손사래를 치는 석찬을 설득하느라 힘들었다. 과연 자랄 대로 자란 두 성인의 몸이라 비좁았지만 살갗이 닿는 느낌이 언제나처럼 포근해 잠이 솔솔 올 것 같았다.

고개를 옆으로 돌려 누운 채로도 몇 시간 동안이나 살아온 얘기를 떠들다 지쳐 잠든 석찬의 얼굴을 바라보았다. 시작부터 함께

였던 우리의 처지가 불과 몇 년 만에 이렇게 달라지다니 어른들 말대로 세상살이는 만만치가 않다. 한숨을 쉬고 다시 천장을 보고 누웠다.

나도 모르게 스멀스멀 웃음이 새어 나왔다. 석찬의 애매한 편지와 앞뒤를 똑똑히 듣지 못하는 바람에 생긴 오해, 그리고 백반증 남자 때문에 귀신 소동을 벌인 게 암만 생각해도 우습기 짝이 없었다.

어마어마한 미스터리인 줄 알았던 게 사실은 그저 그런 코미디였다니. 어쩌면 세상을 떠들썩하게 뒤흔들었던 초심리학계의 대사건들도 대충 이런 사정이 많았겠구나 싶었다. 하긴 진정한 미스터리가 매일 마주치는 이웃처럼 우리 주변에 널려 있을 턱이 있겠는가.

쓴웃음을 흘리며 나도 이제 눈을 붙이려는 순간, 오랜 미스터리한 가지는 풀렸지만 여전히 내 주변에 또 다른 미스터리가 남아 있다는 데 생각이 미쳤다.

3년의 간격을 두고 과거의 일이 고스란히 현재에 재현된 조이월드에서의 괴사건 말이다. 아니, 고스란히는 아닌가. 분명히 뭔가 다른 게 있었다. 그 점에 착안하면 이 말도 안 되는 미스터리도 풀릴 것 같은데…….

그러나 눈꺼풀이 절로 스르르 감기는 마당에 멀쩡한 정신을 유지하기란 힘들었다. 오늘 하루 육체와 정신에 고루 쌓인 피로에 뇌가 이만 쉬겠다고 비명을 지르는 듯한 기분이었다. 흐릿해지는 의식을 부여잡으며 필사적으로 생각했다.

조금, 조금만 더 생각하면…… 되는데…….

부스럭 소리에 잠에서 깼다.

"누, 누구야?"

둘이 잤던 방에서 나를 빼면 석찬밖에 더 있겠는가. 석찬은 아직 잠에 취한 나와는 달리 어제 입었던 옷을 다 차려 입고 나갈 준비를 하는 참이었다. 나는 황급히 침대에서 일어나 석찬을 붙잡았다. 시계를 보니 잠이 든 지 세 시간밖에 되지 않아 아직 새벽 6시 반이었다.

"왜 벌써 가? 약속시간은 정오라면서."

"더 있으면 뭐하냐, 헤어질 때 힘들기나 하지. 몰래 나가려고 했는데."

멋쩍어하는 석찬을 보면서 나는 급히 옷을 꿰어 입었다.

"아침이나 먹고 가자. 요 앞에 국밥 맛있게 하는 데 있다."

"그냥…… 갈게. 진심이야. 조금 더 있으면 정말 못 갈 것 같아서 그래."

이렇게까지 말하니 더 붙잡을 수 없었다. 나는 진한 아쉬움이 담긴 얼굴로 신발을 신는 석찬을 바라보았다. 고개를 드는 석찬의 얼굴 또한 말해 무엇하겠는가. 똑같은 표정, 똑같은 마음.

"약속 잊지 않았지? 제일 먼저 나부터 보여주는 거다."

"물론."

석찬은 눈이 부시도록 환한 미소를 보여주고, 뾰족한 이빨을 벌린 채로 그를 기다리는 세상 밖으로 뛰쳐나갔다.

나는 침대에 엎드려 한참을 울었다. 오랜만에 베개가 젖어버릴 정도로 펑펑 울었다. 친형제와 같은 친구의 험난한 앞길에 무엇도

해줄 수 없는 자신이 견딜 수 없이 비참하고 한심하게 느껴졌다.

그러나 나로서도 어쩔 수 없다. 결국 누군가의 인생은 온전히 스스로가 책임져야 하는 것이기에. 친구란 곁에서 항상 응원해주고, 위로해주는 존재이지 그 이상의 책임까지 떠맡을 수는 없는 노릇이다. 혼자 태어난 이상 누구나 혼자. 자기가 가야 할 길은 누구도 대신 걸어줄 수 없다는 게 인생의 가장 커다란 비애이리라.

석찬아, 어리고 부족한 오늘날의 내가 할 수 있는 말은 이것밖에 없구나. 너를 믿는다. 기필코 현재의 고난을 극복하고 꿈을 이룰 것이라 믿는다. 나는, 너를 믿는다…….

어젯밤 석찬은 향후의 계획을 묻는 내게 답했다.

"믿기 힘들겠지만 그놈들이 그렇게까지 악질은 아냐. 안 그랬으면 벌써 안구나 콩팥 하나쯤은 털렸겠지. 변제할 방법이 없다고 하니까 한 가지 제의를 하더라. 동남아, 아마 필리핀일 텐데 거기서 한 3년만 자기들 프로젝트 도와주면 빚 싹 다 갚고 풀어준대. 알아보니 그런 식으로 빚을 갚은 사람들이 많이 있더라고."

"거기서 무슨 일을 하는데? 범죄 같은 거 아닐까, 마약 밀매 같은 것."

"잘은 모르지만 가본 사람들 얘기 들어보니까 그건 아닌 것 같아. 가보면 알겠지 뭐. 솔직히 다행이다 싶어. 이제 도망 다니는 것도 질렸고. 군대 간다 생각하고 몇 년만 고생할래. 혹시 또 아냐, 필리핀에서 기가 막히는 소재거리를 발견해서 나중에 소설로 대박을 칠지."

"석찬이, 너 아직 소설가의 꿈 포기하지 않았구나."

신산스러운 도망자의 삶 속에서도 꿈을 포기하지 않은 석찬이 그저 대견했다. 석찬은 빙긋 웃고 나서 답했다.

"내 1호 독자는 언제나 너였잖아. 이번에도 제일 먼저 너부터 보여줄게."

"당연하지."

화장실에서 퉁퉁 부어버린 눈을 닦고 방으로 돌아왔다. 이제 석찬에 대해서는 한없는 믿음을 가지고 그가 언젠가 기가 막힌 소설을 들고 나를 찾아올 날만 기다리면 된다.

지금부터는 내 인생의 길을 걸을 차례다. 나는 책상에 앉아 어젯밤 몰려온 잠으로 중단한 생각에 다시금 골몰했다. 그동안 내 주변에서 일어났던 괴이한 일들을 하나하나 검토해볼 예정이었다. 끈질기게 돌아보고 또 돌아보면 분명히 얻는 게 있을 터였다.

한참을 그 자세로 앉아 있다 보니 조금씩 머리가 따뜻해지는 느낌이 들었다. 고개를 들어보니 몹시 눈이 부시다. 창문을 통해 들어온 직사광선이 정수리를 데우고 있었다. 어느새 석찬이 백상아리를 만나기로 약속한 정오가 지나 있었다.

정물화 속의 사과처럼 그 긴 시간을 마냥 앉아 있기만 한 건 아니었다. 다행히 어느 정도의 가닥은 잡았다. 이제 이 실마리를 차분히 당기기만 하면 아마도 진실이라는 이름의 열매가 줄줄 딸려올 것이다.

靈

집 앞의 큰길에서 왼쪽으로 보이는 비좁은 골목으로 들어섰다.

있다!

골목 안에 있는 집의 대문 앞에 대머리 노인이 나와 있었던 것이다. 후덕한 인상의 노인에게 천천히 다가갔다. 이윽고 골목을 수문장처럼 막아선 노인의 앞에 도착했다. 노인이 천천히 입을 열었다.

"이따 비 오겠어…… 공기에서 비 냄새가 나."

오늘은 아침부터 따가운 햇볕이 내리쬐는 날씨다. 게다가 나는 날씨와 무관하게 이 노인에게서 지금까지 세 번이나 같은 얘기를 들었다. 미혹에 빠져 허둥대던 어제 같았으면 또다시 공포에 질렸겠지만 오늘은 아무렇지 않았다. 나는 어느 정도 이 노인의 말을 믿는다.

"할아버지, 어떻게 일기예보보다 더 정확하세요?"

대머리 노인이 다 합쳐 여섯 개밖에 없는 앞니를 드러내며 파안대소했다.

"이 나이 되면 온몸이 기상청이야. 무릎 쑤시면 틀림없어. 우산 챙겨 다녀, 알았지?"

"네, 고맙습니다."

한껏 고개를 숙여 정중하게 인사하고 노인을 지나쳤다. 인터넷에서 찾아본 대로 노인의 신기막측한 재주에는 그럴싸한 이유가 있었다. 날씨가 궂고 습기 찬 날에는 대기의 기압이 낮아져 인체를 누르는 힘이 커지기 때문에 상대적으로 관절 속의 압력이 올라간다. 그 높은 압력이 관절의 조직들을 부풀게 하면서 관절을 압박하기에 아프고 쑤시는 것이다. 젊은이도 그럴진대 하물며 노인은 어떻겠는가.

이 역시도 진실을 알고 나면 아무것도 아닌 일 중의 하나일 따름이었다.

골목을 빠져나오면 원래 약간 내리막길인 데다, 급한 마음이 가속도를 더해주었다. 그녀와의 약속에 늦지 않으려면 서둘러야 했다. 한 번 그녀를 생각하자 괜스레 입가에 미소가 감돌고, 왠지 발걸음까지 가벼워지는 것 같았다. 더는 참을 수 없을 정도로 기분이 좋아져 깡충깡충 깨금발로 뛰며 한낮의 거리를 누볐다.

내 시야에 언제나와 같이 평상에 앉아 야채를 다듬고 있는 훈이네 아주머니가 들어왔다. 나는 땅에 디딘 발을 한층 빨리 바꾸며 요란하게 뛰었다. 50미터, 30미터, 10미터…… 이제 들려올 때가 됐는데…….

늘 내게 "와, 기우 학생! 오늘도 활기차네!" 하고 쾌활하게 인사를 건넸던 아주머니가 오늘은 입을 꾹 다물고 안절부절못했다. 평소 인자했던 얼굴에도 당혹감만이 감돈다. 조금 더 할까 하다가 어른을 놀리는 일은 충분히 했다 싶어 원래의 발걸음으로 돌아왔다.

"기…… 기우 학생?"

평상 앞에까지 가서야 아주머니는 겨우 나를 알아보았다. 나는 행여 누가 들을세라 최대한 목소리를 낮추었다.

"언제부터 보이지 않으셨어요?"

아주머니의 얼굴에 묘한 미소가 떠올랐다.

"한 2년쯤 전부터. 아주 안 보이는 건 아니야. 이렇게 햇빛이 쨍쨍한 날 밖에 나와 있으면 윤곽 정도는 보인단다."

"그래서 틈만 나면 평상에 나와 계시는 건가요?"

"시야가 점점 좁아지다가 나중에는 영영 안 보이는 병이거든. 아예 멀기 전에 조금이라도 더 오래, 더 많이 이 세상을 보고 싶어."

아주머니가 내 몸과 마음의 상태가 어떻든 간에 늘 같은 인사를 하는 이유가 바로 이것이었다. 시력이 극단적으로 나쁜 아주머니는 내 표정까지 간파하는 게 불가능했기 때문에 매번 같은 인사로 눙치고 넘어갔던 것이다.

"참, 기우 학생은 내 병을 어떻게 알았어? 표 안 내려고 무지 노력했는데."

"자꾸 볼 수 없는 걸 보시니까 알았죠."

"볼 수 없는 것?"

나는 차근차근 설명하기 시작했다.

"3월 초에 아주머니는 학교에 늦어서 뛰어가는 제 이름을 불렀어요. 그런데 그 직전에 갑자기 비가 와서 저는 점퍼 후드를 써서 비를 막았죠. 중요한 사람이랑 약속이 있어서 홈빡 젖어 갈 수는 없었거든요. 게다가 앞지퍼도 끝까지 올려서 아마 제 얼굴의 반도 채 보이지 않았을 거예요. 대학생 자취촌인 이곳에 저같이 평범한 남학생은 수백 명도 넘을 텐데, 어떻게 그 멀리서 저를 한 번에 알아볼 수 있겠어요."

"그랬니?"

아주머니는 실수가 부끄러운지 입을 가리면서 호호 웃었다.

"비슷한 경우가 한 번 더 있었습니다. 바로 어제. 저는 어떤 일 때문에 무척 놀라고 혼란스러운 상태였어요. 지하철역에서 이리로 정신없이 뛰어 올라오다 저 아래 은행나무 밑에서 잠깐 쉬었어요. 어느 정도 기운을 차린 다음 집에 가려고 막 나무 그늘 밖으로 나오려는데, 아주머니가 내 이름을 불렀죠. 엄청 커다란 나무잖아요. 그늘도 짙고. 밤에 그 속에 있으면 자기 손금도 안 보이는 판에 다른 사람이 어떻게 그리 쉽게 알아볼 수 있겠어요? 그것 때문에 깨달았죠. 아주머니는 눈이 아니라 다른 것을 통해 사람을 구별한다는 사실을."

"와, 기우 학생. 대단해!"

아주머니는 민망하게시리 박수까지 치며 나를 치하했다. 아직 확인할 게 남아 있던 내가 물었다.

"궁금해요, 아주머니. 아주머니는 누군가의 고유의 발소리나 냄새, 분위기 같은 걸로 알아보시는 거죠?"

"그래. 예전 같으면 꿈도 못 꿀 일일 텐데, 시력이 사라지니까 다른 감각이 더 예민해지더라. 하늘에서 보완을 해주려고 그러는지. 아마 시각장애인들은 대부분 비슷할걸. 내 경우는 특히 귀가 예리해졌어. 몇 번만 발소리를 들으면 대충 구별할 수 있지. 특히 기우 학생은 세상 다 산 사람처럼 터덜터덜 걷는 게 워낙 특색 있어서 절대 틀리지 않았지. 그런데 오늘은……."

"제가 깨금발로 걷는 바람에 바로 앞에서야 알아보셨죠."

"못됐어."

"죄송합니다. 제가 알아낸 사실이 맞는지 확인하고 싶었어요."

나는 고개를 깊이 숙여 사과의 뜻을 전했다. 비록 보시지는 못하겠지만 언제나처럼 내 뜻을 분명히 알아주실 거라고 믿었다. 다시 한 번 사과하고 자리를 뜨려는데 아주머니가 말했다.

"오늘은 무슨 좋은 일 있나 봐? 평소랑 다른 느낌이 오는데."

"제 인생 최고로 좋은 날이에요."

웃으며 대답했다. 그러고는 눈을 잃은 대신 부처와 같은 평온한 마음을 얻은 아주머니를 뒤로하고, 그녀와의 약속 장소인 하늘정원으로 가기 위해 지하철역으로 발걸음을 옮겼다.

처음으로 와본 하늘정원은 소민의 설명대로 시 외곽에 있는 제법 높은 언덕 위의 시민공원이었다. 언젠가 영계통신 멤버들과의 술자리에서 살짝 술이 오른 소민이 자꾸 하늘정원 운운하기에 물어본 적이 있었다.

"하늘정원이 뭔데?"

"몰랐어요? 우리 성주 시 데이트코스 명소인데. 오빠, 1년 동안 여기서 헛살았네요."

소민이 살짝 혀를 내밀며 메롱 했다.

"시내 외곽 언덕에 있는 공원인데, 뭐 특별할 건 없지만 꽃나무도 많고 항구도 보여서 연인들이 많이 가는 곳이에요. 여기서는 다들 첫 데이트로 거길 가니까…… 저도 고등학교 때 남자친구가 생기면 제일 먼저 꼭 거길 가야지 하고 상상했어요."

남자친구, 데이트라는 말들이 부끄러웠는지 그때 소민의 뺨은 붉게 물들었었다.

소민의 얘기를 기억하고 오늘의 약속을 부러 하늘정원으로 잡은 것이었다.

나는 산책하듯 유유히 하늘정원으로 올라갔다. 길가에 벗나무들이 빼곡히 심어져 있어 봄날이면 장관이겠다 싶었다. 언덕 꼭대기에 도착하자 색색의 벽돌로 바닥을 예쁘게 포장한 광장이 나왔는데, 광장 곳곳에 벤치가 드문드문 놓여 있었다. 나는 약속 장소인 바다가 바로 내려다보이는 벤치 가운데 하나를 골라 앉았다.

저 멀리 바다가 한눈에 들어왔다. 석양이 지는 항구에 행여 늦을세라 분주히 들어오는 화물선들, 붉게 물든 하늘을 외로이 나는 기러기와 향긋한 바다 내음. 이 모든 것들이 내 마음을 포근하게 감싸주었다.

또각또각.

하이힐 소리가 내 쪽으로 다가왔다. 발소리의 주인을 이미 짐작했지만 일부러 오래 시간을 끌다가 뒤를 돌아보았다. 예상대로 소민이었다. 빨강, 초록, 보라 등 색색의 꽃이 프린트된 원피스를 입은 소민은 수능시험에서 답안지를 밀려 쓴 학생처럼 죽상을 하고 있었다. 슬며시 웃음이 나왔다. 지은 죄가 있으니 기분이 말이 아닐 테지.

나는 소민을 좀 더 놀려주고 싶어서 딱딱한 표정을 풀지 않았다. 당한 게 있으니만큼 살짝 골탕을 먹여야 분이 풀릴 것 같아서였다.

"오빠, 정말 미안해요. 많이 놀랐죠? 제가 잘못했어요."

벤치 옆에 선 소민은 두 손을 비비며 연신 사과했다. 계속 화난 척을 하려고 했지만 긴 속눈썹에 눈물이 구슬처럼 매달린 모습이 하도 귀여워 더 이상은 무리였다.

"다 설명해드릴게요. 오빠가 생각하는 그런 거 아니에요. 사실은……."

"좀 걸을까."

"네."

소민은 얌전히 고개를 끄덕였다. 우리는 자판기에서 커피를 뽑아 들고 하늘정원 안을 걸었다. 보통의 연인들처럼 수다 떨며 시시덕거리고 싶었지만 소민은 계속 죄인처럼 고개를 푹 수그리고 입을 꽉 다물고 있을 뿐이었다. 벌은 충분히 준 것 같으니 이제 용서해주자.

"어제 왜 그랬어?"

단도직입적으로 물었다. 고개를 든 소민이 눈을 동그랗게 떴다.

"전부 다 알았어요?"

"다섯 시간 넘게 고심하니까 대충 알겠더라."

"와, 역시! 오빠는 정말 대단해요!"

"아부하지 말고. 대체 왜 그런 거야?"

소민은 볼을 발갛게 물들이면서 부끄러워했다.

"……3년 전, 지연 언니와 있었던 일들이 어제도 똑같이 벌어지면 오빠가 나를 운명으로 믿을 것 같았어요. 그때나 지금이나 한 치도 다를 바 없는 진짜 운명의 상대."

과연 짐작한 대로였다. 소민은 지연이라는 먹음직스런 떡밥으로 나를 조이월드로 유인한 다음, 모종의 방법으로 당시의 일을 고스란히 재현시켜 자신이 나와 어떤 신비한 인연으로 맺어져 있음을 강조하려 했던 것이다. 그런 것도 모르고 된통 공포에 질려 허우적 댄 걸 생각하니 민망하기도 하고, 화도 나서 스르르 얼굴이 달아 올랐다.

"야, 난 지연이 한 일이라고 철석같이 믿었어! 진짜로 걔가 천국에서 개입한 줄 알았다고!"

"미안해요. 새하얗게 질려서 꽁지가 빠져라 도망가는 오빠를 보고 저도 바로 역효과인 걸 알았다고요. 얼마나 놀랐는지 붙잡지도 못했어요. 괜한 짓을 해서 오빠를 놀라게 하고 쓸쓸히 혼자 집에 돌아오니까 딱 죽고 싶더라고요. 사실을 고백하면 오빠가 진짜 심하게 화낼 것 같아서 전화도 못하겠고. 저도 밤새도록 끙끙 고민하고 앓았어요."

"그러게 왜 그런 짓을 해서……."

어제, 그리고 오늘 내가 전화하기 직전까지 나오는 조금 다른 고민으로 까만 밤을 후회와 자책으로 하얗게 태웠을 소민이 안타까워 슬며시 기분이 풀렸다.

"오빠의 운명의 상대가 되고 싶어서요."

잘 익은 홍시마냥 붉어진 얼굴로 나직하게 고백하는 소민의 머리를 아프지 않게 쥐어박으며 말했다.

"바보."

우리는 감격에 겨운 표정의 남녀가 포옹하고 있는 석제 조각상 앞에 도착했다. 설명문을 보니 8.15 독립 기념물이라고 한다.

"근데, 오빠. 정말 어떻게 알았어요? 귀신도 모르게 준비했는데."

소민이 눈을 반짝이며 물었다.

"소민이 나름대로 철저하게 준비했겠지만 조금 다른 부분이 있었거든. 그 점을 찬찬히 생각해보니까 확실히 이상한 점이 있었어."

"뭔데요?"

"당시의 일이 반복된 건 대강 네 가지였지. 둘이 먹으려고 하나씩 산 아이스크림이 떨어진 것, 새똥을 맞은 것, 반바지를 입은 남자와 실랑이를 벌인 것, 마지막으로 달려오던 꼬마와 부딪친 것. 세 가지는 거의 똑같았는데, 세 번째가 미묘하게 달랐어. 소민이, 너는 절대 알 수 없는 부분이었겠지만."

마지막 말을 하면서 실실 웃었다. 말마따나 소민이 아무리 모니터를 들여다봐도 모를 수밖에 없었을 것이다.

"제가 알 수 없다고요? 분명히 똑같이 했는데……."

"응. 3년 전에도 나는 반바지의 멱살을 잡고 실랑이를 벌였지. 어제와 마찬가지로. 그런데 내용이 분명히 달라. 어제는 그 반바지가 소매치기라서 싸움을 벌이는 양상이었지. 한데 3년 전에는……."

소민이 꿀꺽 침을 삼켰다.

"벌레공포증이 있는 반바지가 몸에 송충이가 묻는 바람에 쇼크를 일으켜서 내가 털어준 거야. 어제와는 반대로 반바지를 도와주는 양상이었달까. 세 가지 사건이 거의 틀림없이 재현됐는데, 왜 하나만 핵심 내용이 다를까. 나는 이 점에 착안했어."

"벌레를 무서워하는 사람이었군요……."

소민이 아쉽다는 양 자그맣게 탄식을 내뱉었다. 소민의 아쉬움을 알 듯해 빙긋 웃고 설명을 이어나갔다.

"어쩌면 누군가가 조이월드에서 3년 전에 있었던 일들이 남김없이 수록된 기록물을 가지고 있는 게 아닐까 싶더라. 그걸 보고 따라하지 않고서야 어쩜 그렇게 옛날 일들이 똑같이 일어나겠어. 다만 그 기록물은 완벽하지 않지. 그랬다면 어제 반바지와의 일도 일치했을 테니까. 그림은 고스란히 보여주지만 어딘가 부족한 점이 있는 기록물. 뭐겠어?"

"CCTV."

소민이 내 대신 답을 말했다.

"그래. 영상은 있지만 소리가 없는 것도 있고, 대개 머리 위 각도에 매달려 있어 세부까지 정확하게 보이지 않는 영상 기록물은 바로 CCTV야. 아이스크림이 떨어지고, 새똥을 맞고, 아이와 부딪치는 장면은 딱히 달라질 게 없이 분명하니까 하나도 틀린 점이 없었지만, 반바지와의 일은 그렇지 않았어. 일단 그 CCTV에는 소리가 없으니 남자가 벌레, 벌레 하고 목청껏 외친 것도 들리지 않았지. 머리 위 각도라서 반바지와 딱 붙어 있던 내가 그의 멱살을 잡은 건지, 벌레를 털어준 건지 구체적으로 확인하기도 불가능했고."

"틀림없이 소매치기인 줄 알았다고요."

"그랬을 거야. 대여섯 명의 남녀가 한데 뭉쳐서 걸어오다가 그중 한 남자가 갑자기 반대편으로 뛰쳐나가고, 뒤에 있던 여자가 고래고래 소리를 지르며 쫓아오는 장면이니까. 소리 없이 그림만 보면 누가 봐도 소매치기가 여자의 지갑을 훔쳐서 달아나는 걸로 보일 테지."

"아, 하필 당시 조이월드 CCTV는 녹음이 안 되는 제품이더라고요."

소민은 발을 쿵쿵 구르며 아쉬워했다. 우리는 기념물을 벗어나 한적한 숲 속 산책로로 향했다.

"그제야 실마리가 잡히는 느낌이었어. 나는 소민이, 네가 모든 장면을 CCTV를 통해 파악하고 여러 가지 조작을 통해 과거에 있었던 일을 그대로 재현해냈다는 조작설을 세워봤어. 그리고 나니까 하나씩 수상한 점을 간파할 수 있겠더라.

먼저 아이스크림. 내가 받은 아이스크림만 땅에 떨어져야 하는데 그걸 인위적으로 가능하게 할 수 있을까? 정답은 가능하다. 아이스크림 덩어리는 둥그런 형태라서 가분수처럼 위쪽을 더 크게 부풀리고, 아래쪽을 조그맣게 담으면 균형을 잃게 할 수 있지. 아가씨 판매원이 아이스크림을 한두 번 담은 것도 아닐 테니까 그 정도는 충분히 조절하고도 남을걸."

"처음 일 시작할 때 자꾸 떨어뜨려서 엄청 혼났대요."

"그랬대? 아무튼 소민이가 아가씨 판매원과 미리 짜고 나한테 땅에 떨어질 수밖에 없는 아이스크림을 준 건 분명한데, 한 가지 의문이 남더라고. 조이월드에 오는 사람이 한둘도 아니고, 어떻게 나를 콕 찍어서 그렇게 했을까? 물론 내 근처에 있던 네 얼굴을 알아볼 수도 있고, 또 내 사진 같은 걸 미리 건넬 수도 있지만 행여나 깜빡 나를 놓치면 계획은 처음부터 수포로 돌아가잖아."

"맞아요, 그게 큰 고민이었어요!"

조작의 장본인인 소민이 오히려 자기 처지도 잊은 채 열렬히 내 말에 동의했다. 당시에 골머리 좀 썩긴 했나 보다.

"잠시 막혔지만 금세 알아챘어. 어제도, 지금도 여전히 내 손에 남아 있는 이것 때문에."

대뜸 소민에게 손을 내밀었다. 왼손 약지에 남아 있는 붉은 매니
큐어가 햇빛을 받아 반짝거렸다.

"이게 표시였지? 왼손 약지에 매니큐어를 바른 남자가 손을 내
밀면 바닥에 떨어지는 아이스크림을 만들어라. 데이트할 때는 보통
남자가 첫 번째 아이스크림을 받아서 여자한테 건네니까 아르바이
트 아가씨는 그때 남자의 손을 볼 수 있지. 진짜로 매니큐어 바른
남자가 나타나면, 두 번째 남자 것을 만들 때 떨어지는 아이스크림
을 만들어 건네면 끝이야."

"맞아요."

"기차에서 그 지루한 만화 얘기를 줄기차게 늘어놓은 것도 나를
잠들게 해서 매니큐어를 바르려고 그랬던 거지? 혹시 내가 잠들지
않으면 다른 방법을 썼겠지만."

"그 얘기가 그렇게 지루했어요?"

소민이 허리에 양손을 올리고 발끈했다.

"아, 아니 그 정도는 아니었고. 두 번째로 새똥!"

불똥이 떨어질까 무서워 급히 화제를 전환했다.

"새똥은 하늘에서 무작위로 떨어지는 것인데 그것도 조작할 수
있을까? 암만 생각해봐도 모르겠더라. 별수 있나. 다시 천천히 모
든 걸 되짚어봤지. 어제 처음 너를 만났던 순간부터…… 그러다 문
득 3년 전과 다른 점이 한 가지 더 떠올랐어."

"또 뭐가요?"

"옷. 만약 3년 전을 정확하게 재현하고 싶었다면 지연이처럼 원

피스를 입었어야 하잖아. 하지만 어제 소민이는 배에 큼직한 주머니가 달린 노란색 후드 티셔츠를 입었지. 왜 그랬을까. 정답은 배 쪽의 주머니에 뭔가를 급하게 넣어야 했기 때문이야."

소민은 완전히 질렸다는 표정으로 나를 올려다보았다. 몹시 감탄하는 기색이라 괜시리 으쓱했다.

"그때도 그렇고, 어제도 내가 아이스크림을 떨어뜨리는 순간 목덜미에 새똥이 떨어졌어. 단, 예전에는 진짜였다면 어제는 CCTV를 보고 상황을 파악한 소민이가 만든 작품이지.

소리가 없는데 어떻게 내가 새똥을 맞은 걸 알았을까? 갑자기 목 뒤를 만지고 하늘을 올려다보면서 우울한 얼굴로 화장실을 가면 뭐 새똥일 게 뻔하지. 그쯤 해서 예전 일에 대해서는 파악했지만 여전히 고민은 남아. 새를 데려와서 정확히 나를 맞추도록 싸게 할 수는 없으니까."

"새가 나오는 책도 찾아보고 진짜 별짓 다했어요."

나는 오리처럼 입술을 비죽 내민 소민이 귀여워 머리칼을 부드럽게 쓰다듬어주었다.

"나도 소민이처럼 고민했지만 방금 말한 주머니 달린 티셔츠 덕분에 소민이보다는 쉽게 알았지. 조작에 중요한 원피스를 포기할 만큼 주머니 달린 옷이 필요했던 이유? 주머니 속에 그걸 숨겨야 했으니까. 바로 새똥을 담은 스포이트를."

나는 새똥을 구하느라 동분서주하는 소민의 모습을 상상하고 폭소를 터뜨렸다.

"새똥은 또 어디서 구했대?"

"으으, 진짜 죽는 줄 알았다고요. 냄새도 말도 못하고. 성주 시청 앞 광장에서 비둘기 똥을 보는 대로 싹 긁어 왔어요."

"하하, 다시 설명으로 돌아갈게. 아이스크림을 떨어뜨린 내가 고개를 숙여서 치울 때 소민이는 급히 주머니에서 새똥을 담은 스포이트를 꺼내 내 목덜미에 살짝 떨어뜨렸지. 그러고는 재빨리 도로 주머니에 넣으면 끝. 땅에 떨어진 아이스크림을 치우는 데 몇 초밖에 안 걸리니까 촌각을 다투는 일이었을 거야. 그 판국에 배낭에서 느긋하게 스포이트를 꺼내고 도로 집어넣고 할 여유가 없지. 그래서 소민이는 반드시 주머니가 달린 티셔츠를 입을 수밖에 없었던 거야. 일단 주머니에 넣어둔 스포이트는 내가 화장실에 간 틈을 타서 제대로 배낭에 넣어두면 되고."

"정확해요."

소민은 나를 향해 엄지를 치켜세웠다. 그때 우리가 처음에 출발했던 벤치가 다시금 모습을 드러냈다. 설명이 길어지는 바람에 공원을 한 바퀴 돈 것이다. 꽤 긴 시간을 걸은 셈이라 소민의 다리가 걱정됐다. 내가 제안해 우리는 바다가 내려다보이는 벤치에 나란히 앉았다.

"반바지 남자는 아까 설명했으니까 넘어가고. 참, 그 소매치기 역할을 맡은 반바지는 어디서 구했어?"

"결혼한 사촌언니 시동생이요. 저랑 친한 언니라서 제 부탁은 다 들어주거든요. 어제 소매치기당한 척했던 여자가 그 언니예요. 소매치기를 경비원한테 데려간 척한 사람들은 언니 시동생의 친구들."

"나랑 부딪쳤어야 했던 남자애랑 개하고 싸우는 척했던 리본 단 여자애는?"

"사촌언니 아들딸. 그러니까 제 조카들이죠."

기가 막힐 노릇이었다. 나는 한숨을 쉬고 말했다.

"소민이를 위해 아주 일가가 나섰구나."

"조카들은 놀이공원이라면 사족을 못 쓰는데요, 뭘. 이모가 좋은 일한 셈인데."

이제 거의 모든 의문이 풀렸지만 한 가지 궁금한 게 남아 있었다.

"CCTV의 존재는 어떻게 알았어? 아니, 그것보다 민간인인 소민이가 그걸 어떻게 입수했지? 나도 오늘 당시의 기사를 찾아보니까 정부와 경찰 당국이 대대적인 안전 실태조사를 벌였다는 얘기가 있더라. 소민이도 나처럼 경찰 같은 데서 당일의 조이월드 CCTV를 전부 압수해서 조사하고 분석했을 거라는 추측은 할 수 있을 것 같은데, 그걸 입수하는 건 또 다른 문제잖아. 어떻게 된 거야?"

의미심장하게 웃은 소민이 대답했다.

"우리 아빠 성주 시 경찰 간부예요. 직위도 꽤 높아서 수도(首都)에도 알고 지내는 경찰 고위층이 많아요. 아빠를 엄청 졸랐죠."

소민이 오바이트 참사를 일으킨 날 밤에 본 작은 키에 동그란 얼굴, 순한 눈에 한없이 착해 보이는 그분이 경찰 간부셨다니. 정말…… 죽을 뻔했구나. 나는 땀을 뻘뻘 흘리며 머리를 벅벅 긁었다.

"아빠한테 울며불며 애걸복걸해서 간신히 경찰에서 보관하고 있던 CCTV를 봤는데, 괜한 짓이었어요. 며칠 동안 눈이 빠지도록 CCTV 분석하고, 광장에서 비둘기 똥 채취하고, 그저께 몰래 조이월드 가서 아이스크림 아가씨 포섭하고, 사촌언니한테 부탁하고…… 어휴, 내가 미쳤지."

자꾸 피식 웃음이 새어 나와 고개를 돌리고 말았다. 가슴이 벅차올라 견딜 수 없을 지경이었다. 그래, 이 아이는 원래 이런 아이였지. 원하는 걸 얻기 위해서라면 절대 포기하는 법이 없고, 몇 날 며칠을 고생하더라도 반드시 제 뜻을 이뤄내는 강한 아이. 이런 소민이 오직 나만을 위해 이 모든 일을 벌였다는 게 미치도록 기분 좋았다.

"다시 한 번 진심으로 사과할게요. 오빠 놀라게 하고, 마음 아프게 해서 미안해요. 다시는 안 그럴게요."

소민은 머리까지 숙이고 진지하게 사과했다. 따로 답은 하지 않았지만 이미 내 마음은 정해져 있었다.

아직 많은 걸 약속할 수는 없지만 조금씩, 조금씩 마음을 열어보자.

여전히 지연의 문제가 남아 있었지만 이젠 나로서도 어쩔 수 없었다. 보잘것없는 나를 위해 이렇게까지 노력한 아이다. 예전처럼 지연의 환영만을 쫓아 이 아이를 놓친다면 평생 후회하게 될 것이다. 그동안 후회가 내 삶을 얼마나 고통으로 얼룩지게 만들었는가. 지연에게 못한 말들, 못해준 일들에 대한 후회가 내 인생을 어떻게 좀먹었는가. 소민에게도 그런 후회를 남길 수는 없었다. 후회는 한 번으로 족하다. 회장의 말마따나 더는 후회할 일은 만들고 싶지 않다.

언젠가는 지연을 다시 만나게 될 테지. 그때는 꼭 두 손을 붙잡고 그녀에게 사죄하리라. 미안하다고, 미안하다고 화가 풀릴 때까지 빌고 또 빌리라. 하지만 지연아, 지금 이 순간만큼은 잡은 소민의 손을 놓을 수 없어. 네가 너그럽게 이해해주길 바랄 뿐이야.

그리고 내 주변의 소중했던 여인이 모두 끔찍한 최후를 맞게 되는 문제도 더는 상관없었다.

이화장에서 구자용 집사는 처음부터 잘못된 사랑을 한 탓에 온전한 죽음조차 맞을 수 없게 됐지만, 과연 그가 후회했을까? 아니라고 생각한다. 어떠한 고난과 비극이 닥쳐와도 그는 후회하지 않고 사랑의 외길을 달려왔다. 나는 그의 결기, 어떤 장렬함을 본받아 소민과의 사랑에 당당하게 나설 것이다.

기어코 소민이 어머니와 지연의 뒤를 따른다면, 나도 함께 가면 된다. 이번만큼은 절대 혼자 보내지 않는다.

내가 이런 결심을 확고하게 굳힌 순간, 바다가 하얗게 빛났다. 노을빛이 반사되어 바다가 새하얗게 반짝이는 것이다. 그 눈부신 빛에 가려져 더 이상 화물선도, 항구도, 기러기도 보이지 않았다.

"천국…… 같아요."

소민이 조용히 말했다. 천국이라. 이미 주변의 모든 것들은 사라졌고, 눈부신 빛만이 우리의 시야를 가득 채우고 있었다. 그 환상적인 풍경은 충분히 천국을 연상시켰다.

"그래, 여기가 바로 천국이야."

나는 두 팔을 뻗어 소민을 꼭 안았다.

꿈속에서 익숙한 멜로디를 들었다. 나는 잠결에도 콧노래로 그 멜로디를 따라 흥얼거렸다. 불현듯 멜로디의 제목이 생각나 번쩍 눈을 떴다.

〈즉흥환상곡〉…….

조금 전, 나와 소민은 벤치에 앉은 채 그대로 잠에 빠져들었다. 둘 다 며칠째 강행군이니 그럴 법도 했다.

막 선잠에서 눈을 뜬 내 앞에 까맣게 때가 탄 하얀 속내의 차림의 남자가 서 있었다. 노숙자로 보이는 이 남자는 말도 없이 대뜸 손을 내밀었다.

"뭡니까?"

"담배 좀 주시오."

좋은 날에 거절하기도 뭐해 주머니를 뒤적거려 담배를 꺼내 한 개비를 뽑아 건넸다. 그러자 노숙자는 고개를 설레설레 저으며 내 손에서 담배 한 갑을 통째로 가져갔다. 난데없는 상황에 눈이 휘둥그레진 내게 노숙자는 오히려 내가 처음에 건넨 한 개비를 내밀었다.

"왜 이래요?"

"거 행복한 사람이 불쌍한 놈한테 인심 좀 크게 씁시다."

그게 무슨 말이냐고 묻자, 노숙자는 씩 웃으며 내 발치를 향해 시선을 내렸다. 노숙자의 시선을 따라가니 포석이 끝난 흙바닥에 나뭇가지 같은 걸로 몇 글자 쓰여 있는 게 보였다.

보고 싶었어…….

오싹 소름이 돋았다.

"계속 행복하쇼."

담배 한 갑을 챙긴 노숙자가 멀어져갔지만 나는 아무 말도, 아무것도 할 수 없었다.

도대체 이 글을 누가 쓴 거지?

나는 소민을 돌아보았다. 내 기억에 우리는 거의 동시에 잠들었다. 잘은 모르지만 어쩌면 나보다 조금 늦게 잠에 빠진 소민이 끼적인 걸지도 모른다.

소민이 아니라면?

설마 지연이 왔다 간 걸까…….

보고 싶었다는 말은 지금 바로 내 곁에서 쌔근쌔근 잠들어 있는 소민보다 지연이 썼을 법한 내용이다.

아니, 꼭 그렇지는 않다. 소민도 어제 자기가 일으킨 사달로 영영 나를 잃을지도 모른다는 두려움을 느꼈을 터였다. 이렇게 오늘 만나서 화해하고, 우리 사이가 한 발짝 더 가까워진 기쁨에 몇 자 적었을 수도 있지 않은가.

소민을 깨워서 물어볼까? 물어보면 단번에 답을 알 수 있을 것이다. 그러나 만약 소민이 한 일이 아니라면……

그때 소민의 눈이 번쩍 뜨였다. 아무래도 내 시선이 따가워 잠에서 깬 모양이었다. 그녀는 매우 당황스러워했다.

"저 입 벌리고 잤죠?"

"응. 주먹 두 개는 들어가겠던데."

너스레를 떤 죗값으로 소민에게 등짝을 찰싹 얻어맞으며, 소민 몰래 발을 움직여 발치의 글을 슥삭슥삭 지웠다. 소민이 내 행동을 알아챌까 봐 가슴이 조마조마했다.

"배고프다. 밥 먹으러 가자."

기를 쓰고 아무렇지 않은 양 말했다.

우리는 다정하게 손을 꼭 붙잡고 하늘정원을 내려왔다.

靈

이 세상에는 굳이 물어보지 않아도 좋은 일들이 얼마든지 있게 마련이다.

『그녀를 찾습니다, 여름』은 제 작가인생(이제 세 번째 책을 내는 것에 불과해 감히 이런 단어를 쓰는 것도 우습겠습니다만)을 통틀어 가장 커다란 좌절감과 고통을 안겨준 작품입니다.

시작은 그리 나쁘지 않았습니다. 탈고 직후 상금이 어마어마한 공모전에 투고해 최종 후보 일곱 편 안에 들기도 했었거든요. 당연히 수상에는 실패했지만 이백 편 넘게 몰린 응모작 중에서 그 정도 성과를 올렸다면 책으로 나오는 데는 큰 무리가 없을 거라고 안심했죠.

그런데 그게 그렇지가 않았습니다. 여러 출판사에서 줄기차게 거절당할 뿐 선뜻 책을 내준다는 곳을 찾을 수 없었던 겁니다. 부족하지만 여러 달에 걸쳐 고생해서 쓴 원고가 사장당하는 걸 안타까워하지 않을 작가가 과연 있을까요?

처음의 안심은 벌써 어디론가 사라졌고, 나중에는 타율이 극도로 나쁜 타자처럼 제발 한 군데만 걸리라는 마음으로 무작정 원고를 보내고 또 보냈습니다. 그 와중에 똑같은 원고를 계속 보내는 것도 아닌 것 같아 소소한 수정을 수도 없이 했고요. 단 1분도 앞으로 나가지 못하고 원래 자리로 돌아오는 고장 난 시곗바늘처럼 몇 번을 고치고, 거절당하는 일의 반복이 한동안 계속되었습니다.

끝내 만족스러운 결과를 얻지 못한 어느 날, 진지하게 고민해봤습니다. 그동안 나는 이 원고의 첫 시작(공모전 최종 후보)에 도취되어 막무가내로 원고를 들이밀 뿐 작품의 근원적인 완성도에는 눈을 돌리고 있었던 게 아닐까. 그러고 보니 수차례의 수정이라는 것도 문장이나 대사 같은 자잘한 부분만 건드렸지 줄거리 자체에는 거의 손을 대지 않았더군요.

결국 저는 자연스레 현재의 모습으로는 백번을 투고해도 무리, 라는 결론에 도달했습니다. 그제야 대수술의 필요성을 절감했던 거지요. 물론 원고지로 1천 300장이 넘는 분량을 다 버리고 처음부터 다시 쓸 수는 없었습니다. 그렇게 하면 아예 다른 작품이 되는 거잖아요. 게다가 애초 원고도 어느 정도 성과가 있었던 만큼 장점이 아주 없지는 않았을 테고요.

그렇다면 기왕에 있던 원고의 장점은 최대한 살리되 30~40퍼센트 정도는 완전히 바꿔보면 어떨까 싶었죠. 그리하여 저는 이번에도 안 되면 영영 포기하기로 마음먹고 또다시 눈물이 찔끔 나는 지난한 수정 작업에 들어갔습니다.

실은 애초 원고는 지금보다 좀 더 판타지 느낌이 강하고, 작품 전반에 영향을 주는 꽤 커다란 반전도 있었습니다. 하지만 제아무리 빠른 직구라도 스트라이크 존에 들어가지 않으면 아무런 소용이 없지요(야구광이다 보니 자꾸 야구에 관한 비유만 쓰네요). 차라리 스케일을 대폭 줄이고, 소박하지만 정감 어린 분위기로 승부하는 게 낫겠다고 판단했어요. 네, 저의 최종 결정구는 변화구였던 것입니다(죄송합니다).

구체적인 변화구의 구종은 바로 일본의 서브컬처입니다. 아마도 우리 국민이라면 대다수가 일본에 대한 생리적인 반감을 가지고 있을 거예요. 저 역시도 그런 정서에서 예외는 아니겠지만, 한편으론 일본 문화가 본격적으로 개방된 시기에 학창시절을 보냈기 때문인지 만화나 게임 같은 일본 서브컬처의 영향을 매우 크게 받았습니다. 제 또래나 저보다 젊은 분들은 대개 비슷하다고 생각하는데, 출판 만화나 재패니메이션, 영화, 드라마, 미소녀 연애 시뮬레이션 게임, 요즘의 추리소설이나 라이트노벨까지 한 번이라도 일본 서브컬처에 심취해본 적이 없는 사람은 거의 찾기 힘들 거예요.

이제 수정의 방향은 정해졌습니다. 거대 서사를 가급적 소박하게, 또한 저의 학창생활, 나아가 현재까지도 제 삶을 풍요롭게 해주고 있는 일본 서브컬처에 대한 애정을 최대한 담아내는 쪽으로 말입니다. 덕분에 한국적인 정서보다는 일본 추리만화나 비주얼노벨 같은 느낌이 한층 강해지긴 했지만 어찌어찌 수정 작업은 전부 끝났습니다. 떨리는 마음으로 곧바로 투고를 했고요.

그 결과가 지금 여러분이 보신 이 책입니다. 저야 제 작가인생에서 가장 큰 좌절감과 고통을 안겨주었던 이 작품이 무사히 책으로 나온 것만으로도 만족하지만 독자 여러분에게도 같은 것을 바랄 수는 없겠지요. 부디 조금이라도 책값에 맞는 만족스런 구석이 있길 바랄 따름입니다.

마지막으로 『그녀를 찾습니다, 여름』의 험난했던 출간 과정을 연애에도 대입해보면 어떨까 상상해봤습니다. 저도 옆구리가 허전한 사람으로서 감히 이런 충고를 드리는 것도 우습지만, 혹시 지금 연애가 잘 안 풀리는 분이 계시다면 본인이 가지고 있는 기왕의 장점은 최대한 살리되 30~40퍼센트 정도는 완전히 색다른 분위기와 장점을 계발하시면 어떨까요?

진짜 내 모습은 고스란히 간직하지만, 거기에 새로운 매력과 활력을 추가한다면?
만약 그럴 수 있다면,
(졸저의) 주인공 기우처럼 꼭 생길 거예요,
운명의 상대방이,
남자친구 혹은 여자친구가!

2016년 8월
나혁진